Knaur

Über den Autor:

Thommie Bayer, 1953 in Esslingen geboren, studierte Malerei und war Liedermacher und Kabarettist. Seit 1985 schreibt er Romane, Kurzprosa und Gedichte.

Thommie Bayer

Das Aquarium

Roman

Knaur

Bitte besuchen Sie uns im Internet:
www.droemer-knaur.de

Vollständige Taschenbuchausgabe 2003
Knaur Taschenbuch.
Ein Unternehmen der Droemerschen Verlagsanstalt
Th. Knaur Nachf. GmbH & Co KG, München.

Umschlaggestaltung: nach einer Idee von Christina Hucke
Umschlagabbildung: unter Verwendung eines Motivs von Uli Gleis
Satz: Pinkuin Satz und Datentechnik, Berlin
Druck und Bindung: Clausen & Bosse, Leck
Printed in Germany
ISBN 3-426-62365-X

5 4 3 2 1

@

Danke allen, die mir beim Nachdenken, Recherchieren und Überarbeiten geholfen haben: Jone Heer, Axel Hundsdörfer, Spike Milano, Steffen Radlmeier, Uli Gleis, Dr. Ivo Heer, Dr. Wolf Bayer, Britta Sutorius, Rolf Wappenschmidt, Uli Genzler, Marie-Therese Henninges, Wolfgang Ferchl, Matthias Bischoff, Nureeni Träbing, Michael Bilharz und zuletzt mit scharfem Auge und großer Geduld meine Lektorin Manuela Runge.

@

Ich war nach dem Unfall ein anderer Mensch. Meine Freundschaften gingen an Textmangel ein. Ich hatte das Plaudern verlernt und antwortete entweder gar nichts oder das Falsche, sagte irgendwas viel zu Großes auf eine kleine Bemerkung, und alle verstummten. Um nach peinlichen Sekunden wieder von vorn anzufangen mit dem Klangteppich aus Worten und Sätzen, der für nichts weiter sorgen sollte als Wärme und den ich auf einmal weder verstand noch ertrug. Wie die sinnlose Musik in Kaufhäusern, Saunen und Toiletten.

Ich war dem Tod von der Schippe gesprungen, und das Leben erschien mir nicht etwa kostbarer, sondern beliebiger. Hätte ich eine Lücke hinterlassen, dann wäre die eben geschlossen worden. Ein paar Tränen von ein paar Trauernden, ein paar Dinge, die den Besitzer wechseln, Kleider, die im Container landen, CDs und Platten in einem Secondhandladen, Bücher beim Antiquar und Briefe, die man auf keinen Fall wegschmeißen wird und dann natürlich doch nach einer Anstandsfrist, und zwar ohne den Karton noch mal zu öffnen. Und bald sind die Erwähnungen meines Namens von kleinen prüfenden Seitenblicken flankiert, ob der andere auch noch so traurig guckt, und die Zeit heilt alle Wunden, so was gibt sich irgendwann, und dann ist's gut. Von mir bleibt nichts, und die Welt ist davon nicht ärmer geworden.

Ich fühlte mich einsam und fühlte mich wohl. Wenn ich Gesellschaft suchte, dann nur noch die von Fremden. Als Zaungast. Im Kino, auf Konzerten, in Cafés und Restaurants. Die Zeit wurde mir nicht lang dabei, denn ich wartete nicht mehr. Ich wurde höchstens müde. So also sah die Freiheit aus. Zumindest eine Spielart: meine.

@

Noch in der Klinik begann ich zu zeichnen und plante den Umbau meiner Wohnung. Ich ließ meinen bis dahin ignorierten ästhetischen Bedürfnissen freien Lauf und leistete mir alles, was schön war. Ein weißgefliestes Bad mit blaßrotem Boden und schweren Armaturen, eine Küche ganz in Birke, Einbauschränke mit in die Wand versenkten Kirschholztüren und darin versenkten Messinggriffen. Kein Detail war ein Kompromiß. Ich ließ mir für jedes Möbelstück, jede Lampe, Steckdose oder Türklinke so lange Zeit, bis ich genau das bekam, was sich dem Gesamtklang harmonisch einfügte. Manches ließ ich bauen, und manches gab ich zurück, wenn ich nach einigen Tagen sah, daß irgendwas, die Größe, die Beschaffenheit der Oberfläche oder der Schliff einer Kante, sich dissonant zum Rest verhielt.

Ich kaufte reliefartige weiße Bilder eines kroatischen Künstlers, die der milden Klarheit des Ganzen entsprachen, und erkannte, daß ich eine Oase der Stille und Einkehr gebaut hatte. Eine Umgebung, die den Pulsschlag beruhigen und den Geist befreien sollte.

Die Stille war so mächtig, daß ich sie nicht mal mit Musik stören wollte. Ich hängte die Boxen von der Stereoanlage ab und setzte Kopfhörer auf, wenn mir danach war. Das kam nur noch selten vor. Ich hatte fast zwanzig Jahre lang Musik über mich ergehen lassen. Ich brauchte eine Pause.

@

Natürlich war es schwer, sich an die Ruhe zu gewöhnen. Ich stand stundenlang am Fenster und sah den Nachbarn beim Leben zu, während ich meine Fingermuskulatur trainierte. Ich war neidisch auf die Aufgaben, die sie zu erledigen hatten: die Katze zum Tierarzt bringen, das Essen bis eins auf dem Tisch haben, den Fernseher rechtzeitig zur Champions League aus der Werkstatt holen, all das hielt sie auf Trab und am Leben. Mich hielt nichts auf Trab.

Aber ich gewöhnte mich daran und wartete. Darauf, daß irgend etwas mir signalisieren würde, es sei Zeit, mich wieder mit Adrenalin vollzupumpen und auf die Suche nach einem Sinn zu machen. Einstweilen war dies der Sinn: meine verkürzten Sehnen und ermatteten Muskeln zu stärken und das Eremitendasein zu genießen.

Das Gerät, mit dem ich trainierte, vier Tasten und ein Gegenhalt, dazwischen eine Feder, deren Stärke ich je nach Fortschritt verstellen sollte, erinnerte mich an die Mechanik der Geldtaschen vor den Bäuchen der Straßenbahnschaffner früher. Mit den Tasten wurden die Münzen ausgelöst, die klimperten dann wie ein kleiner Gewinn in die hohle Hand des Schaffners. Das hatte mich immer begeistert. Ich gab eine einzige Münze hin, ein Zweimarkstück, und bekam vier Münzen zurück. Eine Mark und drei Groschen. Ich fühlte mich dann reicher als zuvor.

Ich stand also am Fenster in meinem sechsten Stock und sah entweder auf die Kreuzung hinab oder in die Wohnungen meiner Nachbarn und machte mir Gedanken über die entlegensten Dinge, weil man nichts tun kann, ohne zu denken. Ich jedenfalls nicht. Mit der vielleicht einzigen Ausnahme Musikhören. Aber selbst dabei hatte ich Bilder der Musiker, Instrumente und Räume vor Augen, und diese Bilder waren auch Gedanken.

Ich fragte mich zum Beispiel, was all die Frauen, die ich auf meinen Streifzügen durch die Pornographieseiten im Netz entdeckte, tun würden, wenn jemand sie erkannte. Hören Sie Fräulein, das ist aber ein Mordsding von einer Salatgurke, was Sie sich da reinstecken, alle Achtung, tut das nicht weh? Lächelten sie dann geschmeichelt? Zwinkerten sie? Waren sie so dumm, das Risiko nicht ernst zu nehmen, oder so klug, sich zu sagen: unter Tausenden von Frauen, die sich Millionen von Männern zeigen, werde nicht gerade ich von einem erkannt?

Über die Männer machte ich mir keine Gedanken.

Oder ich dachte nach über das Aquarium, die Wohnung gegenüber, die nun schon seit sieben Wochen leer stand. Gleich am ersten Sonntag, nachdem die Mieter ausgezogen waren, ein schwules Paar, das sich unentwegt gestritten hatte, wälzte sich eine platinblonde Mittfünfzigerin durch die Räume, der man den Pudel und die Brokatvorhänge in ihrem Heim förmlich ansah, und diktierte einem beflissen hinter ihr her hechelnden Handlanger barsche Anordnungen in den Block. Wenn die einzieht, dachte ich, dann kann ich den Ausblick vergessen. Aber dann sah ich, daß ihr die Wohnung gehörte. Irgend etwas in ihren Gesten war so verächtlich und eilig, daß ich begriff, die zieht nicht ein, die will nur die notwendige Renovierung schnell hinter sich bringen, um den Leerstand möglichst kurz zu halten.

Tatsächlich rückten ein paar Tage später zwei Handwerker an und brachten die Wohnung auf Hochglanz. Sie rissen die Teppichböden raus und legten Parkett, bauten eine neue weiße Küche ein und ein schönes, hellgrün gefliestes Bad. So viel Geschmack hätte ich dieser Frau nicht zugetraut. Ich entschuldigte mich innerlich bei ihr für den Pudel und die Brokatvorhänge.

Das Aquarium war ein langer Glaskasten. Die mir zugewandte Seite bestand fast vollständig aus Fenstern, die vom Boden zur Decke und von Wand zu Wand reichten. Drei schöne Räume, Schlafzimmer, Wohnzimmer und Küche sahen zu mir herüber, und alle drei hatten breite Schiebetüren zu einem Flur, durch die man Bad, Toilette und Vorratsraum sehen konnte, wenn deren Türen offenstanden. Ich bewunderte die Architektur. Das Aquarium war ein schöner kleiner Bungalow hoch über der Stadt.

Ich war gespannt, wer einziehen würde. Hin und wieder waren Leute im Schlepptau einer alerten Maklerin durch die Räume gegeistert, aber entweder war der Preis zu hoch oder sonst was nicht recht – seit Wochen hatte sich nichts mehr bewegt.

@

Ich übertrieb mein Training. Eines Abends waren meine Finger taub, und ich hätte sie an die Wand schlagen können, so außer mir war ich darüber, sie nur noch unter Schmerzen und wie Maschinenteile mit verharzten Lagern bewegen zu können. Mir kippte der Kreislauf ab vor lauter Panik.

Dabei könnte ich im Rollstuhl sitzen.

Hätte der junge Arzt, den ich, als ich ihn später kennenlernte, so blasiert fand, nicht noch in der Nacht meiner Einlieferung operiert, dann wäre ich jetzt im besten Falle vom vierten Lendenwirbel abwärts gelähmt. Dann bestünde die Hälfte meines Körpers, vielleicht sogar die bessere, aus so was wie durchbluteten Leichenteilen.

Der Orthopäde hatte mich gewarnt: eine Stunde täglich und aufhören, wenn es weh tut. Aber wie alles, was ich erreichen will, versuchte ich auch, meine Finger mit Ungeduld und erhöhtem Pensum wiederherzustellen. Jetzt hatte ich den Salat.

Ich unterdrückte meine Panik und ging ins Kino. Während des ganzen Films zwang ich mich, die Finger nur etwa alle zehn Minuten zu bewegen, und als ich blinzelnd von der grellen Aprilsonne wieder nach draußen kam, fühlten sie sich nur noch an wie Tampons. Und nicht mehr wie summende Würstchen.

Wenn Sie Klavierspielen könnten, das wäre besser, hatte der Orthopäde gemeint, da würden Sie weniger Kraft gleichmäßiger einsetzen. Ihre Finger können wieder fast wie vorher werden. Sie müssen nur Geduld haben. Ich habe aber keine. Ich kann durchhalten, ich bin zäh, ich kann ein Ziel über Jahre im Auge behalten, aber Geduld habe ich keine. Wenn ich Feuer fange, dann brennt's auch.

@

Im Aquarium hatte sich was verändert. Ich starrte zuerst in Gedanken an den Film eine Zeitlang hinüber und sah den Schatten zu, die sich jetzt, da die Sonne hinter Zehlendorf versank, zusehends vergrößerten, bis mir auffiel, daß die Schiebetüren weiter offenstanden. Und in der Küche lag eine bunte Plastiktüte. Tut sich also was, dachte ich, und überlegte, wen ich am liebsten dort drüben sehen wollte.

Auf jeden Fall jemanden mit Geschmack, der die schön geschnittene Wohnung nicht mit »witzigen« Möbeln versaut oder gar mit dieser Pseudoarriviertenscheiße aus Chrom, Leder, Glas und Schellack. Einen Architekten vielleicht, der sieht, was die Räume brauchen, und sich leisten kann, alles neu zu kaufen. Und seine junge, hübsche Frau natürlich, die sich tagsüber auf die Heimkehr ihres hart arbeitenden Gatten vorbereitet mit Sonnenbaden, Ganzkörperkosmetik und Fitneßtraining.

Ich spürte, wie ich grinsen mußte bei dem Gedanken, und sah den letzten Streifen Sonnenlicht auf dem Parkett verblassen. Jetzt weichte ein gleichmäßiger Dämmer die eben noch harten Grenzen zwischen hell und dunkel auf. Ich schlug mir selber noch ein paar Bewohner vor: ein jungverliebtes lesbisches Paar vielleicht? Und warum nicht gleich eine fleißige aufstrebende Pornoproduktion? Mein Sexualleben war schon zu lange auf Autarkie ausgerichtet. Seit Sharii. Ich versuchte, nicht an sie zu denken.

Aber auf das Buch, das ich zur Hand nahm, konnte ich

mich keine zwei Sätze lang konzentrieren, und Anime salve, die CD die ich dann auflegte, rührte mit ihrer abgeklärten Leidenschaftlichkeit erst recht an den schöneren, weniger verhärteten Teil meines Innenlebens, also gab ich mich den Klängen hin wie einer Filmmusik unter den Bildern von Sharii, die heran- und wieder fortgetragen wurden, und ich brauchte nicht einmal die Augen zu schließen, so deutlich überlagerten sie die chancenlose Wirklichkeit:

Sharii mit dem kinnlangen, dunklen, dichten Haar, dem riesigen Mund, der beim Lächeln einen winzigen Spalt zwischen den vorderen Schneidezähnen offenbarte, den grauen Augen, die zu Schlitzen werden konnten, wenn sie ihre Lieblingsgrimasse zog, ein Gesicht, als schaue sie direkt in die Sonne, mit der seltsamen Marotte, leise durch die Nase zu schnauben, wenn sie nachdachte oder verwirrt war, den breiten Hüften, langen Beinen, schmalen Schultern und winzigen Brüsten, den Fingern, mit denen sie spielend auf dem Klavier eine Dezime hätte greifen können. Aber sie spielte nicht Klavier. Sie sang nur. Sie war einer von den Singvögeln.

Karel nannte die Singvögel, wenn sonst niemand zuhörte, Singvotzen. Er liebte es, so zu reden, weil ich es haßte. Er provozierte mich, weil er fand, ich sei prüde. Dabei war ich mit ihm in der Einschätzung dieser Frauen einer Meinung: Es waren dumme Hühner, die im Beisein des Produzenten immerzu die Lippen befeuchteten, alles versprachen und jedes dieser Versprechen beflissen einhielten, sobald sich die Gelegenheit ergab, nur um bei der nächsten Produktion wieder für ein paar Hu-Hus engagiert zu werden oder – davon träumten sie alle – eine Solokarriere auf dem befriedigten Grunzen eines lederbehosten Wichtigtuers aufzubauen. Wie oft hatte einer von uns nichtsahnend die Tür zum Geräteraum, Klo oder Hallflur geöffnet, nur um direkt auf den vom Currywurstfressen pickligen Arsch eines Produzenten zu blicken, der sich von einem

Singvogel bedienen ließ. Ich selbst nahm solche Chancen niemals wahr, obwohl ich als Tontechniker und Miteigentümer des Studios an ähnlich prominenter Stelle auf der Liste möglicher Karrierehelfer stand. Ich hatte Sibylle nie betrogen, weil ich unsere Beziehung nicht gefährden wollte. Dabei waren wir einander schon so fremd, daß wir hin und wieder ein Staunen im Auge des anderen entdeckten. Wer ist das? Was macht der Mensch in meinem Bad?

@

»Bin ich eigentlich unsichtbar?« fragte Sharii unvermittelt in die Stille hinein, die ich brauchte, um mich auf ein paar diffizile Hallparameter zu konzentrieren.

»Was?« Ich drehte den Kopf nicht zu ihr, denn ich wußte, sie saß in die Couchecke gelümmelt und blätterte in einem der Musikermagazine, die immer hier herumlagen. Maschinenfickerblättchen hießen die in Karels Sprachgebrauch. Er meinte mich damit. Ich war ein Maschinenficker: immer auf dem Stand der Technik und immer scharf auf das kleinste zusätzlich herausholbare Dezibel.

Ich wußte deshalb so genau, wie sie dasaß und was sie tat, weil ich immer versteckt zu ihr hinübergelinst hatte. Wie schon die letzten sechs Tage und Nächte, in denen sie hier herumgeisterte.

»Oder bin ich vielleicht so eine Art niederes Lebewesen, mit dem sich ein Qualitätsmensch wie du nicht abgibt?«

Sie war geblieben, um mich zur Rede zu stellen. Die Uhr am Pult zeigte kurz vor drei, Gitarrist und Produzent waren längst in die Diskothek abgezogen, und ich arbeitete an einer Vormischung für den Chorgesang. Shariis Stimme in vier Lagen, die mich seit den ersten Tönen nicht mehr losgelassen hatte. Ich war noch nie vorher einer Stimme so verfallen.

Sie hatte ins Schwarze getroffen. Sie war ein Singvogel. Eine niedere Spezies. Ich erlaubte mir nicht, der Faszination, die sie auf mich ausübte, nachzugeben. Ich war gefangen in meiner pauschalen Verachtung der Chormädchen und wollte diesen Käfig nicht verlassen. Ich schwieg.

»Stinke ich vielleicht?« Sie redete entspannt und gelassen, der Vorwurf in den Worten hatte keine Entsprechung im Klang der Stimme.

»Ich weiß wirklich nicht, was du meinst«, sagte ich und musterte das Display des Hallgeräts noch eindringlicher, bis mir klar wurde, daß ich mich lächerlich benahm und ich den Kopf hob, um ihr mitten ins Gesicht zu sehen.

»Du weißt, was ich meine«, sagte sie.

»Warum läßt du mich nicht einfach arbeiten?«

»Weil es nicht zusammenpaßt, deshalb.«

Ich beugte mich wieder übers Pult und studierte die Matrix der Subgruppe, die ich aus den vier Chor-Kanälen gebildet hatte. Aber ich sah nicht die Verzweigungen der Einschleifwege auf dem Display, sondern ihre grauen Augen, die mich angestarrt hatten. Sie redete einfach weiter:

»So wie du mit meiner Stimme umgehst, hast du Respekt davor. Noch kein Tontechniker hat sich so reingehängt. So, wie ich das kapiere, machst du jetzt grade sogar eine Art Spezialbehandlung für den Chor, du bearbeitest den schon vor der Mischung, das ist total ungewöhnlich. Aber mich übersiehst du konsequent. Warum?«

»Das ist nicht gegen dich«, sagte ich, ohne aufzuschauen, »du singst unglaublich gut, und ich bin ...« Ich wußte nicht weiter und faßte an meine Nase, das hilft mir immer beim Denken. »... ich bin fasziniert.«

Sie schwieg.

»Du stinkst nicht.« Sie schwieg.

»Mir wär's am liebsten, du siehst mich nicht.«

Ich hatte keine Ahnung, wieso ich das gesagt hatte. Ich hatte nicht mal eine Ahnung, was ich damit meinte. Es war einfach so herausgekommen, eine kleine, dahingeworfene Bemerkung, erst groß geworden in der Stille danach.

Sie stand auf, ging zur Tür, schaltete das Licht in der Regie aus und verließ den Raum. Sie schloß die Tür hinter sich, und ich fragte mich, ob sie jetzt beleidigt ins Hotel abzöge, aber dann sah ich einen kurzen Lichtschimmer im Aufnahmeraum – die Tür wurde geöffnet und wieder geschlossen – ich lehnte mich zurück in meinen Sessel und wartete.

Das Licht ging an. Nur die eine Deckenlampe, die sie immer beim Singen angeschaltet hatte. Der schlanke Lichtkegel stellte Mikrofon und Notenständer frei wie ein Theaterscheinwerfer und ließ den Rest des Raumes durch seine relativ harten Ränder womöglich noch dunkler erscheinen. Ich liebte diese Halogenlampen und hatte das ganze Studio mit ihnen ausgestattet. Manchmal inszenierte ich Stimmungen allein mit dem Licht, wenn ich das Gefühl hatte, es lohnt sich.

Sie schob Mikrofon und Notenständer ins Dunkel, sah direkt zu mir her – sie konnte mich nicht sehen, ich saß in fast vollständiger Nacht, nur die Kontrollämpchen und Displays waren an – und dann zog sie sich aus. Einfach so. Als wolle sie im Lichtkegel duschen.

Sie knöpfte ihr dunkelgraues Top auf und streifte es links und rechts von den Schultern. Ich glaubte, in ihren Augen ein amüsiertes Blitzen zu sehen, war mir aber nicht sicher. Dann streifte sie die Hose von den Hüften, den Slip gleich mit, reichte beides mit tänzerischer Grazie nach außerhalb des Lichtkegels, als stünde dort im Dunkel eine Zofe, hielt den Arm einen Augenblick gestreckt und ließ die Sachen fallen. Das ahnte ich mehr, als daß ich es gesehen hätte, aber ich war von der Geste so gefesselt, daß ich mehr auf die Kleidungsstücke geachtet hatte und erst jetzt ihren nackten Körper richtig wahrnahm, da sie ihre Hand wieder ins Licht zurückzog und beide Arme locker an den Seiten herabhängen ließ. Sie stand einfach da und schaute ins Leere. Ich sollte sie ansehen.

Ich weiß nicht, wie lang ich auf dieses irritierende Bild starrte, bis ich mich vorbeugte und, ohne mich von dem Anblick zu lösen, auf den Talkback-Schalter drückte: »Warum tust du das?«

»Weiß ich selber nicht«, hörte ich sie mit ferner, hallender Stimme sagen, denn ich hatte nur zwei weit entfernte Overhead-Mikrofone offen. Sie blieb stehen. Ich lehnte mich wieder zurück.

Ihre Haut war sehr weiß, ihre Brüste so klein, wie ich sie mir vorgestellt hatte, winzige, anrührend kindliche Hügelchen. Ihr Schamhaar hatte eine seltsame Form, kein Dreieck und kein Oval, irgendwas dazwischen, und ihre Hüften waren deutlich breiter als die Schultern. Ein sehr schöner Schönheitsfehler.

»Und jetzt ist's gut«, sagte sie und war mit einem Schritt aus dem Lichtkegel verschwunden.

Als sie nach zwei, drei Minuten vollständig angezogen wieder in den Regieraum kam, schaltete sie das Licht nicht wieder ein. Sie setzte sich auf dieselbe Stelle ins hinterste Eck der Produzentencouch und zündete eine Zigarette an. Ich erlaube normalerweise nicht, daß in der Regie geraucht wird, die teure Elektronik verträgt das ebensowenig wie meine Gesundheit, aber ich sagte nichts, bückte mich, um einen der Spulenkerne, die für Ausnahmefälle unter dem Pult lagen, zu greifen und ihr auf dem Boden hinüberzuschlenzen. Sie stoppte ihn mit dem

Fuß und versuchte, ihn gleich als Aschenbecher zu benutzen, obwohl sie erst einen Zug geraucht hatte und die Asche noch nicht lang genug zum Abstreifen war.

»War es das?« fragte sie.

Ich verstand die Frage nicht: »Was meinst du?«

»Du hast gesagt, am liebsten wär dir, ich seh dich nicht. Hast du das gemeint? Du siehst mich an, wenn ich dich nicht seh?« Ich brauchte eine Weile, um zu antworten, rieb mir wieder mit Daumen und Zeigefinger die Nase und hörte, wie sie den Rauch inhalierte und wieder ausblies. »Keine Ahnung«, sagte ich, »aber danke für den schönen Anblick.«

»Hihi, wie förmlich.« Sie drückte ihre Zigarette im Spulenkern aus.

@

Die CD war zu Ende, und ich hatte überhaupt nicht zugehört. Ich nahm sie heraus und legte sie in ihre Hülle zurück, überlegte, ob ich noch eine auflegen sollte, drehte Creuza de ma und Le nuvole in den Händen, aber dann entschloß ich mich, den Player auszuschalten und setzte die Kopfhörer ab. Kein Wunder eigentlich, daß ausgerechnet Fabrizio De Andrè mich nicht von den Gedanken an Sharii ablenken konnte. Sie hätte zu ihm gepaßt. Ihre klare, gerade Altstimme mit dem metallischen weißen Klang hätte sich wunderbar um seinen aufrichtigen Bariton legen lassen.

Unten in der Straße brannten die Lichter, und fast niemand mehr war unterwegs. Nur noch alle paar Minuten fuhr ein Auto vorbei. Ich nahm meinen Fingertrainer zur Hand, aber legte ihn gleich wieder weg. Die Taubheit hatte mich zu sehr erschreckt.

Schreiben könnte doch fast so gut sein wie Klavierspielen, dachte ich, aber was? Ich stand da und zog an meinen Fingern, bis mir einfiel, es mußte ja nicht gleich ein Tagebuch sein. Aber eine Liste?

Ich setzte mich an den Computer und startete Word. »Was tun?« schrieb ich oben auf die Seite, speicherte und öffnete eine neue Datei. Die überschrieb ich mit »Was lassen?« und speicherte sie auch. Das war schon mal ein Anfang.

@

Nachdem ich eine Viertelstunde vor der »Was tun?«-Seite gesessen hatte, den einzigen Satz vor Augen, der mir bislang eingefallen war: Finger bewegen, speicherte ich und öffnete »Was lassen?«. Hier kam ich voran. Es wurden immerhin zwei Sätze: Nie mehr das Wort »geil« verwenden.

Nicht mehr arrogant sein (außer gegenüber Männern unter sechzig mit Hut).

Nun hatte ich doch noch eine Idee für »Was tun?« und öffnete die Datei.

Bücher lesen.

Ich saß wieder minutenlang da, bis mir klar wurde, daß das Blödsinn war. Das Schreiben könnte Spaß machen, aber Listen waren dämlich. Wenn ich mich selber damit unterhalten wollte, dann mußte mir was Besseres einfallen.

@

Die Italienerin räumte den Tisch ab. Schade, ich hatte das Beste versäumt. Normalerweise versuchte ich, das Essen der Familie im vierten Stock nicht zu verpassen, denn oft bog sich der Tisch und bot einen wunderbaren Anblick. Und ich liebte es, mitanzusehen, wie sie das Essen in sich reinstopften und dabei alle vier quasselten. Ich sah oft Mutter, Tochter, Vater und Schwiegersohn gleichzeitig reden – sie konnten gar nicht hören, was die anderen sagten – es mußte eine Kakophonie sein, eine vollkommen sinnlose obendrein. Jedenfalls wenn man daran glauben wollte, Sprache sei ein Mittel, um sich anderen verständlich zu machen. Ich wollte daran glauben.

Ich mochte die Italiener und schaute jeden Tag bei ihnen rein wie bei einer Soap ohne Ton, an die man sich so gewöhnt hat, daß man sein Leben danach richtet. Erst wenn sie sich, wie die meisten im Haus, vor den Fernseher setzten, wandte ich mich wieder ab.

Auf einmal wußte ich, was ich schreiben wollte: Ich würde mir einfach mich selber erzählen. So, als sei ich ein Fremder, der sich dafür interessiert, wieso ich tagelang hier oben in der Wohnung stehe und zufrieden damit sein will, auf die Straße und in die Fenster der Nachbarn zu glotzen.

Ich probierte erste Sätze aus: Ich wurde geboren als, wie sich herausstellen sollte, einziger Sohn der Eheleute Günter und Annemarie Schoder und ... das war nichts. Weg damit. Zweiter Versuch: Ich heiße Bernhard, werde Barry genannt, und meine Finger sind nicht nützlicher als die Fransen an der Jacke eines Indianers. Das kommt daher, daß ich sie nicht von einer jungen Frau namens Sharii, deren wirklicher Name Sandra war, lassen konnte ... schon besser, aber auch nicht das Richtige. Ich wollte nicht schon wieder an Sharii denken. Dritter Versuch: Meine Welt war schon nicht mehr in Ordnung, als eine junge Frau daherkam, deren Stimme mich von allem losriß, was ich bis dahin so krampfhaft hatte festhalten wollen ... es schien kein Entrinnen zu geben. Anscheinend mußte ich die Geschichte erzählen. Vielleicht, um da anzukommen, wo ich jetzt war. Vielleicht konnte ich von dort aus weiter. Vierter Versuch: Ich war nach dem Unfall ein anderer Mensch ...

@

Ich hatte das Licht in der Regie nicht wieder angeschaltet. Auf den Displays sah ich genügend, und die Lage der Knöpfe und Schalter kannte ich im Schlaf, also arbeitete ich im Dunkeln weiter, während sie in ihrer Ecke saß und einfach da war. Sie gehörte zu den Menschen, die einen Raum nicht überfüllen, das hatte ich schon vor sechs Tagen, als sie zur Produktion gestoßen war, bemerkt.

Irgendwann sagte sie: »Stört's dich, wenn ich einfach hier sitze?«

Ich sagte: »Nein«, und sie zog die Beine unter sich und legte den Kopf auf die Seitenlehne.

Wenig später war sie eingeschlafen. Ich spürte es mehr, als daß ich es gehört oder gesehen hätte. Ich schaltete die Nahfeldmonitore ab, setzte mir Kopfhörer auf und machte weiter.

Als Nachtmensch merke ich normalerweise erst an einem Kreislaufabsturz, daß ich genug habe, und so wurde es kurz vor fünf, bis ich die Kopfhörer absetzte und ein Backup machte. Sharii schlief, die Hände über dem Bauch verschränkt, mit zur Seite gelegtem Kopf auf dem Rücken. Ich streckte mich, holte eine Decke aus dem Büro und legte sie ihr über Beine und Hüften bis zu den Händen. Ich brachte es nicht übers Herz, sie jetzt noch zu wecken. Sie würde vor Müdigkeit frieren auf dem Weg zum Hotel. Ich schaltete ihr die kleine Leselampe am Pult ein, sie sollte nicht erschrecken, falls sie aufwachen und sich in einer unbekannten Dunkelheit wiederfinden würde. Das Licht im Flur ließ ich ebenfalls an, damit sie auch im Halbschlaf die Toilette oder den Kühlschrank im Aufenthaltsraum fände.

Und da ich sie nicht allein lassen wollte, fuhr ich nicht nach Hause, sondern legte mich auf die Couch im Aufnahmeraum. Ich zog mich aus und wickelte mich in die zweite Decke aus dem Büro.

@

Ich habe das Glück, fast immer schnell einzuschlafen, trotz der Arbeit mit Musik, die den meisten Menschen durch die Wiederholung des Immergleichen Schwierigkeiten macht, aber diesmal lag ich wach. Ich spürte Shariis Anwesenheit jenseits der Glasscheibe, als wäre ich fünfzehn und wir lägen in einem Zelt. Und mir wurde auf einmal klar, was ich gemeint haben mußte, mit dem Satz: Am liebsten wär mir, du siehst mich nicht. Sie sollte nicht merken, daß mich ihre Gegenwart verwirrte, daß ich über sie nachdachte, sie mir vorstellte, wenn ich nachts nach Hause fuhr, daß ich ihre Stimme hörte, wenn ich unter der Dusche stand, und daß ich an dieser Stimme so ehrgeizig arbeitete, weil ich nicht genug davon bekommen konnte. Wäre das nicht vollkommen ausgeschlossen, dann hätte ich gesagt, ich bin verliebt.

Aber ich war Mitte Vierzig, seit elf Jahren in einer festen Beziehung, die ich allerdings im Verdacht hatte, nur noch zu bestehen, weil wir uns allenfalls vier, fünf Stunden in der Woche sahen. Sibylle war die meiste Zeit im Krankenhaus, und ich hatte nur selten einen ganzen Tag frei. In einem gutlaufenden Studio schließt sich eine Produktion an die andere an, es ist eine endlose Kette mehr oder weniger intensiver Zweckbündnisse auf Zeit, während der man sich nur zum Schlafen trennt. Man stellt sich aufeinander ein wie zum Besteigen eines gefährlichen Gipfels. Ich wäre weder erstaunt noch empört gewesen, hätte Sibylle einen Liebhaber gehabt. Es hätte mich, wenn ich ehrlich war, nicht wirklich interessiert.

Verliebt zu sein, traute ich mir einfach nicht zu. Ich war so in die Arbeit verstrickt, daß mich das Leben außerhalb nur hin und wieder streifte, obwohl ich die meiste Musik nicht mochte, an deren Entstehen ich so engagiert beteiligt war. Und sich zu verlieben bedeutete, sich von der Arbeit wegzusehnen. Außerdem war ich auch, wie ich glaubte, mit den Frauen fertig. Die jahrelangen Kämpfe mit Sibylle hatten mich so zermürbt, daß ich mir sicher war: Frauen und Männer passen nur zusammen, wenn einer von beiden dumm ist oder sich verstellt. Ein direkt umwerfender Gedanke war das wohl nicht, aber er tröstete mich seltsamerweise so, daß ich ihn wie eine Weltformel respektierte. Das war nicht schwer, denn ich behielt ihn für mich. So wurde er nie widerlegt und behielt seine Aura. Und ich konnte mich um die Entscheidung herummogeln, wer von uns beiden, Sibylle oder ich, denn nun dumm sei. Wohl eher ich. Unter den Leuten, mit denen ich zu tun hatte, Musiker, Techniker, Produzenten, fanden sich nicht allzuhäufig anregende Geister, mein Hirn war lahm geworden in der ständigen Beschränkung auf Technik und Musik. Ich las vielleicht drei oder vier Bücher im Jahr, wenn ich fliegen mußte oder im Urlaub, Filme sah ich fast keine mehr, den Kontakt zur Welt hielt ich nur über den Spiegel, durch den ich mich eisern jede Woche biß. Da konnte Sibylle mit ihren Arztkollegen, Fachkongressen und Fortbildungsseminaren durchaus mehr in die Waagschale werfen.

Aber klug oder dumm war nicht das Thema. Auch nicht, daß Frauen und Männer mit verschiedenen Waffen kämpften, die Frauen immer mit den überlegenen, das sah ich nicht nur bei Sibylle und mir, sondern überall, wo ich es mitbekam, das Thema war: Sie konnte mich irgendwann nicht mehr verstehen. Und das war nicht ihre Schuld. Ich war ein personifizierter Widerspruch. A walking contradiction, partly true and partly fiction, hatte Kristofferson vor fast dreißig Jahren gesungen. Das traf auf mich zu. Mit der Wut und Arroganz eines Künstlers machte ich den Job eines Handlangers. So was geht nie lange gut. Mein Abscheu vor billigen Tricks, Platitüden und Mittelmaß war der eines schöpferischen Menschen, der Eigenes, Besseres entgegenzusetzen hat, aber meine Funktion und mein Talent bestanden darin, genau das, was ich so verachtete, zu polieren, es zu unterstützen und kaschieren, dazu gute Miene zu machen und unter allseitigem Schulterklopfen Platz eins in vier Wochen zu prognostizieren. Ich ekelte mich vor mir selbst, und solche Leute kann keiner verstehen. Auch eine kluge Oberärztin in der Charité nicht, die schon einiges vom Leben kennt.

Meine Arbeit war eigentlich das Falsche für mich, und wie alle, die sich im Falschen einrichten, verteidigte ich sie mit Klauen und Zähnen. Auch gegen die Liebe.

Nachdem ich mich dreimal umgedreht hatte und noch immer nicht richtig bequem lag, stand ich auf und holte mir ein Glas Wein. Aber ich fror und trank nur einen Schluck, den Rest schüttete ich in den Ausguß. Irgendwann mußte ich dann doch eingeschlafen sein, denn das nächste, was ich bemerkte, waren blasse Streifen Morgenlicht, die durch die Außenjalousien der Dachfenster hereinfielen. Ich glaubte, ich sei von meinem eigenen Schnarchen aufgewacht, aber dann spürte ich eine Hand auf meiner Brust.

»Heh.« Sharii ließ die Hand in Richtung meines Bauches wandern. Ich lag auf dem Rücken und war mir noch nicht sicher, ob ich träumte.

»Du schnarchst«, sagte sie.

»Bist du etwa davon aufgewacht?«

»Nein. Von einer Eingebung.«

Ich schwieg.

»Ich hatte die Eingebung, daß du hier sein müßtest, weil du mich nicht allein lassen würdest, und ...«

»Und was?«

»Daß jemand dich retten muß.«

Ihre Hand lag einen Moment still, und ich hielt den Atem an, um sie nicht mit der Bewegung meines Zwerchfells zu verscheuchen.

»Wovor denn mich retten?«

»Ich hab keine Ahnung«, sagte sie lächelnd und ließ die Finger zu meinem Bauchnabel krabbeln. »Eingebungen sind nicht immer ausführlich.«

Ich wußte nichts zu sagen, also hielt ich den Mund und konzentrierte mich auf das Kribbeln und Summen auf meiner Bauchdecke. Die Hand lag wieder ruhig, flach und kühl, was womöglich noch erregender war als das verspielte Krabbeln.

»Soll ich?«

»Was?«

»Dich retten.«

Ich nickte, und sie stand auf und zog sich wieder aus. Wieder mit der Beiläufigkeit wie vor einigen Stunden, ohne jeden Anflug von Koketterie oder Laszivität. Dann kniete sie sich neben mich, zog mit einer Hand die Decke von meinen Hüften und dann mit beiden die Unterhose. Das hatte etwas krankenschwesterhaft Fürsorgliches, sie gab mir das Gefühl, ich brauchte mich nicht zu bewegen, brauchte nichts zu tun, sollte alles ihr überlassen. Und das tat ich.

@

Eine vibrierende Spannung war in ihrem Körper. Ich meinte, auf ihrer Haut zu sehen, was ich unter meiner spürte. Sie saß auf mir und bewegte sich langsam, ihre Augen fest auf mich gerichtet, aber sie sah mich nicht. Ihr Blick ging nach irgendwo. Da platzte Karel herein.

»Au, heh, Entschuldigung«, sagte er, »guten Morgen auch«, und schloß schnell die Tür wieder hinter sich. Sharii erstarrte. Alle Spannung wich aus ihr, sie schien auf einmal das Doppelte zu wiegen. Sie senkte den Kopf und schaute in ihren Schoß. »Oh, oh, das ist jetzt herzlich schiefgegangen«, sagte sie leise.

Ich murmelte etwas wie »Das darf nicht wahr sein«, oder

»Ich glaub's nicht«, als sie von mir herunterstieg und sich schnell anzog. Ich lag wie gelähmt und wußte nicht, was tun.

Sie war fertig angezogen, sah mit einem gehetzten Blick um sich, streckte ihre Hand aus und strich mir durch die Haare. »Tut mir leid«, sagte sie und ging schnell aus dem Raum. Ich blieb liegen.

@

Den ganzen Tag über versuchte ich, Karels Grinsen zu ignorieren, was mir schwerfiel – ich hätte am liebsten reingehauen, aber den Triumph gönnte ich ihm nicht. Schlimm genug, daß er mich mit einem Singvogel überrascht hatte, ich wollte nicht auch noch mit einer heftigen Reaktion die Zumutungen seines Humors verlängern, denen ich, zumindest in den nächsten Tagen, ausgesetzt sein würde. Jeden Spruch, den er je zum Thema Sex oder Fremdgehen gehört hatte, würde er ausgraben, denn meine bisher unerschütterliche Treue war ihm, wie jedem fröhlichen Sünder, als Vorwurf erschienen.

Mein Ärger über Karels gute Laune hatte nichts mit mir zu tun. Was er von mir hielt, kümmerte mich nicht. Es stand ihm nicht zu, über Sharii zu grinsen. Es stand ihm nicht zu, sie innerlich Singvotze zu nennen, es stand ihm nicht zu, sich einzubilden, auch er hätte sie haben können. Es stand ihm nicht einmal zu, sie nackt gesehen zu haben. Ein falsches Wort, und ich hinge ihm an der Gurgel.

Sie kam nicht ins Studio. Wir mischten zu dritt, Gitarrist, Produzent und ich, und hörten auf, als ich merkte, daß meine Ohren nicht mehr mitmachten.

»Wo warst du heut nacht?« fragte Sibylle, noch bevor ich die Tür hinter mir zugezogen hatte.

»Im Studio«, sagte ich. »Es ging bis fünf Uhr morgens, da hab ich mich dort auf die Couch gehauen.«

Sie war bleich und hatte den verspannten Ausdruck im Gesicht, den ich von unzähligen Eifersuchtsanfällen kannte. Ich sank innerlich zusammen. Nicht schon wieder. Nicht dieses Mal. Ich sah sie an und schüttelte, wie ich hoffte, nachsichtig den Kopf. Ein weiterer Ausdruck, den ich schon viel zu gut kannte, machte sich in ihrem Gesicht breit: Verachtung.

Seit elf Jahren war dieses Fegefeuer in unregelmäßigen Intervallen über uns gekommen, immer unbegründet, und ich hatte mir fest vorgenommen, sollte ich jemals wirklich was verbrochen haben, ich würde es nicht zugeben. Ich war mir sicher, damit Sibylle zu schonen, nicht mich. Sie war ja mit dieser krankhaften Kontrollsucht ebenso geschlagen, wie sie mich damit schlug, und sie konnte offenbar nicht dagegen an.

»Da steckt doch was dahinter«, sagte sie kalt und starrte mich noch immer mit dieser ekelhaften Verachtung an.

»Endlich hast du mal recht«, hörte ich mich sagen und war auf einmal ruhig. Jetzt war es passiert. Ich hatte mit der Axt durch den Knoten gehauen. Ohne Entschluß. Ohne zu wissen, was ich tat. Ohne Willen, aber mit einer kalten, mir plötzlich bewußt gewordenen Wut auf diese Verachtung in ihrem Blick, die sie mir nun einmal zu oft gezeigt hatte.

»Also ja«, sagte sie. »Ja«, sagte ich.

@

Es ging ganz schnell. Ich hatte die Produktion noch nicht fertig gemischt, da war Sibylle schon zu einer Kollegin gezogen und hatte nahezu sämtliche Spuren in der Wohnung getilgt.

Kleider, Bücher, Geschirr, CDs, Tischdecken, alles, was sie jemals gekauft hatte, war verschwunden. Sogar in dem Karton mit Fotos, den wir anstelle eines Albums benutzten, war nichts mehr geblieben, was auf sie verwiesen hätte. Nicht ein einziges Bild von sich hatte sie mir gelassen. Aus den gemeinsamen hatte sie sich herausgeschnitten und mir mich dagelassen. Als ich in der dritten Nacht nach Hause kam, lag ihr Schlüssel auf dem Küchentisch. Das war alles. Elf Jahre.

@

Und mir war es recht. Zwar wankte ich durch die Welt, als könnte ich jeden Moment kotzen, stolpern oder in Ohnmacht fallen, ich aß nichts, trank nur Kaffee und fing sogar das Rauchen wieder an, aber ich wußte, was jetzt gerade geschah, war richtig und hätte schon längst geschehen müssen. Mir tat Sibylle leid, aber ich wußte auch, ihre Wut verwandelte den Schmerz für sie in eine Art von Sieg.

@

Sharii kam nicht mehr ins Studio. Sie war nach Hause gefahren, ohne ein Wort. Ich stellte mir vor, sie schäme sich vor mir und Karel und wolle mir deshalb nicht mehr begegnen. Dabei hatte sie mich gerettet. Das hätte ich ihr gern gesagt.

Ich besorgte mir vom Produzenten ihre Adresse. Sie lebte bei Heilbronn, in einem Nest namens Widdern, war die Schwester eines früheren Bandmitglieds und so zur Produktion gestoßen. »Eigentlich singt sie nur noch unter der Dusche«, sagte der Produzent.

»Sie ist gut«, sagte ich. »Wenn sie will, hat sie viel zu tun.« Der Produzent schüttelte zweifelnd den Kopf und meinte: »Die will nicht mehr.«

Ich hatte, was ich brauchte: ihre Telefonnummer, und wollte zu Karel ins Büro gehen – er sollte für mich die nächste Produktion übernehmen –, da stand er schon mit fassungslosem Kopfschütteln in der Regie und sagte: »Komm mal mit ans Fax.«

@

Vier Tage später war ich nicht mehr Miteigentümer, sondern nur noch Geschäftsführer eines gutgebuchten Studios und hatte eine Menge Geld auf dem Konto und in Aktien der Filmfirma, die uns aufgekauft hatte.

Ich hatte sofort ja gesagt, als mir Karel kreidebleich vor Aufregung das Angebot vorlegte. Es war eine einmalige Chance. Wir waren auf einen Schlag entschuldet, verdienten gut als Geschäftsführer, und die Aktien waren ein dickes Polster. Und wir durften endlich den Banken, die uns in den letzten zwölf Jahren so gründlich verarscht hatten, unseren fröhlich erhobenen Mittelfinger zeigen.

Ich brachte die Verhandlungen, Behörden-, Notars- und Banktermine auf Autopilot hinter mich, weil ich die ganze Zeit an Sharii dachte. Ich wollte zu ihr fahren. Mit ihr reden. Alles war jetzt anders. Ich war frei.

@

Auf dem Parkplatz der Mietwagenfirma stand ein dunkelgrüner Jaguar, der mir sehr gefiel, aber ich riß mich zusammen und nahm einen Mercedes. Ich wußte nichts von Sharii, es war möglich, daß sie den Jaguar als Angeberei empfand.

Kann ich dich besuchen, hatte ich am Telefon gefragt, und ihre Antwort, nach einem kurzen Zögern, das mir die nackte Panik in die Lungen trieb, war ein einfaches Ja.

@

Eine pummelige Frau mit glatten weißen Haaren öffnete mir und bückte sich, obwohl sie klein war, in der niedrigen Tür des windschiefen Häuschens. »Sie sind der Besuch aus Berlin? Sandi muß gleich da sein.«

Wir warteten auf Sharii und unterhielten uns. Annegret, so hieß Shariis Mutter, war mir gleich sympathisch und ich ihr wohl auch, denn wir lachten und quasselten und aßen Butterbrot mit Radieschen zu dem Weißwein, den sie mir ungefragt eingeschenkt hatte, als Sharii, dem Geräusch nach mit einem Roller, vorfuhr und schon von draußen rief: »Mama! Barry!« Ich schnellte von meinem Stuhl hoch und war mit drei Schritten an der Tür zum Flur.

Sie gab mir scheu und förmlich die Hand, ohne mich dabei anzusehen und legte ihren Sturzhelm ab. »Ich war mir nicht sicher«, sagte sie, »aber jetzt find ich's doch nett, daß du mich besuchst.«

»Nett?«

»Ja, nett.«

»Wollt ihr hier essen?« fragte Annegret aus dem Wohnzimmer. Sharii sah mich an und schüttelte den Kopf. »Nein, mir ist nach Bewegung«, sagte sie und ging hinein. »Hallo, Mama.«

Ich folgte ihr ins Zimmer und stand verlegen da. Auf einmal war ich ein Fremdkörper in einer festgefügten Welt und wußte meinen Platz nicht.

Sharii wollte baden. In Richtung Jagsthausen, an einem kleinen Stausee. Auf meinen Einwand, ich hätte aber keine Badehose mit, sagte sie: »Braucht man da nicht«, und verschwand nach oben in ihr Zimmer, um sich umzuziehen. Annegret machte sich in der Küche zu schaffen. Ich gehörte jetzt ihrer Tochter.

@

Sie stand vor dem Mietwagen und betrachtete ihn stirnrunzelnd.

»Was ist?« fragte ich, »zu fett?«

»Nein, zu dunkel.«

Ich mußte sie fragend angesehen haben, ich hatte keine Ahnung, was sie meinte, denn sie sagte lächelnd und schulterzuckend: »Der Ritter kommt auf einem *weißen* Pferd. Das da ist nicht weiß.«

»Scheiße«, sagte ich. »Wenn du willst, dann hol ich morgen einen weißen.«

»Gut.« Sie warf sich das Handtuch über die Schulter. »Mach das.« Dann ging sie einen Schritt auf den Mercedes zu. »Pferd oder Knatterkiste?« Sie deutete vom Wagen zur Vespa.

»Knatterkiste«, sagte ich, denn ich würde mich an ihr festhalten müssen.

@

Sie ließ ihren Helm da, weil sie keinen zweiten für mich hatte, das wäre ungerecht, fand sie, beide oder keiner.

Ich hatte meine Hände um ihre Taille gelegt, als wir über Feldwege holperten, und genoß die Fahrt, ihre wehenden Haare, die mein Gesicht kitzelten, wenn sie den Kopf zurückbog, die schwere, warme Sommerluft und sogar den enervierenden Motorenlärm der Vespa. Ich mußte ein Stückchen von ihrem Hintern abrücken, denn ich spürte, daß mir eine Erektion wuchs. Zum Glück trug ich Jeans, da kann man den Zeiger auf zwölf Uhr stellen und der Stoff hält ihn fest, aber ich stellte mich bei dieser Aktion wohl nicht sehr geschickt an, denn sie rief mir über die Schulter zu: »Ist schon recht. Kenn ich ja alles«, und lachte. Also ließ ich mich bei der nächsten

Unebenheit, über die wir hinweglärmten, wieder an sie heranrutschen.

@

»Aber jetzt brauchst du eine gute Idee«, sagte sie, als wir abgestiegen waren. Sie deutete auf meine Hosenknöpfe und kniff die Augen zusammen, als käme grelles Licht von dort. »Hast du eine?«

»Die beste paßt nicht hierher in die Öffentlichkeit.«

»Dann überleg dir eine zweitbeste. Denk an was Ernüchterndes.«

Wir suchten uns einen Platz möglichst weit entfernt von den anderen Badenden. Es war Abend und ein Wochentag und deshalb nicht viel los. Ich zog mich im Sitzen aus und legte mich schnell auf den Bauch. Sharii kicherte.

Als sie neben mir lag, auf dem Rücken, die Augen geschlossen und ihre Hand nach meiner ausgestreckt, fragte ich sie: »Warum bist du so schnell abgehauen?«

»Es war auf einmal alles nicht mehr gut«, sagte sie, »ich war mit einem Schlag die dumme Tussi, bei der man einen wegsteckt.«

»Aber das denkst du doch nicht von mir oder? Ich meine, du glaubst nicht, daß ich dich so sehe?«

»Ich weiß nicht. Was weiß ich schon von dir?«

»Denk's nicht.«

Wir schwiegen eine Weile. Ich spürte ihre Hand auf meiner und die Abendsonne auf dem Rücken. Ein leichter Wind kräuselte die paar Haare, die auf mir wuchsen. Das kitzelte.

»Und«, fragte sie nach einer Weile, ohne die Augen zu öffnen, »wirkt's?«

»Was?«

»Das Problemgespräch. Gegen deine Männlichkeit. Ich mein das sperrige Ding da unter dir.«

»Nein.«

Sie setzte sich auf. »Dann hab ich jetzt eine zweitbeste Idee. Komm.«

»Was, wohin?« Meine Stimme mußte nach Panik geklungen haben, denn sie lachte laut und sagte: »Ins Wasser. Vielleicht ist es kalt genug.«

»Aber ...« Ich konnte doch nicht mit einem Ständer zum Ufer stolzieren! Wie stellte sie sich das vor?

»Ich geh zwischen dir und den Leuten, und du hältst ihn fest.« Sie amüsierte sich köstlich über meine Verlegenheit.

@

Ich mußte einen roten Kopf haben, als wir im Wasser waren. Ich wußte zwar nicht mehr, wie sich so was anfühlt, die Tage meiner Adoleszenz lagen weit hinter mir, aber es konnte gar nicht anders sein. »Bin ich rot?« fragte ich.

»Knallrot.«

Sie kraulte ein Stückchen hinaus und wartete auf mich. Ich schwamm ihr hinterher und fühlte Grund unter den Füßen, als ich sie erreicht hatte.

»Schon besser?«

»Nein.«

Sie schaute um sich, dann kniff sie die Augen zusammen und sagte: »Gib mir deine Hand.«

Ich tat es, und sie nahm meine Hand, tauchte sie unter und legte sie sich zwischen die Beine. Dann faßte sie mich an.

Wir standen jetzt nebeneinander, aus dem Wasser ragten unsere Schultern und Köpfe, und wer zu uns hersah, hätte meinen können, wir unterhalten uns. Aber wir hatten die Arme gekreuzt und sprachen kein Wort.

@

Ich glaube, wir kamen gleichzeitig. Ich spürte wieder diese Spannung in ihr, und dann wurde ihr Gesicht weich. Sie schloß die Augen und entließ ein langgezogenes, leises, gegen Ende stotterndes Stöhnen. Es kam aus tiefstem Innern. Das gab mir den Rest. Es war unglaublich, sich ins Wasser zu verströmen, ich wollte versinken, der Ermattung meiner Muskeln einfach nachgeben und ganz im Wasser verschwinden. Aber ich nahm ihre Hand, die sich noch immer bewegte, und hielt sie fest.

»Du auch?« fragte sie leise mit geschlossenen Augen.

»Ich glaube, ich glaub's nicht.«

»Glaub's.« Sie lächelte und stieß sich vom Boden ab, ließ sich nach hinten fallen, schwamm mit kräftigen Zügen zur Mitte des Sees, und ich stand da in all meiner glücklichen Erschöpfung, bis ich mich entschloß, ihr zu folgen. Sie schwamm auf dem Rücken, und ich sah immer wieder ihre Brustspitzen, einmal sogar den Schamhügel aus dem Wasser auftauchen. Meine Züge waren weit weniger kräftig als ihre, ich brauchte ein Weilchen, bis ich sie erreicht hatte. Sie drehte sich auf den Bauch und lächelte mich an: »Und? Hat das jetzt was geholfen?«

»Ja.«

Sie schwamm ein Stück unter Wasser. Als sie auftauchte, war sie schon wieder ein paar Meter entfernt.

»Hast du Schwimmhäute?« rief ich ihr nach.

»Ja!«

Jetzt kraulte sie in atemberaubendem Tempo los und war lange vor mir am Ufer, obwohl ich mich anstrengte. Ich wollte nicht alt aussehen vor ihr.

»Warum heißt du Sharii«, fragte ich, »deine Mutter nennt dich Sandi.« Wir lagen auf dem Rücken und sahen in den Himmel.

Wieder hatte sie ihre Hand nach meiner ausgestreckt. Wir hielten Händchen wie ein Teenagerpaar.

»Und du? Warum heißt du Barry?«

»Bei mir hat's wohl leider mit den Bee Gees zu tun.«

»Wieso leider?«

»Ist mir heut peinlich.«

»Bei mir mit der Tochter von Belafonte. Ich hab nur noch ein I drangehängt, damit es was eigenes wird.«

»Und Sandi kommt von Sandra?«

»Sprich den Namen nicht aus.«

Ich versuchte, soviel wie möglich über sie zu erfahren, und sie gab mir bereitwillig Auskunft: Sie war hier aufgewachsen, ohne Vater, in dem nahegelegenen Städtchen Möckmühl und später in Osterburken zur Schule gegangen, hatte seit eh und je in Bands gesungen, anfangs in den amerikanischen Clubs der Umgebung, dann, als sie studierte, nur noch in einer Coverband zum Vergnügen und in einer Showband, um Geld zu verdienen. Das Studium, Englisch und Deutsch, hatte sie mit MA abgeschlossen und war nach Amerika gegangen, um dort in der Erwachsenenbildung zu arbeiten. Aber schon nach knapp zwei Monaten, gerade als sie in eine gutgebuchte Countryband hätte einsteigen können, war sie Hals über Kopf wieder hergeflogen. Ihr Bruder, ein begabter Bluesgitarrist, hatte sich im LSD-Rausch mit Benzin übergossen und angezündet. »Ich wollte meine Mutter nicht allein damit lassen«, sagte sie und atmete etwas tiefer ein als vorher.

Ich brauchte eine Weile, weil ich mir die Schmerzen vorstellte, die sie ausgestanden haben mußten, und hatte einen Frosch im Hals, als ich endlich fragte: »Wann war das?«

»Vor acht Jahren.«

»Und jetzt?«

»Arbeite ich in einem Café und sing nur noch unter der Dusche. Das bei dir war eine Ausnahme.«

»Genauso hat's der Bentgens auch gesagt. Wieso? Du müßtest eine Solokarriere starten.«

»Ich schreib keine Songs.«

»Man könnte gute finden.«

»Ich will aber nicht mehr.«

@

Sie hatte eine Weile geschwiegen, und ich wollte sie nicht weiter bedrängen, mich nicht als väterlicher Ratgeber aufspielen, der sie von ihrem Potential überzeugt. Ich suchte nach einem neuen Thema. »Hast du einen Freund?«

»Einen, der sich dafür hält, ja. Er nimmt es ernster als ich. Ich will irgendwann hier wieder weg, und seh ihn nicht an meiner Seite.«

Ich schwieg eine Weile und sagte dann: »Er tut mir nicht leid.«

»Sie hat jetzt bloß noch mich«, sagte sie irgendwann. Und dann, als hätte ich nachgefragt: »Es geht ganz gut mit ihr. Sie ist nicht so spießig, wie sie aussieht. Und wir haben, glaub ich, alles ausgekämpft, das ganze Mutter-Tochter-Zeug.«

Sie legte ihr Gesicht an meine Schulter und spielte mit der Spitze ihres Zeigefingers an meinem Schlüsselbein. Sie fuhr seine Umrisse nach, erst hin, dann zurück, dann quer – sie malte einen kleinen unsichtbaren Gartenzaun. Ich hätte schnurren können vor Vergnügen. »So will ich weiterleben«, sagte ich.

Sie richtete sich auf und sah mir ins Gesicht: »Warum bist du gekommen?«

»Weil du mit der Hand da rumgemacht hast.«

Sie lachte laut und sah sich dann gleich erschrocken um, als könne sich jemand wegen Ruhestörung beklagen. »Nein. Hierher. Zu mir.«

»Ich will mit dir zusammensein.«

Sie legte sich wieder hin und fragte in die Luft: »Urlaub oder krank?«

»Noch besser«, sagte ich stolz. »Frei. Ich hab den Laden verkauft.«

Sie pfiff leise durch die Zähne und setzte sich wieder auf. Ich hielt die Augen geschlossen und stellte mir vor, sie schaue mich mit so was wie Respekt an. Ein Mann, der einfach so sein Studio verkauft und angefahren kommt. Sie war hoffentlich beeindruckt.

»Wo wärst du jetzt am liebsten?« fragte sie, und ich mußte keine Sekunde überlegen für die Antwort: »Hier, neben dir.«

»Und wenn ich mitkäme? Wo wolltest du am liebsten hin?«

»Dann nach Norditalien. Verona und Florenz und Perugia.«

»Gut«, sagte sie in einem Ton, als hätte ich eine Art Prüfung bestanden. »Ich nehm frei, und wir fahren nach Florenz. Eine Woche. Gut?«

Jetzt schnurrte ich wirklich. Dann öffnete ich die Augen und sah sie auf mich herablächeln. Ihr Gesicht kam näher, und sie küßte mich. Zum ersten Mal.

Es war dämmerig und kühl, als wir aus dem Wäldchen fuhren und auf einen asphaltierten Wirtschaftsweg einbogen. Ein schwarzer Honda überholte uns – aus den geöffneten Fenstern dröhnte ein Song von Modern Talking – der Wagen verteilte großzügig die akustische Gülle in der Gegend, dann bog er mit quietschenden Reifen nach rechts in einen Feldweg und wurde mitsamt seinem Krach von den Maisfeldern verschluckt.

Ich fror und drückte mich enger an Sharii. Sie gab Gas. Wir flogen dahin, durch das Spalier aus mannshohem Mais. Das Sägegeräusch der Vespa war Musik in meinen Ohren. Diesmal versuchte ich nicht, von ihr abzurücken, als ich wieder eine Erektion bekam.

»Du bist hoffentlich kein unersättlicher Sexprotz«, rief sie über die Schulter und fuhr Schlangenlinien.

»Ich dachte, das mag man als Frau«, rief ich zurück.

»Das ist ein Mythos!« Sie drehte lachend den Kopf zu mir und gab noch mehr Gas.

In dem Moment, da ich begriff, daß ich Musik hörte, schoß der Honda vor uns auf die Straße. Ich habe jetzt noch das Geräusch des Aufpralls im Ohr. Ich glaube, wir flogen noch ein Stück aneinandergeklammert durch die Luft.

@

Die Stadtreinigung war unterwegs. Ich mußte beim Schreiben eingeschlafen sein. Oder ich hatte in einer Art Koma vor dem Bildschirm gesessen. Ich wußte nicht, wie lange. Das letzte Mal, als mein Blick darauf gefallen war, hatte die Uhr am Computer zwanzig nach fünf angezeigt, und es war dunkel gewesen. Ich speicherte und ging schlafen.

@

Ich wachte um vier Uhr nachmittags auf. Es regnete, kein Mensch war unterwegs, aber im Aquarium brannte Licht, und ein Handwerker räumte sein Werkzeug in eine Kiste. Ich konnte auf den ersten Blick nicht erkennen, was er in der Wohnung gemacht hatte, dann dachte ich, vielleicht was am Telefon, und sah auf die Straße. Da stand ein Kombi mit der Aufschrift EDV-Service-Gromer.

Ich mußte geschlafen haben wie ein Stein. Die ganze Wohnung glänzte und roch nach Essig und Zitrone, und ich hatte nichts gehört. Frau Pletsky kam jeden Dienstag, putzte, räumte auf und nahm meine Wäsche in einer großen Ikea-Tasche mit. Normalerweise floh ich dann ins Café Einstein, aber wenn ich mir wie heute die Nacht um die Ohren geschlagen hatte, ließ sie mich in Ruhe. Sie schloß einfach die Tür zu meinem Schlafzimmer und nahm sich den Rest der Wohnung vor. Deshalb überwies ich ihr auch das Geld. Nur das, was sie für die Chemische Reinigung und den Kauf von Putzmitteln oder Geräten brauchte, nahm sie sich bar aus einer Küchenschublade, in der sie dann die Quittungen hinterlegte. Das System war noch von Sibylle entworfen worden.

Der Telefonmann wurde auf den paar Metern von der Haustür zu seinem Wagen vollständig durchnäßt, ich sah, wie er fluchte, während er die Heckklappe des Wagens aufzog, um sein Werkzeug zu verstauen. Bis er endlich die Fahrertür geöffnet hatte und eingestiegen war, mußte er von der eingesaugten Nässe drei, vier Kilo schwerer geworden sein. Ich glaube, seine Scheiben waren schon vor der Kreuzung beschlagen.

Ich fand ein krümelndes altes Brötchen und aß es mit kalten Dosenbohnen zum Frühstück. Kein Kaffee, sonst würde ich die nächste Nacht wieder durchmachen. Ich sollte einkaufen, dachte ich, aber nicht bei dem Wetter.

Ins Haus gegenüber zu starren brachte auch nichts. Durch den dichter gewordenen Regen war jetzt alles schlierig und verzerrt. Ich nahm die Leute nur noch in molluskenähnlichen Umrissen wahr.

Ich hatte eine Odyssee im Hubschrauber hinter mir. Ich glaube sogar, daß ich etwas davon mitgekriegt habe, das Rattern der Rotoren und eine Stimme, die sagte: Das schafft der nicht. Vielleicht habe ich sogar etwas gedacht wie, das schaff ich doch, bevor ich wieder weggedriftet bin.

Zuerst in Heilbronn, dann in Stuttgart konnte ich wegen anderer Notfälle nicht aufgenommen werden, also flog man nach Tübingen, versetzte mich dort in ein künstliches Koma, operierte an der Wirbelsäule und versorgte die Brüche. Acht Finger waren gebrochen, zwei davon fast abgetrennt, nur durch Sehnen und ein bißchen Haut noch mit der Hand verbunden.

Ich lebte, nachdem ich aus dem Koma erwacht war, wochenlang in einem Dämmer, in dem sich Alpträume mit Schmerzen und Glücksgefühle mit stumpfer Depression abwechselten. In meinem Kopf hörte ich mich immer wieder die Frage stellen, was ist mit Sharii, aber ich war schon wieder ganz da und Herr meiner Sinne, als ich sie zum erstenmal laut ausgesprochen haben mußte.

»Wen meinen Sie?« fragte die Schwester.

»Sharii, die Frau, mit der ich auf dem Roller gefahren bin.«

»Warten Sie, ich hol den Oberarzt.« Die Schwester war umgehend aus meinem Blickfeld verschwunden, ich hörte das Quietschen ihrer Schuhsohlen auf dem Boden und das Öffnen und Zufallen der Tür.

Ich lag auf dem Rücken, fast vollständig eingegipst, frei waren nur die Schultern und Oberarme, alles andere hielt mich fest umklammert, im Innern meines Kopfes hörte ich mich bitte, bitte, bitte sagen, aber als ich das Gesicht des Oberarztes sah, wußte ich, es war umsonst.

»Sie haben nach der Frau gefragt, die mit Ihnen zusammen in den Unfall verwickelt war?«

Ich glaube, ich sagte nichts, sah ihn nur an. Meine Augen müssen geschrien haben.

»Sie sind alleine eingeliefert worden. Ich kann mich erkundigen.«

Er wollte wieder gehen. Sich die Nachricht für eine bessere Gelegenheit aufsparen. Jetzt schrie ich wirklich: »Sagen Sie's! Jetzt!«

Er sah mich an, dann nickte er: »Sie ist am Unfallort gestorben.«

Er verschwamm. Ich sah ihn nicht mehr. Ich hörte nur noch sein »Tut mir leid« und eine Anweisung an die Schwester, mir ein Beruhigungsmittel zu geben.

@

Nachdem man mir den Gips abgenommen hatte, kam ich nach Berlin. Karel besuchte mich ein paarmal, quasselte von Plänen für einen Club, den er gekauft hatte und umbauen wollte. Er versuchte, mich abzulenken, und manchmal gelang es ihm auch.

Es kamen sogar zwei Musiker, was mich sehr wunderte, denn in unserer Szene liebt man sich, solange man miteinander arbeitet, und dann können Jahre vergehen, in denen man eben den Nächsten und Übernächsten liebt. Der eine, Oleg, ein Russe, der ein verrückt avantgardistisches Akkordeon spielt und den ich, weil er ständig in Geldnot war, für jeden sich ergebenden Cajun oder Chansonjob anrief, brachte mir eine Flasche Schnaps und fragte, ob er mir Koks besorgen sollte. Ich dankte und lehnte ab, und wir wußten schon nach etwa drei Sätzen nichts mehr zu reden.

Martin, der ein Doppelquartett leitete, mit dem er sich gnadenlos prostituierte – jede Schlagersülze, Gala oder Werbemucke war ihm recht, er zog sich sogar passend zur jeweiligen Session an –, legte gleich ein Briefchen auf meine Bettdecke. Sie waren sich scheinbar alle einig, daß Koksmangel mein vordringlichstes Problem sei. Ich schob das Briefchen zurück. Ich nehme das Zeug schon seit Jahren nicht mehr. Und auch Martin war schneller wieder draußen als der Chefarzt bei seiner Visite.

Einmal kam auch Sibylle, aber sie schwieg nur, stand vor

meinem Bett und sah mich eine Weile an. Ich lag im Halbschlaf und wußte zuerst nicht, ob ich sie träumte oder wirklich sah. Als ich mir sicher war, verschwand sie. »Wiedersehen!« brüllte ich ihr durch die zufallende Tür hinterher. Werfen konnte ich nichts, meine Finger waren noch nicht wieder in der Lage, irgendwas zu greifen.

Erst einige Zeit später sah ich, daß auf meinem Bett ein kleiner Stoffhund saß. Ein Schäferhund von Steiff: Ich hatte so einen als Kind gehabt – er war beim Umzug nach Berlin verschwunden, und ich hatte Sibylle erzählt, daß ich ihn manchmal noch vermißte.

@

Als ich so weit war, daß ich einen Stift halten und einen Taschenrechner bedienen konnte, begann ich, den Umbau der Wohnung zu skizzieren. Ich wollte, daß nichts mehr darin an früher erinnerte. Und alles sollte so sein, wie ich es Sharii gern gezeigt hätte.

@

Es tat mir gut, nach meiner Entlassung in eine sichtbar auf den Kopf gestellte Welt zurückzukehren. Die Wohnung war eine Baustelle, in der Marco, ein bulliger Norditaliener, mit dem ich schon diverse Studioumbauten realisiert hatte, das Kommando über einen Trupp von Handwerkern führte. Er kannte mich schon so gut, daß er keine Steckdose, keinen Lichtschalter und keine Bodenleiste anbrachte, ohne vorher zu fragen. So hatte ich zu tun. Ich wurde gebraucht. Das war mein Reha-Programm.

Ich wohnte ein paar Wochen in einem gemieteten Zimmer, dann, als alle grundsätzlichen Dinge fertig waren – Schränke,

Regale, Wände und Böden – legte ich mir eine Matratze ins Schlafzimmer und zog ein. Die Wohnung wuchs um mich herum. Bis das Bad und die Küche fertig waren, vergingen noch mal Wochen. Und dann erst fing ich an, die Möbel auszusuchen.

Marco machte mich auf das Aquarium aufmerksam. »Schönes kleines Haus auf dem Dach«, sagte er, »da würd ich einziehen.« Wir rätselten, ob der Bau aus den dreißiger oder fünfziger Jahren stammen mochte. Die relativ hohen Räume sprachen für die Dreißiger, die klaren Formen für die Fünfziger. »Dann hatte aber jemand erstaunlich guten Geschmack«, fand Marco.

@

Der Regen hielt tagelang an. Verschwommen sah ich, daß im Aquarium gearbeitet wurde, aber ich verfolgte das Treiben nicht so aufmerksam, wie ich es bei schönem Wetter getan hätte. Ich sah die Autos verschiedener Handwerker und Lieferanten unten vorfahren und dann einen Umzugswagen, aber mein Interesse war nur sporadisch. Die meiste Zeit las ich oder blätterte durch die Downloadseiten im Internet auf der Suche nach Spielen, die ich noch nicht auf dem Rechner hatte.

Gegen Abend hörte der Regen auf. Und drüben ging das Licht an. Eine Frau im Rollstuhl.

@

Mein Gott, wie will die klarkommen, dachte ich, als ich begriff, daß sie allein lebte. Das ist doch unmöglich. Wie kommt sie in die Dusche, wer setzt sie aufs Klo, was passiert, wenn sie blöd hinfällt? Ich war mir sicher, sie lebte allein, denn jetzt konnte ich die eigenartige Einrichtung erkennen. Sie hatte keinen einzigen Schrank, statt dessen simple, mit Backsteinen und Brettern gebaute Regale und Kleiderstangen, die allesamt in Schulterhöhe angebracht waren. An der Art, wie sie über die Schwellen fuhr sah ich, daß man kleine Rampen hingebaut hatte. Ihr Rollstuhl war elektrisch, und sie steuerte ihn mit einem kleinen Joystick. Das Haus hat keinen Fahrstuhl, dachte ich noch, als argumentiere ich mit dieser seltsamen Frau gegen ihre längst gefällte Entscheidung.

Meine Augen tränten vom Hinüberstarren. Ich nahm die Kopfhörer ab und stoppte die Alfred-Brendel-CD, denn ich hatte seit Minuten keinen Ton bewußt gehört. Das geht nicht, dachte ich, das kann sie nicht machen. Mir war schlecht vor Aufregung. Die Szenerie gegenüber war genau das, was mir selber geblüht hätte mit einem bißchen mehr Pech bei dem Unfall oder einem weniger talentierten Chirurgen hinterher. So hätte ich mich durch den Rest meiner Lebenszeit bewegt, als Maschinenmensch, als Oberkörper mit sinnlos herunterbaumelnden Extremitäten. Ich wäre am liebsten hinübergegangen, hätte mich der Frau vorgestellt und ihr gesagt, wenn Sie was brauchen, rufen Sie mich an.

Das würde ich natürlich nicht tun. Wenn sie nicht allein zurechtkommen wollte, hätte sie nicht diese Wohnung gewählt.

Sie fuhr durch ihren Gang zur Wohnungstür. Dort nahm sie den Hörer der Sprechanlage ab, und ich schaute unwillkürlich auf die Straße. Da stand der Lieferwagen einer Fertiggerichtfirma, und ein Mann mit Kartons auf dem Arm drückte eben die Tür auf.

Mir kam eine Idee: Sie sollte nicht sehen, daß da einer sie anstarrte. Ich ging durch die Räume und schaltete alle Lichter aus. Dann sah ich ihr weiter zu, wie sie den Lieferanten bezahlte, die Sachen auf dem Schoß in die Küche fuhr und in den Kühlschrank räumte. Und was ist mit Brot, dachte ich,

Mineralwasser, Kaffee und so weiter? Will sie das alles bestellen?

Ich fand mich albern, über das Tun eines fremden Menschen zu räsonieren wie ein Spießer, der nichts Besseres zu tun hat, als zu glotzen und jeden Nachbarn für dessen Abweichen vom eigenen kleinen Lebensförmchen abzukanzeln, aber ich spürte auch, daß meine Aufregung einer Art Anteilnahme entsprang. Die Frau tat mir leid. Sie steckte mit ihren toten Gliedern in einem Leben, in dem auch ich hätte stecken können, und schien sich mutig damit abfinden zu wollen. So wie ich es hoffentlich auch versucht hätte. Und sie hatte eine Wohnung mit Adlerblick hoch oben ohne Fahrstuhl gewählt. Sie wollte gar nicht raus. Wie ich.

Ihre Einrichtung war spartanisch, aber erträglich. Ein großer Tisch im Wohnzimmer bestand aus einer Platte auf Malerböcken, ein kleinerer in der Küche ebenso, kein Sofa, kein Sessel, nichts zum Sitzen, außer zwei an der Küchenwand lehnenden Klappstühlen, das Bett war eine Platte mit Matratze, wie die Regale auf Sockel aus Backsteinen gebaut. Bilder oder Poster hingen keine an den Wänden, aber das war auch noch zu früh. Ich rätselte, ob die klare Linie aus Geschmack oder Geldmangel entstanden war. Das würde sich noch zeigen. Spätestens wenn der Kuß von Gustav Klimt oder ein Seerosenbild von Monet an der Wand hinge. Es konnte aber auch ein Haring, Klein oder Rothko sein. Ich hoffte darauf.

@

Sie räumte ein. Sie kam vom Flur, wo die Umzugskartons gestapelt waren, hereingerollt, den Schoß voller Sachen – Kleider, Handtücher, Schachteln – die sie in die Regale verteilte. Auf den großen Tisch im Wohnzimmer legte sie ein klobiges Notebook und schloß es an. Sie mußte sich verrenken, um an die Steckdosenleiste auf dem Boden und die Telefondose zu kommen. Also war sie auch am Netz.

Sie konnte in Shariis Alter sein. Noch keine dreißig. Aber darüber hinaus schien sie nichts mit Sharii gemein zu haben. Sie war blond, langhaarig, wirkte sportlich und ein bißchen so, wie jemand, der die Love Parade für eine tolle Sache hält. Ich glaube, ich fand sie hübsch, aber ich hätte es wohl schulterzuckend und in desinteressiertem Ton ausgesprochen. Wie ein Urteil über jemanden, dem man sonst keine positiven Attribute zugestehen will. Ihre Hüften und Beine konnte ich nicht mit Shariis vergleichen – ich sah nichts davon, weil sie saß, aber ihre Brüste waren größer. Sie hatte mit dem Einräumen aufgehört, seit der Computer angeschlossen war. Jetzt saß sie da und schrieb. Ich sah es, obwohl ihre Hände vom Bildschirm verborgen waren, an der Bewegung ihrer Schultern und Oberarme. Und an ihrem konzentrierten, abwesenden Gesichtsausdruck.

@

Sie schrieb stundenlang. Ich sah immer mal wieder hinüber zu ihr, hatte mein Licht ausgelassen – ich fand es schön, auf einmal mitzubekommen, wie es draußen immer dunkler wurde – ich schrieb auch, das war inzwischen zu meiner Hauptbeschäftigung geworden. Irgendwann merkte ich, es war beruhigend, hier zu sitzen und zu schreiben und mich mit gelegentlichen Blicken ins Aquarium zu versichern, daß auch sie da saß und schrieb. Das hatte etwas Tröstliches, Friedliches, ich fühlte mich auf einmal nicht mehr ganz so verlassen.

Ich verpaßte den Zeitpunkt, an dem sie zu Bett ging. Irgendwann war es dunkel, und ich hatte nicht mitbekommen, wie sie sich auszog, ins Bad fuhr, den Computer zuklappte oder offenließ, sich die Zähne putzte oder im Bett noch ein paar Seiten las.

@

Auch am nächsten Morgen, als ich ans Fenster trat, mit Abstand von der Scheibe, damit sie mich nicht sehen würde, saß sie schon wieder an ihrem großen Tisch und schrieb. Das Aquarium war, anders als meine Wohnung, voller Tageslicht. Das Wohnzimmer hatte ein Fenster zu mir und eines zur Seite, und die beiden anderen Zimmer waren durch die offenen Türen zu Bad und Speisekammer von hinten erleuchtet. Sie trug ein tiefdunkelblaues Sweatshirt und hatte die Haare zu einem Pferdeschwanz gebunden. Unter dem Tisch sah ich ihre Beine, ebenfalls in Dunkelblau, also trug sie wohl so eine Art Trainingsanzug. Neben ihrem Mauspad stand ein Kaffeebecher, aus dem sie hin und wieder trank. Sie wirkte glücklich. Oder zufrieden. Sie hob den Kopf und sah direkt zu mir her. Ich blieb still stehen, obwohl ich einen Fluchtreflex unterdrücken mußte. Meine Wohnung war dunkel, nur direkt am Fenster ein Streifen Tageslicht – sie durfte mich eigentlich nicht sehen, wenn ich so weit weg davon stand. Es war ein seltsames Gefühl. Sie sah mir ins Gesicht.

Endlich wandte sie sich wieder ihrem Bildschirm zu, und ich ging in die Küche, um zu frühstücken.

@

Was schrieb sie da nur? E-Mails? Artikel? Oder so was wie eine Examensarbeit? Die Pausen, die sie immer wieder machte, konnten Denkpausen sein, wie man sie bei längeren Texten einlegt, um den nächsten Satz richtig anzufangen, aber auch Wartezeiten, bis die E-Mail auf dem Server gelandet ist.

Ich zog mich an, einen Anzug, wie ich es mir vorgenommen hatte, und ging raus. Ich brauchte Lebensmittel, Schreibpapier und irgendwas.

@

Mein schwarzer Smart stand ein paar Straßen weiter, und ich mußte ihn suchen. Ich war seit über zwei Wochen nicht mehr gefahren und hatte den Platz, an dem er stehen mußte, nur noch vage gespeichert. Ich fand ihn nicht dort, wo ich suchte, sondern hundert Meter weiter. Als ich einstieg und losfuhr, lächelte mir eine Frau zu.

Ein Smart ist wie ein junger Hund, dachte ich, alle mögen dich. Ich hatte ernstlich erwogen, eine Vespa zu kaufen. Aus einem Gefühl der Treue oder Verpflichtung. Aber dann hätte ich immer ohne Helm fahren müssen, und das ist in der Stadt nicht drin. Mein Führerschein wäre innerhalb von Wochen weg gewesen. Außerdem hätte ich bei jeder Fahrt an Sharii gedacht. Der Smart war ein Kompromiß. Eine Art Vespa mit Dach und Kofferraum.

@

Ich kaufte Lebensmittel bei Aldi und KaDeWe und setzte mich dann vors Via Condotti in der Fasanenstraße. Sie hatten schon Tische draußen, und ich konnte mir das Kommen und Gehen im Literaturhaus gegenüber ansehen. Vielleicht schrieb sie einen Roman? Ich hätte gern über ihre Schulter mitgelesen.

Später stöberte ich in der Friedrichstraße herum und hatte nach ein paar Stunden Probleme, alles in den Wagen zu bekommen. Zwei Anzüge, einer dunkelblau, einer schwarz, drei Polohemden und Unterwäsche. Ich hatte es eilig, nach Hause zu kommen.

@

Sie saß noch immer an ihrem Tisch und schrieb. Ich hatte das seltsame Gefühl, sie hätte auf mich gewartet und fühle sich jetzt, da ich wieder da war, wohler. Quatsch.

Aber ich fühlte mich wohler in meiner zu großen, nur auf mich selber zugeschnittenen Wohnung, seit sie da drüben saß und schrieb. Ich räumte den Kühlschrank ein und hängte die Anzüge in den Schrank, nachdem ich vorher die Etiketten abgeschnitten und die Taschen aufgetrennt hatte, legte die Polos auf den Stapel und die Unterwäsche in die Schublade.

Ihre Regale waren so ordentlich eingeräumt wie meine. Das Aquarium sah fast wie eine Edelboutique aus. Wenig Farben, die meisten dunkel, und alles schön gefaltet und gestapelt. Ich sah nur die Regale an den hinteren Wänden, eins lief auch noch längs in meiner Blickrichtung. Dessen Inhalt konnte ich nur erahnen. Vielleicht die Wäsche.

@

Wir schrieben wieder den ganzen Abend. Sie unterbrach die Arbeit einmal, um zu essen, und ich sah ihr dabei zu, obwohl ich selbst Hunger bekam. Dann, als sie wieder am Bildschirm saß, holte ich mir eingelegtes Gemüse aus dem Kühlschrank und aß es mit einem Stück Brot. Als sie sich ein Glas Wein neben den Computer stellte, tat ich es ihr nach. Ich hob mein Glas in ihre Richtung und wünschte ihr gutes Gelingen. Seltsam, in dem Augenblick, als ich das Glas zum Mund führte, sah es aus, als ob sie lächelte. Aber sie konnte mich nicht sehen, meine Lichter waren aus. Und der Bildschirm strahlte sein spärliches Licht vom Fenster weg, er würde mich wohl kaum sichtbar machen. Sie konnte sich über etwas, das sie geschrieben hatte, amüsiert haben oder über einen Gedanken, der ihr durch den Kopf ging.

Und wieder verpaßte ich den Moment. Dabei war ich alle paar Minuten aufgestanden, um nach ihr zu sehen. Wie in der letzten Nacht war es auf einmal dunkel, und ich fühlte mich verlassen, bemerkte, daß ich müde war, und speicherte meinen Text. Es war halb drei.

@

Auch am nächsten Morgen kam sie mir wieder zuvor. Sie saß in Unterwäsche vor dem Spiegel und trainierte ihre Arme. Die Hanteln sahen schwer aus. Zu schwer für sie. Darin ähnelt sie mir auch, dachte ich, sie ist ungeduldig. Und wieder hatte ich so ein Gefühl, für sie verantwortlich zu sein, sie anrufen zu müssen, um ihr zu sagen, nimm kleinere für den Anfang, du machst dir die Muskeln kaputt, anstatt sie aufzubauen.

Mir fiel auf, daß meine Finger sich schon seit Tagen lebendig und beweglich anfühlten. Das Schreiben schien ein gutes Training zu sein. Besser als das Drücken dieser dummen kleinen Knöpfe.

Jetzt legte sie die Hanteln zur Seite und stützte sich mit beiden Händen auf den Lehnen ihres Rollstuhls ab. Dann stemmte sie sich hoch. Sie hob ihren ganzen Körper nur mit der Kraft der Arme in die Höhe, so weit, bis die Arme gestreckt waren und sie beinah hätte stehen können. Ich sah ihre Beine.

So langsam, wie sie sich hochgestemmt hatte, ließ sie sich

auch herunter. Dann legte sie das Kinn auf die Brust und blieb einen Moment so sitzen. Als sie den Kopf hob und in den Spiegel schaute, hatte ich wieder das Gefühl, daß sie mich ansah. Über Bande. Ich trat einen Schritt zurück.

Sie rollte zum Badezimmer. Ich bekam Lust auf eine Zigarette und ging in die Küche, um eine neue Schachtel zu holen. Vielleicht würde sie die Badezimmertür offenlassen.

Die Zigarette brannte, und ich stand wieder am Fenster, als es klingelte. In der Sprechanlage meldete sich ein Matthias. Er wolle mit mir sprechen.

»Worüber denn?« fragte ich arglos, denn ich dachte, es sei ein Drücker oder Meinungsforscher. Er schwieg einen Moment und sagte dann: »Über Sandi.«

»Wer sind Sie?«

»Ihr Freund. Wir waren zusammen.«

Erst jetzt merkte ich, daß ich erschrocken war, ich suchte nach Worten und brauchte Sekunden für den Satz: »Worüber sollten wir denn reden?«

Meine Stimme klang mir selber fremd. Zerstückelt und mürbe, fast wie die von Marianne Faithfull. Mir war schlecht.

»Über Sandi.«

Ich brauchte wieder eine Weile, um zu antworten: »Nein, das möchte ich nicht.«

»Ich bin extra hergefahren«, sagte er jetzt in verändertem Tonfall. Er klang nicht mehr klein und hilflos wie eben, sondern vorwurfsvoll und fordernd. Fast aggressiv: »Ich will von dir wissen, wie ihr letzter Tag war. Ich muß wissen, was ihr gemacht habt, bevor sie ... bevor ihr ... euch ...«

»Bitte gehen Sie.«

»Nein, ich warte hier, bis du runterkommst oder aufmachst.«

»Gehen Sie heim. Wir haben nichts zu reden.«

Ich legte auf. Er klingelte Sturm. Ich stellte die Klingel ab.

@

Ich ertappte mich ein paarmal dabei, wie ich zum Fenster lief, als wollte ich die Frau gegenüber zu Hilfe rufen. Aber sie war im Badezimmer verschwunden, und die Tür war zu.

Nach ein paar Minuten stellte ich die Klingel wieder an. Er hatte die Hand vom Knopf. Oder er war weg.

Ich konnte nicht von hier aus auf die Haustür sehen. Verdammt. Wenn der wartete, bis ein Hausbewohner kam und einfach mit reinschlüpfte? Dann stünde er irgendwann hier oben und würde den ganzen Hausflur zusammenbrüllen oder mir die Tür eintreten. Ich hatte schon wieder eine Zigarette im Mund.

»Sind Sie noch da?« fragte ich in den Hörer der Sprechanlage.

»Ja.«

»Bitte gehen Sie. Ich will nicht mit Ihnen reden.«

»Sandi wollte mich heiraten.«

»Hauen Sie ab!« Ich knallte den Hörer so auf, daß er runterfiel. Ich mußte ihn noch mal mit zitternder Hand auflegen. Er klingelte wieder Sturm. Ich schaltete die Klingel wieder ab.

@

Vielleicht zehn Minuten später nahm ich vorsichtig den Hörer ab, ich wußte nicht, ob ein Klicken mich unten verraten würde. Ich hörte ihn schluchzen.

Ich rief die Polizei an. Nachdem man mich von der Notrufzentrale zu einem Polizeirevier durchgestellt hatte, mußte ich Namen, Adresse und Telefonnummer angeben, bevor ich gefragt wurde, was ich zur Anzeige bringen wolle.

»Da steht ein Mann vor meiner Tür und will nicht wieder weggehen.«

»Ja, und?« Der Beamte klang, als stochere er in seinen Zähnen herum, aber das konnte auch von Filmbildern in meinem Kopf kommen. Vielleicht hatte er die Beine auf dem Tisch und verdrehte die Augen.

»Ich hab Angst vor dem«, sagte ich. »Was mach ich, wenn der hochkommt und mir die Tür eintritt?«

»Schulden Sie ihm Geld?«

»Nein, es ist ... was ... es ist persönlich.«

»Sie haben was mit seiner Frau.« Jetzt klang der Mann eindeutig zufrieden und hämisch. Er gönnte mir, was auch immer mir drohte.

Ich konnte nicht weiterreden, denn Shariis Gesicht stand so deutlich vor mir, ihr Lachen, ihre zusammengekniffenen Augen, der Moment, als sie den Kopf zu mir herumdrehte und rief: Das ist ein Mythos. Ich legte auf.

Minutenlang stand ich da und starrte auf den Boden. Das Bild verblaßte nur langsam, die Struktur des Parketts tauchte allmählich darin auf. Es war wie greller Kopfschmerz, dessen Abebben man in verzweifelter Starre erwartet.

Noch hatte das Parkett nicht vollständig über Shariis Gesicht triumphiert, als das Telefon wieder klingelte. Ich dachte, der Polizist habe es sich überlegt und sei nun doch bereit, den Kerl zu verscheuchen, deshalb nahm ich den Hörer aufgeregt und hoffnungsvoll ans Ohr. Es war Karel.

»Barry? Wie läuft's?«

Ich sprudelte sofort mein Problem heraus und bat ihn, herzukommen und mir per Handy zu sagen, ob der Typ noch vor der Tür stand.

»Junge, bei dir geht's aber ab«, sagte er, und ich sah sein Grinsen vor mir. Diesmal würde ich nicht reinschlagen.

@

Ich hatte ihm nicht gesagt, daß es um Sharii ging, aber vielleicht hatte er zwei und zwei zusammengezählt, denn seine Stimme klang nicht belustigt, als er eine Viertelstunde später anrief: »Der steht noch da.«

»Scheiße.«

»Ich komm mal rauf zu dir, ja? Wir denken uns was aus.«

»Aber laß den nicht mit rein.«

»Warte mal«, sagte Karel, »wir machen es so: Ich bleib hier an der Ecke, und wenn er sich schleicht, ruf ich an, okay?«

Ich war ihm unendlich dankbar. Unser Kontakt war in den letzten Monaten nahezu vollständig abgebrochen. Das lag an mir. Ich war wortkarg und abwesend gewesen und hatte ihn spüren lassen, daß mich seine Pläne nicht interessierten und unsere Gemeinsamkeiten sich erschöpft hatten, aber jetzt stand er auf der Matte und half mir.

Es grenzte an ein Wunder, daß der Typ nicht schon lang hier oben war. Entweder war er noch nicht auf die Idee gekommen, alle Klingeln zu drücken, oder niemand im Haus öffnete einem Unbekannten. Oder niemand war da. Dann würde mir auch niemand helfen können.

Das Telefon klingelte wieder. »Er geht weg«, sagte Karel, »ich glaub, er will zu der Telefonzelle da hinten. Ich komm und sag dir, wann du drücken sollst, okay?«

»Okay«, sagte ich und wartete auf sein Zeichen. Als er oben vor meiner Tür stand und mich spontan umarmte, war ich so froh, ihn zu sehen, wie bisher noch nie.

»Der hat sich nach mir umgedreht und ist hergerannt, aber ich hab die Tür zugedrückt«, sagte Karel grinsend. »War grad noch rechtzeitig.«

Ich machte uns Cappuccino. Jetzt, da Karel hier war, fühlte ich mich sicherer. Das Telefon klingelte ein paarmal, aber ich nahm nicht ab.

»Du kannst ein paar Tage zu mir ziehen«, schlug Karel vor, aber das lehnte ich ab. Ich konnte hier nicht weg.

»Worum geht's denn genau?«

»Er ist der Freund von Sharii«, sagte ich.

»O Scheiße.«

Er hatte es also nicht geahnt. An seinem Gesicht sah ich, daß es ihn traf. Die Geschichte mußte ihm nahegegangen sein. »Der arme Kerl«, sagte er leise. Und dann, nach einer Weile, in der wir schweigend den Milchschaum in unseren Tassen verrührten: »Willst du nicht doch mit ihm reden?«

»Aber was denn? Der macht mich krank.«

»Was glaubst du, wie krank der erst selber ist? Der will irgendwas Tröstliches hören. Vielleicht, daß du nichts mit ihr hattest. Oder daß sie nur von ihm geredet hat. Irgend so was.«

»Ich ... « Auf einmal konnte ich nicht weiterreden. In einem Reflex schlug ich die Hände vors Gesicht, denn ich merkte, daß mir Tränen aus den Augen schossen, so klar und lebendig war Sharii wieder vor mir und sagte lachend: Das ist ein Mythos.

Karel schwieg. Er faßte mich nicht an, saß einfach nur da und ließ mich weinen. Ich hatte das Gesicht in den Händen versteckt und spürte, wie mir die Tränen zwischen den Fingern durchliefen. Es war mir egal. Ich schämte mich nicht vor Karel.

Irgendwann stand er auf, ging zur Sprechanlage, nahm den Hörer ab – ich hörte das alles, ich sah nicht auf – und fragte wie ich vor einer halben Stunde: »Sind Sie noch da?«

»Ja«, schepperte es leise aus dem Hörer.

»Diktieren Sie mir Ihre Adresse«, sagte Karel freundlich, »ich rede mit ihm. Vielleicht schreibt er Ihnen.«

Eine Pause. Dann kam tatsächlich ein kleiner Wortschwall. Die Adresse. Karel wiederholte sie laut: »Matthias Beck, Deutschhofstraße vierundachtzig, sieben, vier, null, sieben, zwo Heilbronn. Okay, hab ich.«

»Danke«, kam die Stimme aus dem Hörer.

»Okay«, sagte Karel noch mal und legte auf.

Er schrieb die Adresse auf einen Zettel, den er aus der Küche geholt hatte, und legte ihn auf meinen Schreibtisch. Dann setzte er sich wieder zu mir. »Der ist so fertig wie du«, sagte er leise. Und jetzt legte er mir die Hand auf die Schulter. »Gehen wir was essen?«

Ich wischte mir das Gesicht mit den Händen ab und dann die Hände am Hemd. Karel nahm seine Hand von meiner Schulter. »Oder saufen.«

»Saufen ist gut«, sagte ich. Meine Stimme jodelte ein bißchen. Ich hatte sie noch nicht wieder unter Kontrolle.

@

Wir landeten in einer dieser schicken neuen Bars im Osten mit Steinboden, Metalltischen und nackten Wänden, in denen man das eigene Wort nicht vom restlichen grellen Kneipenlärm unterscheiden kann. Das war mir recht. Ich fiel in meinem Anzug nicht auf – hier sahen alle so aus –, und Karel konnte nicht verlangen, daß ich ihm zuhörte bei den Anekdoten, die er immer wieder zu erzählen versuchte, dann aber, selber enerviert von der Geräuschkulisse, ohne Pointe versacken ließ. Die meisten handelten von seiner Zeit in Prag, als er Tonmeister studiert und später beim Rundfunk gearbeitet hatte. Schließlich saßen wir nur noch so da und tranken und sahen uns um.

Ich war ihm noch immer dankbar und rechnete ihm seine Unterstützung hoch an, aber ich sehnte mich schon wieder nach der Wohnung. Die Adresse dieses Kerls würde ich wegwerfen. Als erstes, wenn ich nach Hause kam.

»Uff«, sagte Karel, als wir wieder draußen standen, »der Laden geht echt aufs Gehör.«

Er schlug noch vor, mir seine Baustelle zu zeigen, es sei ganz hier in der Nähe in einer ehemaligen Lagerhalle, aber ich wollte nicht. »Wenn du fertig bist, komm ich, oder wenn du Rat brauchst«, sagte ich.

»Rat brauch ich keinen. Ich hab 'n guten Architekten. Er hat lange Koteletten, er muß gut sein.«

»Danke«, sagte ich, »du warst ein echter Freund.«

»Warst?«

»Bist. Soll ich dich heimfahren?«

»Nein, ich nehm ein Taxi.«

Die Wohnung war verletzt, wie nach einem Einbruch. Dieser Kerl vor der Tür hatte schon gereicht, um mein Gefühl, ich sei hier sicher und geborgen, empfindlich zu stören. Ich ging, nach einem kurzen Blick aufs Aquarium – sie schrieb –, durch alle Räume und sah mich um, als könne jemand in einem dunklen Winkel kauern, auf mich losschießen und sagen: Was habt ihr gemacht? Ich beschloß, den Smart gegen einen weißen zu tauschen. Das Pferd muß weiß sein, hatte Sharii gesagt. Ein Pony, dachte ich, aber wenigstens weiß.

Ich war ein bißchen betrunken, jetzt spürte ich's erst, und ich hatte Hunger, also aß ich den Rest des Gemüses auf und trank ein Glas Wasser.

Ich würde mich wieder mehr um Karel kümmern. Wir waren schließlich Partner gewesen. Und Freunde waren wir immer noch, das hatte er heute bewiesen. Ich würde seinen Club bewundern und einmal in der Woche hingehen.

Ich hätte gern mit Sibylle geredet. Seit Ende August, seit sie ausgezogen war, wußte ich nichts mehr von ihr. Ich setzte mich an den Rechner und schrieb ihr eine E-Mail: Liebe Sibylle, ich würde gern mal wieder mit dir reden, danke sagen für den Hund, erfahren wie's dir geht, was du machst und vielleicht auch, wenn du das willst, erzählen wie's mir geht. Meldest du dich? Ich schickte ab und sah die Adresse von Matthias Beck da liegen. Ich nahm sie und warf sie in der Küche in den Müll.

@

Sie klappte ihren Laptop zu. Dann fuhr sie zum Lichtschalter, knipste aus und fuhr in ihr Schlafzimmer. Noch an der Tür zog sie sich ihr Sweatshirt über den Kopf in dieser typisch weiblichen Art mit vor der Hüfte überkreuzten Armen. Darunter trug sie nichts. Den Moment, als ihr Oberkörper entblößt und ihr Gesicht verborgen war, zögerte sie hinaus. Fast so, als wollte sie mir einen ruhigen Blick auf sich gewähren. Unsinn. Sie genoß vielleicht das Strecken der Arme. Jetzt zog sie es über den Kopf und, noch in derselben Bewegung, ging ihre Hand zum Lichtschalter, und das Zimmer wurde dunkel.

Ich ging zu Bett und schlief lange nicht ein.

@

Am nächsten Vormittag traute ich mich nicht zum Briefkasten. Dieser Matthias konnte ja wieder dastehen. Aber es war Montag. Wenn er nicht arbeitslos war, mußte er gestern nach Hause gefahren sein. Trotzdem ging ich nicht runter. Reichte auch später noch, nach der Post zu sehen. Was konnte schon drin liegen. Rechnungen und Werbung.

Sibylle hatte geantwortet: Barry, was sollten wir denn reden? Das ist eine rhetorische Frage und heißt soviel wie ICH WILL NICHT. Es geht mir gut, um deine Frage zu beantworten. Laß mich in Ruhe. Sibylle.

Meine Theorie über Männer und Frauen mochte dämlich gewesen sein, aber eins hatte wohl gestimmt: Sibylle mußte sich verstellt haben. Die Frau, die mit solcher Kälte auf eine harmlose E-Mail antwortete, war nicht elf Jahre mit mir zusammengewesen.

@

Im Aquarium war eine Putzfrau zugange. Später kam auch jemand mit Lebensmitteln. Diesmal nicht von der Fertigkostfirma. Der Lieferwagen war neutral. Sah fast so aus, als liefere er per Internet bestellte Sachen an. Das konnte ich auch mal versuchen.

Die Putzfrau nahm einen Berg Wäsche mit. Noch eine Gemeinsamkeit, dachte ich. Heute war sie schwarz angezogen. Ich sah sie seit gestern abend mit anderen Augen. Röntgenaugen.

@

Die Italienerin kümmerte sich schon seit einigen Tagen um die alte Frau im dritten Stock. Sie kam mit einer Schüssel und einem Brot zu ihr, deckte den Tisch und schaltete das Radio ein.

Ich konnte das ganze Treppenhaus übersehen und wunderte mich, daß die Italienerin, als sie wieder draußen stand, nicht nach oben in den vierten Stock zurückging, sondern, nach einem schnellen, verstohlenen Blick, zur Wohnung gegenüber. Dort klingelte sie, und ich sah den Sportler zur Tür hasten. Er hieß bei mir der Sportler, weil er stur jeden Wochentagsabend und Sonntagvormittag in grellbuntem Trikot auf sein Rennrad stieg und nach zwei, drei Stunden erschöpft, mit ledernem Gesicht und flatternden Beinen wieder ankam.

Er zog die Italienerin herein, küßte sie und machte sich sofort an ihrer Bluse zu schaffen. Sie half ihm dabei, und als er sie ins Schlafzimmer und damit aus meinem Blickwinkel zog, war er schon mit dem Verschluß ihres BHs beschäftigt, und die geblümte Bluse lag vergessen auf dem Boden.

Die alte Frau aß ihre Nudeln und wackelte beschwingt mit dem Kopf. Wegen des guten Essens oder weil gerade so was wie Der lachende Vagabund im Radio kam. Oder Weiße Rosen aus Athen. Oder weil sie von den Abwegen der Italienerin wußte und sie billigte.

@

Durch die Putzfrau war unsere klausnerische Dichtereinsamkeit gestört worden, und ich fürchtete, die Klingel oder ein Klopfen an der Tür könnten meine Hoffnung zerschlagen, daß Matthias heimgefahren sei, also zog ich mich an und ging raus.

@

Es gab keine weißen Smarts. Ich mußte den Rahmen umlackieren lassen und die Verkleidung tauschen. In Weiß hat ihn noch keiner gewollt, sagte die Verkäuferin, aber wir machen das für Sie. Am Freitag sollte ich den Wagen wiederbekommen, bis dahin gab man mir einen schwarz-gelben. Der war häßlich. Ich würde, so oft es ging, U-Bahn und Taxi fahren.

Da ich nun schon mal draußen war, fuhr ich zur Bank, um ein Software-Update abzuholen, kaufte Bücher und CDs und sah mich im Computerladen nach Neuigkeiten um. Ich überlegte, ob ich zu Karels Baustelle fahren sollte, ließ es dann aber sein. Ich fuhr nach Hause.

@

Die nächsten Tage schrieben wir wieder, und meine Angst vor Matthias verflog. Er saß daheim und wartete auf Post von mir. Ich bekam ein schlechtes Gewissen, daß ich seine Adresse weggeworfen hatte, aber jetzt war es zu spät. Frau Pletsky hatte schon den Mülleimer geleert. Sowieso, was hätte ich ihm schreiben können, das nicht mich selber genauso verletzte wie ihn. Ich hoffte, er würde sich beruhigen und einsehen, daß ich nichts für ihn tun konnte.

Es war ein seltsames Lebensgefühl, sich auf einmal mit den natürlichen Lichtverhältnissen zu synchronisieren. Wenn ich tagsüber gelesen hatte, legte ich das Buch bei Einbruch der Dämmerung aus der Hand und hörte Musik, aß etwas oder setzte mich an den Rechner, um zu schreiben. Ich spürte, daß die Nächte kürzer wurden. Anfang Mai wartete ich schon fast eine halbe Stunde länger darauf, daß endlich das Licht im Aquarium anging.

@

Die alte Frau saß verkrümmt in ihrem Sessel. Gerade als mir der Gedanke kam, ihr könne etwas zugestoßen sein, sah ich, daß ihre Wohnungstür offenstand und der Hauswart nervös auf die Italienerin einredete. Sie ging hinein und kniete sich neben den Sessel. Der Hauswart stand im Flur. Er traute sich nicht rein.

Ein Notarztwagen mit Blaulicht und Sirene kam angefahren, und zwei weißgekleidete Männer rannten ins Haus. Ich war froh, daß ich nicht die Polizei anzurufen brauchte. Wenn ich wieder an den Beamten von neulich geraten wäre und hätte ihm erklären müssen, daß ich in die Fenster des gegenüberliegenden Hauses glotzte – der hätte sich minutenlang über die Peinlichkeit gefreut, anstatt den Notarzt zu rufen.

Die alte Frau schien ohnmächtig zu sein. Sie war leblos, als der Arzt ihr den Puls fühlte, eine Spritze gab und sie dann gemeinsam mit seinem Helfer auf die Bahre legte. Unten, bevor sie in den Wagen geschoben wurde, fiel Sonnenlicht auf ihr Gesicht. Es war weiß. Tot konnte sie nicht sein, sonst hätte der Arzt versucht, sie wiederzubeleben. Der Krankenwagen fuhr weg. Ohne Sirene.

@

Ich holte mein weißes Pony ab und dachte an Annegret. Schon im Krankenhaus hatte ich ein paarmal den Impuls verspürt, sie anzurufen oder ihr zu schreiben, aber ich hatte es nicht getan. Ich wäre der letzte, den sie sehen wollte. Wenn sie überhaupt an mich dachte, dann als einen Teufel, der nur gekommen war, um ihre Tochter in den Tod zu entführen. Sie konnte mich nur hassen.

Jetzt wäre es schön gewesen, an ein Weiterleben der Toten zu glauben, mir Sharii vorzustellen, wie sie gerührt und belustigt lächelte über den armseligen Troubadour, der verloren durch die Straßen von Berlin ritt, um ihr eine Art von Ehre zu erweisen.

@

In der Wohnung der alten Frau war die Italienerin dabei, einen Koffer zu packen. Ihre Haltung hatte etwas Entmutigtes, Leidendes, Madonnenhaftes, als sie Wäschestücke aus der

Kommode nahm, sie prüfte und dann entweder in den Koffer oder zurücklegte.

Ich mußte instinktiv nach dem Sportler geschaut haben. Er verließ seine Wohnung, klopfte an die Tür gegenüber, und die Haltung der Italienerin änderte sich schlagartig. Sie warf den Kopf in den Nacken, schüttelte ihr Haar und ging mit schnellen Schritten zur Tür.

In Wirklichkeit lehnte er dann an der Kommode und unterhielt sich mit der Italienerin, während sie packte und räumte, aber in meiner Phantasie lief ein unterhaltsamerer Film: Der Sportler hatte sein Radleroutfit an und schob sich eilig die enge Hose von den Hüften. Die Italienerin knöpfte ihr Kleid auf und zog sich den Slip aus, bevor sie sich auf die Kommode setzte und den Sportler zu sich herzog. Es sah ein bißchen verkrampft, aber sehr leidenschaftlich aus. Er knetete und küßte ihre Brüste während er leicht gebückt in sie hineinstieß, sie hielt seinen Kopf und legte ihren in den Nacken. Ich kopierte offenbar einen kitschigen Buchumschlag.

Die Italienerin tat mir leid. Ihre Affäre würde jetzt schwieriger werden. Das Alibi war im Krankenhaus. Ende des Films.

Der Hauswart kam, und der Sportler half ihm, die leergeräumten Möbel in die Mitte des Raumes zu rücken. Es stand wohl ein Großputz an.

Sie war ganz weiß angezogen und hatte, wie oft in den letzten Tagen, die Haare zum Pferdeschwanz gebunden. Ich dachte mir Namen für sie aus. Wenn sie den Pferdeschwanz trug, hätte ich sie gut für eine Karin halten können. Keine Ahnung, wieso. Vielleicht hatte ich mal eine blonde Karin mit Pferdeschwanz gekannt, sie wieder vergessen, aber als Klischee gespeichert. Mit offenem Haar würde ich ihr einen moderneren

Namen geben. Julia oder Anja. Sie sah strenger aus in den weißen Kleidern, neutraler, ein bißchen unnahbar, vielleicht, weil ich an Ärztinnen und Schwestern denken mußte.

Es war Freitag. Wenn Matthias nach der Arbeit losfuhr, konnte er morgen wieder vor der Tür stehen. Seltsam, daß ich solche Angst vor ihm hatte. Wieso eigentlich? Der war so unglücklich wie ich. Warum tat ich ihm nicht den Gefallen? Die Frage war rhetorisch – ich wußte warum: weil Sharii *meine* Frau war, deshalb. Mit *mir* wäre sie nach Italien gefahren. Mit *mir* hätte sie in Siena den Straßenclowns zugesehen, wäre sie die steilen Treppen von Perugia hochgestiegen und hätte sich in den Geschäften von Verona und Florenz in jedes hübsche Kleid verliebt. Und mit *mir* hätte sie in halbdunklen Hotelzimmern geschlafen.

Ich hatte keinen Bedarf, das Gesicht des Mannes zu sehen, der sich Hoffnungen auf sie gemacht hatte. Der sie viele Male nackt gesehen hatte. Der mit ihr zusammengewesen war, über Jahre vielleicht. Ich hatte sie nur wenige Stunden gehabt. Er hatte kein Recht, mir meine Stunden mit seinen Jahren zu zerstören. Er gehörte nicht in mein Leben.

@

Sie saß an ihrem Küchentisch und rührte in einer Tasse. Dann fuhr sie zum Kühlschrank, nahm einen Karton Milch heraus und schüttelte ihn in der Hand. Sie hob den Karton über die Tasse, kippte ihn, und ich sah, daß er nur noch ein paar Tropfen hergab. Ich unterdrückte den Impuls, ihr sofort einen Liter Milch hinüberzutragen. Sie hielt die Tasse unter den Wasserhahn und ließ sie vollaufen. Wenn das Kakao war, dann schmeckte der jetzt scheiße.

@

Der Samstag war ein strahlend schöner Tag, und ich sah nach und nach alle Bewohner gegenüber ausfliegen. Die einen mit Picknickkorb, die anderen mit Hertha-Schals und Mützen, den Sportler im schwarzen Anzug und die Italiener, alle vier herausgeputzt, geschniegelt und gutgelaunt mit Gepäck für eine Wochenendreise. Nur der Hauswart saß bei offenem Fenster im Unterhemd vor dem Fernseher. Und natürlich sie, die am Vormittag eine Lieferung Lebensmittel erhalten hatte und jetzt wieder abwechselnd schrieb und trainierte.

@

Sie waren zu viert. Einer blieb im Transporter sitzen und ließ den Motor laufen, während ein anderer die Fensterfront im Erdgeschoß abging und sich der dritte und vierte an der Eingangstür zu schaffen machten. Sie brauchten keine zehn Sekunden, um sie aufzukriegen. Alle drei verschwanden im Haus, und der, der die Fensterfront abgeschritten hatte und den Hauswart entdeckt haben mußte, postierte sich jetzt vor dessen Tür, während sich die anderen in atemberaubender Geschwindigkeit über die Wohnungen hermachten. Die Türen knackten sie mit einem zylinderförmigen Gerät – es sah aus, als schössen sie die Schlösser auf. Sie hielten das Ding unter die Klinke, es gab einen Ruck, und sie schoben die Tür auf. Profis. Der eine war noch in der Wohnung der alten Frau beschäftigt, er steckte gerade irgendwas in die schwarze Sporttasche, die über seine Schulter hing, als der andere schon die Küchenschubladen des Lehrerpaares rausriß und einfach auf den Boden fallen ließ. Die waren sich ihrer Sache verdammt sicher.

Zuerst war ich nur fasziniert gewesen und hatte einfach zugeschaut, aber dann schoß mir durch den Kopf, daß sie da oben saß und vollkommen wehrlos war. Ich mußte die Polizei anrufen.

Es war nicht der Idiot von letzter Woche. Ich nannte schnell Namen, Adresse und Telefonnummer und sagte, im Haus gegenüber werde eingebrochen. Professionell. Sie sähen für mich aus wie Russen oder Polen, und sie rollten das Haus von unten her auf. »Bitte kommen Sie schnell«, sagte ich, »oben sitzt eine Frau im Rollstuhl.«

»Wir schicken jemand«, sagte der Beamte knapp, »bleiben Sie zur Verfügung, wir brauchen nachher Ihre Aussage.«

Als ich wieder am Fenster stand, war der eine schon bei den Italienern, und der andere legte gerade sein Ohr an die Tür gegenüber. Nur noch zwei Stockwerke zwischen ihr und ihnen. Wenn nicht ein Streifenwagen ganz in der Nähe war, hatte sie keine Chance mehr.

Obwohl mir schlecht war vor Angst – ich bin kein Krieger, eher ein Verhandler und Kompromißler, ich habe mich seit meiner Kindheit nicht mehr geschlagen –, rannte ich runter. Mir schlug das Herz im Kehlkopf, und ich nahm drei Stufen auf einmal auf den geraden Strecken und zwei in den Kurven.

Aber auf dem untersten Absatz wurde ich langsamer. Wie sollte ich an dem Kerl im Auto vorbeikommen? Und wie an dem vor der Hauswartswohnung? Nachdenken. Ich blieb stehen.

Vielleicht lag auch darin meine Chance: Ich gehe ins Haus, der Mann im Auto ruft die anderen mit seinem Handy an, und sie brechen die Aktion ab. Ich riß die Tür auf und ging stur, ohne auf das Auto zu achten, über die Straße.

Atmen. Die Tür fiel hinter mir zu.

Der vor der Hauswartswohnung tat so, als habe er sich in der Tür geirrt und wolle gerade wieder gehen, als er mich sah. Ich mußte weitergehen. Atmen. Der konnte mir jetzt einfach in den Rücken fallen und mich niederschlagen oder abstechen, aber er schlenderte Richtung Ausgang. Ich ging die Treppe hoch.

Sie kamen mir schon vom dritten Stock entgegen. Der eine hatte ihren Laptop unterm Arm, und die Sporttaschen, die sie beide inzwischen nicht mehr über die Schultern, sondern in den Händen trugen, wirkten gut gefüllt. Sie nickten mir zu, ich nickte zurück und ging weiter nach oben.

Auf dem Absatz machte ich halt. Meine Knie waren wie aus Watte, ich hielt mich am Geländer fest, bis ich die Haustür unten zufallen hörte.

Ich rannte runter und raus, sah den Transporter schon in die Kreuzung einbiegen und hörte eine Polizeisirene. Na toll. So schlau. Mit Sirene ankommen, damit der Einbrecher auch schön gewarnt ist. Ich ging schnell über die Straße und zurück in meine Wohnung. Ich hetzte so, daß ich kaum noch Luft bekam, als ich endlich wieder oben war und zum Fenster ging.

@

Sie blutete im Gesicht. Und sie weinte. Ich sah es daran, daß sie sich mit den Handballen über die Augen fuhr, wie ein trotziges kleines Kind, das niemandem den Anblick seiner Tränen gönnen will. Mit den Tränen verschmierte sie auch das Blut. Sie schien es erst jetzt zu bemerken, denn sie schaute erstaunt auf ihre Handfläche. Sie saß ein Stückchen entfernt von ihrem Wohnzimmertisch, auf dem der Computer fehlte.

Der Hauswart und die Polizisten gingen von unten nach oben durch die Wohnungen und begutachteten den Schaden. Ich fühlte mich fürchterlich.

@

Als die Polizei bei mir klingelte, war ich froh über die Ablenkung. Ich sagte dem Beamten alles, was ich wußte – die Autonummer hatte ich nicht lesen können, hatte den Transporter nur von der Seite gesehen, aber ich beschrieb Wagen und Personen, so genau ich konnte, obwohl der Beamte mir nicht den Eindruck großer ermittlerischer Leidenschaft vermittelte. »Die sind in einer Stunde an der Grenze«, meinte er, »wenn wir Glück haben, erwischen wir sie dort.« Er glaubte nicht daran. »Danke für Ihren Hinweis«, sagte er noch, als er sich verabschiedete, »wenn mehr Leute die Augen offenhalten würden, hätten wir mehr Chancen gegen die Gauner.« Ich schämte mich doppelt. Für mein Glotzen auf das Nachbarhaus und dafür, nicht rechtzeitig eingegriffen oder wenigstens angerufen zu haben. Nein dreifach. Das Lob des Polizisten klang mir zu sehr nach Blockwart und Drittem Reich.

@

Ich trank ein Glas Grappa in der Küche, dann noch eins, dann machte ich mir einen Espresso. Ich wollte nicht ans Fenster gehen.

Irgendwann ging ich doch, und was ich sah, stellte mir den Atem ab. Ich stand ganz still, bewegte mich nicht und starrte ins Aquarium.

Sie saß ruhig am Fenster und sah zu mir her. Und jetzt, da ich sie sah – auf einmal war ich mir sicher, daß sie es wußte –, drehte sie den Rollstuhl, fuhr zur Wand, stellte sich quer davor und schrieb, so hoch ihr Arm reichte, mit dicken roten Buchstaben:

WO WARST DU?

Ich atmete noch immer nicht.

Nachdem sie das geschrieben hatte, sah sie nicht mehr zu mir herüber. Sie rollte zum Badezimmer, ließ die Tür offen, und ich sah, wie sie sich mit den Händen aus dem für mich unsichtbaren Wasserhahn Wasser ins Gesicht schaufelte. Dann trocknete sie sich ab und fuhr in die Küche. Dort saß sie einfach am Tisch, die Ellbogen aufgestützt, das Gesicht in die Hände gelegt und weinte. Ich war mir sicher, daß sie weinte.

Ich war ganz an die Wand zurückgewichen, und jetzt ließ ich mich daran heruntergleiten, bis ich den Boden unter meinem Hintern spürte. Ich sah abwechselnd auf sie am Küchentisch und die dicken roten Buchstaben an der Wohnzimmerwand.

@

Das Telefon klingelte. Ich stand auf und ging hin. »Matthias Beck, was ist mit meinem Brief?«

Ich legte auf.

@

Der Hauswart war bei ihr und redete auf sie ein. Ich zog mein Jackett vom Haken und ging raus. Aber noch in der Tür kehrte ich um und nahm den Telefonhörer ab. Die Nummer kannte ich auswendig, mit Wolfgang Wenger, unserem EDV-Spezialisten hatte ich früher mehrmals die Woche telefoniert. Ich hatte Glück, er war noch im Laden. »Bleib da«, sagte ich nur, »ich bin in zwanzig Minuten bei dir«, und legte auf.

@

Er verkaufte mir sein teuerstes Stück. Ein superflaches, sehr schönes Notebook mit eingebautem Modem. Wir spielten Word, T-Online und AOL auf, luden die neuesten Browser- und Windows-Updates aus dem Netz herunter, Wolfgang richtete die DFÜ-Verbindung ein und schrieb auf einen Zettel, wo Telefonnummer und Anschlußkennung eingetragen werden mußten. »Damit bist du eine Weile zufrieden«, sagte er, als ich den Scheck ausschrieb.

»Ist nicht für mich.«

»Dann hast du denjenigen aber lieb«, sagte er und wedelte mit dem Scheck, als hätte ich nicht mit Kuli, sondern mit Füller unterschrieben und er müsse die Tinte trocknen.

@

Ich wartete bis zum Abend, obwohl es mir schwerfiel. Die Haustür war noch immer offen – so schnell trieb man keinen Schlosser auf –, ich hetzte die Stufen hinauf, legte die Plastiktüte mit Laptop, Unterlagen und CDs vor ihre Tür, klopfte und rannte die Treppe wieder runter. Wieder mit Herzklopfen, aber diesmal nicht vor Scham.

Und wieder war ich komplett außer Atem, als ich bei mir oben ankam.

Sie freute sich. Ich sah es deutlich an ihrer Haltung. Sie saß noch immer im Flur, hatte das Notebook auf dem Schoß und klappte es auf und zu, als wäre der Bildschirm eine Mercedestür, deren sattes Einrasten einen so entzückt, daß man davon nicht genug bekommen kann.

Sie fuhr ins Wohnzimmer, legte das Notebook auf den Tisch und leerte die Plastiktüte daneben aus. Sie sah flüchtig die Handbücher und CDs durch, nahm die Kabel aus ihren Hüllen und schloß alles an. Dann griff sie zum Telefon.

Im selben Moment klingelte es bei mir, und ich erschrak. Rief sie mich an? Konnte sie meine Nummer haben? Sie hatte den Hörer am Ohr und wartete. Ich rannte zu meinem Schreibtisch.

Aber als ich abnahm, meldete sich Matthias. Er komme wieder, wenn ich nicht schreibe, er habe ein Recht auf meine

Antwort. Er werde sich nicht so leicht abwimmeln lassen. Ich war nicht einmal wütend, als ich auflegte. Ich hatte kein Wort gesagt.

@

Sie saß wieder an ihrem Tisch, den Computer vor sich, und schien sich schon darin einzurichten. Sie tippte und bewegte die Maus. Dann sah sie auf, zu mir her, winkte und machte mir ein Zeichen, ich solle aufpassen. Sie fuhr zur Wand und schrieb unter den Satz WO WARST DU? ein ebenso großes DANKE! Unter das Ausrufezeichen malte sie statt eines Punktes ein kleines Herz. Dann drehte sie sich um und fuhr an den Tisch zurück. Dort winkte sie noch mal, um sich dann wieder ganz in die Einrichtung ihres neuen Spielzeugs zu vertiefen. Oder Handwerkszeugs. Ich spürte, daß ich breit lächelte.

Ich ging zum Telefon und drückte die Rückruftaste. Ein bißchen mulmig war mir schon im Bauch, aber ich lächelte noch immer. Jetzt oder nie.

»Beck?«

»Hören Sie, Matthias, ich versteh zwar nicht, wie ich Ihnen helfen könnte, aber bitte, fragen Sie.«

Er schwieg eine Weile, brauchte Zeit, sich von der Überraschung zu erholen, dann sagte er leise, aber mit gestochener Präzision, als habe er die Fragen auf einer Liste vor sich liegen und das Aussprechen schon viele Male vorher geübt: »Erstens, wie lang kanntet ihr euch schon, zweitens, was habt ihr gemacht, drittens, hat sie … habt … hast du mit ihr geschlafen …« Er brauchte Zeit, um über diese Frage wegzukommen, dann kam die letzte: »Und viertens, hat sie von mir erzählt.«

Ich atmete tief ein. Das, was ich jetzt sagen wollte, war so etwas wie ein Verrat an Sharii, aber sie würde ihn wollen. Dessen war ich mir sicher.

»Wir kannten uns etwa drei Wochen, wir haben zusammengearbeitet. Ich bin Toningenieur, sie hat hier gesungen. Zweitens, ich wollte sie zu einer Produktion überreden, deshalb bin ich hingefahren. Aber sie wollte nicht. Drittens, nein« – ich mußte aufpassen, daß ich jetzt keine Pause machte –, »und viertens, ja. Sie hat von Ihnen erzählt. Wir waren schwimmen an dieser Staustufe und haben uns unterhalten.«

»Nackt?«

»Nein.«

Er weinte wieder. Ich hörte ihn schluchzen. Ich wartete eine Weile, ob er noch etwas fragen wollte. Mir war eigentümlich leicht zumute. Ich war stolz auf mich. Eine gute Tat. Schließlich sagte ich: »Es tut mir leid.« Er legte auf.

@

Ich wollte nicht dastehen und ihr zusehen. Jetzt, da sie von mir wußte, hatte ich auf einmal Hemmungen. Ich ging raus und setzte mich in eine Bar zwei Straßen weiter.

Aber in Bars sollte sich nur aufhalten, wer irgendeine Sehnsucht verspürt. Nach einem dumpfen, besoffenen Männergespräch, einer verlogenen oder unverbindlichen Liebesnacht oder wenigstens einem Flirt, nach dem Anblick fremder Menschen oder danach, von fremden Menschen angeblickt zu werden. Ich wollte nichts von alldem und trank meinen Whisky wie ein Italiener seinen Espresso, schnell und zielgerichtet, zahlte, stand auf und ging nach Hause.

Ein sehr kurzhaariger junger Mann in Cargo-Hosen und weitem T-Shirt saß auf einem ihrer Klappstühle am Computer und richtete ihr vermutlich den Internetzugang ein. Sie saß neben ihm, schaute interessiert auf seine Handgriffe und schien sich nicht an dem Chaos zu stören, das er auf ihrem sonst so ordentlichen Schreibtisch angerichtet hatte.

Ich spürte den Whisky und ging zu Bett.

@

Ich wußte, daß es Matthias war, obwohl ich sein Gesicht nicht kannte. Er lag nackt, mit ausgestreckten Armen und weit aufgerissenen Augen auf einem durchsichtigen, locker aufgeblasenen Sitzmöbel aus Plastik und seufzte genießerisch. Auf ihm saß, auch sie ganz nackt, Sharii und ritt ihn mit heftigen Bewegungen. Ich konnte seinen Penis in schnellen Intervallen in ihr verschwinden sehen. Jetzt sahen beide zu mir her.

Matthias winkte verächtlich ab, er wedelte mich weg wie eine lästige Fliege, Sharii lachte mich an und sagte höhnisch: Du hast doch gesagt, wir haben nichts miteinander. Hau schon ab. Dann warf sie sich wieder mit Eifer in ihren Ritt und ignorierte mich.

Ich hörte mich selber noch gurgeln vor Entsetzen, als ich aufgewacht war. Ich wollte nicht wieder einschlafen. Wenn ich diesen Traum weiterträumte, wäre ich am Morgen verrückt oder tot.

@

Nachdem ich fast eine ganze Flasche Wasser getrunken und zwei schlecht schmeckende Zigaretten geraucht hatte, war ich nahe dran, Matthias Beck anzurufen und ihm zu sagen: April, April, ich hab gelogen. Wir haben zweimal miteinander geschlafen und wollten es noch tausendmal tun. Sie gehörte zu mir, als sie starb. Vergessen Sie Ihre Sandi und gehen zum Teufel. Ich hatte sogar den Telefonhörer in der Hand, aber ich ließ es sein.

Im Aquarium war es dunkel. Ich ging noch lange in der Wohnung hin und her und versuchte, den Alptraum zu vergessen. Wenigstens einzusehen, daß es nur ein Alptraum gewesen war und keine Botschaft von Sharii, ich hätte sie verraten.

@

Ich hatte mich auf den Boden gesetzt, den Rücken an der Wand und das Aquarium im Blick, denn ich wollte sie endlich einmal schlafen und erwachen sehen, aber sie nahm ihr Frühstück aus dem Kühlschrank, als ich aufwachte und mich mit schmerzendem Rücken und kribbelnden Beinen erhob.

Ich duschte und zog mich an, hätte eigentlich nichts lieber getan, als ihr zuzuschauen, aber ich schämte mich für ihre Wehrlosigkeit meinen Blicken gegenüber und ging deshalb nach draußen. Ich frühstückte in einem Straßencafé, wollte lesen, aber hielt es nicht aus und fand mich knapp zwei Stunden später wieder eilig die Stufen hinaufhastend und oben an meiner Wohnungstür, wie immer außer Atem und zum ersten Mal in diesem Jahr verschwitzt.

@

Sie war dabei, mit einer Rolle und weißer Wandfarbe die beiden Aufschriften zu übermalen. Ich sah nur ihre Arme und das, was von ihrem Rücken über die Rollstuhllehne reichte. Es sah aus, als wäre sie nackt. Vielleicht, um sich nicht mit Farbspritzern die Kleider zu ruinieren.

Die Farbe deckte nicht. Als sie fertig war mit Überstreichen, fing sie wieder von vorne an, denn die ehemals roten Buchstaben schimmerten rosa durch den im Vergleich zur übrigen Wand noch viel zu weißen Streifen. Sie hätte nur zu warten brauchen, bis die Farbe getrocknet war. Entweder hatte sie noch nie eine Wand gestrichen, oder sie war so ungeduldig, daß sie es keine Viertelstunde ohne Ergebnis aushielt.

Sie war nicht nackt, sondern hatte ein großes Handtuch um den Körper geschlungen. Das sah ich, als sie mühsam die Zeitungen vom Boden aufklaubte und zu einem Bündel zerknüllt in den Flur brachte. Das Handtuch löste sich einige Male, und ich sah ihre Brüste. Ich schaute weg, weil sie von mir wußte.

Auf einmal fühlte ich *mich* beobachtet. Sie sah mich mit ihrem Rücken, ihrem Hinterkopf, den Ellbogen, womit auch immer. Sie wußte, daß ich da war, und konnte sicher sein, daß ich zu ihr hinübersah, das war dasselbe, wie mich zu sehen. Ich fühlte mich ausgeliefert. Selbst jetzt, da sie im Badezimmer war und die Tür hinter sich geschlossen hatte.

Ich war drauf und dran, wieder rauszugehen, wußte aber nicht, wohin, und wußte auch, daß ich eigentlich nicht gehen wollte, nur glaubte, gehen zu müssen, weil ich ihre Intimität störte, da öffnete sich die Tür des Badezimmers und sie kam herausgerollt. Sie war angezogen. Dunkelblau.

Ihre Haare waren naß, und sie warf sie mit einer Kopfbewegung zurück, fuhr zu ihrem Computer, schaltete ihn ein und nahm dann den roten Filzschreiber wieder vom Tisch. Seit sie ihn benutzt hatte, um mich damit anzusprechen, wußte ich, wo er lag, und hatte ihn, ohne mir bis zu diesem Moment dessen bewußt zu sein, im Auge behalten. Sie rollte zur Wand und schrieb unter den feuchten Streifen weißer Farbe:

JUNE@GMX.DE

Dann fuhr sie zu ihrem Computer und starrte auf den Bildschirm.

@

Trotz der siebenhundertfünfzig Megahertz dauerte es mir viel zu lange, bis mein Rechner endlich hochgefahren war. Ich startete das E-Mail-Programm und trug die Adresse ein.

Und saß da, ohne ein Wort zu schreiben.

Hallo, wie geht's? Blödsinn. Tut mir leid mit den Einbrechern? Nein. Seit wann wissen Sie, daß ich Sie beobachte? Nicht als erstes. Ich saß minutenlang vor dem Bildschirm, ohne einen Buchstaben zu schreiben, bis ich mich endlich entschloß und lostippte: Gab es eine S-Kopie, oder ist alles, was Sie geschrieben haben, verloren?

Ich dachte eine Weile darüber nach, ob ich nicht noch mehr schreiben müßte, mich ihr vorstellen, mich entschuldigen, was auch immer, aber mir kam kein weiterer Satz in den Sinn, also schickte ich ab.

Und wartete.

Ich beherrschte mich und stand nicht auf, um zu sehen, ob sie schrieb, ich saß einfach vor dem Bildschirm, bis endlich das kleine Vibraphonarpeggio erklang, das ich mir als Zeichen für den Postempfang eingestellt hatte: Es gab eine S-Kopie, auf Diskette, und die steckte im Computer, also ist alles weg.

Und was sollte ich jetzt schreiben? Was fragt man eine fremde Frau, die weiß, daß man sie seit Wochen belauert hat? Was erzählt man ihr? Ich brauchte eine Weile, bis ich endlich tippte: Der Polizist sagte, die sind sicher schon über die Grenze.

Ich schickte es ab und wartete.

Ich las: Der Laptop ist super. Danke.

Ich schrieb: Nehmen Sie ihn als Entschuldigung an?

Ich las: Wie heißt du?

Ich schrieb: Barry.

Ich las: Hallo, Barry.

Ich gab es auf, sie zu siezen, nachdem sie es so deutlich ignorierte und schrieb: Und du?

Und las: June.

Ich schrieb: Bist du Amerikanerin?

Und las: Mein Vater war ein Ami, meine Mutter Deutsche. Ich bin aber hier geboren und zur Schule gegangen. In den USA war ich nur zwei Jahre. Ich bin eigentlich keine Amerikanerin. Und du? Engländer?

Ich schrieb: Nein, von hier. Was war das, was du geschrieben hast? Eine Arbeit für die Uni?

Ich las: Ich weiß es eigentlich gar nicht genau. Ich hab einfach aufgeschrieben, was ich tue, was ich fühle, woran ich mich erinnere, worauf ich hoffe, wie es sich auf einmal mit Rädern lebt, nachdem man fast dreißig Jahre auf Beinen unterwegs gewesen ist. So eine Art Selbstbeobachtung. Ein Bericht. Ich wollte später nachlesen können, was jetzt mit mir geschieht. Ich wollte nichts vergessen.

Ich schrieb: Und wirst du jetzt noch mal von vorn anfangen?

Und las: Ich weiß nicht. Es war schon so viel. Alles, was ich in den letzten Wochen geschrieben habe, geb ich verloren. Ich hab Angst, es ist alles nicht mehr wahr, wenn ich es aus der Erinnerung noch mal aufschreibe. Aber ich hab gestern wieder angefangen. Die Gegenwart halte ich fest.

Und du? Was tust du den ganzen Tag? Hast du einen Beruf? Wartet irgendwo eine Frau auf dich? Kinder? Was geht dir durch den Kopf, wenn du mich siehst in dieser Stille hier oben, die nur vom Klappern der Tasten oder Quietschen der Räder unterbrochen wird. Siehst du, wie still es bei mir ist?

@

Ich war aufgeregt und wußte nicht, weshalb. Mein Atem ging nur bis knapp unters Schlüsselbein, ich mußte ihn mit Bedacht und Anstrengung tiefer in mich ziehen. Es dauerte Minuten, bis ich ihn wieder im Bauch spürte und das Gefühl hatte, mein Körper entkrampfe sich. Lag das an ihren Fragen? Der Frage nach einer Frau, die auf mich wartet? Der Frage, ob ich die Stille sehen kann? Oder war es die Traurigkeit, die mir in der Erwähnung klappernder Tasten und quietschender Räder zu liegen schien? Ich stand auf und sah nach ihr.

Sie starrte an die Zimmerdecke, die Arme hinter dem Kopf verschränkt und den Rücken nach hinten gebogen, so daß ihre Brüste den dünnen Stoff des T-Shirts spannten. Stille. Wenn nicht ein Wasserhahn tropfte oder der Kühlschrank ansprang, dann hörte sie jetzt außer ihrem Atem oder irgendwelchen Klängen in ihrer Phantasie nichts. Ich ging zurück zum Rechner und schrieb: Ist die Stille schlimm für dich?

@

Die E-Mail mußte erst zum Server, einmal hin und einmal zurück, und es dauerte, wie schon vorher zwischen unseren Dialogen, manchmal Minuten, bis ihre Antwort kam. Minuten, in denen ich die Stille hörte. Meine Stille. Die auf einmal schwer zu ertragen war. Endlich kam der Dreiklang und die Antwort: Manchmal ja, aber jetzt nicht. Stille ist wundervoll, wenn man keine Angst hat. Und sie ist grausam, wenn man sie nicht akzeptieren kann. Du hast auf meine Fragen nicht geantwortet, soll ich dich das nicht fragen? Solche Dinge? Willst du auch schriftlich unsichtbar sein?

Ich wäre am liebsten hinübergerannt zu ihr, hätte an ihre Tür geklopft und mich entschuldigt. Für meine Unsichtbarkeit, für meine Schwäche und Feigheit, für meine Fragen und dafür, daß ich bis zu diesem Augenblick noch nie über die Schrecken der Stille nachgedacht hatte. Zum Glück sah sie mich nicht. Meine nassen Augen hätte ich niemals erklären können. Ich wußte ja selbst nicht, was in mir vorging. Nur, daß sie Sätze schrieb, die mich wehrlos machten, die bei mir einen Nerv trafen, von dessen Existenz ich bis dahin nichts geahnt hatte.

Ich stand auf, setzte mich wieder, stand wieder auf und setzte mich wieder und schrieb: Frag alles, was du fragen willst. Ich kann immer noch rumdrucksen oder die Antwort verweigern, wenn ich nicht damit klarkomme. Keine Frau wartet auf mich und kein Kind. Eigentlich wartet niemand auf mich, und es ist mir recht so. Ich lebe zwischen zwei Zeiten. Die eine abgeschlossen und die andere noch nicht angefangen. Die abgeschlossene ist die, in der ich einen Beruf hatte, eine Frau und ... ich unterbreche mich selbst, es wird kompliziert an dieser Stelle, weil ich nicht weiß, von wem ich erzählen soll: der Frau, die nicht auf mich gewartet hat, oder der, die ... ich unterbreche mich wieder – ich finde kein gutes Wort für das, was ich sagen will.

June, ich will mich entschuldigen. Dafür, daß ich dir einfach beim Leben zugesehen habe. In den letzten Wochen bist du der Mensch geworden, der auf mich wartet. Ich weiß, das ist Unsinn, du wußtest ja nicht mal von mir, wie hättest du auf mich warten sollen. Ich will auch nicht, daß du mich für durchgedreht hältst, ich bin kein Psychopath, nur jemand, der sich bewußt aufs Warten verlegt hat, und da bist du, beim Warten und am Fenster stehend, der Mensch geworden, mit dem ich mich verbunden fühlte.

Klingt's bescheuert?

Ich habe mich oft dabei erwischt, daß ich es eilig hatte, nach Hause zu kommen. Ich wollte nach dir sehen, es war ein Gefühl, als müßte ich wissen, ob du zurechtkommst, als hättest du Vertrauen zu mir, würdest dich auf mich verlassen, als könnte ich mal eben in den Laden rennen, wenn dir die Milch ausgeht.

Verzeih mir diese Projektion. Ich weiß, daß es Blödsinn ist. Vermutlich will ich nur verschleiern, daß ich ein Voyeur bin, der einer Frau ins Fenster glotzt. Und daß ich die Typen nicht davon abgehalten habe, dich zu schlagen und dir den Computer und deine Geschichte wegzunehmen. Dafür schäme ich mich am meisten.

@

Nach einigem Nachdenken und zweimaligem Durchlesen schickte ich den Text ab, obwohl er mir einmal unbeholfen und das andere Mal kokett vorkam. Aber ich hatte geschrieben, wie ich geredet hätte, schnell, ohne viel zu grübeln, und so sollte sie auch lesen. Mir war schlecht.

Ich beherrschte mich, und ging nicht ans Fenster. Ich würde mir nicht ansehen, wie sie meinen Brief las. Statt dessen ging ich ins Badezimmer und putzte mir die Zähne.

Dann in die Küche, um einen Espresso zu machen.

Dann mit dem Espresso zum Rechner, um dort auf ihre Antwort zu warten.

Dann endlich kam der Dreiklang: Ich wußte gleich von dir. Ich hab deine Blicke gespürt. Ich hab dich zwar nie gesehen, nur einmal ganz flüchtig, als ich einzog und es so mordsmäßig regnete. Da warst du eine Silhouette gegenüber, und ich hatte den Eindruck, du fragst dich, wer die Silhouette auf der anderen Seite sein mag. Aber schon als der Regen vorbei war und bei dir drüben kein Licht, da wußte ich, daß du herschaust.

Als Frau spürt man Augen. Auch von hinten. Auch die unsichtbaren.

Schäm dich nicht. Es war mir von Anfang an recht. Du bist mein Zeuge. Und entschuldige dich nicht, du hast nichts Böses getan. Die Typen hättest du nicht allein in die Flucht schlagen können (die Silhouette, die ich am ersten Abend sah, schien mir nicht von Schwarzeneggerschen Ausmaßen). Ich habe, ohne dich zu kennen, schon irgendwie mit dir gelebt. Du solltest mir keine Milch holen, du solltest nur dasein. Hin und wieder. Und ich vertraue dir. Ich kenne dich nicht, aber ich vertraue dir. Es ist in Ordnung, daß du hersiehst. Ich will es.

Als ich dich fragte, ob du einen Beruf hast, und deine Antwort war: »Ja« – das war typisch Mann. Eine Frau hätte mir den Beruf gesagt, ein Mann wartet auf die korrekte Frage. Also: Was ist dein Beruf?

@

Ich schrieb: Tontechniker. Aber ich habe aufgehört. Was meinst du damit – ich bin dein Zeuge?

@

Und las: Ich glaube, das kann ich nicht gut erklären. Dieses neue Leben ist so irreal. Auf einmal alles nur mit den Armen zu machen. Die Hälfte meines Körpers hängt einfach so nach unten von mir weg. Als ich aufschrieb, wie das ist, kam mir der Text immer wieder wie gelogen vor. Wie eine Erfindung. Daß du da drüben warst und alles gesehen hast, war so was wie die Garantie, daß es doch wahr ist.

@

Ich schrieb: Gut erklärt. Ich versteh's. Vielleicht solltest du doch noch einmal alles aufschreiben. Du schreibst Sätze, die machen mir Gänsehaut.

@

Ich las: Ich frag dich nicht, welche Sätze das sind. Danke. Das ist doch ein Kompliment, oder? Du brauchst jetzt nicht typisch Mann zu antworten: Ja, es ist eins. Ich weiß es auch so. Ich fang nicht von vorne an. Es ist egal, wo eine Geschichte anfängt, es ist jedenfalls bei dieser Geschichte egal, wo sie anfängt. Barry, können wir Pause machen? Ich will schreiben.

@

Ich schrieb: Ja. Melde dich, wenn du wieder willst.

@

Und schlagartig empfand ich nahezu schmerzhafte Langeweile. Ich hätte sie noch so vieles fragen wollen. Wie ist das passiert, seit wann lebst du schon so, warum ziehst du dich zurück, wo kommst du her, hattest du einen Beruf und, und, und. Zum erstenmal seit langem fühlte sich die Wohnung wieder leer an. Wir hatten den halben Vormittag mit unserem E-Mail-Pingpong verbracht, und es hätte meinetwegen noch stundenlang so weitergehen können. Ich wußte nichts mit mir anzufangen.

@

Sie saß da und schrieb, schien ganz versunken in ihren Text, und manchmal, wenn sie innehielt und las, tat sie etwas, das ich noch nie bei ihr bemerkt hatte. Sie zupfte mit der linken Hand an ihrer Brustwarze. Sie tat es völlig gedankenverloren, ich war mir sicher, sie fühlte nichts dabei. Sie saß fast übertrieben aufrecht, die Schultern zurück, den Kopf erhoben, wie eine brave Schülerin im Anstandsunterricht. Und zupfte mit leerem Blick an ihrer Brust. Eine merkwürdige Angewohnheit. Wenn sie das auch in der Öffentlichkeit tat? Im Theater? Bei einem Vortrag? Im Hörsaal? Der arme Professor am Pult käme sicher aus dem Konzept. Ich jedenfalls war sehr irritiert von dieser Gebärde. Oder schrieb sie vielleicht irgendwas Erotisches, einen Text, der sie erregte? Dachte sie an mich? Daß ich ihr zusah? Tat sie das für mich?

Ich rauchte schon wieder. Dabei war mir schlecht vor Hunger. Als ihre Hand wieder auf den Tasten lag und sie konzentriert schrieb, nahm ich mein Jackett vom Haken und ging raus.

Weil mir absolut nichts einfiel, wo ich hätte hingehen können, fuhr ich zum Studio. Zwar wollte ich auf dem Parkplatz wieder umdrehen, hatte, schon seit ich in Neukölln war, immer wieder abbiegen wollen, aber wieso eigentlich? Ich konnte doch mal vorbeischauen. Karel war im Büro. Er freute sich, mich zu sehen. »Laß uns was essen gehen«, sagte er, »mir fällt die Decke auf den Kopf. Sonntags ist es am schlimmsten.«

Das war mir recht. Den Blick in den Aufnahmeraum hatte ich vermieden, dort war, wie ich hörte, ein Streichquartett zugange, aber in die Regie hatte ich hineingesehen. Ein junger Mann mit Technobärtchen und polizeigrünem Hemd saß am Pult und streifte mich mit einem indifferenten Blick. Ich nickte und vermied es, die Couch anzusehen, ging schnell ins Büro und fand Karel dort, der sich offenbar langweilte. Ich war froh, gleich wieder ins Freie zu treten und die Gründerjahre-Fabriklandschaft hinter mir zu lassen.

»Wie lang warst du schon nicht mehr hier?« fragte Karel, ohne mich dabei anzusehen, und öffnete die Tür seines nagelneuen dunkelblauen Jaguars.

»Weißt du doch, oder? September bis Mai. Neun Monate ziemlich genau.«

Ich öffnete die Tür meines Smart, denn ich wollte nicht noch mal hierher. »Ich fahr dir nach.«

@

Im Restaurant bedrängte er mich, endlich seinen Club anzusehen. Die Einrichtung sei weitgehend fertig, nur die Küche und der Eingangsbereich noch Baustelle. »Du hast doch Geschmack«, meinte er kauend, »sag mir, ob der Laden cool ist.« Ich versprach es und verabredete mich für den übernächsten Tag mit ihm.

»Und?« fing er unvermittelt an, nachdem wir gerade Espresso bestellt hatten. »Kommst du wieder arbeiten?«

»Ich glaub nicht. Weiß noch nicht. Nein, ich weiß es. Ich mach's nicht mehr. Du mußt ohne mich klarkommen.«

»Hast du diesem Typ geschrieben?«

»Ja. Das heißt, ich hab ihn angerufen.«

»Mann, ich bin stolz auf dich. Er hat mir leid getan.«

Ich schluckte die Bemerkung hinunter, die mir auf der Zunge lag, wieso der, wieso nicht ich, und zog eine verbogene Zigarette aus meiner zerknautschten, fast leeren Packung.

»Du auch«, sagte er leise, als hätte er meine Gedanken gehört. »Mir wär irgendwie wohler, wenn du mit der Eremitage aufhören würdest. Immer wenn du mir einfällst, wird mir mulmig.«

»Eremitage nennt man den Ort, nicht den Zustand, soviel ich weiß.«

»Ja, ja. Soviel du weißt. Ich bin der Studierte hier. Ich kann die Partituren lesen. Von mir aus, dann sag ich halt Klausur.«

»Geht mir gut da oben«, sagte ich.

»Glaub ich nicht.«

@

Später, auf der Straße, als wir schon beide unsere Autotüren geöffnet hatten, bot er mir an, seinen Club zu leiten, aber ich lehnte ab. »Ich bin kein Gastronom.«

»Du warst auch mal kein Toningenieur und bist ein sehr guter geworden.«

»Danke. Aber mir geht's gut. Ich bin jetzt erst mal krank geschrieben, und wenn das vorbei ist, dann seh ich weiter.«

Er winkte, ich winkte, und wir fuhren in zwei verschiedene Richtungen los. Wer uns beobachtet hätte, müßte sich wundern. Ein unrasierter Mann in labbrigen Cordhosen und kariertem Flanellhemd stieg in den dunkelblauen Jaguar und ein glattrasierter in feinem Tuch in den komischen weißen Smart. Und fuhr auf dem schnellsten Wege nach Hause.

@

Eigentlich war ich überhaupt nicht bei Karel gewesen. Ich hatte das Nötigste geantwortet, das Nötigste gefragt und nur so getan, als existierte ich. Dabei stand ich als Gespenst an meinem Fenster und sah zu, wie June an ihrer Brustwarze zupfte.

Aber jetzt, auf dem Columbiadamm, zwischen all den Sonntagsausflüglern dachte ich über Karel nach. Er machte sich Sorgen um mich, wollte mich beschäftigen und ins Leben zurückholen. Und ich hatte nicht mal ein Wort über seinen Jaguar verloren, auf den er so sichtlich stolz war.

@

Es war halb vier, als ich in der Wohnung ankam. Sie schrieb konzentriert. Ich ging zum Rechner, fragte die Post ab und fand einen langen Brief von ihr: Du wirst mich manches fragen wollen. Wer bin ich, wie kam ich in den Rollstuhl, was hab ich bisher getan, warum hab ich niemanden, der mich durch den Park schiebt und so weiter. Ich erzähl dir, okay?

Ich bin ein Diplomatenkind. Als meine Eltern sich kennenlernten, war mein Vater irgendwas bei der amerikanischen Botschaft in Bonn (ich weiß bis heute nicht, was, deshalb glaube ich: Geheimdienst) und meine Mutter Schneiderin. Sie gab ihren Beruf auf, als ich kam, und folgte ihm, als er später Botschafter wurde, durch die Welt. Als Kind war ich alle paar Jahre in einem anderen Land. In Ceylon (so hieß es damals noch), woran ich mich nicht erinnere, in Malaysia, woran ich mich vielleicht erinnere, falls ich nicht die Fotos, die man mir später gezeigt hat, zu inneren Bildern umgedeutet habe, in Frankreich, Paris, in der Rue de Grenelle, das war sehr schön, weil ich dort im Nachbarhaus eine Freundin hatte und meine Eltern miteinander glücklich waren. Die Garrauds, unsere Nachbarn, unterrichteten beide an der Sorbonne, und ihre Tochter Geneviève war immer bei uns. Ich hab sie sehr gern gehabt. Vielleicht war sie die Schwester, die ich mir gewünscht und nie bekommen hatte. Vor kurzem hat sie geheiratet. Inzwischen ist der Kontakt abgebrochen. Ich weiß nicht mehr, wo sie wohnt, und nicht mehr, wie sie heißt, finde sie nicht im Internet und vermisse ihre Briefe manchmal. Jetzt bin ich abgeschweift.

Dann war ich in einem Internat am Bodensee, während

meine Eltern weiterhin von Land zu Land zogen. Jedesmal wenn ich in den Ferien zu ihnen flog, schien meine Mutter magerer geworden zu sein und der Wodka, den sie mir jahrelang als Wasser verkaufte, schneller in ihrem Glas zu verdunsten. Sie machte eine Alkoholikerkarriere mit allem Drum und Dran. Autounfälle, Entzugskliniken, AA-Treffen, Delirien und schließlich, als ich schon studierte, einem scheußlichen Selbstmord, um dem qualvollen Tod, der auf sie wartete, zu entgehen. Da waren sie in Burkina Faso gelandet, die diplomatische Karriere meines Vaters hatte sich parallel zu ihrer Saufkarriere stetig nach unten entwickelt.

Ich dachte am Anfang, ich sei schuld an ihrer Trinkerei, ich fehle ihr so, oder sie mache sich solche Sorgen um mich, daß sie aus der Bahn geriet (als Kind ist man so egozentrisch), aber später kapierte ich: Es hatte sie eben erwischt. Ihre Gene waren auf Saufen programmiert, und der erste Schluck, auf irgendeiner Sechziger-Jahre-Party, hat sie runtergerissen.

Mein Vater, den ich, seit ich elf oder zwölf war, nie mehr ein liebes oder auch nur freundliches Wort an meine Mutter habe richten hören, weinte hemmungslos an ihrem Grab. Es war schauerlich. Er war mir auf einmal fremd, und ich fand ihn, glaube ich, abstoßend. Ich war neunzehn, fühlte mich erwachsen, hatte einen festen Freund und glaubte, vom Leben schon einiges zu wissen, aber ich hielt es nicht aus, meinen Vater so Rotz und Wasser heulend aufgelöst zu sehen. Ich kam mir natürlich gemein vor, aber konnte es nicht ändern. Ich nahm ihn nicht in den Arm, hatte kein Geräusch des Trostes für ihn, ich trat sogar einen Schritt zur Seite, als wollte ich nicht mit ihm in Verbindung gebracht werden. Dabei kannte mich dort jeder. Das war in Neuss am Niederrhein. Da war meine Mutter geboren, und da wurde sie beerdigt.

Ich muß ein steinhartes Gesicht gemacht haben, denn ich erinnere mich an irritierte und empörte Blicke der Geschwister meiner Mutter und ihrer Brut, zweier Cousinen in meinem Alter und eines Vetters, der schon eine Glatze bekam. Ich ging weg vom Grab und überließ die ganze Bande sich selbst. Ich glaube, mein Vater sah mir nach. Vielleicht hatte er durch den Lärm seiner Schluchzer das Knirschen von Kies unter meinen Schritten gehört.

Ich weiß nicht, warum ich dir das alles erzähle. Ich weiß aber, daß ich jetzt nicht aufhören will.

Ich ging durch die Stadt und hatte vor, mich zu betrinken. Das schien mir eine angemessene Geste zum Abschied von meiner Mutter. Falls das jetzt herzlos klingt, ist das ein Mißverständnis. Ich war traurig, daß sie tot war, und nahm ihr nichts mehr übel.

Meinem Vater nahm ich, wie mir plötzlich klar wurde, auch nicht das hemmungslose Weinen übel, sondern die Kälte vorher. Wenn er sie so geliebt hatte, daß er an ihrem Grab in Verzweiflung ausbrach, wieso hatte er sie dann jahrelang behandelt wie einen Gegenstand, der nicht mehr funktioniert?

Ich betrank mich dann doch nicht, sondern schlief mit einem Taxifahrer. Das heißt, ich schlief nicht mit ihm, ich ließ ihn mit mir schlafen. Nein, noch mal falsch: Ich ließ mich von ihm ficken. Auf dem Rücksitz. Das war unbequem, lächerlich, er roch nicht besonders und grunzte, aber es war auch nicht so pathetisch erniedrigend, wie ich es mir erhofft hatte. Es war einfach doof. Hinterher gab ich mir Mühe, mich beschmutzt zu fühlen, denn das hatte ich im Sinn gehabt, ich hatte mir eine heroisch abstoßende Selbstverstümmelung als Inbegriff meiner Verzweiflung oder Wut oder Trauer (ich weiß bis heute nicht, was genau ich fühlte) vorgenommen, aber es war einfach nur doof. Ich war bloß ein bißchen verlegen vor mir selbst. So verlegen, wie wenn ich im Internat mit einem Foto von David Hasselhoff vor Augen masturbiert hatte. Es reichte nicht mal zum Schämen.

Allerdings, wenn ich heute drüber nachdenke, schäme ich mich schon. Meiner Mutter gegenüber. Dieses Theater hatte ich für mich selbst inszeniert, ich hatte mich und meine unlesbaren Gefühle in den Mittelpunkt gerückt, anstatt einfach um sie zu trauern. Sie war es doch, die nicht mehr leben durfte.

Danach brach ich den Kontakt zu meinem Vater ab. Drei Jahre, nein, eigentlich fast vier, hab ich mich nicht gemeldet, habe seine Briefe ungelesen weggeworfen, bin umgezogen ohne Nachsendeadresse, er hatte keine Chance. Dabei war er immer lieb zu mir gewesen. Die Erziehung hatte, bevor sie mich ins Internat abschoben, immer meine Mutter übernommen. Sie hatte den unpopulären Job und er den populären. Die Geschenke von Dad und das Gemecker von Mum. Vielleicht nahm ich ihm auch das auf einmal übel. Daß er sich auf ihre Kosten bei mir Liebkind gemacht hatte.

Über Geneviève hat er mich dann schließlich wieder erreicht. Da war er schon krank. Er hatte Lymphdrüsenkrebs, den er vielleicht seinem Job verdankte – er war im Spätsommer fünfundvierzig einige Wochen in Nagasaki gewesen. Er wollte mir nie davon erzählen.

Ich hatte mein Studium abgeschlossen, Theaterwissenschaft und Publizistik, und einen seichten Journalistenjob bei einem Stadtmagazin im Ruhrgebiet, als Geneviève mir schrieb, dein Vater hat nur noch ein Jahr zu leben. Es waren dann fast zwei. Ich rief ihn an, kündigte, lagerte meine Möbel ein und flog zu ihm nach New York.

Barry, ich bin müde oder ich weiß nicht was. Vielleicht muß ich jetzt mal Pause machen. Interessiert dich das alles? June.

@

Ich starrte auf meinen Bildschirm und brauchte eine Weile, um aus der bedrückten Stimmung, in die ihr Brief mich gebracht hatte, wieder aufzutauchen. Schließlich schrieb ich ihr: Das ist eine traurige Geschichte. Erzähl sie mir weiter, wann immer du willst.

Sehr schnell kam ihre Antwort: Warum hab ich nur das Gefühl, du hättest eine ebenso traurige Geschichte zu erzählen?

@

Ich stand auf und sah nach ihr. Diesmal zupfte sie an ihrer rechten Brust. Sie starrte in eine Zimmerecke und war versunken. Mit den Gedanken irgendwo. Ich hoffte, nicht gerade bei David Hasselhoff. Ich mußte lange überlegen, um endlich den Satz zu schreiben: Du bist jetzt aber dran.

Ich wartete am Fenster, bis sie die Nachricht erhielt. Sie nickte und lächelte, als sie las. Und hatte endlich die Hand wieder auf den Tasten.

@

Dreiklang: Gut. Laß mir Zeit. Vielleicht heut nacht, vielleicht erst morgen. Der nächste Teil der Geschichte ist schwieriger zu erzählen.

@

Ich mußte an Sharii und ihre Mutter denken. Wie einig die sich gewesen waren. Zwei Freundinnen. Eine jung und eine alt. Sharii war bestimmt nicht abgeschoben worden. Natürlich nicht. Annegret hatte ihr Leben lang als Sekretärin gearbeitet. Da hat man kein Geld, um sein Kind ins Internat zu stecken. Von Shariis Vater wußte ich gar nichts. Wir hatten nicht die Zeit gehabt, darüber zu reden.

June tat mir leid. So nüchtern sie schrieb, war es doch eine bittere Geschichte. Ein abgeschobenes Kind, das dem allmählichen Verschwinden seiner Mutter hilflos gegenübersteht und durch einen verspäteten Gefühlsausbruch ihres Vaters so durcheinandergebracht wird, daß es glaubt, sich die eigene Verzweiflung beweisen zu müssen. Zum Glück gab es in ihrer Erzählung kein Selbstmitleid. Ich kenne mich: Ich werde hart, wenn jemand jammert. So wartete ich begierig auf die Fortsetzung, obwohl ich nicht damit rechnen konnte, daß sie mich amüsieren würde. Das klang einstweilen alles nach Tragödie.

@

Die Wohnung der alten Frau wurde ausgeräumt. Eine Dame in etwa meinem Alter, die ihre hellblaue Strickjacke mit Goldknöpfen enger um die Schultern zog, als friere sie bei dem Anblick all dessen, was sie nun packen mußte, und ein junger Mann, vielleicht ihr Sohn, strichen durch die Wohnung und schienen sich nicht so recht entschließen zu können, ein erstes Stück Nippes, Wäsche oder Geschirr in die Hand zu nehmen. Dabei sah die Wohnung schon aus wie ein Lager. Die Möbel standen absurd im Raum, die Teppiche waren aufgerollt. Ein trauriger Anblick. Vorgestern war die alte Frau im Krankenwagen weggefahren worden, und schon wurden ihre Spuren beseitigt. Selbst wenn sie noch lebte, für diese Wohnung, für dieses Haus war sie tot.

Ich war zu unruhig, die beiden zu beobachten, immer wieder ging mein Blick zu June hinauf, die sich wieder ein Glas Wein neben den Computer gestellt hatte und schrieb. Trank sie viel? Beerbte sie ihre Mutter? Aber es waren bis jetzt nie Mengen gewesen, soweit ich das beurteilen konnte, und sie schien mir auch nie davon angeschlagen. Allerdings, würde man das bei einem Rollstuhlfahrer sehen? Man torkelt nur auf Beinen.

Der junge Mann fing an, die mitgebrachten Umzugskartons aufzufalten, und die Dame griff beherzt in die Schubladen der Kommode, auf der sich in meinem Film das wilde Liebestreiben der Italienerin abgespielt hatte.

@

Junes Frage, willst du auch schriftlich unsichtbar sein, ging mir durch den Kopf. Das war so nahe an dem, was Sharii gesagt hatte: Ist es das, was du willst? Du siehst mich, und ich seh dich nicht? Strahlte ich das aus? So eine Art In-Deckung-bleiben-Wollen? Wollte ich das? Und wieso hatten diese beiden Frauen das vor mir gewußt?

Mir fiel auf, daß ich June mit Shariis Stimme ausgestattet hatte. In meinem Kopf klangen ihre Fragen, als kämen sie von Sharii. Vielleicht sollte ich sie nach ihrer Telefonnummer fragen und mit ihr reden. Nein. Das wollte ich nicht. Das Telefon ist ein widerwärtiges Instrument. Durchs Telefon kriechen Leute wie Matthias in dein Innerstes, bevor du dich noch rechtzeitig vor ihnen verschließen kannst. Durchs Telefon hören Leute wie Sibylle in dem Satz: Ich stecke grad mitten in einer Aufnahme, die Botschaft: Ich stecke grad mitten in einer Frau. Das Telefon ist ein Terrorinstrument.

@

Wie es wohl Annegret ging? Hatte sie noch irgendwas, wofür es sich zu leben lohnte? Einen Freund? Freunde? Jemanden, der sie brauchte? War die Stille in ihrem Häuschen grausam?

@

Inzwischen war ich sicher, daß die alte Frau tot sein mußte. Die beiden schritten zügig durch die Wohnung, hatten ihre anfängliche Scheu verloren und arbeiteten sich zielstrebig durch den Besitz. Die Italienerin war zu ihnen gestoßen, um zu helfen.

@

Ich erinnerte mich, daß es auf meinem Rechner ein kleines Chatprogramm geben mußte, für das ich bisher keine Verwendung gehabt hatte. Aber jetzt müßte das doch genau das Richtige sein, um mit June in Echtzeit zu reden. Ich startete es und studierte die Anleitung. Man mußte sich registrieren, dann den anderen dazu einladen, damit er sich auch registrierte, dann erschien man auf der Liste, wenn man im Netz war. Gut.

Ich schickte die Einladung an June noch nicht ab, denn ich wollte sie nicht unterbrechen. Vielleicht heut nacht, vielleicht erst morgen hatte sie geschrieben. Das würde ich respektieren. Ich sah mir den nur von schmalen flieder- und purpurfarbenen Streifen durchbrochenen burgunderroten Abendhimmel an durch alle Verwandlungen über Violett, Graublau, Grau bis Schwarz. Nein. Es war kein Schwarz. Es war Dunkel. Unfarbig. Nur von unten aufgehellt durch die Millionen Lichter der Stadt.

@

June saß im Dunkeln. Sie schrieb, und ich sah ihr Gesicht als bleich bläuliche Erscheinung vom Bildschirm angeleuchtet. Hatte sie wegen mir das Licht aus? Wollte sie nicht gesehen werden? Ich nahm mir vor, nicht zu schauen, aber fand mich alle paar Minuten wieder am Fenster. Sicher hatte sie einfach vergessen, das Licht anzumachen, weil sie so vertieft war in ihren Text.

Ich bin downloadsüchtig. Wenn es irgendwas Neues gibt, dann muß ich es haben. Ich setzte mich an den Rechner und klapperte alle Seiten ab, die Updates, Spiele, Freeware und Shareware anboten. Mit dieser Sucht hatte ich mir schon zweimal den Rechner lahmgelegt, aber ich konnte nicht anders. Ich war gerade dabei, irgendein garantiert unwichtiges Sicherheitslückenstopfprogramm herunterzuladen und sah zufrieden dem roten Balken zu, der den Fortschritt anzeigte, als mein E-Mail-Arpeggio ertönte: Es ist eine viel zu lange Geschichte. Laß uns reden. Okay?

Ich schrieb: Was meinst du mit Reden? Soll ich zu dir rüberkommen?

@

Und las: Willst du das?

@

Und schrieb: Ich weiß nicht.

@

Und las: Ich glaube, ich weiß, daß du das nicht willst. Für mich ist es in Ordnung, wenn ich dich nicht sehe. Du kannst dich ja mal beschreiben.

@

Ich schrieb: Es gibt ein Chatprogramm, mit dem könnten wir reden. Willst du?

@

Und las: Her damit.

@

Die nächste halbe Stunde verbrachten wir mit der Installation und Registrierung des Programms, unsere Briefe lasen sich, wie sich die Hotline von Microsoft anhören mußte. Aber dann, als endlich alles funktionierte, blinkte das Symbol June-ist-anwesend auf, und ich öffnete das Chatfensterchen.

Barry: Hurra, es klappt.

June: Also, beschreib dich.

Barry: Ich bin schon alt. Sechsundvierzig. Dunkle Haare, braune Augen, einszweiundachtzig groß. Was noch?

June: Schlank? Fett? Mittel?

Barry: Schlank, glaub ich.

June: Glaubst du?

Barry: Schlank.

June: Besondere Kennzeichen?

Barry: Keine, die nicht mit dem Rasierapparat wegzukriegen wären.

June: ?

Barry: Haare auf den Ohren. Alle paar Wochen entdecke ich die. Ich fürchte, sie wachsen mir auch auf den Schulterblättern.

June: Alt.

Barry: Hab ich ja gesagt.

June: Das ist nicht grad eine tolle Beschreibung.

Barry: Ich seh nicht aus wie David Hasselhoff.

June: Das hast du geglaubt?

Barry: Ja. Sicher. Wieso? Lügst du?

June: Es war in Wirklichkeit Patrick Swayze.

Barry: Du lügst also.
June: Manchmal. Wenn's paßt.
Barry: Ich seh allerdings den Unterschied nicht. Ich erinnere mich zwar nur blaß, aber sind Hasselhoff und Swayze nicht ein und derselbe Mann?
June: Hihi. Fast. Nur fast.
Barry: Ich seh jedenfalls keinem von beiden ähnlich.
June: Ist schon recht.

Ich wollte ihr eine Frage stellen, um unser Geplänkel nicht abbrechen zu lassen, aber mir fiel nichts ein. Ich hatte mich früher manchmal in Chats herumgedrückt, aber nur als Spion, der sich ansah, was die anderen alles absonderten. Und wenn ich mich mal einmischte, dann meist mit Korrekturen oder kleinen Fragen, die dann offenbar den Betrieb lahmlegten – das schloß ich aus den einsilbigen Antworten – sie führten nie zu einem längeren Gespräch. Vielleicht kannte ich auch die richtigen Chats nicht. In denen, die ich besuchte, ging es immer nur darum, daß man echt fertig war, weil man schon elf Stunden durchgearbeitet hatte, jetzt dann gleich noch um die Häuser ziehen würde, die Tage bis zum Urlaub zählte, oder fragte, ob jemand schon den und den Film kannte.
Ich hatte minutenlang nichts geschrieben.
June: Bist du noch da?
Barry: Entschuldige. Hab dummes Zeug geträumt. Fragst du mich was?
June: Bedeutet dir die Musik noch was? Ich stell mir das so vor: Wer in einer Schokoladenfabrik arbeitet, kotzt schon beim Gedanken an Süßigkeiten. Vielleicht hast du für dein Leben genug Musik gehört und kannst jetzt nichts mehr ertragen.

Barry: Zum Glück doch. Wieder. Aber nie mehr nebenbei.

June: Dann kannst du nicht einkaufen, nirgendwo pinkeln gehen und Fahrstühle nur in Zweisternehotels benutzen. Ich glaub, die haben dann aber keine.

Barry: Ich meinte, wenn ich es selbst entscheiden kann. Wer nimmt jetzt hier typisch männlich alles wörtlich?

June: Man gibt sich halt Mühe.

Barry: Man?

June: Schreist du? Dieses eine Wort MAN ist mir fast aus dem Bildschirm entgegengesprungen. Was ist los?

Barry: Ich hab eine Floskelallergie. Entschuldige. Ich hab geschrien, du hast recht. Wer MAN benutzt, anstatt ICH zu sagen, weicht aus.

June: Man darf ausweichen.

Barry: Haha.

June: Gibt es noch Musik, bei der du heulst?

Barry: Wenig. Einzelne Stellen. Zur Zeit No Apologies von Joni Mitchell.

June: Kenn ich nicht.

Barry: Du kennst Joni Mitchell nicht?

June: Den Song.

Barry: Und du? Bei was heulst du?

June: Cry for Home von Van Morrisson.

Barry: Versteh ich.

Sie schwieg. Das Schweigen tat nicht weh. Ich wartete gelassen ab und sah auf das leere Fensterchen. Ohne Nervosität und ohne Angst, was falsch gemacht zu haben. Ruhe. Ich war ruhig und genoß diesen Zustand. Ich ließ mir Zeit, bis ich wieder eine Frage eintippte: Ist Musik wichtig für dich?

June: In Verbindung mit etwas noch Wichtigerem, ja.

Barry: Was ist das?

June: Tanz.

@

Diesmal war es nicht mal ein Satz, der mir das Zwerchfell gespannt hatte. Es war nur ein Wort.

Sie ließ mir Zeit. Vielleicht ahnte sie die Wirkung. Ich weiß nicht, ob ich nasse Augen hatte oder nur dasaß und mich mühte, dieses Gefühl der Leere in Magen und Brust mit tiefen Zügen wegzuatmen.

June: Entschuldige.

Barry: Schon gut.

June: Ich will dir nicht leid tun oder so was. Es ist halt die Wahrheit, und du hast gefragt.

Barry: Diesmal wär's mir recht, du lügst.

@

Es dauerte fast so lang wie vorher, als unsere E-Mails noch von Server zu Server transportiert werden mußten, bis ihre Antwort kam: Zwei Blondinen wollen Mau-Mau spielen. Die eine fragt: Hast du die Regel im Kopf? Die andere: Wieso? Blut ich aus der Nase?

Barry: Gut.

June: Ich glaube, ich will weiterschreiben. Machen wir Schluß?

Barry: Ja.

June: Gut Nacht. Gut, daß du da bist.

Barry: Gut Nacht. Ich bin da.

@

Sie war nackt und tanzte zu einem Stück von Vangelis. Ihre Bewegungen paßten nicht zu der emotionslos gezirkelten Synthesizermusik, sie schwebte, flog und trippelte wie in einem klassischen Ballett. Ich schien der Choreograph zu sein, denn der Saal war leer, ich saß alleine in den Reihen und betrachtete die Szene. Jetzt kam ein Mann ins Bild. Er war gekleidet wie ein Tänzer, trug ein enges schwarzes Trikot, aber er ging mit normalen, eiligen Schritten über die ganze Bühne, bis er June erreichte, die selbstvergessen weiter tanzte und ihn nicht zu bemerken schien. Ohne Umstände schlug er ihr mit einem Baseballschläger die Beine unterm Körper weg, sie stürzte stumm auf den schwarzen Bühnenboden, der Mann schlug noch zweimal zu und ging dann, lässig wie eine Tarantino-Figur, den Baseballschläger locker schwenkend, die ganze Strekke zurück und ab. June lag da und rührte sich nicht.

Ich war nicht sicher, ob ich wach und vor Angst gelähmt war oder weiterträumte, bis mir langsam zu Bewußtsein kam, daß mein Bett naß war. Klatschnaß. Ich hatte nichts getan in dem Traum. Ich war nicht mal aufgesprungen.

@

Sie saß an ihrem Küchentisch und las, als ich am nächsten Morgen wie immer den ersten Blick nach gegenüber warf. Ich ging trotzdem zum Rechner, um das E-Mail-Programm zu starten, denn sie hätte mir ja in der Nacht schon was schicken können. Aber es war nur eine Mail von Karel und eine von der Bank da.

Karel schrieb, da ich nicht wieder ins Studio zurückkommen würde, wäre es doch vielleicht sinnvoll, wenn er den neuen Besitzern was vorjammerte von wegen, ich sei untragbar nach dem Unfall, er traue mir die Arbeit nicht mehr zu etc. Seine Idee war, wenn er mich mobbte, würde man mir kündigen und müßte eine Abfindung anbieten. Wenn ich selber kündigte, hätte ich nichts davon.

Gute Idee, schrieb ich zurück, mach mich fertig, und sag

vielleicht noch dazu, die Krankschreibung könne sich ewig hinziehen. Vielleicht tun sie dann ein Jahresgehalt mehr raus. Du kriegst die Hälfte.

Er schien am Rechner zu sitzen, denn seine Antwort kam schnell: Null Provision. Du lädst mich mal zum Essen ein. Oder auf die Yacht, die du dir dann kaufen kannst.

Auf die Yacht, schrieb ich.

Von der Bank kam der dringliche Rat, mir den Verkauf meiner Aktien zu überlegen. Sie befänden sich in einem anhaltenden Abwärtstrend, dessen Ende noch nicht abzusehen sei. Medientitel im allgemeinen würden derzeit massiv abgestoßen, aber noch sei es möglich, glimpflich wegzukommen. Ich rief den Mann an und gab grünes Licht, dann schrieb ich noch eine dritte Mail an Karel: Verkauf die Aktien. Sie gehen runter.

Bin dabei, war seine Antwort.

@

Mein Traum schien mir jetzt bei Tageslicht erklärlich: Vor Jahren hatte eine amerikanische Eisläuferin ihrer Konkurrentin die Beine zerschlagen lassen, daran konnte mich das Wort »Tanz« erinnert haben, aber dieses grauenhafte Bild ließ mich nicht los. Ich mußte mit ihr reden.

Als ich mich angemeldet hatte, dauerte es nur Sekunden, bis Junes Namen aufblinkte. Sie war zum Glück am Netz. Ich hätte nicht gewußt, wie ich sie auf mich hätte aufmerksam machen können.

June: Wach?

Barry: Ja. Hab schrecklich geträumt.

June: Was denn?

Barry: Jemand hat deine Beine zerschlagen.

Sie schwieg so lange, daß ich versucht war, aufzustehen und

hinüberzusehen, aber ich riß mich zusammen und blieb vor dem Bildschirm. Ich mußte eine ganz neue Etikette lernen. Voyeursetikette. Endlich blinkte ihr Name wieder auf.

June: Ich will dir nicht das Herz brechen oder so was.

Barry: Versteh nicht, was du meinst.

June: Jetzt träumst du schon von mir.

Barry: Daran kannst doch du nichts drehen.

June: Warst du es? Hast du mir die Beine zerschlagen?

Barry: Nein. Ein anderer. Ein Tänzer.

June: Ich glaube, du bist ein Medium oder so was. Hast das zweite Gesicht.

Barry: Wieso?

June: Der Zustand meiner Beine hat mit einem Tänzer zu tun.

Barry: Uff.

June: Was hast du gemacht in dem Traum? Warst du überhaupt darin?

Barry: Das ist es ja. Ich hab nichts getan. Ich war so was wie ein Regisseur, du hast getanzt, ich schien es ganz normal zu finden, was er mit dir machte.

June: Hab ich gut getanzt?

Barry: Zum Heulen schön.

June: Warte, ich muß aufs Klo.

Ich streckte mich, stand auf und wollte mir einen Espresso machen, aber auf dem Weg zur Küche, sah ich sie in ihr Badezimmer rollen. Und weil sie die Tür nicht hinter sich schloß, blieb ich stehen und sah ihr zu, wie sie die rechte Lehne seitlich herunterklappte, den Rollstuhl rückwärts neben der Kloschüssel einparkte, dann ihre Jogginghose mit der einen Hand herunterzog, während sie sich mit der anderen hochstemmte – das mußte unglaublich Kraft kosten – dann, nach einer kurzen Verschnaufpause, stemmte sie sich auf das Klo.

Ich wollte mich gerade wegdrehen, denn ich machte mir Vorwürfe, weil ich sie so fasziniert anstarrte, da spreizte sie die Beine mit den Händen, zog ihre Knie ein Stückchen nach außen und stützte sich dann das Kinn auf den Handballen und die Ellbogen auf den Knien ab. Ich glaube, ich sah ihr Schamhaar, aber vielleicht war es auch nur ein Schatten. Ich ging in die Küche.

@

June: Hast du zugesehen?

Barry: Ja. Entschuldige. Ich wollte nicht, hab dann aber doch.

June: Ich hab die Tür extra aufgelassen. Du solltest zusehen. Bist doch mein Zeuge.

Barry: Ist das nicht sauschwer?

June: Ja. Ist es.

Barry: Aber du bist ganz schön stark.

June: Hast du meine Schamhaare gesehen?

Barry: Wieso fragst du das?

June: Ich wollte, daß du sie siehst.

Barry: Hab sie gesehen.

June: Grins. Jetzt bist du schriftlich rot geworden.

Barry: Jetzt hast du das zweite Gesicht.

June: Doppelgrins.

Barry: Ich hab einen Termin beim Chirurgen. Ich krieg die Nase von Patrick Swayze.

June: Laß das. Der ist nicht mehr aktuell. Und du bist unsichtbar. Du hast jede Nase, die ich dir anträume.

Barry: Hast du weitergeschrieben? Deine Geschichte für mich?

June: Abrupter Themenwechsel. Ich versteh schon: Wir verlassen das schlüpfrige Flirtgebiet und wenden uns den ernsten Dingen zu. Ich hab weitergeschrieben, aber noch nicht so weit, daß ich es dir zu lesen geben will. Vielleicht brauch ich ein paar Tage dazu.

Barry: Wollte nicht drängen. Nur fragen. Mein Telefon klingelt. Ich muß ran.

@

Zuerst verstand ich nicht, was die Frau von mir wollte. Sie nannte einen Doppelnamen, den ich im selben Augenblick vergaß, ihre Stimme klang eindringlich, weich und dunkel, ich rätselte noch, ob sie mir nun eine Versicherung verkaufen oder eine unwiderstehliche Vermögensanlage anbieten würde, da sagte sie: »Ich bitte Sie um Hilfe in einer heiklen Situation.« Das klang nach Betteln.

»Wer sind Sie denn?« Komische Frage, das fand ich selber, aber ich war auf Abwehr geschaltet, da redet man seltsame Dinge.

»Ich bin die Therapeutin von Herrn Spranger. Sagt Ihnen der Name was?«

»Nein«, antwortete ich, obwohl ich eine ekelhafte Leere zwischen Schlüssel- und Schambein spürte – irgendwas mußte mir der Name sagen. Und nichts Gutes.

»Herr Spranger verschuldete den Unfall, in den Sie und Ihre Begleiterin vor einem halben Jahr verwickelt waren. Wir sind in der Therapie ein gutes Stück vorangek...«

»Verwickelt? Sind Sie noch ganz dicht? Verwickelt? Die Frau ist tot. Nicht verwickelt. Sie ist tot! Ist das ein Begriff, mit dem Sie was anfangen können?« Ich hörte selber, wie schrill und laut meine Stimme klang – sie kam blechern und hysterisch von der Zimmerwand zurück. Ich kriegte kaum Luft.

»Herr Schoder, es tut mir leid, wenn ich mich im Ton vergriffen habe, bitte beruhigen Sie sich, ich würde gern ... «

»Wenn? Sie zweifeln daran, daß Sie sich im Ton vergriffen haben? Meine Fresse! Lassen Sie mich in Frieden! Ich möchte nicht mit Ihnen reden!« Ich knallte den Hörer so vehement in die Gabel, daß er wieder hochsprang. Beim zweiten Mal drückte ich dagegen. Als könnte ich ihn in der Mulde festkleben. Ich glaube, ich trat auch noch gegen das Tischbein. Der Bildschirm wackelte, und irgendwas klirrte auf der Tischplatte.

Ich kenne mich nicht so. Ich bin nicht aufbrausend, und es macht mir kein Vergnügen, Leute anzuschreien, ich hasse das. Aber hier schien ich keine Reserven mehr zu haben. Zombiestimmen aus Heilbronn waren offenbar nichts, mit dem ich umgehen konnte. Es dauerte lange, bis ich wieder normal atmete.

@

Nach kurzer Zeit klingelte das Telefon wieder, und ich drückte geistesgegenwärtig auf den Anrufbeantworter. Und dann floh ich in Panik aus der Wohnung, schlüpfte erst auf der Treppe vollends in die Schuhe, das Jackett hatte ich in der Hand, denn ich wollte weg sein, bevor die Stimme dieser Doppelnamenfrau wieder zu labern anfing.

Auf dem zweiten Treppenabsatz erst fiel mir ein, daß ich nicht hätte wegrennen müssen. Die Mithörlautstärke runterzudrehen wäre auch eine Möglichkeit gewesen. Aber jetzt war es zu spät. Keine zehn Pferde brächten mich in die Wohnung zurück, in der vermutlich der professionell teilnahmsvolle Singsang dieser Frau meine Welt verschmierte. Ich nahm mir vor, den Anrufbeantworter zu löschen, wenn ich nach Hause kam. Ohne auch nur ein Wort anzuhören.

Ich hätte gern mit June geredet, aber das ging nicht ohne Rechner. Und ich hätte ihr einiges erklären müssen. Das wollte ich nicht. Ich konnte nicht. Ich ging statt dessen zur Bank und unterschrieb die Papiere für den Aktienverkauf. Dann zu einem Telefonladen, wo ich eine neue Nummer beantragte. Ohne Eintrag im Telefonbuch. Das würde drei bis fünf Tage dauern, sagte man mir dort, und ich beschloß, den Hörer bis dahin nicht mehr abzunehmen.

Haben die ein Recht auf mich? Erwirbt man sich das so? Du fährst einen zum Krüppel und bringst seine Frau um, dann ist er dir Rede und Antwort schuldig? Ich hätte Amok laufen können. Was glaubte diese Ziege eigentlich. Die soll den Hansel von mir aus therapieren, bis er Missionar oder Papst wird, was geht das mich an? Hab ich nicht mehr, als ich brauche, von diesem Arschloch gehabt? Ich schrie mich innerlich an und muß auf meinem Weg durch die Wilmersdorfer verschiedene Leute angerempelt haben. Ich glaubte es jedenfalls, denn später, als ich auf einer Bank saß und zu mir kommen wollte, hatte ich das Gefühl, fremde, mir unangenehme Körper hätten mich berührt. Das spürt man auf der Haut. Man spürt es durchs Jackett. Ich jedenfalls.

Jetzt, im nachhinein, konnte ich sogar noch diesen Matthias halbwegs verstehen. Er hatte seine Freundin verloren und mußte ihr Bild in seiner Erinnerung bewahren. Daß der Klarheit suchte, war noch nachzuvollziehen. Aber kommen jetzt auch noch die Mörder an und brauchen dich zur Aufarbeitung ihrer Schuld oder was? Am Händchen einer eifrigen Psychoschnalle, die sich superwichtig und toll vorkommt, wenn sie es schafft, ihrem leidenden Monsterchen wieder ein paar durchgeschlafene Nächte zu verschaffen? Ich sollte die Frau anzeigen. Ich schrie schon wieder.

Als ich nach Hause kam, hatte ich den Spiegel und ein paar Lebensmittel gekauft, war beim Friseur gewesen, am Grab meines Vaters und im Kino. Um nur ja recht lange weg zu sein. Und in der Wohnung löschte ich als erstes, nachdem ich zu June hinübergesehen hatte, den Anrufbeantworter. Sie trainierte mit ihren zu schweren Hanteln. Ich war mir bis zur letzten Sekunde, bevor ich die beiden Knöpfe gleichzeitig drückte, nicht sicher, ob ich nicht doch auf Wiedergabe gehen würde. Es mußte ja nicht die Psychotussi sein.

Ich bewegte die Maus, um den Bildschirmschoner loszuwerden, und fand drei Meldungen von June im Chatfensterchen.

June: Hallo.

June: Hallo?

June: Bist nicht da.

Ich schrieb noch im Stehen: Ich mußte weg. Entschuldige. Überstürzter Aufbruch. Ihre Antwort kam sofort. Sie hatte den Bildschirm im Auge.

June: Was Schlimmes los?

Barry: Ja.

June: ?

Barry: Nicht drüber reden. Zu lang, zu kompliziert, zu traurig und zu … weiß nicht.

June: Das gestern war leider mein einziger Blondinenwitz. Überhaupt der einzige. Ich kenne immer nur einen.

Barry: Kein Problem.

June: … sagte der ganze Kerl mit seiner John-Wayne-Stimme und kratzte sich den Dreitagebart.

Barry: Heh, heh. Suchst du Streit?

June: Hab ich welchen?

Barry: Ich bin kein John-Wayne-Typ.

June: Dachte ich mir. Sonst hätte der Witz ja nicht funktioniert.

Barry: Witz?

June: Klar, was dachtest du denn?

Barry: Ich hab's für pseudoemanzipierte Mainstream-Stichelei gehalten. Die Sorte, die immer funktioniert, wenn das Zerrbild von Männlichkeit platt genug ist. John Wayne ist platt genug.

June: Ich *hab* Streit. Verdammt. Wollte ich wirklich nicht. Es war einfach nur so ein Kicher-Kicher-Satz. Nichts weiter. Nur ein kleines Mädchengegacker. Bist du so empfindlich?

Barry: Ist das nicht jeder?

June: Vielleicht. Hab ich was gelernt. Ist jetzt wieder gut oder muß ich noch auf die Knie fallen?

Barry: Kannst du das denn?

June: Klar. Nur das Wiederhochkommen ist schwer.

Barry: Entschuldige. Ich merke, daß ich noch immer koche vor Wut. Und ich laß es an dir aus. Das ist scheiße. Tut mir leid. Will ich nicht. Du hast nichts damit zu tun. Du läufst mir nur grad vor die Flinte.

June: Die Flinte?

Barry: Jetzt fang nicht wieder mit John Wayne an.

June: Wollt ich grad. Danke fürs Bremsen. Bist du sicher, daß du kein Sterbenswörtchen über deinen Kummer reden willst?

Verflucht! Wieso benutzte sie das Wort? Wieso Sterben? Es wirkte wie ein Geruch, der einen schlagartig an längst vergessen Geglaubtes erinnert. Ich fuhr durch das Maisfeld und sah den schwarzen Honda.

@

Pause, schrieb ich ihr, nachdem ich wohl minutenlang dagesessen hatte, ohne mich zu rühren. Dann ging ich ins Bad, zog mich aus, duschte und zog mich wieder an. Ich schnitt mir ein Brot ab, aß es trocken, goß mir Wein in ein Glas und setzte mich wieder vor den Rechner. Jetzt, schrieb ich. Bin wieder da.

June: Ich hab Angst, dir weh zu tun. Da ist was. Glatteis. Ich mach was falsch und kenn die Regeln nicht.

Barry: Schon gut. Ich kratz mich am Dreitagebart und sage: Vergiß es.

June: Bist du Berliner?

Barry: Als Kind hierhergekommen. Aufgewachsen in Osnabrück. Ich war in der zweiten Klasse, als wir umzogen. Mein Vater war eine Zeitlang Manager einer Porzellanfabrik. Nur damals hieß das noch nicht Manager.

June: Geschäftsführer?

Barry: Er war genaugenommen Treuhänder. Die Firma war ins Schlingern geraten, und er vertrat die Hauptgläubiger, ein großes Schnapsbrennerei-, Hotel- und Textilkonsortium, um sie zu sanieren. Dafür gab er seine Anwaltskanzlei auf, das heißt, er verkaufte sie seinem Sozius und zog mit mir nach Berlin.

June: Nur mit dir? Mutter? Brüder? Schwestern?

Barry: Meine Mutter kannte ich nicht. Sie ist ein halbes Jahr nach meiner Geburt gestorben, aber ich hatte eine große Schwester, die war, als wir nach Berlin zogen, schon ein Jahr tot. In München von einem Bus zerquetscht. Deshalb wollte mein Vater weg von Osnabrück. Er wollte nicht immer an sie erinnert werden.

June: Mein Gott. Warst du dabei?

Barry: In München?

June: Ja. Bei dem Unglück.

Barry: Es passierte auf einem Parkplatz. Meine Schwester

war zwischen zwei Autos verschwunden, um zu pinkeln, und der Busfahrer hatte beim Zurückstoßen das eine auf das andere geschoben. Es war ein kleines Auto. Er hat es nicht gesehen. Mein Vater und ich warteten auf der Straße und hörten den Lärm. Mein Vater hörte mitten im Satz zu reden auf – er hatte mir gerade von König Ludwig erzählt. Wir wollten nach Neuschwanstein am nächsten Tag. Und dann war Stille. Er rannte los und verschwand, und irgendwann nahm mich jemand an der Hand und brachte mich ins Hotel. Eine nette Frau mit roten Haaren. Ich habe nichts gesehen. Jemand im Hotel machte mir Kakao und Abendessen und brachte mich ins Bett, und als ich aufwachte, saß mein Vater da und sagte: Jetzt mußt du ein Mann sein, Bernhard. Auf der Kommode lag ihre rote Handtasche. Ich würde sie heute häßlich finden. Damals war sie schön. Wie alles, was zu ihr gehörte.

June: Das ist ja entsetzlich.

Barry: Ja. Lange her. Kratz, kratz.

June: Hat dein Vater denn wieder geheiratet? Eine Freundin? Oder bist du allein mit ihm aufgewachsen.

Barry: Allein. Das war gut. Wir hatten sehr wenig Krach miteinander. Haben uns in Ruhe gelassen. Solang meine Schulnoten nicht allzu saumäßig waren, konnte ich machen, was ich wollte. Heimkommen, wann ich wollte, ausgehen, mit wem ich wollte, und mitbringen, wen ich wollte. Ich glaube, er war ein guter Vater.

June: Das klingt, als hätte er dich gern gehabt.

Barry: Ich glaube nicht. Er hatte genug mit sich selber zu tun. Als die Firma wieder auf eigenen Beinen stand, machte er eine neue Praxis auf und hatte die Bude im Nu voll. Er war wohl gut in seinem Fach.

June: Du weißt nicht, ob dein Vater dich mochte? Ist das möglich? Das spürt man doch.

Barry: Woran denn?

June: Lob. Ein stolzer Blick. Mal die Hand auf die Schulter legen, was weiß ich, wie Männer unter sich ihre Zuneigung ausdrücken.

Barry: Fehlanzeige.

June: Schade. Es fing an wie eine tröstliche Geschichte. Jetzt scheint's doch wieder eine traurige zu werden.

Barry: Quatsch. Er war okay. Er hat mich in Ruhe gelassen. Hat mich nicht gequält, nicht unter Druck gesetzt oder nur sehr selten, mir nicht seine Weltsicht aufgedrängt, mich nicht die ganze Zeit für dumm erklärt wie die anderen Väter ihre Söhne. Keine traurige Geschichte.

June: Und jetzt? Versteht ihr euch? Habt ihr Kontakt?

Barry: Ich war grad an seinem Grab. Er ist tot seit zwölf Jahren. Liegt in Spandau.

June: Hat er dir mal erzählt, wie das für ihn war, einen Sohn alleine großzuziehen?

Barry: Nein. Er war wortkarg. Mußte beruflich so viel reden. Da hat er privat nicht auch noch Lust gehabt. Allerdings, als er in der Klinik lag, ging er wie ein Radio. Aber immer nur Kriegsgeschichten und Kindheitserlebnisse. Nie hat er von der Zeit geredet, die ich miterlebt habe. Oder fast nie. Er hat meine Schwester wohl sehr geliebt. Das kam hin und wieder durch. Aber sonst war es eher: Wie ich bei unklarem Frontverlauf plötzlich vor den beiden Russen stand, oder: Das Geräusch näherkommender Panzer ist das Schlimmste, was es überhaupt gibt, oder: Die Mädchen waren damals noch auf Uniformen scharf. Solche Geschichten. Und immer wieder dieselben. Jedenfalls am Ende im Krankenhaus, als ich ihn jeden Tag besucht habe, weil die Ärztin sagte, wenn Sie da sind, geht's ihm besser.

June: Hast du deine Schwester vermißt?

Barry: Kratz.

Ich vergaß die Zeit, wenn wir so redeten. Und daß ich nicht eigentlich redete, sondern immer in die Tasten griff und nicht zuhörte, sondern las, vergaß ich ebenfalls. Ich vergaß, daß ich Hunger oder Durst hatte, und merkte erst, wenn ich die Beine zusammenkniff, daß ich aufs Klo mußte. Komisch, am Anfang war alles eine Sache von Blicken gewesen, alles fürs Auge, ich hatte stundenlang zu ihr hinübergesehen, und jetzt geschah alles mit Stimme – nein, die dachte ich mir nur dazu –, es waren Worte. Ich sah hin und wieder flüchtig zu ihr rüber, dann hetzte ich zurück zum Rechner und schrieb oder wartete auf ihren Text.

Wir machten Pausen, blieben aber online, und immer wenn einer von uns wieder anfangen wollte, schickte er eine Frage raus oder auch nur ein Fragezeichen.

June: Gefällst du den Frauen?

Barry: Frag die Frauen.

June: Du weichst aus.

Barry: Man darf ausweichen.

June: Eine Blondine ist auf der Wiese eingeschlafen. Als sie aufwacht, steht eine Kuh über ihr. Sie hat direkt das Euter überm Gesicht. Okay, Jungs, sagt sie, aber einer von euch fährt mich nachher heim.

Barry: Ich denke, du kennst nur einen?

June: Hab im Internet nach neuen gesucht. Da gibt es eine Site mit nur Blondinenwitzen. Der hier war noch der beste.

Barry: Na ja.

June: Gib doch zu, daß du gelacht hast.

Barry: Du redest ziemlich viel von Sex.

June: Ich hab dir einen Witz erzählt.

Barry: Wieso immer Blondinen?

June: Ich bin eine.

Barry: Quatsch. Mit Blondine ist eine dumme Tussi gemeint. Bist du nicht.

June: Und ich dachte, es geht um die Haarfarbe.

Barry: *Jetzt* lach ich.

June: Gut.

@

Die Ärztin, die meinen Vater behandelt hatte, war Sibylle. Er becircte sie mit seinem Charme und strahlte, wenn sie das Zimmer betrat, er gefiel ihr so gut, daß sich ihre Zuneigung wohl auf mich übertrug. Schon vor seinem Tod gingen wir miteinander aus, anfangs natürlich nur, um über ihn zu reden – sie war von der Mission beseelt, mich ihm näherzubringen, uns beide zu versöhnen, bevor er sterben würde. Ehe sie begriff, daß da nichts zu versöhnen war, kein Groll, keine Vorwürfe, kein Drama, außer dem gemeinsam erlebten Verlust, waren wir schon miteinander im Bett gelandet. Aber noch bei seiner Beerdigung konnte Sibylle nicht verstehen, wie zwischen Vater und Sohn, wenn sie einander nichts vorzuwerfen haben, eine solche Distanz herrschen konnte. Vielleicht hat sie das nie verstanden.

Dabei ist es doch so einfach: Manche Menschen kommen sich nahe und manche nicht. Da spielt die Verwandtschaft keine Rolle. Mein Vater und ich waren eben nicht auf der Suche nach dem anderen. Fertig. Der andere existierte, er war, wie er war, und basta. Noch nach Jahren versuchte sie, mir ein Problem anzudichten, mich mit ihrem angelesenen psychoanalytischen Quark zu durchleuchten. Und regelmäßig bekamen wir Krach deswegen, weil ich nicht bereit war, meine Persönlichkeit nach ihrem Plauderstoff interpretieren zu lassen. Ich kenne meine Gefühle, und ich wußte auch immer, was mir fehlte. Ich bin nicht in Wirklichkeit auf meinen Vater wütend, wenn ich über einen verklemmten Reißverschluß oder vertrottelten Behördenheini schimpfe. So was läßt sich unterscheiden. Irgendwann mieden wir dieses Thema, und sie kramte es nur noch hervor, wenn sie sauer war und mich provozieren wollte.

@

Karel erinnerte mich per E-Mail an unsere Verabredung. Ich hatte versprochen, seinen Club anzusehen, und es schon wieder vergessen. Er wollte mich gegen elf am nächsten Tag abholen.

Als das Telefon klingelte, drehte ich geistesgegenwärtig die Lautstärke am Anrufbeantworter runter und löschte den aufgesprochenen Text sofort, nachdem das Band wieder stillstand. Dann hängte ich den Anrufbeantworter ab und stellte die Klingel des Telefons stumm.

Seltsam, daß ich nie ein Handy besessen hatte. Im Studio brauchte ich keins, schlimm genug, daß alle anderen dauernd mit ihrem Gedudel auf sich aufmerksam gemacht hatten – am schlimmsten die Herren von den Plattenfirmen. Aber die waren sowieso die unangenehmsten Besucher gewesen. Mit Ausnahmen. Sehr seltenen allerdings. Und woanders als im Studio oder zu Hause war ich nicht. Erst vor ein paar Tagen war mir die Verwandlung, die Berlin erfahren hatte, so richtig aufgefallen. Die Stadt hatte keine Mauer mehr. Sie war doppelt so groß und auf einmal von Grün, Industriegürtel und Seen umgeben – das war alles an mir vorbeigegangen. Präsenter aus den Fernsehnachrichten, die ich selten sah, oder aus dem Spiegel, den ich heute noch nicht einmal aufgeschlagen hatte, als durch direkten Augenschein. Ich lebte schon so lang in dieser Stadt, daß sie mir egal war. Sollten sich die Neuberliner und Touristen über ihre tolle neue Metropole erregen, für mich war das alles uninteressant.

Eigentlich war ich von einer Höhle in die andere gekrochen. Aus dem Studio in die Wohnung. Mit einem Zwischenstopp in Tübingen und der Charité.

@

Sie schlief schon. Wir hatten uns vor einer Weile gute Nacht gesagt, und ich hatte geschrieben bis zum Klingeln des Telefons. Jetzt stand ich da, und mir fiel auf, daß ich den ganzen Tag nicht nach den anderen Hausbewohnern gesehen hatte. Meine Augen waren nur geradeaus gegangen, hatten sich nicht mehr gesenkt, um zu den Italienern, dem Sportler oder der verwaisten Wohnung der alten Frau zu wandern.

Alles war dunkel. Nur ganz unten beim Hauswart wechselte diffuses blaues Licht zwischen Dämmer und helleren Momenten. Er saß vor dem Fernseher wie immer.

@

Obwohl sie sich Mühe gab, leise zu sein, hörte ich wie Frau Pletsky den Schlüssel in der Tür umdrehte. Ich versuchte, noch weiter zu schlafen, aber ich hatte Hunger, also stand ich auf. Ich hatte nichts geträumt.

Weil ich nicht allein war, wollte ich nicht auffällig nach drüben starren, deshalb tat ich so, als streckte ich mich und gähnte, um einen Blick auf June werfen zu können. Sie frühstückte und las.

Ich wollte auch nicht am Rechner sitzen, solange Frau Pletsky durch die Wohnung wuselte – ich wollte sie überhaupt nicht bei ihrer Arbeit stören, also rasierte ich mich, duschte, zog mich an, nahm den Spiegel und ging raus. Ich würde einfach um elf zurückkommen und Karel unten vor der Tür erwarten.

@

Es war ein strahlend schöner Maimorgen. Blauer Himmel, Sonne, ein leichter Wind, der nur an den beiden Kreuzungen, die ich überquerte, stärker wurde, und, womit diese Stadt normalerweise spart: gutgelaunte Gesichter, wo immer man hinsah. Man hätte die Berliner für charmant halten können. June tat mir leid. Sie müßte mal raus. Bäume sehen, Vögel hören, Hunde streicheln, was weiß ich, was sie vermißte. Aber ich würde ihr das nicht vorschlagen. Sie wollte nicht, und basta. Obwohl, das wußte ich eigentlich nicht. Sie hatte nur geschrieben, es ist mir recht, wenn du unsichtbar bleibst.

Als ich endlich saß, Cappuccino und Croissants vor mir, lehnte ich mich zurück und sah mich gespiegelt in der Scheibe des Cafés. Ich war ein paar Stationen U-Bahn gefahren und am Adenauerplatz ausgestiegen. Der Mann im Fenster sah aus wie ein zufriedener Yuppie. War ich das? Zufrieden?

Yuppie war ich sicher keiner, zumal es diesen Begriff schon längst nicht mehr gab. Eher ein Frührentner mit dem Habitus eines Dandys. Aber zufrieden war ich wohl doch. Ich genoß die Wärme auf meinem Gesicht und das Geklimper, Geplapper und Gewirr um mich herum. Und ich genoß es, im Freien zu sein.

Vielleicht hatten mir die Eindringlinge, Matthias und jetzt diese Doppelnamenfrau meine uneinnehmbar geglaubte Trutzburg verleidet oder hatte sich in mir was bewegt, und ich wollte schon nicht mehr nur weg sein von der Außenwelt. Vielleicht sah ich an June, wie es ist, wirklich festgenagelt zu sein, und ließ mich das die Freiheit, die ich bis dahin ausgeschlagen hatte, wieder schätzen. Ich tat sogar etwas, das ich gestern noch nicht getan hätte, ich rief und winkte spontan einem Musiker, der schon fast an mir vorbeigegangen war. Er kam an meinen Tisch, und ich mußte mit ihm reden. Diese

Dummheit bereute ich sofort, und es war vorbei mit der Zufriedenheit, dem Genuß und fürs erste wohl auch der Neigung, mich in der Welt umzutun.

Zum Glück hatte er es eilig, und es blieb bei wenigen Sätzen, der Frage nach gemeinsamen Bekannten, seinen Plänen für die Zukunft und Unternehmungen der jüngsten Vergangenheit. Ich vergrub mich, als er endlich weiterzog, in die Lektüre meines Spiegels und hütete mich, den Blick noch mal schweifen zu lassen.

@

Nachdem ich fünf Minuten an der Hauswand gelehnt hatte, um auf den wie immer verspäteten Karel zu warten, schlenderte ich zum gegenüberliegenden Haus und sah mir die Klingelschilder an. J. Gordy stand auf dem obersten. Das Zettelchen war nicht richtig unter dem Glas des Klingelschildes angebracht, sondern mit Tesafilm draufgeklebt. Provisorisch.

@

»Ich find's immer noch aufregend, hier im Osten zu sein«, sagte Karel, als wir den Checkpoint Charlie passierten. »Die Hälfte ist eine blitzblanke Steinwüste und die andere Hälfte noch der alte Schutthaufen. Das ist irre. So ist Prag jetzt auch. Glanz und Farbe kommen zurück. Und es gibt wieder schöne Bauten.«

»Seit wann guckst du auf Architektur?«

»Seit ich Bauherr bin. Wirst schon sehen.«

Wir bogen schließlich von der Oranienburger ab nach links – ich weiß nicht, ob wir noch im Scheunenviertel waren – durch einen Hofeingang, und Karel parkte hinter drei großen, mit Bauschutt gefüllten Containern.

Ich hatte mit der üblichen mehr oder wenig geschmacklosen Nullachtfünfzehn-Einrichtung einer Schickeria-Bar gerechnet und fiel, nachdem wir uns durch ein halbdunkles Stück Baustelle mit Plastikfolien, Leitern und Farbeimern getastet hatten, aus allen Wolken. Der Anblick war grandios. Matt gebürstetes Chrom, milchigweißer Kunststoff, hellgrüne Sitzbezüge und warmrotes Holz waren in labiler, graziöser Balance über den ganzen, nahezu quadratischen Raum verteilt. Ich war stumm.

»Und?« fragte Karel ungeduldig. »Gut?«

»Phantastisch, Alter. Das ist ein ... ich weiß nicht ... Meisterwerk.«

»Fast so schön wie bei dir.«

»Schöner, Karel. Ich bin ein ambitionierter Laie, aber der Mann, der dir das hier gemacht hat, wird's noch weit bringen.«

»Ich glaub, er hat's schon weit gebracht. Sein Honorar ist fast ein Viertel der Gesamtkosten.«

»Bist du pleite?«

»Wenn's nicht läuft, muß ich jedenfalls noch viele Schnulzer flattieren.«

»Wie kommt ein Wort wie »flattieren« in deinen Wortschatz? Das kenn ich von meinem Vater. Das ist zwanziger Jahre.«

»Ich hatte auch einen Papa. Der war deutschsprachig, wie du wüßtest, wenn du dich mal erkundigt hättest. Er hatte ein Salonorchester. Genau das richtige für solche Wörter.«

»Hör ich da einen Vorwurf raus?«

»Jetzt noch die Waschräume«, sagte er stolz und versöhnlich und schob mich vor sich her.

Die Bar sollte schlicht Lobby heißen, und Karel hatte vor, eines Tages einen wirklichen Club daraus zu machen, der nur Mitgliedern vorbehalten bliebe. Dann wollte er sogar ein kleines Hallenbad, Bibliothek, Spielzimmer und Ruheräume in das jetzt noch leerstehende Rückgebäude bauen. Aber das war Zukunftsmusik. Erst mußte er sehen, ob ein Stammpublikum zusammenkäme, das groß und vor allem wohlhabend genug war, um diesen Luxus für sich zu reservieren.

»Da hast du was Phantastisches hingekriegt«, sagte ich beim Essen, »ich drück dir alle Daumen, daß es eine Goldgrube wird.«

»In Wirklichkeit will ich eine Frau.« Er schob seine Gnocchi auf dem Teller hin und her.

»Du kannst jeden Abend eine andere haben in diesem Laden.«

»Will ich ja grad nicht mehr. Hab ich ja grad satt. Ich will lieber irgendwann mal nichts mehr reden, weil alles gesagt ist, als jeden Abend dasselbe zu einem neuen Gesicht. Es ist so blöd auf die Dauer.«

»Du hast mich immer verarscht, weil ich Sibylle treu war.«

»Hab dich immer beneidet drum. Deshalb. Von Psychologie weißt du auch nichts.«

Das war kein Thema, das ich vertiefen wollte. In dem, was Karel sagte, lag in letzter Zeit hin und wieder so ein eindringlicher, fordernder Unterton. Als wäre ich ihm was schuldig. Oder als müsse er mich wachrütteln. Das brauchte ich nicht.

Ich hatte nun auch genug von meinem Ausflug in die Welt, es zog mich zurück in mein Adlernest, also hörte ich nur noch mit halbem Ohr zu, als Karel mir erklärte, daß die Filmleute für sein Gemecker über mich ein offenes Ohr gehabt hatten. Er glaubte, sie würden mir bald ein Angebot machen. »Bevor ich dann pleite geh«, sagte er noch, »kannst du mir ja unter die Arme greifen.«

»Mach ich«, sagte ich, »aber du gehst nicht pleite. Wenn Berlin nur fünfhundert Leute mit Geschmack hat und dein Koch keine Flasche ist, dann wirst du der Star mit dem Laden.«

»Und wenn der Mann im schwarzen Anzug immer saubeeren Stoff ranschafft.«

»Meinst du das ernst?«

»Klar. Die Szene, die ich haben will, kokst vom Frühstück bis zum Umfallen.«

Ich war alarmiert. Seit ich selbst damit aufgehört hatte, haßte ich alles, was mit Kokain und Designerdrogen zu tun hatte. Ich hatte zu viele Leute kaputtgehen sehen. Talente, Menschen, die der Welt etwas hinzufügen konnten, waren nach und nach zu fahrigen Stümpern geworden. Es ging so schnell. Bei manchen nur Monate. Ich selber hatte nach der vierten Line Schluß gemacht, als ich merkte, daß ich mir ohne das Zeug nichts mehr zutraute. Und das war schon schwer gewesen. Scheißgift.

»Aber *du* läßt es doch sein?«

Karel zuckte nur mit den Schultern und sagte: »Meistens.«

»Ich weiß schon, daß es mich nichts angeht, aber ich sag dir nur eins: Du machst alles kaputt mit diesem Scheiß. Alles. Du kriegst keine Frau, wirst irgendwann dein Geld los sein, kannst deine Arbeit vergessen und bist abhängig von Gangstern. Das ist alles Scheiße. Ende der Durchsage.«

»Ach komm«, sagte er und legte seine Hand auf meinen Arm, »so kenn ich dich gar nicht. Du klingst wie ein Eiferer.«

»Bei dem Thema bin ich einer.«

Wir schwiegen, denn meine Tirade hatte die Luft verpestet. So redet man nicht mit einem Freund. So dröhnen Mütter auf ihre Kinder ein. Oder Lehrer auf ihre Schüler.

Ich versuchte, das Thema zu wechseln, und begann von meinem neuesten Terrorangriff, wie ich es nannte, zu erzählen, der Psychologin aus Heilbronn, aber jetzt hörte Karel mir nur mit halbem Ohr zu. Mein Ausbruch hatte ihn erschreckt. Es stimmte. So kannte er mich nicht.

Ich verabschiedete mich bald und ging zu Fuß an der von Polizisten bewachten Synagoge vorbei zu den Hackeschen Höfen, die ich mir ansehen wollte, weil ich die fertige Renovierung noch nicht kannte. Aber die miese Stimmung, in die ich Karel gebracht hatte, hing auch mir selber um den Kopf, also ging ich nach einem kurzen Rundgang zur U-Bahn und fuhr nach Hause.

@

Es hatte zu regnen angefangen, und die Wohnung war halbdunkel, als ich alles wieder richtig hinstellte, was Frau Pletsky in der Hand gehabt hatte. Sie hatte mir sogar das Bett überzogen und die gebügelte Wäsche in den Schrank geräumt. Das war neu. Und fast alles lag richtig.

Barry: Geht's gut?

June: Ja. Hallo.

Barry: Ich hätte Lust, dir was zu schenken.

June: Kummer?

Barry: ?

June: Wenn ich Kummer hab, werd ich gütig.

Barry: Eher miese Stimmung.

June: Steck mich nicht an. Das geht in Windeseile.

Barry: Kuchen? Blumenstrauß? Stereoanlage?

June: Stereoanlage? Spinnst du?

Barry: Schnelleres Modem?

June: Ich hab einen ISDN-Anschluß hier. Danke. Au, ich krieg Besuch. Bis später.

@

Eine junge Frau hantierte in der Küche mit Kamm und Schere an Junes Kopf, nachdem sie ihr im Bad die Haare gewaschen hatte. June sah einsam aus. Ich weiß nicht, woran ich das zu erkennen glaubte, aber in der Art, wie sie stillhielt, sich der Frau überließ und hin und wieder ein Wort mit ihr wechselte, das eine oder andere Mal auch lachte, sah sie zerrupft und verloren aus. Vielleicht dachte ich das auch nur, weil mir die Handgriffe der Friseurin so professionell vorkamen. Es hätte eigentlich eine Freundin sein müssen. Aber June hatte keine Freundin. Nur diese Französin, die sie nicht mehr wiederfand.

Ich hatte ihren Brief gespeichert, denn ich wollte ihn später in meinen eigenen Text einfügen. Ich öffnete und suchte den Namen. Geneviève Garraud. Leider hatte ich außer der Rue de Grenelle, wo sie nicht mehr wohnte, keine Adresse oder sonst einen Hinweis, der die Suche vereinfachen konnte. Also gab ich den Namen in die Suchmaschine ein. Vielleicht konnte ich die Freundin für sie finden?

Es kamen ein paar genealogische Seiten, mit einigen viel zu jungen Genevièves und viele Links, in denen entweder Garraud oder Geneviève auftauchte. Fehlanzeige. Vielleicht konnte ich unauffällig von June noch mehr erfahren und sie irgendwann mit der Adresse ihrer Freundin überraschen. Oder ich konnte jemanden fragen, der sich besser damit auskannte, Personen im Netz zu suchen. Einen Detektiv oder professionellen Rechercheur zum Beispiel.

Die Friseurin packte ihre Sachen zusammen und ging. Ich setzte mich an den Rechner und schrieb: Sieht gut aus.

June: Danke. Mußte sein. Bist du noch schlechter Laune?

Barry: Ich glaub nicht.

June: Ich weiß jetzt, was du mir schenken könntest. Die CD von Joni Mitchell mit dem Stück, das dich zum Weinen bringt. Dann können wir's gleichzeitig anhören, wenn du willst, und sehen, ob sich das irgendwie anfühlt.

Barry: Ich geh los und hol sie. Melde mich, wenn ich zurück bin.

June: Bis dann.

@

Ich kaufte gleich eine Handvoll CDs. Alles, was ich mochte und mit einem Griff fand. Die Beethoven-Klaviersonaten von Brendel, die erste Liveaufnahme von Fabrizio De Andrè, eine neue von Paul Simon, die ich selbst noch nicht kannte, gleich doppelt, Gospel Oak von Sinead O' Connor und Taming the Tiger von Joni Mitchell. Dann schloß der Laden, und ich mußte aufhören, obwohl ich gern noch weitergesucht hätte. Ich war schon auf dem Weg zur Kasse, als ich noch mal umdrehte und Inartikulate Speech of the Heart von Van Morrisson kaufte. Darauf war Cry for home, das ihr so gefiel. Jetzt hatte ich es eilig, mit ihr zusammen Musik zu hören.

@

Sie hatte Kerzen im Zimmer verteilt und angezündet. Das sah umwerfend schön aus. Der Rest der Wohnung war dunkel.

Barry: Sie liegen vor deiner Tür.

Ich stand auf und sah ihr zu, wie sie zur Tür rollte, das Päckchen nahm und öffnete. Auf dem Flur war sie nur ein Schatten, erst im Zimmer war ihre Haut wieder sichtbar. Schimmernd vom Kerzenlicht. Ich ging zum Rechner zurück.

June: Das sind sechs. Ich wollte eine.

Barry: Nicht meckern. Anhören.

June: Welche zuerst?

Barry: Joni Mitchell. Das fünfte Stück.

June: Und du legst es gleichzeitig auf? Wir starten gleichzeitig?

Barry: Ja. Sag, wenn du soweit bist. Ich leg meine jetzt ein.

Ich hatte den Discman vor mir liegen und die Kopfhörer schon aufgesetzt. Sie mußte erst zu ihrer kleinen Anlage fahren, einlegen, starten, zum Tisch zurück und mir Bescheid geben. Wir würden nicht ganz synchron sein. Ich stand auf, nahm den Discman in die Hand und versuchte, den genauen Zeitpunkt zu erwischen, in dem sie das Stück angewählt hatte und startete. Als ich am Rechner zurück war und das Wort »Jetzt« auf dem Bildschirm sah, lief die Musik schon.

Ich wartete und hörte zu. Nach einer Weile schrieb sie: Ich verstehe. Dann kam nichts mehr, bis das Stück zu Ende war. Ich stoppte die CD und wartete.

June: Ich glaube, ich weiß die Stelle.

Barry: Sag.

June: Direkt bei der ersten Zeile: The general offered no apologies.

Barry: Sechster Sinn. Richtig.

June: Das ist sehr schön. Erinnert mich an was.

Barry: Vielleicht Amelia? Auch von ihr. Das ist ähnlich.

June: Kann sein. Hab den Titel nicht im Kopf. Findest du auch, daß der Text am Anfang toll ist und dann nachläßt?

Barry: Ja.

June: Dieses ganze altmodische Protestlerzeugs von den Anwälten und der Gier und den Loan Sharks, das hat so wenig mit dem japanischen Mädchen zu tun.

Barry: Du hast recht. Aber die Musik ist so schön, daß ich das ertrage. Auf deutsch würd ich's vielleicht nicht tolerieren. Da darf nicht ein Wort daneben sein.

June: Es ist toll, zusammen Musik zu hören. Es fühlt sich an.

Barry: Wie fühlt sich's an?

June: Intim oder so. Ich weiß nicht genau. Es ist toll. Ich fühl mich dir nahe, obwohl du fast nur ein Phantasieprodukt von mir bist.

Barry: Vielleicht deswegen.
June: Nein. Wegen der Musik.
Barry: Danke, Joni.
June: Was hören wir jetzt?
Barry: Ich hätte Lust, die neue Paul Simon anzuhören. Kenn sie auch noch nicht. Sollen wir?
June: Gut.

Es war seltsam, sich in eine Musik hineinfallen zu lassen mit dem Gefühl, da hört jemand gleichzeitig mit. Das wäre nichts Besonderes, säße June hier im Raum, das hat man schon hundertmal gemacht, aber über die Straße hinweg, verbunden durchs Internet, wurde das Ganze aufregend. Es hob die Musik. Bekam etwas Feierliches dadurch.

Ich war sofort eingefangen. Von den ersten Tönen an war ich hypnotisiert von Simons besonderer Fähigkeit, mich gleichzeitig zu beruhigen und zu erregen. Schön, schrieb June irgendwann. Find ich auch, schrieb ich zurück, und wir verbrachten eine Stunde in diesem virtuellen Miniaturdom aus Klängen und Worten, nur hin und wieder durch minimale Lebenszeichen wie – das glitzert richtig – oder – jetzt geht's aber ab – einander erinnernd, daß wir dort gemeinsam standen und staunten.

Als die Platte zu Ende war, schwiegen wir beide eine Zeitlang. Wie ein Kinopublikum beim Abspann, wenn der Film ihm ans Herz gegangen ist. Sie meldete sich als erste. Das ist ja wunderschön, schrieb sie, so simpel und raffiniert und weich und klar.

Barry: Das wären jetzt so ziemlich meine Worte gewesen. Ich bin noch ganz verträumt. Man kann von Musik gestreichelt werden, ohne sich unter Niveau ansprechen zu lassen.

June: Von den Raffinessen hast du natürlich mehr mitgekriegt. Was weiß ich, Klangfarben und so was.

Barry: Alle Räume, die du hörst, führen ineinander, gehören zusammen, das ist wie eine gelungene akustische Architektur, jedes einzelne Instrument klingt eindrucksvoll und schön und keines frißt dem anderen Platz weg. Macht mich glücklich so was.

June: Mich auch.

Barry: Eigentlich ein Wunder, daß du das magst. Du bist doch viel jünger als ich. Du könntest doch auch auf diesen englischen Elektroscheiß deiner Jugend abfahren.

June: Tu ich ja vielleicht. Aber das mag ich eben auch.

Barry: Gut. Nicht vertiefen. Du hast ein gutes Image bei mir. Wenn du jetzt mit irgend so einer Frisurenband daherkämst, die so klingt, wie David Hasselhoff aussieht, wär vielleicht alles wieder im Eimer.

June: Ich hab die Warnung kapiert. Aber es war Patrick Swayze.

Barry: Hab ich absichtlich verwechselt.

June: Weiß ich.

Barry: Noch was hören?

June: Ja.

Barry: Sinead O' Connor. Das erste Stück. This is to mother you. Sie ist halt eine Heilige. Man muß ihre Naivität ertragen und darf keine Angst vor ihrer Leidenschaft haben.

June: Mach ich dir den Eindruck, ich könnte Angst vor irgend jemandes Leidenschaft haben?

Barry: Weiß nicht.

June: Ich leg sie auf. Nur das eine Stück. Ja?

Barry: Ja.

Wir hörten das Stück an.

@

June: Erinnerst du dich an deine Schwester?

Barry: Sie hat mich manchmal gekitzelt. Meistens mochte ich es. Ich durfte auch bei ihr im Bett schlafen, wenn ich nachts Angst hatte. Ich fand sie schön. Ich glaube, sie roch gut.

June: Wie war ihr Name?

Barry: Meike.

June: Weißt du noch, wie sie aussah?

Barry: Sie ist blaß geworden in meiner Erinnerung. Dunkle Haare und vielleicht einen riesigen Busen.

June: Vielleicht? Weißt du nicht?

Barry: Ich war klein. Da erscheint einem manches groß, was sich später als normal erweist.

June: Das ging mir beim Pimmel meines Vaters nicht so.

Barry: Wieso?

June: Der war immer klein.

Barry: Hm.

June: Entschuldige, das war albern. Gehört nicht hierher.

Barry: Wieso nicht? Alles, was dir einfällt, gehört her, und alles, was mir einfällt, gehört her, oder?

June: Vielleicht. Aber es war eine blöde Bemerkung. Als wollte ich ablenken.

Barry: Von was ablenken?

June: Von dem Schmerz, den du spürst, wenn du an sie denkst.

Barry: Ist lange her.

June: Übrigens bist heute du wieder der mit dem sechsten Sinn.

Barry: Wieso?

June: Du wolltest mir was schenken. Ich hab Geburtstag. Das Musikhören war ein schönes Geschenk.

Barry: Alles Gute.

June: Danke.

Barry: Müßtest du dann nicht May heißen?

June: Ich kam fast einen Monat zu früh. Meine Mutter hatte schon ein Horoskop für mich fertig. Sie war eine leidenschaftliche Astrologin. Nach dem Horoskop für meinen regulären Geburtstermin wäre ich glücklicher geworden als nach dem neuen. Deshalb hat sie den Namen wenigstens beibehalten. Sie hatte echte Schuldgefühle, weil sie mich in eine schlechtere Konstellation hineingeboren hat.

Barry: Ist irgendwas aus deinem Horoskop eingetroffen?

June: Einiges.

Barry: Glaubst du daran?

June: Ich weiß nicht. Manchmal.

Barry: Willst du noch ein Stück hören?

June: Eins noch. Dann hab ich einen Kater.

Barry: Fabrizio De Andrè. Das Stück heißt Andrea.

Ich ging wieder zum Fenster und wartete mit dem Starten auf sie. Es war das erste Stück gewesen, das ich von ihm kennengelernt hatte. Auf einem Platz in Padua. Vor sechzehn Jahren.

June: Was ist denn das? Lagerfeuer? Pfadfinder?

Barry: Warte. Es geht gleich richtig los.

June: Ja, stimmt. Jetzt.

Wir schwiegen wieder bis zum Ende des Stücks. Aber noch im Applaus kam ihre Nachricht.

June: Das ist aber fröhlich. Mal kein Heulstoff.

Barry: Du kannst kein Wort italienisch?

June: Nur prego, grazie und ciao, warum?

Barry: Andrea ist ein Deserteur, der erschossen wird. Der Song erzählt seine letzten Minuten.

June: Nein. Das ist ja abscheulich.
Barry: Es ist ein wunderbarer Song.
June: Ja. Aber abscheulich.
Barry: Hat er nicht eine phantastisch klare Art zu singen?
June: Doch. Aber weißt du was? Ich hab die ganze Zeit gedacht, eine Frauenstimme fehlt. So eine helle, metallische, wie sie manche Countrysängerinnen haben. Aber ohne Schluchzer und Jodler.
Barry: Pause.

Ich ging mir inzwischen selber auf die Nerven, aber das war schon wieder so ein telepathischer Satz, der mir die Füße wegzog. Woher wußte sie das? Wie konnte sie immer wieder Dinge aussprechen, die meinen eigenen Kopf nie verlassen hatten?

Ich kriegte mich Gott sei Dank schnell wieder ein, mir half mein schlechtes Gewissen, sie so abrupt abgehängt zu haben, also schrieb ich: Tut mir leid. Schon wieder so ein Satz, der mich umgeschmissen hat.

June: Glatteis?
Barry: Ja.
June: Vielleicht solltest du mir doch deine Geschichte erzählen. Dann wüßte ich wo's weh tut.
Barry: Vielleicht tu ich's ja.
June: Kannst es dir ja überlegen, wenn du meinen Brief gelesen hast. Es kann jetzt eigentlich nicht mehr so lang dauern. Vielleicht werd ich heut nacht noch damit fertig. Vertrauen gegen Vertrauen.
Barry: Ich vertrau dir ja schon. Es ist mehr so, daß ich selber nicht dran rühren will. Wenn die Populärfreudianer recht hätten, dann könnte ich das alles in ein ominöses Unterbewußt-

sein verdrängen und hätte eine passende Amnesie. Das wär schön, wenn das so wär.

June: Hältst du Psychoanalyse für Quark?

Barry: Ja. Für noch größeren als Astrologie.

June: Aha.

Barry: Entschuldigung. Ist mir so rausgerutscht.

June: Schon recht. Also, ich schreib jetzt. Danke für das schöne Geburtstagsgeschenk und gut Nacht.

Barry: Gut Nacht.

@

Jetzt hätte ich gern einen Fernseher gehabt. Aber meinen alten hatte ich dem Studio geschenkt und nach der Renovierung keinen neuen gekauft. Ich war mein eigenes Geschimpfe leid gewesen. Wenn ich Werbung sah, die sich an Frauen wandte, Shampoo, Kosmetik, alles, was mit diesen blasierten Zicken daherkam, die ihre Haare um den Kopf schwangen, schleuderte ich dem Apparat Obszönitäten entgegen. Ich konnte nicht anders. Ich mußte den Text korrigieren. Ging es um Klopapier, und die Frau sagte etwas wie »Das ist mir meine Haut wert«, dann war der glimpflichste Neutext, den ich loswerden mußte: Das ist mir mein Arschloch wert. Bei Tampons oder Monatsbinden kannte ich mich selbst nicht mehr. Wenn ich zu MTV zappte, ging mir das Getanze schlecht gekleideter Kinder zu schlecht programmierter und schlecht gemischter Musik auf die Nerven, und die Filme, die mich bei der Stange hielten, waren so selten geworden, daß ich sie übers Jahr an einer Hand abzählen konnte.

Ich versuchte zu lesen, aber ich fand die Konzentration nicht. Ich konnte einfach nicht innerlich auf Hokkaido sein und mit einem Menschen fühlen, der ein Schaf sucht.

Eine Weile sah ich June zu – sie hatte noch immer nur das

Kerzenlicht und zupfte wieder an ihrer Brust. Das würde ich ihr irgendwann mal sagen. Aber dann fand ich mich wieder indiskret. Sie war so versunken ins Schreiben. Ich wollte sie allein lassen.

Trotz des Ausrutschers auf Glatteis, wie June es nannte, war ich noch ganz gefangen von dem Erlebnis, miteinander Musik zu hören. Wie lange hatte ich das schon nicht mehr gehabt? Außerhalb des Studios natürlich. Aber dort überwog das Analytische, man versuchte, sich nicht einfangen zu lassen, unbestechlich und wach zu sein, denn es kam darauf an, das Beste draus zu machen, solange man noch Zugriff hatte.

Mit Sibylle hatte ich Musik gehört. Ganz am Anfang, nachdem wir zusammengezogen waren. Aber sie hatte bald mit Unmut und Ungeduld auf meine Angebote reagiert. Es ging ihr auf die Nerven. Vielleicht wehrte sie sich auch gegen meine stumme Aufforderung, sich ebenso begeistern zu lassen wie ich. Später begriff ich, daß ihr Musik nicht viel bedeutete. Sie hatte sich nur angepaßt, um sich dann, als die Beziehung gefestigt war, zu distanzieren. Das war in vielen Bereichen so gewesen. Es ist normal, das weiß ich heute. Daher die vielen Männer, die sich betrogen fühlen. Umgarnt und eingefangen am Anfang und nachher kalt abserviert. April, April, deine Leidenschaften gehen mir am Arsch vorbei. War June auch so? Die meisten Frauen waren so.

Schließlich setzte ich mich hin und schrieb ein Stück weiter. Ich schaute, immer wenn ich steckenblieb, ins Netz, einmal um den Fall meiner abgestoßenen Aktien zu verfolgen – ich hätte schon jetzt fast zwanzigtausend Mark verloren, ein andermal nach Software, dann nach Pornographie und schließlich landete ich bei der Süddeutschen Zeitung und las einen Artikel über den Autor des Romans, den ich weggelegt hatte. Dann endlich war ich müde.

@

Ich schlief bis Mittag. Auf dem Bildschirm blinkte eine Nachricht. Sie bat mich um ein Quasselmoratorium. Wollte einen Tag Pause. Training nannte sie das. Alleinseintraining. Damit sie nicht abhängig würde oder mich abhängig machte. Schönen Tag, schrieb ich zurück und ging aus der Wohnung, denn das Reden über meinen Vater gestern hatte mich auf die Idee gebracht, sein Grab zu verschönern.

@

Mit dieser Arbeit brachte ich den ganzen Nachmittag zu. Ich ließ mich vom Friedhofsgärtner beraten, lieh mir Werkzeug von ihm und buddelte, rupfte und pflanzte mehr schlecht als recht an der Grabstätte herum. Ich hatte das noch nie zuvor getan.

Nach einigen Stunden gab ich dreckig, zufrieden und ein bißchen verlegen wegen meiner Stümperei das Werkzeug zurück und fuhr, so wie ich war, zur Tochter der Haushälterin meines Vaters, die seit seinem Tod für die Grabpflege gesorgt hatte, um ihr meine Eigenmächtigkeit zu erklären, denn ich wollte nicht, daß sie irgendwann vor dem völlig neu bepflanzten Grab stünde und das Gefühl bekäme, ich sei nicht einverstanden mit ihrer Arbeit.

Sie empfing mich freundlich erstaunt, drängte mir Kaffee und Kuchen auf und schien mein auf einmal recht hilfloses Gestotter, ich hätte eben was für meinen Vater tun wollen, zu akzeptieren. Ich kam mir herablassend vor in dieser kleinen Wohnung mit gemusterter Tapete, Zierkissen und Gewürzregalen, wie ein jovialer Gutsbesitzer, der seine Häusler besucht und eine halbe Stunde lang Interesse für ihr Leben heuchelt. Ich war froh, wenigstens in Jeans und Pullover hier angetanzt zu sein und nicht im Anzug. Als ich mich verabschiedete und ging, verfluchte ich die Anwandlung, mich am Grab zu verkünsteln. Es war doch vorher in Ordnung gewesen. Jetzt war es nur anders. Ich hatte Frau Kettner völlig unnötigerweise in die blöde Situation gebracht, sich überlegen zu müssen, ob mir ihre Arbeit nun recht sei oder nicht. Sie war mir immer recht gewesen.

@

Zu Hause war ich nur, um mich umzuziehen und nach June zu sehen – sie trainierte –, dann ging ich essen, ins Kino und danach in den Breitengrad, früher eine Musikerkneipe, jetzt aber, wie ich enttäuscht und erleichtert zugleich feststellte, nur noch von Leuten, die Billard oder Flipper spielen wollten, bevölkert. Ich trank ein Glas Wein und verzog mich wieder, fuhr nach Kreuzberg und sah mir im York eine Spätvorstellung an. Als ich nach Hause kam, schlief June.

@

Drei Briefe: der erste von der Telekom mit der Mitteilung, daß meine neue Nummer freigeschaltet sei und ich bedenken solle, daß niemand mich finde, wenn ich sie nicht ins Telefonbuch eintragen ließe. Aber ich könne mich jederzeit später noch dafür entscheiden.

Der zweite von der Filmfirma. Man unterbreite mir ein Angebot, das ich bitte nicht falsch verstehen solle. Da ich in jüngster Vergangenheit Schweres durchgemacht habe und mich vielleicht ohnehin beruflich neu orientieren wolle, schlage man mir vor, meinen Vertrag vorzeitig zu beenden. Um mir diesen Schritt zu erleichtern, wolle man eine Abfindung von eineinhalb Jahresgehältern bereitstellen. Selbstverständlich sei man nicht abgeneigt, angesichts meines exzellenten Leumunds in der Branche und ausnehmend positiver Aussagen aller, deren Rat man eingeholt habe, über eine neue Partnerschaft nach meiner Rekonvaleszenz jederzeit wieder nachzudenken.

Ich rief an und sagte: »Zwei Jahresgehälter wären noch ein bißchen schöner.«

»Das kann ich wohl gegenüber der Geschäftsleitung vertreten«, meinte der Personalchef nach nur sekundenlangem Zögern und versprach, mir eine entsprechende Vereinbarung in wenigen Tagen zukommen zu lassen. Zwei Jahresgehälter. Das Geld regnete nur so auf mich herab.

Den dritten Brief hatte ich schon halb gelesen, bis ich begriff, von wem er kam: Werter Herr Schoder, daß ich mit meinem Anliegen tiefer in Ihre Privatsphäre eindringe, als es einer Unbekannten zusteht, ist mir bewußt, und ich würde diesen Schritt nicht erwägen, wäre ich nicht überzeugt davon, daß auch Ihnen daraus Gewinn erwachsen könnte. Sie haben seelische Belastungen hinter sich, deren Ausmaß ich nur erahnen kann, vielleicht stecken Sie auch noch mitten in der unvermeidlichen Trauerarbeit, die Ihnen von den Ereignissen des letzten Herbstes aufgenötigt wurde. Schmerz über den Verlust einer Ihnen nahestehenden Person und auch der erlittene Schock, die Verletzungen und die sicher schwere Zeit des Klinikaufenthaltes mit allen Operationen, der langen Rekonvaleszenz und möglicherweise zurückgebliebene Behinderungen, mit denen Sie nun leben müssen, das alles erklärt den Zorn, den ich bei Ihnen während unseres kurzen Telefongesprächs zu spüren vermeinte, und ich verstehe Ihre Gefühle voll und ganz. Aber war Ihre Reaktion nicht vielleicht panisch? Könnte es sein, daß Sie sich bislang den Tatsachen verschlossen haben und auf diese unerwartete Konfrontation mit vorschneller Ablehnung und Ausgrenzung antworteten? Wäre es nicht möglich und vielleicht sogar angeraten, sich dem

Schmerz zu stellen, indem Sie sich mit mir und meinem Patienten träfen?

Nachdem ich mehrere Male vergeblich versucht habe, meinen Fehler telefonisch wiedergutzumachen (ich habe Sie einfach überfallen, habe gleich von meinem Patienten zu reden begonnen, so daß Sie den Eindruck gewinnen mußten, ich interessiere mich nicht für Ihre Seite der Geschichte), versuche ich nun mit diesem Brief, mich einerseits bei Ihnen für den überfallartigen Anruf zu entschuldigen und Sie andererseits für mein Vorhaben zu gewinnen: Lassen Sie uns zu dritt miteinander reden. Herr Spranger und ich würden nach Berlin kommen und uns jederzeit an jedem Ort Ihrer Wahl mit Ihnen treffen. Sollten Sie befürchten, von Ihren Gefühlen überwältigt zu werden, biete ich mich ausdrücklich an, Ihnen beizustehen. Ich würde das Gespräch moderieren und, im Rahmen meiner Möglichkeiten, für Sie beide dasein. Bitte denken Sie darüber nach und geben mir Bescheid, wenn Sie sich entschlossen haben, uns (und vielleicht auch sich selbst) zu helfen. Für Herrn Spranger könnte Ihre Hilfe ausschlaggebend sein. Er braucht Unterstützung, um sich wieder dem Schritt zurück in ein selbstverantwortetes Leben zu stellen. Er weiß, er hat Ihnen großes Leid zugefügt, und wird mit den daraus resultierenden Schuldgefühlen nicht ohne Hilfe fertig. Ich erwarte Ihre Nachricht und bitte Sie noch einmal, mir den allzu polternden Überfall zu verzeihen. Mit herzlichen Grüßen, Ihre Gabriele Lasser-Bandini.

Ich wußte nicht, was ich fühlte. Im ersten Augenblick war es wohl so etwas wie Erleichterung. Der milde Tonfall des Briefes und Sätze wie, »ich würde versuchen, für Sie dazusein«, waren so tröstlich und warm, daß ich dachte, bringen wir's hinter uns, red ich halt mit ihm, aber dann kamen mir die Versatzstücke in ihrem Psychologendeutsch zu Bewußtsein – Trauerarbeit, wieso nicht Trauer? – Schuldgefühle, wieso nicht

Schuld, und ich merkte, daß ich nicht erleichtert war, ich war erschüttert. Wut, Verzweiflung, eine Art Mattigkeit, Enttäuschung, hilfloses Ausgeliefertsein – es war eine Mischung aus allem oder alles so kleinteilig einander abwechselnd, daß ich es nur als Watte oder Nebel oder Brei in meinem Innern registrierte. Ich weiß, daß ich einzelne Gedanken hatte, die wie kleine Spruchbänder durch die Leere in meinem Kopf wehten: Wieso soll der Kerl damit fertig werden? Warum bringt sich das Arschloch nicht einfach um? Was geht's die Tussi an, ob ich mich irgendwelchen Tatsachen stelle? Ich stell mich den Tatsachen, seit ich aus dem Koma bin.

Sharii ist tot, ihr Körper verfault in der Erde, ihre Stimme wird nie wieder zu hören sein, außer auf der CD dieser mittelprächtigen Rockband, sie wird nicht mehr lachen, niemanden mehr berühren, nicht Florenz besuchen und mich nicht lieben. Ihre Mutter fragt sich vielleicht, wofür sie noch lebt, und ich bin direkt aus dem Maisfeld in eine Umlaufbahn geschossen worden, aus der ich das Leben allenfalls betrachten und kommentieren kann. Daß in dieser Umlaufbahn ein weiterer frierender Komet wie June existiert, ist ein seltsamer und nur wenig wirksamer Trost. Das sind die Tatsachen. Denen stelle ich mich. Ich zerriß den Brief und warf ihn weg.

Und dann suchte ich aus den Schnipseln den Briefkopf wieder zusammen und nahm den Telefonhörer ab: Sie sind verbunden mit dem Anrufbeantworter der psychotherapeutischen Praxis Lasser-Bandini. Ich kann im Moment nicht ans Telefon, bitte sprechen Sie deshalb Name und Telefonnummer auf Band – ich rufe dann umgehend zurück. Piep. Ich erklärte ihr in scharfen Worten, daß sie mir gestohlen bleiben könne, ihre Probleme bitte alleine lösen und sich um meine keine überflüssigen Gedanken machen solle. Dann knallte ich den Hörer auf, obwohl ich wußte, daß der Anrufbeantworter diese brüske Gebärde nicht weitergeben kann.

Erst als ich die Schnipsel wieder in den Papierkorb zurückrieseln ließ, dämmerte mir, daß ich damit meine nagelneue Geheimnummer preisgegeben hatte. Wenn die Frau einen ISDN-Anschluß besaß oder die entsprechende Telefonsoftware. Scheiße.

Ich beruhigte mich mit dem Klischee, daß diese Psycholeute wohl nicht gerade technikverliebt sein dürften. Vermutlich brauchte sie ihren Mann, um am letzten Urlaubstag den Anrufbeantworter neu zu besprechen. Hoffentlich.

@

June trainierte. Sie war ganz in Dunkelblau und starrte auf den Bildschirm, während sie die Hanteln stemmte. Du gefällst mir in Dunkelblau, schrieb ich, war's ein guter Tag? und ging wieder zum Fenster. Sie legte lächelnd die Hanteln auf den Boden und bewegte ihre Hände, um die Finger zu lockern. Dann griff sie in die Tasten.

June: Morgen. Es war einsam. Wollte ich aber so. Ich hab fertig geschrieben.

Barry: Und wann schickst du's?

June: Jetzt.

@

Barry, ich erzähl's dir einfach, als wären wir irgendwo eingeschneit und hätten nichts zu lesen. Es wird vielleicht eine lange Geschichte – ich stelle mir vor, die Pistenraupe oder wer auch immer uns freibaggern soll, kommt nicht vor morgen früh, und wir haben die ganze Nacht Zeit.

Als ich von Düsseldorf startete und das Ruhrgebiet von oben sah (es war ein herrlicher Sommertag), dachte ich noch, du bist blöd, deine Möbel einzulagern. Was soll das Zeug bei der Spedition, nichts davon ist wertvoll, vor allem nicht für dich. Auf einmal war ich mir sicher, Deutschland für immer zu verlassen. Eine Beziehung zu einem Mann, der sich wohl ziemlich toll fand, war vor einigen Wochen in die Brüche gegangen (ich lande anscheinend immer bei solchen Typen – eitel, strahlend und egozentrisch – hoffentlich bist du nicht so – nein, bist du nicht), die paar Kollegen, mit denen ich mich befreundet fühlte und allerlei unternommen hatte, würde ich nicht sehr vermissen, so was merkt man an manchen Punkten im Leben plötzlich mit glasklarer Kälte. Dies war so ein Punkt.

Es zog mich nicht nach New York, ich hatte keine Sehnsucht nach Amerika und schon gar nicht danach, meinen Vater von nun an jeden Tag um mich zu haben, aber es war wie eine Ahnung, die mir sagte: Du kommst nicht mehr zurück. Sie war falsch, aber das wußte ich damals noch nicht. Ich schreib's dir nur, damit du dir mein Gefühl vorstellen kannst, in einen völlig neuen Lebensabschnitt einzutreten. Als ich in Newark aus dem Flughafengebäude trat, war Deutschland schon blaß in meiner Erinnerung.

Dabei war ich nicht froh oder aufgeregt, ich freute mich nicht auf meine nähere Zukunft, es war ein bißchen wie damals vor dem einschüchternden Internatsgebäude, als meine Eltern abfuhren und mich allein ließen unter all diesen fremden Kindern und hochgeschlossenen Damen. Ich hatte weiche Knie. Dem Auto meiner Eltern wäre ich allerdings noch nachgelaufen, wenn ich gekonnt hätte, vor Newark Airport spürte ich nicht den Impuls, umzudrehen und zurückzufliegen.

Ich hatte dann gleich genügend Zeit, mich in diese ängstliche Stimmung fallen zu lassen, mein Taxi stand fast eine Stunde auf dem New Jersey Turnpike im Stau und im Holland Tunnel eine halbe. Und das, obwohl dort nur begrenzte Kontingente an Fahrzeugen eingelassen werden.

Mein Vater hatte in den sechziger Jahren von einer Tante die Wohnung in der Greene Street geerbt. Damals war Soho ein heruntergekommenes Gangster- und Vergnügungsviertel, nicht mal die Hippies trieben sich dort herum. Er hatte die Wohnung immer vermietet und sie trotz gelegentlicher Geldnot wegen der Eskapaden meiner Mutter nicht verkauft. Jetzt ist sie ein kleines Vermögen wert. Er stand unten auf der Straße, als ich aus dem Taxi stieg, und umarmte mich, noch bevor ich richtig stand.

Ich erinnere mich, daß mir seine Umarmung unangenehm war, denn er drückte seinen Unterleib an mich. Er umarmte mich nicht wie eine Tochter, sondern wie eine Geliebte. Nicht daß du jetzt auf falsche Ideen kommst, mein Vater hat sich mir nie sexuell genähert, er hatte nur den Unterschied nicht mehr im Griff. Er freute sich, daß ich da war, und diese Freude übertrug sich auch auf mich. Sogar der Taxifahrer schien mir gerührt dreinzublicken, als er mein Gepäck auf den Bordstein stellte und das Geld meines Vaters in seine Hemdtasche steckte, während der schon nach den Taschen griff und mich zum Haus zog.

Er hatte das größte und schönste Zimmer für mich hergerichtet. Drei Fenster zur Straße. Ich sah, wenn ich den Kopf hinausbeugte, bis zur Broome Street im Süden und zur Prince Street im Norden. Das ist in New York oft so, man sieht weit, denn die Straßen sind grade.

Die Wohnung roch schon nach Krankheit. Meinem Vater war nichts anzumerken, er wirkte fit und lebendig, nur seine Haare waren vollends weiß und sehr viel weniger geworden, seit ich ihn am Grab meiner Mutter gesehen hatte, und die Falten rechts und links seiner Mundwinkel viel tiefer. Aber er roch nicht mehr so, wie ich ihn in Erinnerung hatte. Sein Geruch früher war immer zitronig und holzig gewesen. Jetzt roch er pilzig und süß. Er roch alt.

Er verlor kein Wort darüber, daß ich mich unerreichbar gemacht und nie wieder gemeldet hatte, er gab sich alle Mühe, mich willkommen zu heißen und mir seine Freude zu zeigen, daß ich wieder da war. Auch später, wenn sich das Thema nicht vermeiden ließ, stellte er die Jahre, in denen ich verschollen gewesen war, wie einen Schicksalsschlag hin, wie höhere Gewalt, nicht wie etwas, das ich ihm angetan hatte. Vielleicht verstand er sogar, was damals am Grab in mir vorgegangen war (ich hatte manchmal den Eindruck, er weiß, wie ich tikke), aber er hat bis kurz vor seinem Tod nicht davon gesprochen, und ich habe nie danach gefragt.

Wie ein begeisterter Fremdenführer zeigte er mir in den ersten Wochen seine Stadt. Er war ein leidenschaftlicher New Yorker geworden. Vielleicht, weil er soviel in der Welt unterwegs gewesen war, daß er es im wirklichen Amerika, irgendwo im Süden oder Midwest, nicht mehr ausgehalten hätte. Richtige Amerikaner, gar Rednecks mit Pickup-Trucks, karierten Hemden und selbstgefälligen Speckgesichtern waren ihm peinlich vor mir. Wenn jemand mit blauen Haaren, rosa Sweater oder khakifarbenem Anorak an uns vorbeikam, sagte er Dinge wie: der kriegt heut nacht Alpträume, oder: die hat viel zu erzählen, wenn sie nach Dogshit, Ohio zurückfährt. Es war eine Zeit, die sich für mich wie Ferien anfühlte, und ich gewann ihn wieder richtig lieb.

Wir vermieden es beide, über meine Mutter zu reden, und unterließen jegliche Kritik aneinander, obwohl mir nach und nach einige seiner Gewohnheiten fürchterlich auf die Nerven fielen (ihm manche meiner sicher auch), und wenn er nicht alle drei Wochen ins Mount-Sinai-Krankenhaus gefahren wäre, um sich auf die Medikamente einstellen zu lassen, hätten wir glauben können, es gehe einfach so weiter. Meine Erinnerung an Deutschland war noch immer blaß, aber nicht mehr blaß wie etwas, das man festhalten will, sondern blaß wie etwas, das man nicht mehr braucht. Ich war inzwischen auch begeistert von der Stadt.

Die Tatsache, daß ich Geld im Überfluß hatte, mag zu meiner Begeisterung beigetragen haben. Nachdem er mir anfangs alle paar Tage kleinere Dollarbündel zugesteckt hatte, gab mein Vater mir bald Kontovollmacht und sagte, gib aus, was du ausgeben willst. Es reicht auf jeden Fall.

Er ließ mich auch frei. Ich mußte nicht den ganzen Tag um ihn herumglucken. Anfangs hatte ich das nach Kräften versucht, aber er spürte wohl schnell, daß ich kein Hausmütterchen bin, und schickte mich immer öfter raus an die Luft. Bis es uns zur Gewohnheit wurde, erst abends gegen sechs, für New Yorker Verhältnisse sehr früh, entweder zum Essen nach Little Italy oder Chinatown zu gehen oder gemeinsam zu Hause zu kochen und hinterher spontan zu entscheiden, ob wir ins Theater, Kino oder Konzert wollten. Oder vor dem Fernseher oder mit einem Buch in der Hand und einem Drink in Reichweite den Abend so lang werden zu lassen, wie es sich eben ergab. Aber das war erst später. Die ersten Wochen standen ganz im Zeichen seiner Fremdenführerleidenschaft. Ich glaube, ich bekam das ganze touristische Programm von ihm aufgedrängt. Und hab's genossen.

Ich lernte niemanden näher kennen in dieser Zeit, außer den beiden jüdischen Kumpels meines Vaters Jack und Ezra, zwei skurrilen, aber netten alten Kerlen, der eine mager, großsprecherisch und albern, der andere ein gedrungener Feingeist mit spitzer Zunge. Ich mochte sie, aber meist spielten sie Poker oder politisierten mit meinem Vater, was mich beides nicht interessierte. Für Poker fehlt mir die Lust am Täuschen, und für amerikanische Politik fühlte ich mich nicht zuständig. Ezra steckte mir hin und wieder Theaterkarten zu, die in der Last-Minute-Ticketagentur seines Sohnes übriggeblieben waren. Ich glaube, er wollte mich verkuppeln. Er redete immer wieder so verdächtig lobend über seinen Sohn, der geschieden sei und kein Glück mit den Frauen gehabt habe, was aber nicht so bleiben müsse und ähnliches, gerauntes Zeug. Aber er hat es nie direkt versucht, und vielleicht irre ich mich auch, denn soviel ich weiß, fürchten Juden nichts mehr als eine Schickse zur Schwiegertochter. Und erst noch eine deutsche. Oder halbdeutsche immerhin.

Es verging fast ein halbes Jahr auf diese gemütliche Weise. Ich eroberte tagsüber die Stadt, ließ kein Museum, keinen Park und kaum einen interessanten Laden links liegen, und die Abende gehörten, außer wenn Jack und Ezra ihn mir abnahmen, meinem Vater, zu dem ich ein entspanntes und freundschaftliches Verhältnis gewonnen hatte.

Ich zeigte mich gern mit ihm in der Öffentlichkeit. Ich war stolz auf ihn. Seine elegante Erscheinung mit den weißen Haaren, immer im dunklen Anzug, grau, blau oder schwarz, und immer mit hellblauen Hemden, zog interessierte und wohl auch begehrliche Blicke distinguierter Damen auf sich. Das gefiel mir. Ich dachte mir, sie halten ihn für einen reichen Italiener.

Ich glaube, ich paßte mich sogar seinem Kleidungsstil an. Das hätte er nie von mir verlangt, er hätte nie ein Wort darüber verloren, aber als ich mich an das viele Geld gewöhnt hatte und irgendwann in einem dunkelgrauen, weich fallenden Hosenanzug von Armani vor ihm stand, leuchteten seine Augen. Er faßte mich an der Schulter und drehte mich einmal um die eigene Achse. »Du bist so schön wie keine in dieser Stadt«, sagte er. Süß. Von da an gab ich mir Mühe, schön zu sein für ihn.

Als der Winter begann (spät, erst Mitte November wurde es richtig kalt), deckte ich mich mit Büchern ein und las eins nach dem anderen weg. Anfangs noch deutsche, dann aber mehr und mehr und am Ende nur noch die amerikanischen.

Ich hatte keine Schwierigkeiten mehr mit der Sprache. Raus ging ich seltener und kürzer, aber es war noch mal ein neues und entdeckenswertes Manhattan, das ich, verschneit oder klamm vom Nebel, durchstreifte.

Uns war klar, daß es nicht immer so weitergehen würde, deshalb nahmen wir es ohne allzugroßen Schrecken hin, als mein Vater Ende Februar fast von einem Tag zum andern verfiel. Nachdem er den dritten Tag nichts mehr zu sich genommen hatte, sagte er, schade, es ist schon soweit, und ging ins Mount Sinai, um dort auf den Tod zu warten. Plötzlich war ich allein in der Wohnung.

Ich besuchte ihn zweimal am Tag und wußte in den Zwischenzeiten nichts mehr mit mir anzufangen. Ezra warf immer weiter Theaterkarten in den Briefkasten, und ich ging zu fast allen Vorstellungen. Völlig wahllos. Jetzt war es gerade andersrum. Der Tag gehörte meinem Vater, der immer weniger wurde, und die Nächte gehörten mir. Aber in den Nächten bist du erst recht einsam ohne Freunde. Auch wenn du jede Spätvorstellung mitnimmst. Nein. Nicht auch. Gerade dann.

Ich kam auf die Idee, aus der Not eine Tugend zu machen, und bewarb mich mit einigen ins Blaue geschriebenen Rezensionen bei deutschen Zeitungen. Am Ende war nur das Stadtmagazin interessiert, für das ich vorher schon geschrieben hatte. Die fanden es schick, sich eine Off-Broadway-Korrespondentin zu leisten, und ich war froh, etwas zu tun, außer nur meinem Vater Rilke und das Time Magazine vorzulesen. Ich kaufte mir einen neuen Computer, denn der, den mein Vater mir ins Zimmer gestellt hatte, war vorsintflutlich und gab mit schöner Regelmäßigkeit den Geist auf, immer dann, wenn ich einen Artikel nach Bochum mailen wollte.

Und endlich hatte ich auch mal wieder einen Mann. Der Angestellte des Computergeschäfts, der mir alles brachte, anschloß und installierte, war zwar nicht die Sorte Typ, auf die ich fliege, er war nahezu ohne Selbstbewußtsein, scheu und verdruckst, aber seine Augen folgten mir in jedem vermeintlich unbeobachteten Moment. Außer den alten Männern hatte ich in den letzten Monaten niemanden mehr um mich gehabt, und ich war meine meist schnellen, verstohlenen, nur selten mit Vorfreude, Kerzenlicht, Musik, Parfüm und allem Drum und Dran inszenierten Selbstbefriedigungsintermezzi so leid, daß ich die Gelegenheit beim Schopf packte und ihm einfach in den Schritt griff. Ich erzähl's dir nicht genauer, aber es war in Ordnung. Es war nicht toll, aber besser als gar nichts, und der Knabe stakste müde und freudestrahlend die paar Meter zu seinem Wagen, als ich mit ihm fertig war.

Es gab einen Pfleger im Mount Sinai, Franzose aus Algerien, den ich anfänglich für einen Arzt gehalten hatte, so stolz und fast herrisch war sein Auftreten. An ihn dachte ich, als ich mit geschlossenen Augen auf dem Computerbürschchen ritt und versuchte, die labbrige Beschaffenheit seiner bleichen, leicht breiigen Hüften bei jeder Berührung an meinen Oberschenkeln zu ignorieren und an deren Stelle die feste, Café-au-lait-braune Haut des Franzosen unter mich zu projizieren.

Am nächsten Tag im Krankenhaus war ich verlegen, als der Franzose das Zimmer betrat. Als hätte ich wirklich mit ihm geschlafen. Ich hatte das starke Gefühl, er spürte es. Seine Blikke juckten mir im Rücken.

Mein Vater erholte sich in dieser Zeit ein wenig durch eine sanfte Chemotherapie, und er redete auf einmal andauernd von Sex. Meine Mutter sei phantastisch im Bett gewesen, sie sei losgegangen wie eine Rakete, wenn ich nur halb so wild wäre, hätte die Männerwelt nichts zu lachen etc. Es war mir unangenehm. Er erzählte von Prostituierten, von Affären und Gelegenheiten zu Seitensprüngen, die er nie ausgelassen habe. Ich wollte ihm nicht den Mund verbieten, er sollte erzählen, was ihm in den Sinn kam, aber es war mir eklig und peinlich, mir meinen Vater beim Sex vorstellen zu müssen. Und der Gedanke, daß er sich mich dabei vorstellen könnte, war noch schlimmer. Es war falsch. Ich lenkte ab, so oft ich konnte und mir irgendwas Unverfängliches einfiel, aber er kam darauf zurück wie aufgezogen. Es war gräßlich.

Nicht mal wenn Schwestern oder Pfleger im Zimmer waren, wechselte er das Thema. Es schien ihm dann sogar fast noch wichtiger zu sein. Ich hatte manchmal das Gefühl, er will mich ausstellen, allen vorzeigen, nackt. Vor allem, wenn der Franzose da war, verspürte ich oft den Impuls, einfach aufzustehen und rauszugehen. Ich kannte inzwischen seinen Namen, Kalim. Mein Vater machte Witze darüber. Er sagte, der junge Mann heißt wie ein Teppich. Worauf Kalim regelmäßig in seinem seltsamen Franzosenenglisch erwiderte, das sei besser als wie die Rechnung. Mein Vater hieß William und wurde Bill genannt.

Kalim kümmerte sich rührend um meinen Vater. Die beiden schienen so was wie Freunde zu sein. Ich weiß nicht, ob du das kennst, daß man sich ausgeschlossen fühlen kann, weil die anderen eine Art Geheimsprache haben. So ging es mir. Es war eher eine Melodie des Einverständnisses, keine Worte, die ich nicht verstanden hätte, der Tonfall war es, mit dem sie sich auf etwas, nicht in meinem Beisein Entstandenes bezogen. Ich war nicht eifersüchtig. Mir gefiel diese Männerbündelei. Vielleicht stieg mein Vater sogar ein bißchen in meiner Achtung, weil er von diesem schönen und souveränen Mann gemocht wurde. Ich sah mit anderen Augen auf ihn.

Er war nicht so amerikanisch wie die anderen. Vielleicht war es das, was Kalim an ihm schätzte. Ich schätzte es jedenfalls. Er hatte eine feinere, altmodisch europäische Art von Höflichkeit, außer natürlich, wenn er mich mit Sexthemen bloßstellte, er dröhnte die Leute nicht mit dieser amerikanisch distanzlosen Kumpelei an, das mußte auf Europäer erholsam und entlastend wirken. Sie fühlten sich respektiert von ihm.

Und dann sah ich Kalim tanzen. In einem winzigen Theater in der Bleecker Street schaute ich mir ein Stück mit dem Titel Synopsis an. Die Truppe bestand aus drei Männern und einer Frau, und sie tanzten nackt, das heißt, nahezu nackt, die Männer trugen winzige Suspensorien mit String und die Frau ein Tangaunterteil, das ebenfalls nur so grade ihre Schamhaare bedeckte. Das Ganze war anfangs total abstrakt, und wäre die Musik dazu nicht von Philip Glass (und Kalim, den ich sofort erkannte, nicht einer der Tänzer) gewesen, ich hätte vielleicht nicht mal bis zur Pause durchgehalten. Sie standen einfach nur da, bewegten sich wie Maschinen und bogen und dehnten sich synchron. Ihre Nacktheit wirkte spekulativ und reißerisch, und ich war unangenehm an diese ewig gleichen Pantomimen erinnert, in denen man sich an imaginären Stangen entlanghangelt, imaginäre Glasscheiben trägt, imaginäre Treppen steigt und von imaginären Wänden zurückprallt. Ich fand es abgeschmackt.

Aber irgendwann änderte sich die Musik, die bis dahin sehr seriell und mechanisch geklungen hatte, wurde luftiger und federnder, und auf einmal war ich nicht nur von Kalims schönem Körper fasziniert, sondern hingerissen von dem immer wilderen und ausdrucksvolleren Tanz aller vier Figuren.

Das Stück endete dann in der Darstellung einer Vergewaltigung, die ihrerseits darin endete, daß die Frau das Ruder herumriß und vom Opfer zur Täterin wurde und die drei Männer mit angedeuteten Fußtritten und Handkantenschlägen auf alle viere zwang, so daß sie wie abgerichtete Hunde, den herrischen Gebärden der Frau gehorchend, in dieser gedemütigten Haltung von der Bühne trotteten. Man roch inzwischen den Schweiß der Tänzer, und dieser Geruch war aufregend.

Ich fand den politisch korrekten Schluß doof, aber ich war vollständig aufgesogen von der Präsenz und Ausdruckskraft dieser Körper. Vor allem, wie du dir denken kannst, Kalims, den ich in allen Einzelheiten studiert hatte. Zwei Stunden lang, aus der ersten Reihe, in pornographischer Direktheit, die auch noch dadurch gesteigert wurde, daß ich sicher war, er hatte mich erkannt. Ich ging wie in einem Nebel nach Hause, duschte, zog die Vorhänge zu, tauchte den Raum in Kerzenlicht, rieb mich am ganzen Körper mit Contradiction ein – den Rest kannst du dir denken. Es war so stark, daß ich dreimal von vorn anfing. Hätte ich die Musik auf CD gehabt, dann wäre es vielleicht noch ein viertes Mal gegangen.

Am nächsten Tag hätte ich am liebsten eine Ausrede erfunden, um nicht ins Krankenhaus zu müssen, aber das erlaubte ich mir nicht. Den ganzen Weg dorthin legte ich mir zurecht, was ich zu Kalim sagen würde (es konnte natürlich nur um das Stück gehen, ich hatte vor, mich als Fachfrau und kenntnisreiche Kritikerin aufzuspielen), aber ich hatte Glück. Kalim war an diesem Tag nicht da. Er hatte frei ...

@

Ich unterbrach das Lesen des Briefes, weil mein Chatfensterchen aufschnappte und Junes Name blinkte. Ich klickte drauf und sah die beiden Worte: Liest du?

Barry: Ja.

June: Ist es okay?

Barry: Es ist ziemlich irritierend.

June: Wie weit bist du?

Barry: Da, wo du den Teppichmann tanzen siehst.

June: Bringt dich der ganze Sex durcheinander?

Barry: Ja. Du bist sehr offen.

June: Du bist mein Freund. Mein Zeuge.

Barry: Aber du kennst mich doch gar nicht.

June: Doch.

Barry: Woher denn? Wir haben ein paar Worte gewechselt.

June: Und daher kenn ich dich.

Barry: Dein Vertrauen ehrt mich, aber mir ist mulmig.

June: Es kommt noch heftiger. Sexmäßig meine ich. Aber auch sonst. Es ist eben die Geschichte, und ich bin entschlossen, sie dir zu erzählen. Ich kann dir vertrauen. Das weiß ich. Ich hoffe nur, ich tu dir nicht weh.

Barry: Weiß keine Antwort.

June: Dann lies weiter. Wenn was ist, kannst du ja fragen. Ich kann nicht weglaufen. Steh zur Verfügung.

Barry: Gut. Ich les weiter.

... Am nächsten Tag hatte ich schon den Auftrag, über die Truppe zu schreiben, in der Tasche. Ich sollte Fotomaterial beschaffen und am besten eingescannt und digitalisiert nach Bochum mailen. Das Stadtmagazin wollte eine dreiseitige Story mit Interview draus machen. Das erlaubte mir, die professionelle Fassade Kalim gegenüber ganz lässig auszuspielen, und ich ging mit weniger weichen Knien als am Tag zuvor ins Mount Sinai. Aber die Gelassenheit, die ich an den Tag legen wollte, war weg, als ich Kalim allein im Zimmer antraf, weil mein Vater zur Untersuchung war.

»Du hast mich angestarrt«, sagte er, bevor ich noch den Mund aufmachen konnte.

Ich versuchte, darauf zu bestehen, daß ich alle Tänzer angesehen hätte und alle anderen im Publikum das auch getan hätten, daß man dazu ja schließlich dort gewesen sei und außerdem nirgendwo anders hätte hinschauen können, aber er wischte alles weg mit einem selbstsicheren Lächeln und nachdrücklichen Kopfschütteln. »Du hast mich angestarrt.« Er betonte das Du und das Mich.

»Ich schreib einen Artikel über euch«, sagte ich, viel weniger cool, als ich wollte. »Für eine Zeitung in Deutschland.«

Er lächelte breit und nickte. Als hätte er genau das von mir erwartet. Als hätte er den Plan gehabt, es so gedreht, daß ich ihn zufällig tanzen sehe und dann einen Artikel für ein deutsches Provinzblättchen schreibe. Und das mit genau diesen Worten sage. Es war eine verwirrende Situation. Ich war ihm unterlegen. Und entdeckte, daß ich diesen Zustand mochte. Er hätte in dem Moment sagen können, zieh dich aus, mach Kopfstand, sing Hänschen klein und furz dazu im Takt. Ich hätte es getan. Zum Glück wurde mein Vater reingeschoben, und wir wechselten das Thema.

Eigentlich wechselten wir nur die Haltung (er setzte dieses Ich-weiß-was-mit-dir-los-ist-Gesicht ab), das Thema blieb, denn ich erzählte meinem Vater, daß Kalim tanzte, sehr gut, wie ich fände, und daß ich vorhätte, über ihn und seine Truppe zu schreiben.

Später, als Kalim nicht mehr im Zimmer war, sagte mein Vater: »Wenn er tanzt, dann ist er ein Homo«, und ich widersprach ihm nicht. Er war schlecht beieinander, geschwächt von der Untersuchung und müde von den Beruhigungsmitteln. Und er konnte recht haben. Die meisten Tänzer sind schwul …

@

Ich hatte so laut gelacht beim Lesen des Satzes mit dem Kopfstand, daß ich wieder unterbrach, ins Chatprogramm wechselte und schrieb: Du hättest nicht für ihn gefurzt. Bitte sag, daß das nicht wahr ist. Du hast das geschrieben, um mich zum Lachen zu bringen.

June: Es ist fast wahr. Ich hab's zwar geschrieben, damit du lachst, aber ich hätt's auch getan. Wenn ich gekonnt hätte. Kein Mensch kann so was. Vielleicht ein Artist.

Barry: Es gibt einen Film, in dem ein kleiner Junge behauptet, Star-Spangled Banner furzen zu können. Er kriegt einen Vierteldollar dafür, aber es klingt dann eher wie ein Stück von Kraftwerk.

June: Ja. Hab ich auch gesehen. Daran hab ich wohl gedacht. Aber ich glaub, es war was aus Carmen. Nicht die Hymne.

Barry: Ich les weiter. Will unbedingt wissen wie's weitergeht. Auch wenn da zunehmend was mitschwingt, das mir, wie man früher gesagt hätte, das Herz schwermacht.

June: Das kann man auch heut noch sagen.

Barry: Nein. Nur Kitscher.

June: Bin ich dann eben. Für mich bitte das passende Idiom.

Barry: Ich versuch's. Gelegentlich.

June: Jetzt lies weiter.

@

… Ich sah mir das Stück am selben Abend noch mal an und verabredete mich hinterher mit der ganzen Truppe und ihrem Choreographen für den nächsten Nachmittag zu einem Interview. Wir wollten uns in einem Starbucks am Columbus Circle treffen. Sie würden einen Stapel Fotos mitbringen, die sie bei den Proben gemacht hatten. Dann trennten wir uns. Das Mädchen, sie hieß Clair, wurde von einer Freundin abgeholt, die drei Männer gingen zusammen zur Subway. Und ich stand alleine da.

Ich fürchte, du ahnst schon, wie mir zumute war: Diesmal schaffte ich es nicht mal mehr durch den Nebel nach Hause, sondern winkte einem Taxi, setzte mich hinter den Fahrer, den ich bat, einen Umweg zu machen, schob, während ich vorgab, interessiert aus dem Fenster zu schauen, die Hand unters Kleid und tat, was getan werden mußte. Kurz bevor ich kam, kurbelte ich das Fenster runter (es war ein altes Taxi) und hielt mein Gesicht in die Nachtluft. Es war Anfang März und eine der ersten milden Nächte.

Die zehn Dollar Tip müssen den Fahrer erstaunt haben, für mich waren sie angemessen, denn ich bezahlte damit gewissermaßen ein rollendes Stundenhotel. Oder besser Minutenhotel.

Das Verrückte an der ganzen Einlage: Ich war hundertprozentig sicher, Kalim weiß jetzt, in diesem Augenblick, was ich tue. Er weiß es. Und er genießt es. Und ich genieße, daß er es weiß.

Als er am nächsten Tag im Krankenhaus fragte: »Wie war dein Heimweg?«, antwortete ich nicht. Ich sah ihm nur in die Augen, und er lächelte.

Das Interview am Nachmittag war quirlig und lustig, Christopher, der Choreograph und Autor des Stücks, entpuppte sich als außerordentlich kluger und witziger Mann, und ich merkte nach einiger Zeit, daß nur noch wir beide miteinander redeten. Die anderen witzelten untereinander oder schwiegen. Dank Christophers geschliffener Formulierungen bekam ich ausreichend Stoff und Zitate für meinen Artikel, und die Fotos waren gut. Sie sahen aus wie von Mapplethorpe. Sehr feierlich, kalt und sexuell.

Als ich vorschlug, mit einem aus der Truppe noch ein Extra-Interview zu machen über das Leben als Tänzer in New York, sagte Kalim schlicht und unwidersprochen: »Mit mir.«

An dem Tag, an dem ich ihn erwartete, hatte ich morgens um zehn die ganze Wohnung geputzt, Sekt, Wein, Bier und Wasser in den Kühlschrank gelegt und ließ mich, nachdem ich meinen Vater besucht hatte, in Tribeca auf der Straße massieren. Da stehen Chinesen neben seltsamen Schragen und massieren dich durch die Kleider. Ich hatte mir Entspannung erhofft, aber ich war noch verkrampfter, als ich heimging, einen unterwegs gekauften Blumenstrauß in der Hand, den ich scheinbar achtlos in der Küche ans Fenster stellen wollte, so als hätte ihn jemand mitgebracht und ich wäre noch nicht dazu gekommen, den richtigen Platz für ihn zu suchen.

Und dann saß ich da und wartete. Und war betrunken, als er nach Stunden anrief, um sich zu entschuldigen.

Heute glaub ich, er hat von Anfang an Katz und Maus mit mir gespielt. Er wußte, daß es mich auf irgendeine schräge, mir selbst damals noch unverständliche Art erregte, von ihm herumgeschubst zu werden.

Er kam in derselben Nacht, als ich längst schlief. Es war drei Uhr morgens, und ich erschrak vom Klingeln an der Haustür, denn ich konnte mir nur etwas Schreckliches vorstellen, einen Unfall auf der Straße, eine drohende Gasexplosion oder jemand aus dem Krankenhaus, der mich holen kam, weil es mit meinem Vater zu Ende ging. Vor lauter Erleichterung, daß es nur Kalim war, und angeschlagen von meinem enttäuschten Alkoholexzeß am frühen Abend, kam ich gar nicht dazu, mich wieder zu verkrampfen. Ich ließ ihn rein.

Er saß breitbeinig vor mir und starrte mich an. Ich erklärte ihm, daß ich für ein Interview jetzt zu betrunken und zu verschlafen sei, und er sagte: »Deshalb bin ich nicht gekommen.«

Ich glaube, ich sagte nichts, aber ich weiß es nicht mehr. Ich war wieder in diesem nebelhaften Zustand, willenlos und sehnsüchtig zugleich, obwohl sich das doch eigentlich ausschließt (Sehnsucht ist eine scheue Art von Willen). Wenn ich mir vorstelle, wie ich ausgesehen haben muß, dann graust es mich heute noch. Bestimmt glotzte ich mit einem Schafsblick auf sein Gesicht, und wenn er eine poetische Ader hätte, dann wäre ich ihm wohl als eine Art Brei mit Augen erschienen. Und ich schämte mich nicht dafür. Ich war ein Brei.

Ich glaube, er sagte so was wie: »Wir tun jetzt, was du tun

wolltest im Theater«, und dann: »Zieh dich aus.« Das ging schnell, denn ich trug nur einen Bademantel und Pyjama von meinem Vater. Dann stand ich da, und er sah mich an. Ich bin mir sicher, sein Blick war verächtlich. Zumindest herablassend. Das hätte ich keinem Menschen vor ihm erlaubt. Ich war zufrieden mit mir, jedenfalls seit ich aus der Pubertät bin, ein Mann, der mir körperliche Mängel andichten würde, kam nicht in Frage, aber jetzt war es für mich ein Teil des Spiels, dessen Regeln ich wohl instinktiv zu begreifen begann: Ich bin nichts, er ist alles. Ich begehre ihn, er läßt es zu.

»Setz dich«, sagte er und schubste mich leicht in den Sessel zurück. Ich plumpste rein, er zog sich aus, und ich spürte meinen Körper überall. Kennst du das? Dieses Gefühl, sich vom Haarfresser bis zum Fußpilz zu spüren? Als würde man durch die Poren atmen. Als er nackt war, begann er zu tanzen. Ich hatte erwartet, daß er zu mir käme, aber er blieb vor dem großen antiken Spiegel, den mein Vater aus Frankreich mitgebracht hatte, sah sich selber beim Tanzen zu, kontrollierte die minimalen Bewegungen seines Körpers und sagte irgendwann über die Schulter: »Mach es.«

Obwohl ich wußte, was er meinte, fragte ich feige, was, und sein Ton war eindeutig verächtlich, als er sagte: »Was du im Theater machen wolltest.«

Es kostete mich keine Überwindung. Im Gegenteil. Als hätte ich nur darauf gewartet, mich endlich streicheln zu dürfen, legte ich los wie eine abgebrühte Pornodarstellerin. Da ich anfangs noch glaubte, er wolle es sehen, es sei für ihn, es solle ihn erregen, versuchte ich, schön auszusehen dabei, aber in dem Maße, in dem es mich erfaßte, begriff ich auch, daß er nur Augen für sich selbst hatte, so wie ich nur Augen für ihn, und ich ließ mich gehen, als wäre ich alleine. Das heißt, ich wußte, daß ich nicht allein bin, denn ich ließ meinen Blick keine Sekunde von seinem Körper, aber von meiner

Lust teilte ich nichts mit ihm. Es blieb alles in mir, um mich herum, wie in einer virtuellen Blase von der Außenwelt getrennt.

Ich glaube, ich schrie und schlug mich selber mit der linken Hand, schmiß die Beine und wand mich wie in Krämpfen, als ich kam. Ich wurde von einem überwältigenden Orgasmus in Nichts aufgelöst. Nichts, was sich hätte schämen können, nichts, was erleichtert oder gar befriedigt gewesen wäre, nichts, was Wärme, Zuneigung oder gar Liebe hätte empfinden können. Nichts.

Er stand da und sah auf mich herab, diesmal schien sein Blick mir eher freundlich, als ich die letzten Zuckungen und Eruptionen ohne Kontrolle durch meinen Körper gehen spürte. Ich hatte die Augen offen. Er stand nur da und sah mich an. Und hatte nicht mal einen Ständer.

»Hast du was zu trinken?« fragte er als erstes in mein fassungsloses Schweigen hinein, und dann wartete er nicht mal meine Antwort ab, sondern ging nackt und ungerührt in die Küche, wo ich die Kühlschranktür hörte, dann zwei Schubladen, die aufgezogen und wieder zugeschoben wurden, dann das quietschende Geräusch des Korkenziehers, mit dem er eine Weinflasche öffnete.

Ich spürte, daß mir das Wasser aus den Augen lief, ich glaube, ich war zu leer und kraftlos, um das Gesicht zu verziehen, aber ich weinte, wie ich nie zuvor geweint hatte. Ich spürte die Nässe auf der Brust, dann tiefer, aus mir müssen Liter gelaufen sein. Und noch immer keine Scham oder Verlegenheit oder das Bedürfnis, mich schnell wieder anzuziehen, noch immer war ich ein Nichts, aber jetzt eines, das sich von oben her einnäßte.

Er blieb in der Küche, anscheinend trank er dort oder er suchte ewig nach einem Glas, und ich weiß, das erste Gefühl, das in mir entstand, war Einsamkeit. Eine so große Einsamkeit, wie ich sie davor nicht erlebt hatte und übrigens danach auch nie mehr. Jetzt wußte ich wenigstens, warum ich weinte …

@

Ich glaube, wenn sie jetzt mit dem Finger auf jemanden gezeigt hätte und gesagt, der ist es, ich hätte den Mann zusammengeschlagen. Die Buchstaben auf dem Bildschirm waren auf einmal verschwommen.

Ich wollte mich zuerst bei ihr melden, aber dann schaffte ich es nicht. Ich hätte nicht gewußt, was schreiben. Ich hau das Schwein um? Ich nässe mich auch von oben her ein? Erst jetzt kam mir der Witz in dieser Formulierung zu Bewußtsein.

Ich brachte es auch nicht über mich, aufzustehen und nach ihr zu sehen. Ich wollte allein sein.

@

… Er kniete sich vor mich, strich mir die nassen Haare aus der Stirn und flößte mir wie einer Kranken Rotwein ein. Ich hatte noch immer die eine Hand im Schoß und die andere auf der linken Brust, und ich ließ es geschehen, als wäre ich wirklich krank und bräuchte seine Hilfe. Vielleicht war es ja so.

Ich weiß nicht, wieviel Zeit verging, in der wir beide nackt, ich im Sessel, er auf dem Teppich (einem Kelim übrigens), schweigend immer wieder kleine Schlucke Wein tranken. Irgendwann sagte ich: »Ich weiß nicht, was passiert ist«, aber er winkte, wieder verächtlich, ab.

»Viel Kraft in dir«, sagte er später, »du könntest eine Tänzerin sein.«

Inzwischen hatte er sich an den Sessel gelehnt. Ich saß da, fror nicht, war nicht müde, nicht durstig, nicht hungrig, weder zufrieden noch erregt, aber auch nicht mehr einsam, ich war noch immer ein Nichts. Die Zeit verging neben mir, hinter mir, um mich herum. Und als er aufstand, das Glas abstellte, mir meines aus der Hand nahm, es ebenfalls wegstellte und sagte: »Steck dir was rein«, wußte ich genau, worum es ging. »Ich hab aber nichts«, sagte ich, und er nahm, wieder verächtlich, eine der Kerzen aus dem großen Leuchter auf dem Tisch und hielt sie mir hin.

Es war wieder alles wie vorher, nur daß er diesmal am Anfang auf mich achtete. Bevor ich mir die Kerze reinschieben konnte, nahm er sie mir aus der Hand, steckte sie in seinen Mund, ließ sie tief darin verschwinden und reichte sie mir dann, naß von seiner Spucke, zurück.

Ich faß es nicht, jetzt, wo ich davon erzähle, fällt mir erst auf, wie extrem ich mich verhalten habe, damals tat ich, was er sagte, und verschwand fast augenblicklich wieder in diesem nebligen Nirwana völliger Ohnmacht und schon wieder sich anbahnender Lust.

»Nicht in dieses Loch«, sagte er, und ich tat, was er verlangte, obwohl ich mich nie zuvor der gemeinten Körperöffnung aus anderen als hygienischen Gründen angenommen hatte. Es tat ein bißchen weh, aber es ging leicht. Und es war selbstverständlich. Das andere Loch sagt er, das andere Loch nehm ich. Klar. Wieso nicht.

Obwohl er sich jetzt wieder seinem Spiegelbild zugewandt hatte und mich nicht mehr beachtete, blieb ich dabei und schob, während meine rechte Hand mich schon wieder entführte, mit der linken die Kerze tiefer und tiefer, dann zog ich sie wieder raus, schob sie wieder tiefer, zog wieder, schob wieder, längst erneut abgehoben, und schneller als beim erstenmal zerstob ich, die Augen fest auf Kalims sparsame Bewegungen gerichtet, wieder mit Schreien und mich Herumwerfen, die Kerze noch immer, aber jetzt fast gewalttätig wie eine herzlose Maschine in mich rammend in einem irrwitzigen, dröhnenden Orgasmus.

Ich weinte diesmal nicht, als Kalim sich lässig anzog und ging. Ohne ein Wort. Und wieder ohne das geringste Anzeichen einer Erektion.

Mir wurde übel, und ich erbrach mich in der Küche, bis ins Badezimmer hatte ich es nicht mehr geschafft, und je mehr aus mir herauskam, desto klarer kam mir zu Bewußtsein: Ich bin eine Masochistin, die nicht auf körperliche, sondern seelische Schmerzen steht, eine elende, exhibitionistische, ohne jeden Kontrollmechanismus der Sucht ausgelieferte Kreatur ...

Muß raus, tut weh, schrieb ich und wollte eigentlich sofort nach dem Abschicken der Nachricht wegrennen, fliehen, ich war außer mir und wußte nicht mehr, ob ich mich zerschnitten, zerrissen oder zertrampelt fühlte, aber ihre Antwort erschien sofort auf dem Bildschirm, und ich las.

June: Zu hart?

Barry: Vielleicht. Ich weiß nicht, wohin mit meinen Gefühlen.

June: Wo bist du grade?

Barry: Erste Nacht, zweiter Akt.

June: Was für Gefühle?

Barry: Mitleid, Haß auf diesen Kerl, Scham wegen meines viel zu nahen Blicks auf dich, alles durcheinander.

June: Erregung?

Barry: Auch.

June: Du hilfst mir, wenn du's aushältst. Bleib bei mir. Bitte.

Barry: Ich bleib bei dir. Muß nur zwischenrein ein paar Autos umwerfen.

June: Tu das. Hauptsache, du liest weiter.
Barry: Bis nachher.
June: Ja.

@

Ich ging zu Fuß zum Bahnhof Zoo und von dort durch den Tiergarten bis zum Regierungsviertel, weiter zum Potsdamer Platz, dann in den Osten, über Nikolaiviertel und Alexanderplatz zur Museumsinsel, und landete irgendwann am Gendarmenmarkt. Dort erst war ich in der Lage, eine Tasse Kaffee zu trinken und etwas zu essen. Ich war gerast. Jetzt, in der Erinnerung, fiel mir auf, daß ich jeden anderen Fußgänger überholt hatte.

Dieser blubbernde Sumpf aus Verwirrung und Mitleid und, das war das Schlimmste daran, Geilheit, in den ich durch Junes Bericht geraten war, hätte irgendwann auf diesem Marsch hinter mir liegen sollen, aber jetzt saß ich vor dem Hilton, und es blubberte um mich und in mir wie zuvor. Die arme Frau. Und ich Schwein, das sich vorstellte, der Kerl zu sein, den ich verabscheute, nur um zu sehen, was er hätte sehen können, aber nicht hatte sehen wollen: eine ohne jede Hemmung seinem Blick hingegebene Frau, die sich für ihn die Seele aus dem Leib masturbierte. Ich haßte mein Gehirn. Ich war Zeuge einer Vergewaltigung geworden – nichts anderes war das, was June beschrieben hatte, eine Vergewaltigung mit dem Kopf –, und mein Gehirn hatte nichts Besseres zu tun, als quasi dabei mitzumachen. Es reagierte mit einer Erektion.

Ich fand ein bißchen Trost in dem Gedanken, daß June wußte, wie ich reagieren würde, und es in Kauf nahm, nein, sicher sogar billigte. Immerhin vertraute sie mir alles an. Ich mußte zurück. Ich durfte sie nicht so lange allein lassen. Und es war doch keine Vergewaltigung gewesen. Sie hatte es gewollt. Aber die Verachtung, die sie in Kauf nahm, das Elend, mit dem sie dafür bezahlte, das war nicht zu verkraften.

@

... Ich war drei Tage krank. Richtig krank. Natürlich konsultierte ich keinen Arzt, denn ich wußte ja, was mir fehlte, aber ich kotzte, was ich zu mir nahm, lag apathisch auf der Couch oder im Bett, konnte nicht lesen, nicht fernsehen, nicht Musik hören, nicht denken und zwang mich alle paar Stunden, wenigstens zu trinken. Und weinte und weinte und weinte, bis ich soweit war, daß ich Salz auf meine Hand streute und es ableckte, weil ich Angst bekam, ins Koma zu fallen.

Meinem Vater sagte ich am Telefon, ich hätte irgendein Virus erwischt und könne ihn deshalb nicht besuchen. Und weinte weiter. Und leckte Salz. Und trank Wasser.

Am vierten Tag nahm ich mir ein Taxi und setzte mich in den Battery Park, sah den Straßenhändlern mit ihren gefälschten Rolex-Uhren zu und den Touristen, die in Schlangen vor der Fähre nach Ellis Island standen. Stundenlang.

Ich weiß noch, was mir alles durch den Kopf ging: Wie komm ich dazu, mich so herzuzeigen? Ich war dabei immer allein gewesen, hatte es nie mit einer Freundin oder gar einem Mann getan, nie vor anderen, nie davon geträumt, das war immer ein Geheimnis gewesen. Anzeichen von Exhibitionismus an mir hatte ich nie entdeckt. Ich war nicht besonders kokett, zog mich nicht geil an, war nicht extrovertiert und, was mich am meisten durcheinanderbrachte: Ich hatte das alles nicht vermißt. Mir hatte nichts gefehlt vorher. Woher kam das auf einmal, daß ich mich vor den Augen eines anderen rollte wie eine läufige Katze, und vor allem, wieso wußte Kalim das noch vor mir?

Zu jedem Gesicht, sei es das brave einer blauhaarigen Oma, das glatte eines jungen Brokers oder das leere einer müden Verkäuferin oder Sekretärin auf dem Heimweg, dachte ich, du steckst dir einen Dildo rein und läßt den Nachbarn zusehen, du fickst deine Tochter und hilfst ihr dafür bei den Schulaufgaben, du schluckst das Sperma eines ungewaschenen Kerls auf dem Klo und hast Angst, jemand hört dich rülpsen hinterher. Ich sah nur noch Fratzen. Ich dachte nur noch in Fratzen und Grimassen.

Ich vermied es, Kinder anzusehen, denn ich hatte Angst vor meinen eigenen Gedanken. Das ging stundenlang so, ich fühlte mich noch immer hundeelend, bis mir auf einmal zu Bewußtsein kam, daß ich mich ja doch schämte. Das war wie eine Erlösung. Der rettende Gedanke. Ich schämte mich zwar zeitversetzt, aber ich schämte mich. Das Ganze war ein Spiel und keine Sucht. Ich konnte ein in Lust verlorenes Nichts werden, wenn ich wollte, und wieder ein Mensch mit Schamgefühl und eigenem Willen, wenn es vorbei war. Ich hätte tanzen können vor Erleichterung …

Bin wieder da, schrieb ich, entschuldige, daß es so lang gedauert hat, aber ich mußte ein Paar Schuhe durchlaufen, um mich einzukriegen.

June: Und? Hast du?

Barry: Mich eingekriegt?

June: Nein.

Barry: Was?

June: Dich erlöst. Es dir selbst gemacht. Gewichst. Onaniert. Masturbiert.

Barry: Nein. Mich geschämt, daß ich wollte.

June: Tu es. Ist nichts dabei. Ich weiß, wie du dich fühlst.

Barry: Wie kannst du das wissen?
June: Ich weiß es eben. Tu es.
Barry: Nein. Es ist gottlob vorbei.
June: Gott?
Barry: Wer auch immer.
June: Weiter?
Barry: Ja.

@

... als ich wieder auf dem Damm war und meinen Vater besuchte, überraschte ich mich selbst. Am Empfang war ich noch mit weichen Knien und kurzem Atem vorbeigegangen, aber als ich aus dem Aufzug trat und den Stationsflur vor mir sah, war ich ruhig und hatte keine Angst mehr vor Kalims kaltem Blick. Der war ja nur Teil des Spiels. Ich begegnete ihm nicht gleich, hatte Zeit, mit meinem Vater zu reden. Es ging ihm schlechter, manchmal redete er wirr, und ich wußte nicht, ob er Erinnerungen oder Träume mit dem Klinikalltag mischte. Ich wurde nur aus Teilen seiner Sätze schlau. Aber ich war auch nicht wirklich konzentriert auf ihn. Ich war nicht ganz da. Meine Gedanken schwebten durch die Station auf der Suche nach Kalim. Nicht sehnsüchtig, nicht ängstlich, nicht einmal erwartungsvoll. Eher kühl, aber mit einem gewissen Interesse wohl doch. Ich weiß es nicht so recht.

Ich versuchte, meine mangelnde Aufmerksamkeit durch mehr Berührungen wettzumachen, legte meine Hand auf die meines Vaters, die jetzt sehr mager und welk geworden war. Es schien ihm gutzutun. Er wurde ruhiger und klarer.

Als Kalim kam und die Flasche am Tropf wechselte, nickte er mir zu, und ich sagte hallo. Das war alles. Ich war nicht aufgeregt.

Mit seinem feinen Machtinstinkt mußte er das gespürt haben, denn er paßte mich am Fahrstuhl ab, als ich ging. »Was ist mit dir?« fragte er. Es klang richtig nett.

»Nichts, ich war krank.«

Ich drehte mich um und drückte den Abwärtsknopf. Kalim sah aufmerksam, wie ein Forscher auf sein Objekt, in mein Gesicht, bis die Tür sich geschlossen hatte.

Und war prompt auf meinem Anrufbeantworter, als ich zwanzig Minuten später die Wohnung betrat: »Wir könnten uns gegen sechs am Metropolitan treffen und durch den Park gehen. Dann kannst du dein Interview machen. Wenn du Hunger hast, essen wir was hinterher. Ruf nicht auf Station an. Ich werde dort sein, und bis halb sieben warten. Bye.«

Ich verbrachte den Nachmittag damit, im Internet nach Pornographie zu suchen. Das langweilte mich zwar bald, manchmal, wenn es um Tiere oder Körperausscheidungen ging oder das Auge zu nah dran war, ekelte ich mich auch, aber ich forschte: nach mir selbst. Nach Frauen, die sich ausstellen, ihre intimsten Teile einer Kamera (und damit einem Auge oder vielen) entgegenrecken, sich in allen Posen penetrieren lassen und hinterher zum Kühlschrank gehen, um für ihren Sohn einen Joghurt rauszunehmen. Oder kalte Pizza. Alles ganz normal. Ich war nichts Besonderes. Nicht allein. Nicht einmal selten. Nach zwei, drei Stunden hatte ich genug und war irgendwie getröstet.

Nein, das brauchte ich gar nicht mehr. Irgendwas hatte sich in mir geändert. Ich war nicht mehr schockiert über mich selbst. Es war nur ein Spiel. Ein tolles Spiel sogar, dem ich die größten Orgasmen meines Lebens verdankte. Es war gut. Ich fühlte mich sicher. Keine Angst mehr vor Sucht oder Absturz. June Jekyll hat tagsüber nichts zu befürchten, und sie weiß, daß Tausende von Frauen dasselbe tun wie sie.

Er saß auf der Treppe vor dem Museum und hatte zwei Paar Inlineskates bei sich. Er zog mir meine an, sie paßten perfekt, er konnte die zur Sicherheit mitgebrachten Wollsocken wieder einstecken. Ich trug zum ersten Mal ein Sommerkleid, er eine schwarze Hose und ein weißes Hemd (er sah phantastisch aus), und wir fuhren ohne Knie- und Ellbogenschützer quer durch den Park über Strawberry Fields vor dem Dakota, dann wieder halb zurück und um die Seen einmal nach Norden und dann wieder runter zum Zoo.

Es war ein warmer Abend, und ganz Manhattan tummelte sich im Park. Wir mußten die ganze Zeit aufpassen, niemanden umzufahren. Ich konnte es nicht besonders gut, aber er unterrichtete mich auf eine nette und rücksichtsvolle Art, die so gar nicht zu seiner bisherigen Arroganz paßte. Er grüßte links und rechts, fuhr elegante Figuren, wann immer sich ein bißchen Platz auftat, und wir hörten erst auf damit, als es dämmerte, und setzten uns verschwitzt und hungrig in ein Straßenrestaurant.

Dort machte ich mein Interview, und er gab mir bereitwillig Auskunft. Ein ganz neuer Kalim saß da vor mir. Ein höflicher Mann, ein Mann mit Träumen und hohen Zielen und einer Energie, die auf mich, hätte ich ihn nicht schon anders gekannt, subtil und weich gewirkt hätte. Kalim Jekyll. Er hatte sogar Humor an diesem Abend.

Irgendwann fuhr es mir spontan heraus: »Du bist auf einmal ein richtig netter Mann.«

Er starrte auf seinen Teller und sagte: »Das eine ist der Eros, das andere ist das Leben. Hat nichts miteinander zu tun.« Der Satz leuchtete mir ein, obwohl ich mich heute frage, wieso.

Wir trennten uns gegen halb zehn, als es längst viel zu kühl geworden war und der Kellner energisch begann, die Tische einzusammeln. Kalim bot an, mich nach Hause zu begleiten, aber ich wollte allein sein und spazierte die Avenue of the Americas hinunter. Erst als ich mich zu Hause an den Küchentisch setzte, spürte ich, wie sehr mir die Füße und Beine weh taten. Ich würde am Morgen einen Mordsmuskelkater haben. Ich drehte die Heizung auf, setzte mich an den Computer und schrieb den ganzen Artikel auf einen Satz runter. Das Gespräch mit Kalim wob ich ein, zitierte ihn aus dem Gedächtnis, und als ich speicherte und ausdruckte, waren es sieben Manuskriptseiten geworden. Viel zu lang. Egal. Jedenfalls mir. Darum sollte sich der Redakteur kümmern. Ich würde es in den nächsten Tagen noch mal durchgehen, und dann weg damit. Die Fotos hatte ich schon mit Luftpost geschickt. Ich wollte nicht Tage damit zubringen, nach irgendeinem Laden oder Büro zu suchen, wo ich die Bilder hätte einscannen können, nur um dann aus Bochum zu hören, es sei das falsche Format.

Vielleicht ist das alles gerade ein wenig langweilig für dich (so alltägliches Zeug), ich schreibe es nur hin, damit du siehst, es war wieder Ruhe in mir. Ich hatte mich nicht in eine abseitige Suchtwelt verloren, sondern lebte ganz normal und ohne Dämon weiter. Bis zur übernächsten Nacht um halb fünf.

Diesmal wußte ich noch im Traum, daß er es war, der da klingelte, und ich öffnete, ohne die Sprechanlage zu benutzen. Es war im wesentlichen dasselbe, nur daß Mr. Hyde diesmal Mrs. Hyde befahl, alles so zu machen, wie sie es alleine tun würde. Ich holte also alle Kerzenleuchter aus der Wohnung zusammen, ließ die Rollos runter, zog mich aus, rieb mich mit Parfüm ein und legte Musik auf. Sehr klare, stille Musik übrigens – die Goldberg-Variationen, von Glenn Gould gespielt. Das einzige, was ich anders machte als sonst, war, daß ich mich wieder in den Sessel setzte, weil ich im Wohnzimmer war, alleine hätte ich das Bad oder mein Zimmer genommen. Dann sagte ich: »Jetzt.« Er begann, sich zu bewegen, und ich fing ebenfalls an.

Ich ließ mir Zeit. Ich brachte eine fast tantrische Disziplin auf, berührte mich vorsichtig und tastend, als wäre mir mein eigener Körper fremd und ich müßte ihn erst kennenlernen, überall, nur nicht an den Brustwarzen und in der Spalte. Ich kitzelte mich, zwickte mich, kratzte hier und kratzte da, vorwärts und rückwärts, sorgte für Gänsehaut und Kribbeln – es gelang mir wirklich gut, mich selber warten zu lassen. Ich weiß nicht, ob ich mir durch diese Langsamkeit auf all den Umwegen, die ich machte, selber mehr oder längeren Genuß verschaffen wollte oder ob ich versuchte, die Grenzen von Kalims Geduld anzustoßen, ein Stückchen der Macht für mich zu reklamieren. Falls ich das gewollt hatte, bekam ich es nicht, denn er wiegte und bog und dehnte sich, als gäbe es keine Zeit. Und er gab sich seinem Spiegelbild hin, als existierte ich nicht.

Irgendwann, ich fürchte, schneller, als ich gewollt hatte, war es mit meiner Disziplin dann auch vorbei, und ich raste und schrie wie beim letzten Mal. Und weinte wieder hinterher.

Im Nu war er angezogen, ich lag noch da, und er ging ohne ein Wort. Nur als er die Tür schon fast zugezogen hatte, hörte ich ihn sagen: »Ich brauche einen Schlüssel« ...

@

Bitte gib ihm keinen, dachte ich und merkte, daß mir der Rükken schmerzte, so verkrampft hatte ich vor dem Bildschirm gesessen. Ich schrie auf, als ich meine Position veränderte. Ich wußte, daß ich mich benahm wie ein Kind im Kasperletheater, und ich wußte, daß es hier nichts zu beschwören oder zu betteln gab. Der Kerl würde irgendwann den Schlüssel kriegen. Diese Geschichte war abschüssig, und ich längst ins Rutschen gekommen. Mir war klar, daß vor dem tiefsten Punkt kein Halten mehr sein würde.

Es war inzwischen dunkel geworden. Ich hatte schon den ganzen Tag mit Lesen und zwischendrin meiner Flucht verbracht, und so, wie es aussah, war ein Ende nicht in Sicht. Der Knopf im Scrollbalken rechts am Bildschirm war noch weit oberhalb der Mitte.

Wieder unterdrückte ich den Impuls, ans Fenster zu gehen und nach ihr zu sehen, und auch den, mich zu melden. Ich spürte zum erstenmal seit Wochen wieder, daß meine Finger nicht in Ordnung waren. Sie fühlten sich stumpf und matt und wattig an. Ich bewegte sie in der Luft, während ich weiterlas.

@

... Und dann vergingen Tage, an denen er sich nicht blicken ließ, wenn ich bei meinem Vater war, als wüßte er genau, daß ich den Schlüssel nicht dabeihatte. Ich war fest entschlossen, ihm keinen zu geben.

Ich ging hektisch aus, Theater, Kino, Konzert, wie gehabt, dann trank ich mehr als sonst, denn ich schlief nicht mehr durch. Pünktlich um drei und halb fünf wachte ich auf. Nacht für Nacht über fast zwei Wochen.

Inzwischen hatte ich ihn auf Station ein paarmal kurz gesehen, aber er hatte keinen Kontakt zu mir aufgenommen. Ein Kopfnicken war alles, was er für mich zustande brachte. Eines Tages nahm ich, nur zum Test, denn inzwischen glaubte ich an telepathische Fähigkeiten oder irgendwas Ähnliches bei ihm, einen zweiten Haus- und Wohnungsschlüssel mit. Ich wollte sehen, ob er ihn in meiner Tasche spüren und mit mir reden würde. Aber er hatte frei.

Ich hatte bisher, wenn ich nachts aufgewacht war, nicht an mir herumgemacht, es schien mir zu armselig, was ich allein, ohne seinen Anblick und ohne diese Macht und Unterwerfung für mich tun konnte. Obwohl ich jedesmal erregt war (man stelle sich das vor: jede Nacht um drei und halb fünf), ließ ich die Hände von mir, stand auf, trank irgendwas, stellte mich ans Fenster und sah auf die Straße oder zappte durch die Fernsehkanäle, bis ich wieder müde war und weiterschlafen konnte.

Ich war fest entschlossen durchzuhalten, aber ich merkte, daß ich begann, mich nach ihm zu sehnen. Irgendwann kaufte ich sein Parfüm, Aramis, rieb mich damit ein und versuchte, mich mit meiner Erinnerung zufriedenzugeben, aber ich brach wieder ab, ließ einfach los und die Hand zur Seite fallen, ich glaube, es war sogar, kurz bevor ich gekommen wäre. Ich wußte, es war die Mühe nicht wert.

Mir war auch klar, daß das alles nicht so bleiben konnte. Ein Spiel mit exzentrischen Reizen verliert irgendwann seine Attraktion, nämlich dann, wenn das Exotische normal geworden ist. Was käme dann? Steigerung? Neue Reize? Dann entspräche es wieder der klassischen Definition einer Sucht. Aber was sollte denn noch kommen? Daß er mich verbal anging? Mich beschimpfte? Ich wußte nicht, ob ich dann nicht lauthals loslachen würde, das käme mir wohl zu theatralisch daher. Würde er verlangen, daß ich mir andere Dinge als die Kerze reinschob? Und wenn schon. Weitere Körperöffnungen, außer der üblichen und meinem Mund, gab es auch nicht. Er konnte vielleicht noch eine Kamera mitlaufen lassen. Oder uns beide als Nummer an einen Nachtclub verkaufen. Dafür müßten wir aber weit fahren, in New York, jedenfalls in Manhattan, gibt es keine Schmuddelshows mehr.

Ich war einerseits erleichtert durch diese Gedanken, aber andererseits machten sie mir angst. Dafür, daß ich mich ein bißchen weniger ausgeliefert fühlte, bezahlte ich mit der tristen Aussicht auf Gewöhnung und Rückkehr zum flachen Mittelmaß meiner früheren erotischen Erfahrungen und den absehbaren Verlust dieser exzessiven Erregung.

Du siehst, ich hatte viel Zeit zum Nachdenken. Noch immer war ich nicht gewillt, den Schlüssel herauszurücken, und bereit, mich dafür sogar mit dem Abbruch der Affäre abzufinden, aber je länger meine Geduld hielt, desto dünner wurde meine Haut. Irgendwann klappte es mit Aramis, aber ich spürte danach mehr Gier als zuvor und seltsamerweise auch so was wie Selbstverachtung, gemischt mit Selbstmitleid. Ein Zustand, in dem ich seit meiner Pubertät nicht mehr gewesen war. Damals hatte ich (fast hätte ich geschrieben »man«) immer einen schrecklichen Kater. Ich war deprimiert und schämte mich, denn ich war der Überzeugung, Selbstbefriedigung sei etwas Lächerliches, weil Einsames und Niederträchtiges, weil Egoistisches. Der einzig wahre Sex fand nur in der einzig wahren Liebe statt.

Erst nachdem ich einige einzig wahre Lieben hinter mir hatte, fand ich, wenn es sich ergab, zur Autarkie zurück und entdeckte, daß ich selbst mir wenigstens treu war. Und mich verstand. Und zart oder grob oder wild sein konnte, wenn's paßte. Und nicht auch noch hinterher eine dackeläugige Unglücksmiene dafür trösten mußte, daß ich selbst zu kurz gekommen war ...

@

Was tust du eigentlich den ganzen Tag, schrieb ich, während ich hier sitze und lese und lese und lese und mir immer noch rötere Ohren hole? Wenn man mir jetzt den Blutdruck messen würde, käme ich auf die Intensivstation.

June: Was ich vor mir selber behaupte zu tun: Ich hör alle deine Platten durch. Sie sind sehr schön. Den Italiener hab ich schon zum dritten Mal gehört und Paul Simon vielleicht schon zum siebten. Ich fresse Chips und trinke Wein, ich hab gebadet und im Internet gesurft, hab was gegessen und eine Stunde lang versucht zu schlafen.

Barry: Heißt das, du tust in Wirklichkeit was anderes, als das, was du grad beschrieben hast?

June: Ja.

Barry: ?

June: Ich warte und warte und warte und muß mich beherrschen, daß ich mir nicht Haare ausreiße, Fingernägel abbeiße oder Kratzwunden beibringe. Ich warte wie eine kleine Nachwuchsschriftstellerin darauf, daß ihr Freund fertig gelesen hat und sagt, das ist toll. So sieht's aus.

Barry: Es ist toll. Du kannst schreiben. Alles ist klar, und es geht mir an die Nieren. Durch so ein Wechselbad bin ich noch nicht gegangen. Beim Lesen, meine ich.

June: Langer, tiefer Atemzug der Erleichterung und des Glücks. Dabei hab ich alles nur für mich geschrieben. Jetzt auch für dich. Ich würde das nie jemand anderem zu lesen geben.

Barry: Wieso nicht?

June: Wenn du zu Ende gelesen hast, wirst du verstehen, jeder weiß, daß ich das bin. Wie weit bist du jetzt?

Barry: Du gibst ihm den Schlüssel nicht. Und läßt dich über Autarkie aus.

June: Ach ja. Tiefsinniger Exkurs übers Wesentliche oder?

Barry: Sei nicht spöttisch.

June: Bist du eigentlich müde? Willst du schlafen?

Barry: Ich glaube nicht, daß ich schlafen kann, bevor ich fertig gelesen habe.

June: Ich bleib mit dir wach.

Barry: Brauchst du nicht. Schlaf doch.

June: Tu ich aber.

Barry: Also, bis später. Ich fühl mich dir sehr nah. Zu nah vielleicht.

June: Kann nicht nah genug sein. Bis später.

... Es war lächerlich, ich weiß, aber irgendwann steckte ich wieder den Schlüssel ein, bevor ich mich auf den Weg ins Krankenhaus machte. Ich tat so, als wäre es nur ein weiterer Test, ich wollte ja sehen, wie es um Kalims telepathische Fähigkeiten stand, aber ich wußte natürlich, daß ich umgefallen war. Ich gab es nur nicht vor mir zu.

Mein Vater war an diesem Tag nicht ansprechbar. Ich saß einige Zeit an seinem Bett und las, hatte meine Hand auf seine gelegt, sein Gesicht sah rosig und zufrieden aus, und der Arzt erklärte mir, als er vorbeischaute, daß er seit gestern nacht Morphium bekomme. Ich glaube, ich fing an zu weinen, und der Arzt nahm mich in den Arm. Er meinte, ich brauche noch Kraft, die Achterbahnfahrt sei noch nicht zu Ende. Roller Coaster – das sagte er wirklich so. Es könne wieder aufwärts gehen, aber jetzt sei es eben unten. Ich solle nicht unglücklich sein, meinem Vater gehe es jetzt gerade gut. Ich hatte den Schlüssel in meiner Tasche vergessen.

Kalim war im Aufzug. Er stand schon drin, kam von oben, also konnte er mich nicht abgepaßt haben. Ich nahm sein wie immer nur beiläufiges Nicken mit Befriedigung wahr und drehte mich zur Tür. Er senkte den Blick auf eine Tageszeitung, die er gefaltet in der Hand trug. Keine Telepathie also. Aber dann, als ich rausging, hörte ich ihn sagen: »Du siehst blaß aus.« Und ohne daß ich es gewollt hätte, antwortete ich: »Es fehlt mir.« Dann ging ich panisch weg. Ich hörte mich, klack, klack, klack, zum Ausgang und raus.

Wieso hatte ich das gesagt? Wie konnte ich nur so blöd sein und ihm geben, was er so stur von mir erpreßte? Ich hätte meinen inkontinenten Kopf am liebsten gegen den nächsten Laternenpfahl geschlagen, so sauer war ich auf mich selber. Natürlich auch erleichtert, denn endlich war es raus, aber daß ich mich so schlecht im Griff hatte, war enttäuschend.

Er holte mich ein, als ich schon ein Stück die Straße hinuntergegangen war. Ich spürte seinen Griff am Oberarm (es war das erstemal überhaupt, daß er mich anfaßte), seine Hand war hart um meinen Arm geklammert, und ich hielt an. Aber ich drehte mich nicht um, blieb einfach so stehen, schaute geradeaus in die Richtung, in die ich gegangen war, als brauchte ich nur seinen Griff zu ignorieren, und dann wäre er auch schon wieder weg. Wie man einen lästigen Schnorrer behandelt, wenn man ein arrogantes Arschloch ist.

Er tat aber nichts weiter, als mich am Arm festzuhalten, sagte nichts, zog nicht, kein Räuspern, kein Husten, kein Scharren mit den Füßen, er hatte mehr Geduld als ich, also drehte ich mich irgendwann doch zu ihm um. Er hielt seine linke Hand ausgestreckt, flach, mit der Handfläche nach oben. Für jeden Beobachter mußte er tatsächlich wie ein aufdringlicher Bettler aussehen, der mit einem Dollar zufriedenzustellen wäre. Es gab aber keine Beobachter. Leute gingen an uns vorbei, aber in New York schaut niemand hin.

Ich glaube, ich hab ihn nicht angesehen, als ich den Schlüssel aus der Tasche nahm und auf seine Finger legte. Er schloß die Hand und ließ mich los. Dann ging er wortlos zurück.

Ich schlief durch in dieser Nacht. Er kam nicht. Am nächsten Morgen wachte ich so erholt auf wie schon lange nicht mehr. Aber ich war immer noch mit meinem zwitterhaften Gefühl beschäftigt: enttäuscht, mit mir selber sauer, ihm nicht widerstanden, und erleichtert, ihn nicht verloren zu haben.

An diesem Tag hatte ich ein längeres Gespräch mit dem Arzt. Er wollte ein Medikament einsetzen, dessen medizinische Zweckmäßigkeit nicht erwiesen war, das aber in manchen Fällen zu einer Verbesserung des Zustands der Patienten geführt hatte. Ein Mistelpräparat. Wenn mein Vater Glück hätte, dann könnte für ihn ein gutes Jahr dabei rausspringen. Ich stimmte zu.

Und mir kam plötzlich zu Bewußtsein, was du beim Lesen

schon längst gemerkt haben mußt: Das Leiden, das Dahinsiechen und langsame Sterben meines Vaters spielte bei mir die zweite Geige. Eine relativ leise zweite Geige sogar. Ich war schockiert, als ich das begriff. Sex, eine skurrile Affäre, war für mich wichtiger als mein sterbender Vater, den ich täglich sah und dessen Unglück mir doch nahegehen mußte. Ich war statt dessen mit den Gedanken bei Kalim, Kerzenlicht und Lustgeschrei. Beschämend. Ich las meinem Vater Gedichte vor, obwohl er sie nicht hörte. In Wirklichkeit las ich für mich selber. Um mich damit zu beeindrucken und davon zu überzeugen, daß ich nicht die herzlose Schlampe sei, die ich war.

Aber vielleicht kennst du das, mit sich selbst als einzigem Zuschauer hält man Theater dieser Art nicht lange durch. Nicht mal als Kind, wenn man noch glaubt, der liebe Gott sieht auch her. Als Kalim hereinkam, die Tür hinter sich schloß und sagte: »Jetzt, hier, du hast nur zehn Minuten«, war ich schon wieder auf dem anderen Stern.

Ach, Barry, ich bin doch eine Witzfigur. Da hatte ich mir ausgemalt, was er sich als Steigerung noch ausdenken könnte, und mir wäre, hätte ich ans Krankenhaus als Schauplatz gedacht, eher noch eingefallen, daß er mich in die Pathologie schleppt und ich dort in der Kälte auf einer Leiche reiten würde, als daß er das Naheliegende tut und mich neben meinen Vater setzt. Ich sagte nein.

Eine Zeitlang sah er mich an, zuerst ernst, dann mit zunehmender Verachtung im Blick, und dann steckte er die Hand in seine Hosentasche, nahm den Schlüssel heraus und warf ihn mir zu. Ich fing ihn in der Luft. Er drehte sich um, ging die drei Schritte zur Tür, öffnete und wollte gerade rausgehen, da sagte ich: »Bleib!«

Ich legte den Schlüssel aufs Bett neben mich, schob mein Kleid hoch, zog den Slip aus, und den Rest kannst du dir denken. Kalim stand an die Tür gelehnt, diesmal sah er mir wirklich zu, aber in seinen Augen war immer noch nichts, was auf irgendein Gefühl hingedeutet hätte. Es ging schnell. Vielleicht weil ich Angst hatte und fertig werden wollte. Und es ging geräuschlos vor sich. Wenn man von den Geräuschen absieht, die eine Hand in einer Mädchenspalte und ein Arm an einem Sommerkleid verursachen. Ich schrie nicht. Ich keuchte lautlos, zumindest sehr leise, und ich saß starr, die Beine weit gespreizt und nur die Hand in Bewegung auf dem harten billigen Besucherstuhl.

Und es war, trotz der Angst, die mich keine Sekunde verließ, auch nicht als ich kam, und obwohl Kalim einfach nur dastand und mir zusah (er tanzte nicht und behielt seinen Kittel an), wieder ein Orgasmus, dessen Wucht einen nur sprachlos machen kann. Kalim kannte mich besser als ich mich selbst.

Ich saß noch da, die Beine auseinander, die Hand dazwischen, da kam er zu mir her, und ich glaubte schon, er nehme mich in den Arm, tröste mich oder streiche mir übers Haar, aber er griff nur schnell nach dem Schlüssel und ging zur Tür zurück. Er drehte sich zu mir, wollte vielleicht etwas sagen, da ging die Tür auf und stieß an seine Schulter. Ich trat den Slip unters Bett und schloß die Beine, ich glaube, mein Herz stand still, als ich ihn sagen hörte: »Moment, sorry«, und die Tür aufging. Es war Ezra.

Was nun folgte, war der reinste Slapstick: ich auf dem Stühlchen ohne Slip, das Kleid gerade noch rechtzeitig auf die Schenkel gezogen, mein Vater in süßen Morphiumträumen und sein alter faltiger philosophischer Kumpel Ezra, der sich mangels Stuhl (es gab nur den einen, und den konnte ich ihm nicht anbieten, weil ich nicht wußte, ob er naß war) auf das Bett setzte, unter dem mein Slip lag, an den ich jetzt nicht herankam, aber den ich auf keinen Fall dort liegen lassen konnte, bis das Personal ihn entdecken würde. Jetzt könnte ich lachen darüber, aber damals war es einfach grauenhaft.

Und wie bei jedem guten Slapstick, wenn du denkst, das Schlimmste sei geschehen, kommt das Nächstschlimmere daher. Mein Vater sagte laut und deutlich: »Hi, Ezra.« Ich hätte fast gekotzt vor Schreck.

Erst als ich merkte, daß mein Vater noch immer vollständig weg war (er hatte das im Traum gesagt oder weil er in den Tiefen, in denen er unterwegs war, die Anwesenheit seines Freundes irgendwie spürte, jedenfalls bekam er nicht wirklich mit, was geschah), beruhigte ich mich langsam wieder, und der Slip unterm Bett war im Vergleich zu diesem Schrecken das kleinere Übel.

Ich ließ die beiden allein und setzte mich in die Cafeteria, wo ich mich meinen Grübeleien über Kalim überließ. Was wollte er von mir? Auch diesmal hatte ihn mein Anblick kein bißchen erregt, das wußte ich, trotz seines Kittels. War er also schwul? Aber was soll ein Schwuler mit den Obszönitäten einer Frau anfangen? Wieso gab er sich mit mir ab? Um mir eine Freude zu machen? Wieso denn. Zur Belohnung wofür? Allerdings sprachen seine Herablassung und Verachtung sehr dafür, daß er schwul war. Aber was sollte das. Was war das für ein Zeitvertreib.

Ich stellte fest, daß ich diesmal nicht so leer war wie bisher – vielleicht wegen des direkt auf die Szene folgenden Schrekkens. Vielleicht hatte mich der Schock wieder so auf den Boden geknallt, daß keine posterotischen Miniaturtraumata mehr aufkommen konnten.

Oder brauchte Kalim dieses aggressive, feindselige Getue selber? War er eine Art Psychosadist, so wie ich eine Psychomasochistin war? Er konnte das doch nicht nur mir zuliebe tun. Aber wenn es ihn nicht erregte, was hatte er dann davon? Ich grübelte hin und her und fand mich selber ein bißchen blöd dabei, bis mir die Idee kam: Er mußte impotent sein. Nicht schwul. Seine Lust hatte kein Ziel mehr, also gab es für ihn nur noch diese verkrüppelte Variante: einer Frau dabei zusehen und irgendwie irgendwas irgendwo in seinem Körper dabei spüren.

So einleuchtend mir diese Lösung im ersten Moment erschien, länger als einen Doughnut hielt sie nicht. Er hatte die ersten beiden Male nicht mal hergesehen. Und er hatte mich deutlich spüren lassen, daß ihn das, was ich tat, langweilte. Ich kam nicht weiter als bis zu dem Schluß: Aus irgendeinem mir unverständlichen Grunde tut er das für mich. Er weiß intuitiv, daß ich es brauche, daß es mich verrückt macht, und spielt das Spiel für mich. Es war auch für ihn ein Spiel. Mußte eines sein. Im Park war er nett gewesen und hatte gesagt, das eine ist Erotik, das andere das Leben. In Wirklichkeit war er ein zarter, netter Mann, der für mich dieses Theater aufzog, weil ich dabei vor Lust schier durchdrehte. So war es. Es konnte nur so sein. Allerdings schloß diese Variante die Impotenz nicht aus. Ich sah ihn mit anderen Augen. Er tat mir leid ...

@

Nein, du verrennst dich, rief ich wieder innerlich, ganz das Kind im Kasperletheater, wenn vor dem nahenden Teufel gewarnt werden muß. Du redest dir den Kerl schön, weil er dir auf eine verrückte Art guttut, und vergißt den Preis, den dich das alles kostet. Er wird dich kaputtmachen. Er wird deine Selbstachtung auf Null bringen, und das tut er für sich. Nicht für dich. Als ich aufstand, wurde mir schwindlig.

Ich machte mir einen Espresso und sah zu ihr hinüber. Sie hatte kein Licht, nur eine einzelne Kerze stand neben dem Computer, vor dem sie, den Kopf in die Hand gestützt, saß und irgendwas spielte oder suchte. Ihr Anblick erinnerte mich an das Bild eines Symbolisten, das ich mit sechzehn als Poster an der Wand gehabt hatte. Was machst du? schrieb ich, und sie antwortete sofort.

June: Ich such so rum. Hab versucht, Geneviève zu finden, aber es klappt nicht. Und du? Immer noch nicht müde?

Barry: Doch, aber ich les weiter. Hab mir grad einen Kaffee gemacht.

June: Nicht daß das so eine Art Folter wird für dich.

Barry: Würde doch zum Thema passen.

June: ?

Barry: Entschuldige. Blöder Spruch. Streich's.

June: Das war keine Folter für mich. Das war die höchste Lust. Wenn du Kalim für einen Bösewicht hältst, dann liegst du falsch.

Barry: Tu ich tatsächlich. Vielleicht aus Eifersucht.

June: Ist das ein verklausuliertes Kompliment?

Barry: Mußt du selber rausfinden.

June: Es ist eins.

Barry: Rausgefunden. Gratuliere.

June: Danke.

Barry: Und jetzt les ich weiter.

... Es verging fast der ganze verregnete April, ohne daß ich mit Kalim mehr als nur unser inzwischen freundliches Kopfnikken und gelegentlich ein paar Worte austauschte. Mein Vater erholte sich, seine Schmerzen reduzierten sich auf ein Minimum, seine Morphiumdosis entsprechend, ich schob ihn am Ende des Monats sogar mit dem Rollstuhl durch den Park. Meine Nächte verbrachte ich schlafend und die Tage gelassen, weil ich wußte, Kalim kann kommen. Es war nicht so wichtig, wann er kommen würde, es war nur wichtig, daß es irgendwann geschehen konnte.

Ich bekam Besuch von einer Kollegin aus Bochum, Biggi, die eines Tages mit ihrer Freundin Susanne, einer Schauspielerin, vor der Tür stand und von mir die Stadt gezeigt haben wollte.

Ich war eine gute Fremdenführerin, gab mir Mühe und nahm mir Zeit, obwohl ich Biggi schon in Deutschland nicht gemocht hatte. Sie ist die Sorte, die sich groß glaubt, wenn sie alle anderen kleinmacht. Aus ihrem Mund kommt fast nur ätzender Tratsch und unqualifizierte, aber scharfe Kritik an jedem, der das Pech hat, in ihr Blickfeld zu geraten. Eine blöde Kuh. Ihre Freundin war mir schon lieber, ein stilles Wasser mit Humor, aber ich schaffte es nicht, mich auf die eine einzulassen und mir gleichzeitig die andere vom Leib (oder besser von der Seele) zu halten, deshalb wird mich Susanne wohl auch nicht gemocht haben.

Dazu kam, daß ich den Fehler machte, die beiden ein paarmal in meine Wohnung mitzunehmen, und sie nicht verstanden, warum ich sie nicht einlud, bei mir zu wohnen. Ich hatte vier Zimmer, und sie bezahlten ein Schweinegeld fürs Hotel. Daß ich die Nächte für mich brauchte, weil Kalim jederzeit in der Tür stehen konnte, sagte ich natürlich nicht.

Allerdings führte ich ihn einmal vor. Er tanzte in einem klassischen Ensemble am Broadway, war für jemanden eingesprungen und hatte mich eingeladen, mir das anzusehen. Es war völlig anders als das avantgardistische Tanztheater, und ich staunte über die Professionalität, mit der er die kleine Rolle in Romeo und Julia tanzte. Ich sagte den beiden nicht, daß ich ihn kannte, und sie wurden nicht auf ihn aufmerksam, denn Biggi konzentrierte sich auf die Hauptrollen, um sie nachher richtig kritisieren zu können, und Susanne war hin und weg von Romeo, von dem sie den ganzen Abend die Augen nicht lassen konnte. Das rührte mich. Ich stellte mir vor, der Romeo habe auf sie eine Wirkung wie Kalim auf mich. Ich sah ihr auf die Hände, aber die lagen immer locker und unbeweglich in ihrem Schoß.

Ich selber allerdings kam nach Hause und fand wieder mal zu meiner alten Angewohnheit zurück. Kerzen, Parfüm, Erik Satie, du weißt schon.

Mein Vater sprach mich bei einem unserer Spaziergänge auf Kalim an. Ich erschrak, denn ich dachte sofort, er habe damals doch was mitgekriegt, aber er fragte ganz allgemein und vorsichtig, ob ich herausgefunden hätte, was mit Kalim los sei.

Er ist nicht schwul, sagte ich, und mein Vater schwieg lange. Erst drei Alleebäume weiter hörte ich wieder seine Stimme: Er ist ein netter Kerl, und vermutlich ist er schön. Aber gib ihm niemals Geld.

Ich war schockiert und wütend, ließ es mir aber nicht anmerken. Ich fragte, ob mein Vater glaube, wir hätten was miteinander, und er sagte trocken: Ja. Ich sagte nichts. Und schob ihn weiter durch die Allee.

Ich war froh, als Biggi und Susanne endlich wieder abzogen, nachdem wir die kompletten 32, 33 und 34 West abgeklappert hatten, um auch wirklich jedes Outlet und jeden Secondhandshop zu durchwühlen.

Mein Vater spielte inzwischen an einem Tag in der Woche wieder Poker mit seinen Kumpels. Sie kamen zu ihm ins Krankenhaus, und die drei saßen in der Cafeteria und grummelten in ihre Karten wie zuvor. Es war rührend. Ich hätte mich in alle drei verlieben können.

Und irgendwann im Park überraschte er mich wieder mit so einer aus der Pistole geschossenen Frage: »War es mein Geheule am Grab?«

Ich sagte ja und hielt an, denn ich wollte ihm in die Augen

sehen, wenn wir schon über so heikle Themen zu reden anfingen.

»Nein, schieb weiter«, sagte er schnell, als er bemerkte, was ich vorhatte. »Es redet sich leichter in die Luft als in ein enttäuschtes Gesicht.«

Er schwieg eine Weile, ich schob ihn brav und wartete, bis er endlich damit rauskam: »Was war es denn genau? Ich hab's nämlich nie verstanden.«

Ich versuchte, ihm zu erklären, was ich dir schon geschrieben habe, daß ich nicht zusammenbrachte, wie er sie vorher behandelt hatte, wenn er nachher so um sie weinte. Daß er sie nicht mehr liebte, konnte ich einsehen, das war eben so, aber daß er sie geliebt haben mußte und trotzdem so mit ihr umgegangen war, das ginge mir nicht in den Kopf.

»Ich hab sie nicht mehr geliebt und trotzdem um sie geweint und um mich«, sagte er leise und hängte noch den Satz dran: »Sie hat mir leid getan. Und ich mir auch.«

Und dann sprach er in für mich völlig überraschend herzlichem Ton von meiner Mutter: »Ich hätte eigentlich ein Künstler sein müssen«, sagte er. »Sie war die inspirierendste Frau, die ich je getroffen habe. Wäre ich ein schöpferischer Mensch gewesen, dann hätte ich vielleicht ihretwegen ein nennenswertes Werk vollbracht. Aus allem machte sie eine Idee, einen Gedanken, sie zog Einfälle für kleine Szenen oder Geschichten aus jeder banalen Kleinigkeit. Sie sprühte. Aber ich sagte nur ja oder lächelte oder wechselte das Thema. Ich glaube, bei mir ist sie vertrocknet. Sie wäre eine Muse gewesen. Ein Diplomat braucht keine Muse. Ein Diplomat braucht nur einen gepflegten, souveränen weiblichen Automaten, der ein paar Worte mit jedem seiner mehr oder weniger langweiligen Gäste wechselt. So ein Mann wie Ezra wäre gut für sie gewesen. Oder besser noch, sie für ihn. Mit ihr wäre Ezra vielleicht ein Schriftsteller geworden und hätte sein Talent nicht als Anwalt mit

Ganoven und Kapitalisten vergeudet. Vielleicht habe ich sie deshalb auch irgendwann nicht mehr geliebt. Ich merkte, daß ich sie kaputtmachte, ihr schadete, ihr nicht gerecht wurde, und niemand liebt, was er zerstört hat. Oder Oscar Wilde hat recht, und es ist andersrum: All men kill the thing they love.«

Wir schwiegen lange. Ich hatte meinen Vater selten so viel an einem Stück reden hören. Irgendwann strich ich ihm von hinten übers Haar. Er konnte das nicht leiden. Aber er konnte sich auch nicht wehren. Er versuchte es, aber seine Hand kam zu spät. Ich hatte meine schon zurückgezogen. So konnte er nur knurren, und ich grinste hinter ihm.

Es war Mitte Mai, als Kalim endlich wieder kam. Ich wachte davon auf, daß mir die Decke weggezogen wurde, und obwohl es dunkel war, und ich nur eine Silhouette ausmachen konnte, erschrak ich nicht. Ich war erleichtert. Erlöst von dem Hunger zwischen meinen Beinen, das heißt, erwartungsvoll, mich endlich davon erlösen zu können, und bereit, mir ohne Umstände den Pyjama auszuziehen. Da hörte ich Kalims Stimme von der Tür her: »Zieh sie aus.« Und jetzt erschrak ich! Der Mann an meinem Bett war jemand anderes. Ich wollte instinktiv die Decke wieder über mich ziehen, als das Licht anging und ich die Situation erfaßte: Kalim stand an der Tür, eine unangezündete Zigarette zwischen den Lippen und ein billiges gelbes Feuerzeug in der Hand, mit dem er herumspielte, ohne die Zigarette anzuzünden. Ich hatte ihn noch nie rauchen sehen.

Auf meinem Bett saß ein fast gesichtslos hübscher Junge mit blauen Augen, dunklem, kurzem Haar und Netz-T-Shirt unter einem dünnen Lederblouson. Dieser Junge sah mich fragend an, als wollte er mein Einverständnis. Ich hob meinen Hintern und zog die Pyjamahose aus. Ob aus Schüchternheit, damit der fremde Junge nicht meine Scham sehen sollte, oder weil ich am liebsten sofort angefangen hätte, mich zu streicheln, wußte ich nicht, aber ich legte meine Hand zwischen die Beine.

Jetzt rauchte Kalim. Er war anders als sonst. Vielleicht betrunken, vielleicht auf Koks, seine Augen flackerten und blieben an keinem Punkt haften, er wirkte nervös und fahrig, und seine Stimme klang nicht wie sonst. Sie klang eher klein und ein bißchen belegt.

Jetzt knöpfte mir der Junge das Oberteil auf und ich schlängelte mich heraus, als er es über meine Schultern zog. Es war eigentlich rührend. Wie ein Tanzstundenabsolvent, der einer Dame aus dem Mantel hilft. Er hatte noch kein Wort geredet.

Als Kalim sagte: »Fick sie«, sah mich der Junge wieder so fragend an, und ich nickte und bewegte meine Hand. Er zog sich aus, ließ seine Kleider achtlos neben sich auf den Boden fallen, setzte sich wieder aufs Bett und wollte mich gerade anfassen, als Kalims Stimme wieder so belegt und nervös sagte: »Für ihre Pussy sorgt sie selbst. Du fickst sie in den Arsch.«

Ich fand seine Ausdrucksweise lächerlich. Das klang nicht nach ihm. So unelegant. Aber ich rappelte mich auf, drehte mich um und kniete brav, um dem jungen Mann meinen Hintern entgegenzustrecken. Jetzt fand ich mich auch selber lächerlich, denn ich drehte den Kopf und schaute, was hinter mir vor sich ging. Wie eine Kuh, an der sich der Tierarzt zu schaffen macht.

Der Junge spuckte sich in die Hand und rieb seinen Ständer (ich registrierte, daß er sofort einen hatte) mit Spucke ein, und dann spürte ich ihn. Es tat wieder weh. Diesmal viel mehr als damals mit der Kerze, denn der Junge ging nicht so vorsichtig mit mir um, wie ich selbst das konnte. Aber nachdem er in mich eingedrungen war, bewegte er sich langsam, und der Schmerz verschwand wieder.

Ich weiß, daß mir ganz bescheuerte Dinge durch den Kopf

gingen. Was hab ich gegessen? Wann? Was ist jetzt in meinem Darm? Kann er was spüren? Stößt er dran? Diese Gedanken waren so eklig, und die Situation, in der ich mich befand, so peinlich, daß ich mich auf einmal sagen hörte: »Ich will das nicht.«

»Doch«, sagte Kalim, und ich drehte mich zu ihm um. Inzwischen hatte der Junge seine Hände auf meinen Hintern gelegt, und sah freundlich auf mich herab. Völlig irre. Ich kam mir einfach blöd vor. Und spürte keine Lust. Es war nur lächerlich, und ich war entschlossen, die Situation zu beenden und beide einfach rauszuwerfen, da sagte Kalim: »Tu was für dich.«

Es ist verrückt, aber anscheinend war es seine Stimme, die solche Macht über mich hatte. Denn ich vergaß meinen Vorsatz, ließ mich auf die Schultern runter, so daß ich eine Hand für mich selber frei hatte, und folgte schon wieder seiner Anordnung. Brav. Nach einer Weile vergaß ich tatsächlich meine idiotische Haltung und vor allem diese realistischen Gedanken über biologische Tatsachen und brachte mich selber dorthin, wo der Junge schon war. Ich spürte, schon durch Nebel, wie er sich aus mir herauszog, seinen Samen auf meinen Rükken kleckern ließ und zufrieden seufzte. Das störte mich schon nicht mehr, denn inzwischen war ich mir nur noch selber wichtig, und ich richtete mich auf, setzte mich auf die Fersen und beendete, was ich angefangen hatte. Ich glaube, diesmal ohne einen Laut.

Als ich wieder zu mir kam, hatte der Junge sich schon halb angezogen und Kalim die nächste oder übernächste Zigarette geraucht. Mir fiel auf, daß ich die ganze Zeit den Rauch gerochen hatte.

Ich setzte mich ans Kopfende und zog die Decke über mich. Kalim ging aus dem Zimmer. Die zwei, drei Schritte, die ich ihn gehen sah, waren anders. Kalim war anders.

Der Junge war angezogen und lächelte mir zu. »Bye«, sagte er und wollte aus der Tür gehen, da hörte ich Kalim von draußen: »Bezahl ihn. Gib ihm fünfzig Dollar.«

Ich war zu fertig und zu verwirrt, um der Wut, die ich in mir aufkeimen spürte, nachzugeben, und ging einfach, nackt wie ich war, zum Schreibtisch, aus dessen Schublade ich fünfzig Dollar klaubte. Der Junge schien mir ein bißchen verlegen, als er das Geld nahm, aber er steckte es schnell in seine Lederjacke und ging. Ich hörte die Tür und riß die Fenster auf.

Den Rest der Nacht verbrachte ich wieder mit Heulen und Kotzen und, ich weiß nicht, ob ich das erzählen will, aber ich tu's: Ich kotzte nicht nur, sondern hatte auch Durchfall. Mein ganzer Körper war in Aufruhr, aber diesmal nicht vor Überraschung, als Antwort auf einen Exzeß, sondern (ich spürte das genau, ich war mir sicher) vor Wut. Ich hatte eine hirnrissige, grelle Wut auf Kalim, denn diesmal war die Szene ganz und gar auf meine Kosten gegangen. Der Orgasmus war es nicht wert gewesen, wie ein dummes Flittchen vom Land, das dem Zuhälter gefallen will, den Arsch in die Luft zu halten und sich das Ding eines Strichers reinschieben zu lassen.

Und es war nicht nur Wut, die mich schüttelte, es war auch Entsetzen. Der Junge war ein Stricher, das war mir im nachhinein klargeworden, und er hatte kein Kondom benutzt, er konnte mich angesteckt haben. Er konnte an der Nadel hängen, sich in Dark Rooms herumtreiben, sich von jedem Schwulen der Stadt hernehmen lassen, ich hatte mich in Gefahr gebracht. Kalim hatte mich in Gefahr gebracht. Das war nicht mehr lustig. Kein Spiel mehr.

Aber meine Wut half mir, klarer zu sehen. Ich kapierte, was in dieser Nacht anders gewesen war. Kalim war nicht mehr cool und gelangweilt gewesen. Diesmal war sein verächtliches Desinteresse wirklich nur Theater. Und es war schlecht gespielt. Ich hatte das nicht gleich gemerkt, aber jetzt war ich mir sicher. Das heißt, doch, ich hatte es gleich bemerkt, nur nicht richtig eingeordnet. Seine kleine Stimme, die Zigaretten, der dämlich vulgäre Sprachgebrauch, er war aufgeregt gewesen. War es das, was er brauchte, um hochzukommen? Ich konnte nicht beurteilen, was in seiner Hose vor sich gegangen war, er war viel zu schnell draußen gewesen, aber seine Nervosität hatte ich nicht übersehen.

Vermutlich ist das nur eine dumme, stinknormale pornographische Geschichte. Vielleicht steht so was in den Heftchen. Ich weiß es nicht, ich hab sie nie gelesen, ich kenne Pornographie nur aus dem Internet, habe nie de Sade oder Fanny Hill in den Händen gehabt, aber ich denke, so etwa muß das klingen.

Flüssigkeit war irgendwann keine mehr in meinem Körper, ich weinte nicht mehr und gab auch sonst nichts mehr von mir, aber meine Wut war eher noch angewachsen in den Stunden bis zum Morgengrauen. Als es Tag war (ein schöner, sonniger Maitag), wußte ich, daß ich mit Kalim abgeschlossen hatte. Ich würde so etwas nicht noch mal mit mir machen lassen.

Ich war zu wacklig auf den Beinen, um an diesem Tag ins Krankenhaus zu gehen, und schlief bis zum späten Nachmittag, dann rief ich meinen Vater an und entschuldigte mich. Aber am nächsten Tag war ich fest entschlossen, meinen Schlüssel von Kalim zurückzuverlangen. Und wenn er ihn nicht hergeben wollte, dann würde ich die Schlösser austauschen lassen. Ich hatte genug von diesem Spiel.

Aber, als hätte er das wieder mal geahnt, war er nicht da. Die ganze Zeit, als ich bei meinem Vater war (wir gingen nicht raus an diesem Tag, weil er Kreislaufprobleme hatte), ließ Kalim sich nicht blicken, und als ich später die Stationsschwester nach ihm fragte, sagte die, er arbeite nicht mehr hier. Soviel sie wisse, gehe er mit seiner Truppe auf eine Europatournee. Er hatte sich am Vortag verabschiedet ...

@

Mir fielen nun doch die Augen zu. Ich riß sie immer wieder auf, wie beim Autofahren nachts, aber es half nichts. Die Schrift verschwamm. Ich öffnete das Chatfensterchen und schrieb: Muß doch schlafen. Das liegt, wie du dir denken kannst, nicht daran, daß die Geschichte nicht spannend wäre. Es drückt mir einfach das Hirn weg.

June: Ja. Laß uns schlafen. Ist es okay, wenn ich mir vorstelle, wir würden uns an der Hand halten?

Barry: Ja.

June: Schlaf gut. Bis morgen.

Barry: Du auch.

June: Und träum nichts Schlimmes. Höchstens was, wonach du die Bettwäsche wechseln mußt.

Barry: Ich sag's dir dann. Gut Nacht.

June: Nacht.

@

Nachdem ich den Rechner ausgeschaltet hatte, ging ich zum Fenster, um die letzten Handgriffe ihres Tages zu sehen, vielleicht auch, wie sie zu Bett ging, aber die Kerze brannte nicht mehr, und ihr Schlafzimmerfenster spiegelte nur einen vagen Widerschein des Straßenlampenlichts von unten.

@

Und ich träumte tatsächlich wild, aber nichts, was sich mit Junes Geschichte in Verbindung bringen ließ. Als ich gegen fünf

Uhr morgens aufwachte, noch atemlos vom Traum, mußte ich lachen, weil ich mich an die Einzelheiten erinnerte: Ich hatte Peter Maffay beleidigt und sollte von seinen Roadies umgebracht werden. Ich glaube, ich schlief grinsend wieder ein.

@

Soll ich dir Brötchen vor die Tür legen? schrieb ich am nächsten Morgen, als ich sie an ihrem Küchentisch sitzen sah, ein Buch vor der Nase und ein Glas Orangensaft am Mund. Sie mußte das Klingelzeichen eingestellt haben, denn sie hob den Kopf, kurz nachdem ich meinen Satz abgeschickt hatte, und fuhr zu ihrem Laptop.

June: Nein, danke. Aber Milch ist jetzt wirklich knapp. Gehst du sowieso raus?

Barry: Ich würd auch extra für dich gehen.

June: Sollst du aber nicht.

Barry: Ich geh sowieso. Noch was?

June: Nein. Ich krieg heut nachmittag wieder eine Ladung vom KaDeWe. Nur Milch.

Barry: Ich klopf an die Tür.

June: Okay.

@

Unten am Briefkasten unterdrückte ich den Impuls, einfach vorbeizugehen, und öffnete trotz meiner Furcht, schon wieder einen Brief wie den von der Psychologin zu finden. Nur eine Telefonrechnung und zwei Flyer.

Bei Bolle stand ich ewig an der Kasse und lauschte einer Diskussion über verfaulte Lebensmittel – die Kassiererin wollte eine Zucchini nicht zurücknehmen, weil die Kundin keinen Kassenbon vorweisen konnte –, als ich endlich drankam, war der ganze Laden in Aufruhr. Geschäftsführer, Kassiererinnen, Kunden, alle schrien durcheinander und keiner ließ ein gutes Haar am andern. Ich war in Gedanken schon wieder in New York und beeilte mich, als ich endlich die Milch bezahlt hatte, nach Hause zu kommen.

Das Schloß war erneuert und die Haustür geschlossen. Ich mußte klingeln und war einen Augenblick gehemmt, als ich ihre Stimme in der Sprechanlage hörte. Das wollten wir doch nicht. Sie klang heller, als ich mir vorgestellt hatte. Gar nicht wie Sharii. Aber sie sagte nur das eine Wort: »Ja.« Und ich sagte nur: »Milch.«

Oben an ihrer Tür war ich dann hin und her gerissen zwischen dem Wunsch, jetzt einfach zu warten, ihr Auge in Auge oder besser Auge an Bauchnabel gegenüberzustehen, und meinem Fluchtinstinkt, der mich schon auf den letzten Stufen hatte langsamer werden lassen. Ich klopfte und beeilte mich, wieder wegzukommen. Ich nahm zwei Stufen auf einmal.

Oben bei mir fand ich schon die Nachricht vor: Du hast eine angenehme Stimme.

Barry: Ich hab doch nur Milch gesagt.

June: Man kann Milch mit angenehmer oder mit unangenehmer Stimme sagen.

Barry: Du auch. Heller, als ich dachte. Ich hab dir in meinem Kopf eine Altstimme zugeteilt. Du bist aber ein Sopran.

June: Im Internat war ich so was wie der Fliegeralarm. Ich durfte schon in der dritten Stunde vom Singen wegbleiben.

Barry: Du bist ein Sprechsopran.

June: Danke für die Milch.

Barry: Ich hab tatsächlich geträumt. Aber nicht von dir.

June: Was denn?

Ich erzählte ihr den Traum und ging zum Fenster. Sie lachte und warf dabei den Kopf in den Nacken. Sie sah sehr schön aus in diesem Moment.

June: Toll. So was kann nur ein Musiker träumen, oder?
Barry: Ich bin aber keiner.
June: Natürlich bist du ein Musiker. Was denn sonst? Du machst, daß es klingt, wie es klingen soll.
Barry: Der Beruf heißt Tontechniker.
June: Musiker. Ich laß nicht mit mir handeln.
Barry: Geht's dir gut?
June: Ja, ich krieg nachher eine Massage. Meine Muskulatur ist ganz schön mitgenommen.
Barry: Du solltest kleinere Hanteln nehmen, wenn du trainierst.
June: Ich will aber schnell was erreichen. Wer weiß, was ich in Zukunft alles nur mit Armen und Händen können muß.
Barry: Mußt du wissen. Ich glaube, die Hanteln sind zu groß für dich. Solche brauchst du in einem halben Jahr frühestens.
June: Bemutterst du mich?
Barry: Es ist eher eine Art Bebrudern. Höchstens Bevatern.
June: Laß es. Ich hab meinen eigenen Kopf. Und du bist mir näher als ein Bruder. Und näher als mein Vater.
Barry: Bin verwirrt.
June: Warum?
Barry: Weil das ein Kompliment war.
June: Ja. War es. Ich muß aufs Klo. Bis später.

... Ich hatte keine Adresse oder Telefonnummer von ihm und erfuhr seinen Nachnamen erst jetzt von der Stationsschwester. Djerame. Kalim Djerame. Ein Name wie Musik. Er paßte zu ihm. Das heißt, er paßte zu dem Kalim, den ich begehrt hatte, nicht zu dem, den ich jetzt suchen wollte, um meinen Schlüssel von ihm zurückzuverlangen.

Aber in dem Theater an der Bleecker Street konnte man mir nur Christophers Telefonnummer geben, und als ich dort anrief, meldete sich eine alt klingende Frauenstimme, die mir erklärte, Christopher sei gestern nach Europa geflogen. Im September komme er zurück, bis dahin sei er auf Tournee.

Ich bat die alte Frau, sich meine Nummer zu notieren. Christopher solle mich anrufen. Sie versprach, es auszurichten, und ich legte verwirrt auf.

War das jetzt die Abschiedsinszenierung gewesen? Ein kleiner Knalleffekt vor dem Verschwinden? Und wieso diese Heimlichkeit mit der Tournee? Das hätte er mir doch sagen können. Und mein Schlüssel? Reiste der jetzt in Europa herum oder lag er in irgendeiner New Yorker Wohnung? Ich rief einen Schlüsseldienst an und ließ das Schloß austauschen. Kalim konnte den Schlüssel auch dem Stricher gegeben haben oder irgendwann für ein paar Nächte nach Hause kommen, und ich wollte nicht mehr das Opfer seines nächsten Einfalls werden. Ich hatte genug.

Ein paar Tage später fand ich einen Briefumschlag ohne Anschrift und Absender in meiner Post und wog ihn in der Hand, weil ich glaubte, der Schlüssel sei darin. Aber es waren fünfzig Dollar und ein Zettel mit unbeholfener Schrift bekritzelt:

Something was wrong with the hole scene. Here's your money back. Sorry. Jeff. PS I'm not positive.

Ich war gerührt, vor allem, weil er meine Angst bedacht hatte, aber ich steckte den Schein mit spitzen Fingern in meine Jackentasche, um ihn bei nächster Gelegenheit einem Bettler zu geben. Bis dahin faßte ich ihn nicht mehr an.

Nach drei Wochen machte ich trotzdem einen Aidstest und zitterte die drei Tage, die es brauchte, bis ich das Ergebnis in der Hand hielt. Negativ.

Ich richtete mich wieder in meinem alten Leben ein, verbrachte die Nachmittage mit meinem Vater, dem es gutging (er ödete mich sogar wieder mit Sexgerede an), und die Abende wie gehabt im Kino, Konzert, Theater oder lesend. Ich schrieb meine Artikel und schloß, was mich selber erstaunte, ein paar oberflächliche Freundschaften mit Künstlern, die ich interviewt hatte und die mich immer wieder einluden, ihre neuesten Produktionen anzusehen. Irgendwann hatte ich auch bei einer Veranstaltung den deutschen Konsul kennengelernt, und er lud mich hin und wieder zu Soireen ein, die er in seiner Wohnung an der Upper Eastside für deutsche und Schweizer Künstler gab, die in New York studierten, gastierten oder lebten.

An einem dieser Abende unterhielt ich mich lange mit einem Schlagzeuger, der an der Berklee School in Boston unterrichtete. Er brachte mich zum Lachen und später nach Hause. Als er hörte, daß ich den Weg nach Soho zu Fuß machen wollte, weil die Nacht so schön war, ließ er sich nicht davon abhalten, mich zu begleiten. Das ist immer noch eine Großstadt, sagte er, und Giuliani ist nicht Gott. Wir aßen unterwegs und trödelten, der Gesprächsstoff mit ihm schien nicht ausgehen zu wollen, ich ertappte mich dabei, daß ich dachte, hätte ich den doch nur vor Kalim getroffen.

Als er sich brav vor meiner Haustür verabschieden wollte, lud ich ihn ein, mit nach oben zu kommen, versuchte, mit ihm ins Bett zu gehen, aber es klappte nicht. Er war schon halb ausgezogen, da erklärte ich ihm, daß ich noch über etwas wegkommen müsse, daß es nicht an ihm liege, daß ich ihn gern wiedersehen würde, wenn er das Risiko noch mal eingehen wolle. Er nahm es mit Humor, und wir zogen uns gegenseitig wieder an.

Ich hatte sein Hemd noch nicht ganz zugeknöpft, da klingelte das Telefon. Es war Kalim. An seiner Stimme hörte ich, daß er gerade wieder Jekyll war, deshalb legte ich nicht sofort auf, sondern ließ ihn erklären, daß er in Paris sei, morgen weiter nach Brüssel fahre, daß er hoffe, es gehe mir gut und meinem Vater natürlich auch, daß er oft an mich denken müsse und den Schlüssel wie einen Talisman immer mit sich trage.

Wirf ihn weg, sagte ich und nutzte den Moment, in dem er verblüfft schwieg, zum Auflegen.

Ich ging wortlos auf Sydney (so hieß der Schlagzeuglehrer) zu und zog ihn wieder aus. Es klappte auf einmal wunderbar mit uns, er kam kaum zu Atem, denn ich hatte wirklich Freude an ihm und tat mein Bestes, daß es ihm genauso gehen sollte.

»Bist du jetzt in der einen Minute am Telefon drüber weggekommen?« fragte er irgendwann, als wir matt und schläfrig nebeneinander lagen, und ich sagte: »Ja.«

Er wurde mein Freund, und es ging uns gut miteinander. Daß er verheiratet war und nur selten nach New York kommen konnte, störte mich nicht. Wenn er da war, war es gut, wenn er weg war, auch. Es gibt solche Liebhaber, die vermißt man nicht, aber sie erfüllen einen doch. So einer war Sydney. Und Kalim rief nie wieder an …

@

Ich unterbrach das Lesen, weil ich mir noch einen Kaffee machen wollte, aber ich blieb am Fenster stehen, als ich sah, daß June massiert wurde. Sie lag nackt auf einer Massagebank und wurde von einem Mann mit haarigen Armen behandelt. Er stand auf der Wandseite, so daß ich ihren ganzen Körper sehen konnte. Das heißt, nur den Rücken, sie lag auf dem Bauch, aber das reichte mir. Sie war sehr schön.

Wenn der Mann ihren Hintern knetete – das tat er ausführlich und immer wieder, er kam von der Wirbelsäule, den Schultern und Oberarmen immer wieder dahin zurück –, dann sah ich die Bewegung, die seine Hände in ihrem Fleisch verursachten, und dachte, diese Bewegung wird sie nie mehr selber machen können. Und das Wohlgefühl entgeht ihr auch. Sie spürt nicht, was er da tut.

Ich wartete, bis sie sich, mit Hilfe des Masseurs, auf den Rücken drehte, und sah, wie er sie von oben her unter den Schulterblättern ergriff, leicht hochhob und dann seine Hände zu sich her zog. Ihre Brüste hingen ein bißchen zur Seite und bewegten sich mit. Ich wäre gern der Masseur gewesen. Und ich gönnte ihr die Behandlung, denn das, was der Mann jetzt tat, mußte sie spüren.

Er faßte auch ihre Brüste an. Zwar ging er mit seinen Händen nicht ganz bis zu den Spitzen, aber er drückte seine Daumen fest von oben her an ihr Schlüsselbein und schob sie dann hinunter. Mit Druck zog er sie wieder zurück, und so, wie sich ihre Brüste dabei bewegten, glaubte ich, der Mann tat das für sich. Das war nicht in der Ausbildung. Es wäre zu obszön. Aber June, die ihre Augen geschlossen hielt, schien es zu genießen, und so gönnte ich es eben auch ihm. Sollte er ruhig was davon haben, wenn er ihr so wohl tat. Einen Ständer wenigstens.

Ich sah der Behandlung bis zum Ende zu. Wieder half der Mann June, als sie sich aufsetzte – sie war zu mir gewandt – und die Augen auf mein Fenster richtete. Sie reckte sich, hob die Arme über den Kopf und lächelte. Sie lächelte mir zu. Mit einer schnellen Bewegung, so, daß es der Masseur, der mit ihrem Rollstuhl beschäftigt war, nicht sehen konnte, griff sie mit beiden Händen nach ihren Knien und spreizte die Beine. Für mich.

Jetzt war der Mann um die Bank herumgekommen und hob sie, nackt wie sie war, in ihren Rollstuhl. Er legte ein Badetuch um sie, das er unter ihren Schultern und Hüften feststeckte. Sehr professionell und sehr fürsorglich.

Ich machte meinen Espresso und setzte mich wieder an den Rechner. Der Masseur war schon dabei, seine zusammengeklappte Bank im Auto zu verstauen, das hatte ich gesehen auf dem Weg von der Küche zum Bildschirm. Junes Name blinkte auf. Bist du da?

Barry: Ja. War's gut?

June: Sehr gut. Ich fühl mich wieder lebendig. Hast du zugesehen?

Barry: Ja.

June: So einsilbig?

Barry: Wieso?

June: Denkst du immer noch, es sei nicht in Ordnung?

Barry: Eigentlich ja. Ich weiß nie, ob du das willst oder nur in Kauf nimmst.

June: Nach allem, was du jetzt schon von mir gelesen hast, müßtest du das aber wissen.

Barry: Ich weiß, was du mit ihm gemacht hast und daß es dir nicht nur gutging dabei. Ich habe nichts mit diesem Kerl gemein. Ich will nicht haben, was er hatte. Ich hasse ihn.

June: Weiß ich. Hab ich nicht gemeint. Wollte ich nicht sagen. Aber ich bin dieselbe Person. Ob für seine Augen oder für deine. Ich bin diejenige, die sichtbar sein will. Hast du nicht gesehen, daß ich meine Beine auseinandergemacht habe für dich?

Barry: Doch.

June: Und?

Barry: Was und?

June: Ich hätte gern, daß du mich schön findest.

Barry: Ich finde dich schön. Sehr schön. Ich hab den Masseur beneidet.

June: Das solltest du nicht. Was du hast, hat er nicht.

Barry: Was ist das?

June: Mein Vertrauen. Und daß ich einschlafe und mir vorstelle, ich halte deine Hand. Und daß ich froh bin, zu wissen, daß du da bist. Und daß ich flirte.

Barry: Ich schweige verlegen.
June: Ich lächle zufrieden.
Barry: Bis später. Ich les weiter.

@

... Mit Sydneys Hilfe und beruhigt, daß Kalim weit weg war, fing ich ein richtiges Leben an. Ein Luxusleben sogar, denn ich gewöhnte mich immer mehr daran, Geld auszugeben. Ich wurde Stammkundin in den besseren Läden, und meine Garderobe war bald so umfangreich, daß ich anfing, Sachen zu verschenken. Ich flog inzwischen hin und wieder zu Konzerten in andere Städte, nach Denver, weil Jarrett in Carnegie Hall ausverkauft war, nach St. Louis zu Madonna, nach Boston, um Sydneys Band zu hören (dorthin fuhr ich allerdings mit dem Zug) und einmal auch nach Chicago zu einem Philip-Glass-Konzert. Ich blieb immer nur eine Nacht, denn ich wollte meinen Vater nicht allein lassen. Ein richtiges Jet-set-Leben.

In Chicago erlitt ich einen Rückfall. Ich hatte mir, von Sydneys Natürlichkeit und Lebensfreude angesteckt, Kalim ganz und gar aus dem Kopf geschlagen, dachte nur noch gelegentlich mit Schulterzucken und langsam abnehmendem Ärger an ihn, aber als ich im Konzert das Stück hörte, zu dem er damals in der Bleecker Street getanzt hatte, kam es wie ein großer Schmerz über mich. Ich saß betäubt in der vierten Reihe und wartete, ohne weiter zuzuhören, das Ende des Konzerts ab.

Im Hotel deckte ich mangels Kerzen die Lampen mit Handtüchern zu und legte mich so aufs Bett, daß ich mich im Ankleidespiegel sah. Ich ersetzte Kalims Blick durch meinen eigenen. Natürlich war es nicht dasselbe, denn ich brachte seine Verachtung und sein Desinteresse (zum Glück) nicht zustande, ich schaute nicht weg wie er, ich sah hin, aber zu der Musik in meinem Kopf und mit dem immerhin kühlen Blick auf mich selbst, den wohl jeder nicht narzißtische Mensch hat, brachte ich mich nahe an die schon fast vergessene und nicht einmal bewußt vermißte Raserei. Und danach schämte ich mich auf eine neue Art, denn jetzt war es nicht mehr allein meine Sache. Ich nahm Sydney etwas weg. Oder enthielt ihm etwas vor. Mrs. Hyde war wieder da.

Ich versuchte, den Ausrutscher zu verdrängen, aber ich ertappte mich immer wieder dabei, daß ich kitzlig und beschwingt darüber nachsann. Und auch wenn ich mir Mühe gab, nicht daran zu denken, kam mir Kalim und kam ich mir selbst vor dem Spiegel, kamen mir die Kerzen um mich herum und meine eigene Hand an mir zu Bewußtsein. Wenn ich mit Sydney schlief und mich ganz auf ihn konzentrieren wollte, überfiel es mich, und ich haßte mich dafür, denn ich stellte auf einmal Vergleiche an. Und irgendwann nahm ich, verstohlen zuerst und abgewandt von Sydney, aber bald auch ohne Rücksicht auf ihn, meine eigene Hand zu Hilfe. Er sagte nie was deswegen, aber ich glaube, er fühlte sich unzulänglich. Und er war es.

Seit ich wieder an Kalim dachte, war Sydney zu einem Intermezzo geschrumpft. Er war der Lückenbüßer.

Mitte September hatte ich es schon ein paarmal alleine mit dem Spiegel als Ersatz für Kalim gemacht, und es fehlte nur der Tropfen, der das Faß zum Überlaufen bringen würde. Der war dann Sydneys Frau, die ich bei einem Konzert in Boston sah und so charmant und liebenswert fand, daß ich noch am selben Abend zwischen Tür und Angel (an der Garderobe, als sie auf der Toilette war) mit Sydney Schluß machte. So konnte er wenigstens glauben, er hätte mich verloren, weil ich ein schlechtes Gewissen gegenüber seiner Frau hatte, und nicht, weil er dem Vergleich mit einem abwesenden Gespenst nicht standhielt. Er war deprimiert und ich auch, und es paßte dazu, daß der Zug, mit dem ich nach Hause fuhr, verdreckt war und stank und es bis New York nicht aufhörte zu regnen.

Kalim konnte inzwischen zurück sein. Christopher hatte sich nie gemeldet. Ob seine Mutter, oder wer die alte Frau auch immer gewesen sein mochte, vergessen hatte, ihm meine Botschaft auszurichten, oder ob er selbst so wenig Stil besaß, daß er die Bitte einfach ignorierte, war mir bald egal gewesen, denn damals war es ja nur darum gegangen, den Schlüssel zurückzubekommen. Aber jetzt hätte ich ihn gern angerufen, nur um sicherzugehen, daß Kalim in der Stadt war. Ich tat es nicht. Kalim konnte Christopher auch verboten haben, sich bei mir zu melden. Falls Christopher irgendwas von uns wußte, wollte ich nicht wie eine kleine dumme Bittstellerin, die um Kalims Gnade winselt, vor ihm dastehen.

Bald wurde mein Ersatz, der Blick in den Spiegel, fade, und ich ertappte mich dabei, wie ich das ausgebaute Türschloß aus der Schublade nahm und in der Hand wog. Ich fürchte, du hast geahnt, daß ich es nicht weggeworfen hatte. Ich legte es zwar schnell wieder zurück, aber daß ich überhaupt daran dachte, es wieder einbauen zu lassen, machte mich so demütig wie zugleich wütend. Nur noch auf mich selbst, inzwischen war Kalim durch seine lange Abwesenheit zur Legende geworden, längst von der Erinnerung mit einer Gloriole umgeben und nur noch verbunden mit meinen Gefühlen der Begierde und Lust. Der Ekel, der Abscheu, die Wut und Scham waren zwar nicht vergessen, aber nur noch wie Randnotizen in meinen Gedanken. Ich wußte immerhin noch, daß es nicht richtig war, nach ihm zu suchen. Wenigstens das.

Ich hielt durch. Mein Leben wurde eintönig, ich empfand mich selber als mittelmäßig, langweilte mich, vertrödelte die Tage in der Wohnung, in Boutiquen oder im Krankenhaus, mit Lesen, Fernsehen und bald auch in einem Sportstudio, weil mir einer der selten gewordenen Blicke in den Spiegel so was wie Orangenhaut gezeigt hatte.

Mein Vater baute ab. Der Arzt wurde immer ernster, wenn er mit mir sprach, und sagte irgendwann: Das ist es jetzt. Es kann langsam gehen oder schnell, aber es ist der letzte Schritt, den er zu gehen hat. Ich versuchte, so anwesend wie möglich zu sein, aber ich fühlte mich leer und öde und glaube, mein Vater hatte nicht viel von mir. Er hat sich nie beklagt, und eines Tages war er einfach weg. In ein Koma gesunken, aus dem er nie wieder erwachen sollte. Ich hielt seine Hand und weinte mit Ezra oder Jack, wenn sie da waren, und mein Vater wurde mehr und mehr zu einem hautumspannten Gerippe, das dem Tod entgegendämmerte.

Ich steigerte mein Programm im Sportstudio. Inzwischen war ich täglich dort, immer wenn ich von meinem Vater kam, ging ich direkt zur Second Avenue und pumpte mir an den Geräten die Seele aus dem Leib. Nein, leider nicht. Die Seele blieb, wo auch immer sie war, trotz Müdigkeit und Erschöpfung, Leere und Depression, sie pochte irgendwo dumpf in mir und wollte raus. Aber wohin?

Vor dem Fenster des Studios fiel Schnee in dicken Flocken, als ich die Hebel des Butterfly auseinanderschob und eine schüchterne Stimme neben mir »Hi« sagte. Es war Jeff. Der Stricher.

Er war über und über mit Schweiß bedeckt, mußte von den Bänken der Gewichtheber herübergekommen sein und lächelte breit. Er war magerer, als ich ihn in Erinnerung hatte, und sein Haar war extrem kurz zu einer Art Soldatenfrisur geschoren. Er fragte: »Hast du ihn mal wieder gesehen?«

Ich schüttelte den Kopf und wußte nicht, was ich mit dem Jungen reden sollte. Er war ein Teil des Gespenstes, und zwar der Teil, den ich zu vergessen gehofft hatte. Auch wenn ich mich an den anderen Teil, Kalim, nur zu oft erinnerte.

Er stand noch einen Moment da, bis er merkte, daß nichts weiter von mir kommen würde, dann hob er die Hand und drehte sich um. Aber noch im Gehen sagte er leise: »Du hast Glück gehabt, jetzt hat es mich nämlich doch erwischt.«

Ich glaube, als ich begriff, was er meinte, war er schon einige Meter weit weg und hörte nicht mehr, daß ich sagte: »Tut mir leid.« Das tat es wirklich. Ich verschwand, so schnell ich konnte, in der Umkleidekabine, zog mich an, vergaß das Duschen, ging durch die verschneite Stadt nach Hause und nie mehr zurück in dieses Studio.

Weihnachten verbrachte ich allein vor dem Fernseher und Silvester auf dem Empire State Building. Als das Feuerwerk so richtig losging, dachte ich, wenn ich jetzt runterspringe, dann bin ich die erste. Soviel ich weiß, ist dort noch nie jemand gesprungen. Vermutlich geht es gar nicht. Ich wollte nicht. Es fiel mir nur ein. Und es zeigte mir, wie allein ich war und wie fremd ich mich unter all den Leuten fühlte, die hier oben standen, so fein gekleidet wie ich, ihre Sektgläser in der Hand hielten und sich aneinander und an diesem extravaganten Platz freuten. Oder es wenigstens versuchten. Ich versuchte es nicht einmal. Ich war einfach nur da und sah mir das Feuerwerk an, als wäre es eine Provinzvorstellung, an der ich als Bürgermeisterin oder Senatorin teilnehmen mußte. Oder wie vielleicht Neros Tochter, die ihren Vater gebeten hat, die Stadt für sie anzuzünden, aber jetzt ist sie müde und langweilt sich. Und dann sah ich auch noch Sydney und seine Frau im Gedränge und kam mir vollends mies vor. Ihnen beiden gegenüber. Und ein bißchen auch mir selbst.

Die letzten Nächte seines Lebens war ich bei meinem Vater. Man hatte mir ein Bett in sein Zimmer gestellt, und ich frühstückte und aß in der Cafeteria und duschte im Waschraum fürs Personal. Er hing an einem Tropf, der ihm flüssige Nahrung zuführte, und an einem Monitor, der seine Herztätigkeit kontrollierte. Er selbst hatte jegliche lebensverlängernde Maßnahme verboten, im Beisein von Ezra und mir als Zeugen, und jetzt schrumpfte er seinem Tod entgegen.

Ich schrak in diesen Nächten oft hoch, wenn ich eingeschlafen war, und dachte, ich hätte seinen letzten Atemzug gehört. Er schnaufte manchmal tief und laut, aber das Piepsen des Herzmonitors blieb immer konstant. Als es wirklich geschah, wachte ich von dem penetranten gleichbleibenden Ton auf und begriff sofort, daß er es geschafft hatte. Noch bevor die Schwester und kurz darauf der Arzt auftauchten, hatte ich ihm die Augen geschlossen und die Hände auf der Brust gekreuzt. Ich war in diesem Moment nicht traurig. Ich habe ihm Glück gewünscht und ihm gesagt, daß ich ihn liebe. Aber ich ging sofort nach Hause, denn ich wollte nicht sehen, wie er aus dem Bett gehoben und abtransportiert würde. Als Ding. Nicht mehr als Mensch.

Jack und Ezra halfen mir mit allem. Das heißt, eigentlich taten sie alles, was getan werden mußte, und legten mir nur hin und wieder irgendein Papier zum Unterschreiben vor. Sie waren beide fast fröhlich dabei, so als sei der schmerzhafte Teil vorüber und nehme man den Rest locker. Ihr Freund war tot, und jetzt ging es ums Praktische. Ich nahm ihnen das nicht übel, ich stellte bei mir selbst ein Gefühl der Erleichterung fest, und die Trauer, die mich in unerwarteten Momenten überfiel, enthielt schon eine gute Portion Selbstmitleid. Ich tat mir leid, weil jetzt alles anders werden würde, mein Lebensinhalt und Sinn der letzten Monate im Sarg lag und ich mich irgendwann würde entscheiden müssen, was ich tun und wo ich leben sollte. Ich fühlte mich einsam. Anders einsam als mit Kalim. Da war es ein Schmerz gewesen. Jetzt, angesichts einer leeren Zukunft, war es Angst.

Am Tag der Beerdigung war alle Heiterkeit von Vaters Freunden gewichen. Ezra schien den Tränen nahe, Jack stand stumm und versteinert am Grab und hörte sich mit abwesendem Gesichtsausdruck den Sermon des Predigers an. Ezra jaulte laut auf, als der Sarg in die Erde gelassen wurde, und sein Schmerz löste meine Starre, das Bild verschwamm, ich heulte mit.

Jack führte uns weg vom Grab. Einen Arm um jeden von uns gelegt, steuerte er uns behutsam zum Ausgang.

»Ich muß allein sein«, sagte ich nach ein paar Schritten, und ich spürte den sanften Druck von Jacks Hand auf meiner Schulter. Ezra küßte mich auf die Stirn und bat mich, in den nächsten Tagen zu ihm zu kommen, wegen des Testaments. Jack gab mir höflich die Hand und sagte: »Er hat dich mehr geliebt als alles.«

Ich blieb auf dem Friedhof und sah aus einiger Entfernung dem Bagger zu, der die Erde ins Grab schob, und hörte irgendwann wieder auf zu weinen. Vielleicht, weil ich keine Tränen mehr hatte, aber vielleicht auch, weil das ungerührte Zuschütten des Grabes mich an die Realität gewöhnte, in der mein Vater von nun an nicht mehr existierte.

Als der Bagger weggefahren war, ging ich zum Grab und setzte mich im Schneidersitz davor. Ich weiß nicht mehr, wie lang ich dort gesessen habe, und ich weiß auch nicht mehr, was mir alles durch den Kopf ging. Doch. Etwas, von dem, was ich dachte, weiß ich noch: Mein Vater lag als Ding zwei Meter unter mir in der Erde, und dieses Ding würde verfaulen. Und dieses Ding war der letzte Mensch, der zu mir gehört hatte. Dieses Ding hatte mich, als es noch kein Ding war, mehr als alles geliebt …

@

Sie schlief. Das hatte ich noch nie gesehen. Ich war aufgestanden, um mir das Gesicht zu waschen, und auf meinem Weg zum Badezimmer abrupt stehengeblieben, als ich sie, noch immer nackt bis auf das Handtuch, auf ihrem Bett liegen sah. Sie lag so, daß ihre Knie fast das Kinn berührten und ihr Hintern, nackt und offen, mir zugewandt lag. Ich sah den Schatten, da, wo ihre Beine anfingen, und, hätte ich ein Fernglas gehabt, ich hätte es benutzt. War das wieder Absicht oder hatte sie sich im Schlaf das Handtuch von der Hüfte gezogen? Ich konnte mich nur schwer von dem Anblick lösen.

@

... Irgendwann taten mir die Beine weh, und ich mußte sie massieren, denn sie waren eingeschlafen. Als ich halbwegs wieder stehen konnte, drehte ich mich um. Da war Kalim. Vielleicht zwanzig, dreißig Meter entfernt von mir, stand er, eine Hand auf einem Grabstein, und sah zu mir her. Was ich fühlte, weiß ich nicht, ob ich wegrennen wollte oder ihn anspucken, ihm in die Arme fallen oder um Hilfe rufen – keine Ahnung. Es ist vollständig grau und dicht in mir, was das betrifft. Ich weiß, daß er zu mir herkam, mich ernst ansah, beide Hände um meine Oberarme legte und sagte: »Tut mir leid. Er hat es überstanden.«

Ich weinte nicht, ich nickte nicht, ich sagte nichts, ich stand nur da und sah ihn an und spürte die Wärme seiner Hände an meinen Armen, bis er sagte: »Komm«, und sich und mich bewegte.

In der Wohnung legte ich mich aufs Bett und schloß die Augen. Ich hörte Kalim, wie er zuerst in der Küche etwas trank, dann hereinkam, sich auszog und dann aufs Bett setzte. Mit geschlossenen Augen sagte ich: »Ich will nicht.«

»Ich weiß«, hörte ich ihn sagen und dann begann er, mich auszuziehen. Ich ließ es geschehen, half ihm bei den letzten Kleidungsstücken und legte mich dann wieder hin. Er zog die

Decke unter mir weg, legte sich hinter mich, deckte uns beide zu, nahm mich in die Arme und blieb still so liegen. Ich spürte seinen Schwanz an meinem Hintern und seine Brustwarzen an meinen Schulterblättern. Und schlief irgendwann ein.

Als ich aufwachte, war es dunkel und Kalim verschwunden. Auf dem Küchentisch fand ich seinen Schlüssel an einer dünnen Goldkette und einen Zettel: You need me, I' m here. Es war kurz vor drei. Ich legte die Hand zwischen meine Beine, um auszuprobieren, ob ich etwas fühlte, ich bewegte sogar den Finger ein bißchen hin und her und rein und raus, aber da war nichts. Kein Gefühl, kein Bedürfnis, kein Körper. Das war tröstlich. Ich hätte nicht gewußt, wie ich sexuelle Gier mit der Trauer um meinen Vater vereinbaren sollte.

Ich begriff, daß ein anderer Kalim hier gewesen war. Ein Engel. Ein Kalim, der mich festhielt, weil ich ihn brauchte, und mich nicht in eine Situation brachte, mit der ich nicht fertig geworden wäre.

Ich stöberte eine Weile in den Büchern meines Vaters, las mich hier und da fest, vor allem in den antiquarischen deutschen Rilke-Ausgaben, und wurde erst am frühen Morgen wieder müde.

Daß ich etwas erben würde, war mir klar, schließlich hatte mein Vater mich zu sorglosem Geldausgeben angestiftet, also mußte er gut dastehen, aber daß es so viel sein würde, die Wohnung, eine Lebensversicherung, Wertpapiere, ein Lautrec im Banktresor und ein wohlgefülltes Konto, das machte mich sprachlos. »You're a rich girl«, sagte Ezra und sah mich lächelnd an. Mein Vater war ein Spekulant gewesen. Das hatte er mir nie erzählt. Mit der Wohnung und seiner Diplomatenpension als Sicherheit hatte er an der Börse ein Vermögen gemacht, das mir ermöglichte, ohne Arbeit zu leben.

Ezra ließ mich ein paar Minuten allein, damit ich mich sammeln konnte, dann kam er mit zwei Gläsern Whisky ins

Zimmer zurück. »Wenn du Rat brauchst, wende dich an mich«, sagte er. »Ich hab deinem Vater versprochen, mich um dich zu kümmern.«

Ich bat ihn, das Wertpapierdepot zu verwalten, aber er meinte, Bill sei der Börsencrack gewesen, er selbst habe immer von den Tips meines Vaters profitiert. Ich solle das Depot so lassen, wie es ist, alle halbe Jahre den Gewinn mitnehmen und konservativ anlegen, so habe es mein Vater gehalten und sei damit weit gekommen. »Nur eins noch«, sagte er dann, »einen ungefragten Rat gebe ich dir: Sag erst mal niemandem, was du hast.«

Ich mußte ihn fragend angesehen haben, denn er murmelte noch verlegen hinterher: »Bill hat von einem jungen Mann gesprochen, der ihm nicht geheuer war.«

»Ja«, sagte ich, »ich halt mich dran.«

Barry, ich hab mich dran gehalten. Du bist der erste, dem ich's sage. Wenn du mir jetzt einen Heiratsantrag machst, lehne ich ab ...

@

Sie schlief immer noch. Aber das Handtuch lag jetzt wieder so, daß es ihre Blöße verbarg. Ich wäre am liebsten hinübergegangen, um mich hinter sie zu legen, sie in den Arm zu nehmen und in ihre Träume hinein zu murmeln: Wir könnten auch von meinem Geld leben.

Inzwischen wollte ich sie beschützen. Dieses einsame, gelähmte Mädchen, dessen Geschichte mich so hin und her geworfen hatte, sollte einen Menschen haben, auf den es sich verlassen konnte. Einen Freund, einen Bruder, wenn sie wollte, auch einen Liebhaber, obwohl ich mich fragte, was ihr Sex ohne Unterleib noch bedeuten konnte. Aber sie flirtete ja mit mir, also mußte sie wohl auf irgendeine Art von Liebe aus sein.

Zumindest nichts dagegen haben. Und daß sie sich mir immer wieder zeigte, war auch so was wie ein Angebot. Gleichzeitig schien sie die Distanz, ihre Unberührbarkeit strikt zu wollen. Sonst hätte sie schon längst gesagt, komm rüber und bring Kerzen mit.

@

... Der Lautrec entpuppte sich als kleines Ölbild, eine Rennbahnszene mit drei Reitern und einem herrenlosen Pferd. Ich wagte nicht, nach dem Wert zu fragen, weil ich mich schämte, solch ein Kunstwerk hier im Tresor vor der Welt zu verstekken. Ezra schlug mir vor, es dem Metropolitan als Leihgabe anzubieten, und ich bat ihn, das zu tun. Er verstand mich sofort. Er hatte mit meinem Vater oft gestritten deswegen.

Als ich nach Hause kam, saß Kalim auf meiner Treppe und folgte mir schweigend nach oben. Und noch bevor ich mich fragen konnte, ob wir jetzt oder irgendwann später wieder ins alte Fahrwasser geraten würden, und bevor ich mich fragen konnte, ob ich das überhaupt wollte, sagte er, nach dem obligatorischen Griff in den Kühlschrank und Schluck aus der Mineralwasserflasche: »Komm mit mir nach Berlin.«

Ich antwortete erst mal nicht, und er begann zu erzählen, daß er bei der Deutschen Oper vorgetanzt hatte und noch für die laufende Spielzeit engagiert war. Er würde noch zwei Wochen hier sein und die drei letzten Aufführungen von Synopsis tanzen und dann nach Berlin fliegen, wo er schon ein Zimmer in einer Wohngemeinschaft hatte und sofort mit den Proben beginnen sollte. »Wir machen es, wie du es willst«, sagte er, »wir können einfach Freunde sein, wenn du das willst oder auch das andere. Das entscheidest du allein.«

»Ich weiß nicht«, sagte ich, »ich weiß noch gar nicht, was ich tun will.«

»Überleg's dir. Ich ruf dich an.« Er nahm mich in den Arm und ging.

Er hatte eine Tür für mich geöffnet. Was sollte ich noch in New York? Weiter unwichtige Artikel schreiben? Mit Jack und Ezra pokern? Small talk mit den paar Künstlern, die ich kannte? Ich brauchte nicht lange, um mir darüber klarzuwerden, daß ich zurückwollte. Hier war ich ein Tourist. In Berlin konnte ich mir überlegen, wofür ich leben wollte, da ich doch jetzt nicht mehr darüber nachdenken mußte, wovon. Ich entschloß mich, die Wohnung zu behalten, ein Bein in Manhattan, eine Fluchtburg, ein Versteck, falls ich aus irgendeinem Grund wieder wegmußte.

Ich glaube, ich betrog mich selber, denn der einzige Grund, den ich mir vorstellen konnte, Berlin zu verlassen, war, daß Kalim mich wieder so verletzen würde, daß ich es nicht in der selben Stadt mit ihm aushielte. Aber diesen Grund zog ich nicht in Betracht. Wir würden ja Freunde sein. Und mehr als das nur, wenn ich es wollte.

Als er anrief, sagte ich ja und hatte zu dem Zeitpunkt schon Geld nach Deutschland überwiesen, ein Ticket gekauft und mich von Ezra und Jack verabschiedet. Ich würde mir eine Wohnung suchen und Kalim in zwei Wochen vom Flughafen abholen. Ich würde ihm keinen Schlüssel geben und schon gar nicht mit ihm zusammenziehen. Und ich würde ihm nie sagen, daß ich Geld hatte. Aber er wäre da, und ich würde irgendwann herausfinden, was ich eigentlich von ihm wollte. Und vom Leben überhaupt.

Der Rest ist schnell erzählt: Ich wohnte im Hotel und sah mir Wohnungen an. Das war ein Vergnügen, denn ich mußte nicht aufs Geld schauen und wurde von den Maklern hofiert. Um so anspruchsvoller und zögerlicher war ich, denn es sollte alles stimmen. Ich ließ mir Zeit. Zwischen den Maklerterminen streunte ich durch Berlin, so wie ich in den letzten beiden

Jahren durch Manhattan gestreunt war, hatte Schwierigkeiten, mich wieder an den unfreundlichen Ton hier zu gewöhnen, fing an, meine Garderobe zu erneuern, denn ich hatte das meiste in New York zurückgelassen, und begann, dem Tag entgegenzufiebern, an dem Kalim endlich aus dem Flugzeug steigen würde. Ja, du hast richtig gelesen: Entgegenfiebern. Mein Hotelzimmer stand bald voller Kerzenleuchter, ich hatte eine kleine Stereoanlage, und der Spiegel war auch wieder in Gebrauch.

Er mußte es mir angesehen haben, als ich am Flughafen auf ihn wartete, denn er streifte mich mit seinem kalten Blick und war wieder der alte erregende Gott. Und ich war auch wieder die alte geworden: das lechzende Hündchen.

Ich weiß nicht, ob man das sieht, wenn jemand keine Unterwäsche trägt, ich meine, ob man es an irgend etwas in seinem Benehmen erkennt. Kalim jedenfalls schien das erkannt zu haben. Nachdem er sein Gepäck hatte und in den Mietwagen gestiegen war, sagte er: »Wir fahren zu dir«, ohne mich eines Blickes zu würdigen. Bevor ich losfuhr, zog er mit einem Strohhalm etwas aus einem Briefumschlag in die Nase, hielt mir beides hin und sagte: »Du auch.«

Ich hatte noch nie Kokain probiert und hatte es auch nie gewollt, aber ich nahm das Röhrchen ohne Zögern und schniefte eine kleine Portion aus dem Umschlag. »Jetzt fahr los«, sagte er, und ich fädelte brav in den Verkehr ein. Zuerst spürte ich nichts, aber dann kam es mit Macht. Auf dem Stadtring war ich ein Engel. Mir konnte nichts passieren. Er wußte, daß ich soweit war, und sagte: »Mach es.«

Ich tat es im fließenden Verkehr. Ich mußte nur mein Kleid hochschieben, ein bißchen auf dem Sitz nach vorn rutschen und die rechte Hand, die ich nicht zum Schalten brauchte, weil ich einen Wagen mit Automatik genommen hatte, tun lassen, was sie schon die ganze letzte Woche getan hatte. Es war mir egal, daß ich unsicher fuhr, es war mir egal, daß Buspassagiere mich sehen konnten, und es war mir egal, daß Kalim gähnte und gelangweilt aus dem Fenster schaute. Nein, das war mir nicht egal, das war sein Teil des Spiels. Es war die Abmachung. Das mußte er tun. Tat er für mich.

Ich kam auf dem Kaiserdamm. Die Straße vor mir war frei, ich war gerade von einer Ampel gestartet, trat aufs Gas und erlebte alles in Zeitlupe. Ich weiß heute noch nicht, ob mein Orgasmus daran schuld war, daß ich das Steuer herumriß, oder ob ich blitzartig den Gedanken faßte, daß es so nicht weitergehen konnte und ich ein für allemal Schluß damit machen mußte. Ich sah die Wand auf mich zurasen, und das war's.

Als ich in der Klinik aufwachte, sagte man mir, Kalim sei tot und ich für immer gelähmt. Das ist die Geschichte.

Nein, einen Nachtrag gibt es noch: Da ich erst nach Wochen wieder ansprechbar war, entging ich einer Mordanklage, denn als ein Polizist mich zum Unfallhergang befragte, sagte ich, Kalim sei derjenige gewesen, der das Steuer herumgerissen hatte. Zu dem Zeitpunkt war sein Leichnam schon längst nach Toulouse überführt und dort verbrannt worden. Man konnte meine Aussage nicht mehr überprüfen, weil es von dem Toten keine Fingerabdrücke gab. Hätte man sie überprüft, dann hätte man keine am Lenkrad gefunden. Jetzt hab ich dir einen Mord gestanden.

Und niemand hat das Kokain in unserem Blut entdeckt. Ich weiß nicht, warum. Es war mein Glück, denn sonst hätte mich die Polizei nicht so schonend befragt.

Ich saß eine Zeitlang da wie erschlagen und starrte auf die letzten Worte. Was für eine Geschichte! Jetzt war mir klar, warum sie die niemandem zu lesen geben wollte. Ich dachte lange nach, bevor ich das Chatprogramm öffnete und schrieb: Es war Notwehr.

June: Hast du's geschafft.

Barry: Ja.

June: Es war keine Notwehr. Es war ein Selbstmordversuch, der als Mord herauskam.

Barry: Nein. Notwehr. Ich hätte den Mann für dich umgebracht, wenn ich meine Feigheit überwinden könnte.

June: Danke. Hat sich erledigt.

Barry: Ich will irgendwas für dich tun. Hast du eine Idee?

June: Nein. Ich freu mich, daß du wieder da bist. Waren zwei lange Tage ohne dich. Nur mit den kleinen Zwischenbemerkungen und Lebenszeichen.

Barry: Musik? Soll ich dir mehr Musik besorgen?

June: Ja, das wär schön. Aber nicht so traurige. Ich will nicht traurig sein.

Barry: Was fängst du mit Kunst an, wenn du nicht traurig sein willst?

June: Kunst? Geht's auch ein bißchen kleiner? Und ein bißchen weniger arrogant? Meinst du, das brauch ich? Was ist los mit dir?

Barry: War ein Reflex. Sollte nicht arrogant klingen. Die stärksten Gefühle sind Trauer und Schmerz, und für mich ist Popmusik Kunst.

June: Ich bin dünnhäutig. Jetzt kennst du meine Geschichte und könntest versuchen, das, was du weißt, zu benutzen, um irgendwas mit mir anzustellen, das ich vielleicht nicht möchte.

Barry: Streite nicht mit mir. Nicht jetzt. Morgen wieder. Oder übermorgen.

June: Okay.

Barry: Du hast geschlafen vorhin. Ich hab dich noch nie schlafen sehen.

June: Die Massage hat mich so müde und schlapp und zufrieden gemacht.

Barry: War das Absicht?

June: Was?

Barry: Ich hab deinen Hintern gesehen.

June: Nein, war es mal ausnahmsweise nicht. Ich hoffe, der Anblick hatte was.

Barry: Ich hätte gern ein Fernglas gehabt.

June: Du hast keins?

Barry: Nein. Nie besessen. Ich war nie bei den Pfadfindern und hab nie im Wald herumgestöbert. Und ich war auch kein Spanner, bevor du hier eingezogen bist.

June: Klingt das unglücklich?

Barry: Ein bißchen. Es ist unrecht.

June: Du bist auch jetzt kein Spanner. Du bist mein Zeuge. Und mein Freund. Es ist nicht unrecht. Ich sag dir das alle drei Tage, und es kommt doch nicht bei dir an. Bist du begriffsstutzig?

Barry: Willst du doch streiten?

June: Nein. Aber ich will in deinen Augen sein.

Barry: Da bist du. Und überall sonst auch.

June: Wo, überall sonst?

Barry: Unter der Haut. Überall.

June: Du hast es noch immer nicht getan?

Barry: Nein.

June: Dann tu's doch endlich. Dann wär ich wenigstens zu etwas nütze.

Barry: Du hast mir schon das Herz gebrochen, zu was willst du denn noch nütze sein?

June: Rhetorische Frage. Du weißt genau, zu was. Du sollst es dir machen und mich dabei ansehen. Es soll phantastisch für dich sein. Du sollst mich sehen und einen wunderschönen Orgasmus davon haben.

Barry: Nein. Ich kann nicht.

June: Bist du etwa auch impotent? Das wär ja ein Knaller.

Barry: Nein, bin ich nicht. Ich glaube dir nur nicht, daß du das willst. Vielleicht hast du irgendeinen anderen Grund, meinst, du wärst es mir schuldig oder irgendwas. Keine Ahnung. Oder meinst, mich bei der Stange halten zu müssen. Was auch immer, ich glaub's einfach nicht. Nach allem, was ich weiß, fühlt man sich gedemütigt und nicht erhoben als Wichsvorlage.

June: Häßliches Wort. Es gibt kein man, es gibt nur einzelne Menschen. Das hast du mir beigebracht. Nach allem, was du jetzt von mir weißt, gefällt es mir.

Barry: Und ich will nichts mit diesem Kerl gemein haben. Nichts. Nicht einmal das.

June: Ich bettle dich nicht an. Ich sag's nur klar.

Barry: Ja. Und ich glaub's nicht.

June: Dann geh in den Puff.

Barry: Streitest du?

June: Nur wenn du mitmachst.

Barry: Nein. Ich hol dir fröhliche Musik, okay?

June: Okay. Ich freu mich drauf.

Mir fiel überhaupt keine fröhliche Musik ein, die ich gemocht hätte. Ich mußte lange nachdenken, um wenigstens auf ein paar über dreißig Jahre alte Songs zu kommen, Magic Bus, Mighty Quinn, Free Man in Paris, Good Day Sunshine, es waren bemerkenswert wenige. Alles, was ich liebte, war getragen, sehnsüchtig, ergreifend oder melancholisch. Das war mir nie klar gewesen. Deshalb hatte ich so harsch reagiert auf ihr Bedürfnis danach. Es war mir wie eine Absage an meinen Geschmack vorgekommen.

Ich stand vor den Regalen und wußte nicht, was ich kaufen sollte. Irgendwann fand ich eine CD von Julian Dawson. Mit dem hatte ich ein paarmal gearbeitet, und es interessierte mich, wie er jetzt klang. Ich nahm sie zur Sicherheit doppelt – vielleicht war sie ja fröhlich. Dann gab ich auf und ging zu den Regalen mit der Klassik. Ich griff nach Klaviermusik. In der klassischen Musik wechseln die Stimmungen, selbst Schubert ist nicht nur traurig. Vielleicht würde sie das ja gelten lassen. Sonst müßte ich eben mein Scheitern eingestehen und zugeben, daß ich der falsche Mann für diese Aufgabe war. Ich hatte Sacre du printemps in der Hand, aber ich legte es zurück. Das gab es auch als Ballett, und ich wollte nicht riskieren, sie an den Kerl zu erinnern. Keith Jarrett fiel mir noch ein, und ich ging zum Jazz, um Bremen-Lausanne und Köln-Concert zu nehmen. Am Ende ging ich mit Dawson, Jarrett, dreimal Schubert, zweimal Mozart und den Beethoven-Klavierkonzerten zur Kasse. Ein bißchen großer Orchesterpomp könnte ihr auch guttun.

Weil ich schon mal draußen war, kaufte ich mir ein Handy und fuhr zu Aldi. Und als ich den Karton mit Lebensmitteln die Treppe raufschleppte, nahm ich mir vor, den Miteigentümern beim nächsten Treffen den Einbau eines Fahrstuhls vorzuschlagen.

Ich hatte das Wort Musik in die Sprechanlage gemurmelt und die CDs oben vor die Tür gelegt. Sie saß noch immer im Flur und sah den Stapel durch. Dann winkte sie und fuhr zu ihrem Rechner.

June: Danke. Das sind schöne Sachen. Wer ist Julian Dawson?

Barry: Wieder was Unbekanntes. Das heißt, ich kenne ihn und mag ihn, aber das Album kenn ich noch nicht.

June: Hören wir zusammen?

Barry: Gern. Hast du eigentlich Kopfhörer?

June: Nein. Ich mag es, wenn die Musik im Raum ist.

Barry: Es ist noch schöner, wenn du selbst in der Musik bist.

June: Will trotzdem nicht. Ich fühle mich beengt mit den Dingern auf meinem Kopf. Bei dir ist das sicher was anderes, du bist das von der Arbeit her gewohnt. Ich nicht.

Barry: War nur ein Vorschlag. Für noch ein Geschenk.

June: Sollen wir?

Barry: Ja.

Ich machte es wie beim letzten Mal, wartete, bis sie eingelegt hatte und den Startknopf drückte, und startete dann bei mir. Dann schob ich den Platz vor meinem Rechner frei und legte eine Patience, immer den Bildschirm im Blick, falls June sich melden würde.

Ich hatte einen guten Griff getan. Die Musik war toll. Bei jedem neuen Stück wurde meine Begeisterung größer, und ich genoß die tontechnischen Skurrilitäten ebensosehr wie die einfallsreichen und gut gespielten Songs.

June: Erinnert mich das an was?

Barry: An die Beatles. Jetzt gerade an Everybody 's got something to hide 'xept for me and my Monkey. Das Stück vorher an Taxman. Der Gitarrensound.

June: Der Fachmann spricht.

Barry: Fröhlich genug?

June: Ist das eine Spitze?

Barry: Nein. Ehrliche Frage. Ich selber find's fröhlich.

June: Geht mir auch so.

Erst als die CD zu Ende war, meldete sie sich wieder. Inzwischen war es dunkel geworden. Sie hatte kein Licht an, nur zwei Kerzen brannten links und rechts von ihrem Laptop. Ich hoffte, sie würde nicht wieder von Sex anfangen.

June: Ich könnte die grad noch mal hören.

Barry: Das tu ich nie. So hält was Gutes zehn Jahre lang.

June: Oh, ein Mann mit eiserner Disziplin. Das paßt ins Bild.

Barry: Was hast du denn für eins von mir?

June: Einen leichten Knall mußt du schon haben. Du nimmst meine harmlosen erotischen Avancen aus irgendwelchen hehren Motiven heraus nicht wahr, du hörst eine CD, die du magst, nicht gleich ein zweites Mal an, die Beschreibung, die du von dir gibst, erschöpft sich darin, daß du irgendwie alt aussiehst – das alles ist schon ein bißchen komisch.

Barry: Fühlst du dich denn zurückgestoßen, wenn ich mich weigere, dein Angebot für Spannersex wahrzunehmen?

June: Ich glaube, ja.

Barry: Aber ich könnte ja auch lügen. Ich könnte mir hier schon das Rückenmark rausgeleiert haben und nur so heilig tun.

June: Du lügst aber nicht.

Barry: Vielleicht.

June: Und das mit dem Rückenmark ist Quatsch, den man kleinen Kindern erzählt.

Barry: Ich hab's geglaubt.

June: Dabei würde es uns einfach nur guttun. Weiter nichts.

Barry: Ich frage mich, ob du für mich sein willst, was er für dich war, das nur optisch erreichbare Objekt der Begierde, oder soll ich ihn für dich ersetzen, das fremde Auge sein?

June: Das ist eine dumme Frage. Ich will nicht darauf antworten.

Barry: Wir reden drum herum. Schon die ganze Zeit.

June: Um was?

Barry: Darum, daß du eine fürchterliche Geschichte erlebt und aufgeschrieben hast, daß ich sie gelesen habe und noch ganz erschlagen bin davon, daß ich glaube, du fühlst dich für den Tod dieses Kretins (sag ich absichtlich) verantwortlich, verkriechst dich deshalb und willst nicht so richtig leben.

June: Fang nicht an zu sozialarbeitern. Wir haben eine geistige Beziehung, keine fürsorgliche.

Barry: Ich mag das Wort »Beziehung« nicht.

June: Ich auch nicht.

Barry: Du verwendest es.

June: Mangels eines besseren.

Barry: Reden wir schon wieder drum herum?

June: Was willst du denn wissen?

Barry: Hast du das, was du erlebt hast, überstanden, oder steckst du noch drin?

June: Weiß ich nicht. Sozialarbeiterst du schon wieder?

Barry: Nein. Pures Interesse.

June: Irgendwas geht schief heute. Die Melodie ist falsch. Laß uns aufhören und morgen wieder die alten sein.

Barry: Wenn du willst. Okay.

@

Ich sah nur einmal kurz nach drüben, da saß sie mitten im Zimmer und trainierte. Ich legte meine Patiencen, bis ich müde wurde, und hörte die Julian-Dawson-CD ein zweites Mal an. Mit einer Mischung aus Trotz und schlechtem Gewissen. Als ich zu Bett ging, schlief sie schon.

@

Ich saß im Rollstuhl. Ich mußte die Räder festhalten, weil der Boden unter mir abschüssig war und die Bremsen nicht funktionierten. Ich trug den schwarzen Anzug, aus dessen Hosenschlitz meine Erektion ragte. June war nackt, hatte ihre Schenkel über die Lehnen des Rollstuhls gelegt, hielt sich an der Rückenlehne mit beiden Händen fest und senkte sich langsam auf mich herab. Ich stöhnte laut beim Eindringen und kam fast sofort, als sie mich zu reiten begann. Ich versuchte, eine ihrer Brüste in den Mund zu bekommen, aber sie bewegte sich zu stark, es gelang mir nicht. June hörte nicht auf. Ohne einen Laut von sich zu geben, kein Keuchen, kein Stöhnen, kein Wort, bewegte sie sich immer heftiger – ich spürte sie hart auf meine Oberschenkel treffen – es tat mir längst weh, und ich bat sie aufzuhören, aber sie ignorierte mich. Als der Schmerz unerträglich wurde, stieß ich sie von mir – sie fiel nach hinten und knallte auf den Boden. Der Rollstuhl setzte sich in Bewegung, weil ich die Räder losgelassen hatte, und rollte einen halben Meter, bis er von ihrem wie tot daliegenden Körper gestoppt wurde. Ich wachte schweißgebadet auf. Und nicht nur schweißgebadet.

Ich duschte, zog einen frischen Pyjama an, bezog mein Bett neu und versuchte, mir währenddessen über das Gefühl klarzuwerden, mit dem ich aufgewacht war. Angst? Erleichterung? Es war keine Scham und keine wirkliche Befriedigung. Verwirrung vielleicht. Oder Ärger.

Erst nach einiger Zeit, in der ich mich wieder an die liegengelassene Patience gesetzt hatte, begann mich der Traum zu amüsieren. Ich nahm den Mund voll und gab den Helden, und mein Körper löste das Problem auf seine eigene Art.

June: Ich weiß nicht, was schiefgegangen ist. Haben wir dünne Nerven? Es tut mir jedenfalls leid, und ich bin jetzt wieder die alte.

Barry: Es ist was Komisches passiert. Ich hab's getan. Im Traum. Du hast es wild und unbändig mit mir getrieben, und als ich aufwachte, war das Ergebnis entsprechend.

June: Gratuliere. Dein Traum weiß besser, was du willst, als dein Gehirn.

Barry: Mein Gehirn hat doch geträumt.

June: Dann weiß eben dein Gehirn mehr als du. Und sag jetzt nicht, du seist doch dein Gehirn. Der wache Barry hat jedenfalls nein gegackert und der schlafende das Ei gelegt.

Barry: June, ich will dich was Heikles fragen. Darf ich?

June: Ja.

Barry: Du redest so viel von Sex. Ich meine, nicht in deiner Geschichte, sondern wenn wir uns unterhalten. Wie ist das überhaupt. Spürst du noch was? Oder ist das alles gelähmt. Die Frage ist indiskret, sei bitte nicht sauer.

June: Ich spüre alles. Ich kann nur meine Beine nicht bewegen. Ich kann aufs Klo, ich kann Sex haben, ich kann alles, außer gehen, stehen und tanzen. Ich zeig's dir, wenn du willst.

Barry: Was willst du zeigen?

June: Sex.

Barry: Nein. Ich will das nicht. Mein Traum hat nicht alles geändert. Träume sind Träume, das Leben ist das Leben.

June: Schon gut. Wußte ich ja. Sag einfach Bescheid, wenn du soweit bist.

Barry: Fühlst du dich schuldig an seinem Tod?

June: Ich bin's.

Barry: Nein. Das war eine Heldentat. Und außerdem hattest du Gift im Kopf.

June: Eins von beiden geht nur. Entweder ich rede mich raus mit der Heldentat oder ich rede mich raus mit dem Gift. Beides zusammen ist unmöglich.

Barry: Stimmt ja. Leider. Ich will nicht, daß du dich quälst. Mir ist jedes Argument recht.

June: Ich quäle mich gar nicht so sehr. Ich bin viel mehr damit beschäftigt, zu lernen, wie ich auf Rädern lebe, als mich zu fragen, warum. Kalim ist zur Zeit eine Art Wolke in meiner

Erinnerung, er hat keine sehr klaren Konturen mehr. Solang ich geschrieben habe, um dir alles zu erzählen, war er wieder fast lebendig, aber jetzt ist er nur noch Nebel.

Barry: Willst du für immer ohne Hilfe leben? Alles ganz alleine schaffen?

June: Vergiß nicht, ich hab Geld. Ich bekomme jede Hilfe, die man dafür kriegt. Ich muß nicht putzen, nicht einkaufen, nicht zur Bank und überhaupt gar nichts. Was ich nicht im Netz bestellen kann, bestell ich telefonisch. Ich muß auch nicht verreisen, aber das könnte ich. Man kann sich eine Krankenschwester und einen Helfer einfach bei Agenturen mieten. Das ist alles gar nicht so schwer, wie es für dich aussehen mag.

Barry: Du bist mutig.

June: Erzählst du mir deine Geschichte?

Barry: Kann ich darüber nachdenken? Ich melde mich wieder, wenn ich weiß, ob ich das will. Ja?

June: Hab Vertrauen. Hatte ich auch.

Barry: Bis später.

Wollte ich das? Ich wußte es nicht, aber ich hatte das Gefühl, ich sei es ihr schuldig. Also überflog ich, was ich bis zu ihrem Auftauchen geschrieben hatte, schnitt es aus und speicherte es in einer neuen Datei. Nach einigem Hin- und Hergehen schickte ich es ab und schrieb ins Chatprogramm: Du hast Post.

Ich hatte mir vorgenommen, ihr beim Lesen zuzusehen, aber das schnelle Überfliegen hatte gereicht, mir Sharii wieder so lebendig vor Augen zu führen, daß ich es nicht fertigbrachte, an die eine zu denken und die andere dabei zu betrachten. Ich ließ mir ein Bad ein und zog mich aus.

Ich hatte schon ein paarmal versucht, mir vorzustellen, daß ich mit Sharii irgendwann so sinnlos und wütend streiten würde wie mit Sibylle. Das hätte eine Art Therapie sein sollen, aber es war mir nie gelungen. Sharii und ich, wir hätten uns nicht leichtfertig verletzt. Wir hätten gewußt, daß jeder Stich eine Narbe hinterläßt, und nie vergessen, daß wir es gut miteinander meinten. Kinderkitsch. Natürlich wären wir irgendwann da gelandet, wo sie alle landen, bei den Daumenschrauben, Sticheleien, beim Weghören, Falschverstehen, Ernstnehmen, wo ein Witz versucht wurde, und Lachen, wenn uns die Ehrlichkeit des anderen erschreckt. Aber immer wenn ich mir das sagte, blieb es Text in meinem Kopf. Es wurde nie wahr, es schien nie möglich, es wollte kein Bild werden. Dabei hätte ich mich mit Freuden dieser Aussicht gestellt, wäre Sharii noch da.

Ich bade selten, und wenn ich es schon mal tue, dann bleibe ich stundenlang im Wasser, bis mir die Fingerspitzen verschrumpeln und die Haut juckt. Aber diesmal hielt ich es keine Viertelstunde aus.

Ich schrieb ins Chatprogramm: Bin für eine Stunde weg, weil ich merkte, daß mir die Decke auf den Kopf fiel. Ich wollte nicht auf und ab tigern und warten, was June beim Lesen empfand. Ich hatte Beine. Ich konnte fliehen.

June: Ich lese. Ich erkenn dich sofort in dem Text. Eines Tages will ich deine Wohnung sehen. So, wie du sie beschreibst, ist sie was Besonderes.

@

Ich kam nach drei Stunden zurück. Sie saß vor dem Computer mit geschlossenen Augen, den Kopf gesenkt und ein wenig zur Seite geneigt.

Barry: Weinst du?

June: Ja.

Barry: Das tut mir leid. Jetzt brech ich *dir* das Herz.

June: War sie deine große Liebe?

Barry: Ich glaube, ja. Es war so kurz. Für mehr als den Glauben hat die Zeit nicht gereicht.

June: Du hast fast dasselbe erlebt wie ich. Nur daß du nicht schuld bist.

Barry: Du weißt, wie ich darüber denke.

June: Sind wir so was wie Zwillinge? Warum verkriechen wir uns in Wohnungen unterm Dach, schreiben uns die Vergangenheit von der Seele, in Sichtweite voneinander? Das ist kein Zufall, oder?

Barry: Was denn sonst? Es ist ein glücklicher Zufall.

June: Jetzt würd ich gern was für dich tun.

Barry: Du tust schon viel für mich. Denk nicht drüber nach. Sonst fällt dir nur wieder das Thema Nummer eins dazu ein.

June: Mach keine Witze. Ich heul noch.

Barry: Es ist vielleicht ein bißchen billig oder nullachtfünfzehn, wenn ich das sage, aber daß ich deine Geschichte gelesen habe, hat das Ganze für mich relativiert. Ich bin nicht der einzige, der jetzt nicht mehr weiß, wozu er da ist, der sich mit Gespenstern auseinandersetzen muß und immer wieder von Bildern überwältigt wird, denen er nicht entkommen und an deren Gewalt er nichts mehr ändern kann.

June: Jetzt versteh ich auch, warum du dich so gegen Sex wehrst. Du willst deiner toten Liebe nicht untreu sein.

Barry: Weiß ich nicht.

June: Reibst du dir gerade die Nase?

Barry: Ja.

June: Ich will weiterlesen. Ich bin erst mit dir im Krankenhaus.

Barry: Ich bleib jetzt hier. Lies nur.

@

Ich lud mir neue Spiele aus dem Netz herunter, weil ich die Stille in der Wohnung auf einmal nicht mehr aushielt. Ich wollte es klingeln, fiepen und knallen hören, denn die Versuchung, meine Boxen aus dem Schrank zu holen und anzuschließen, war auf einmal fast unwiderstehlich. Aber ich hatte mir geschworen, Musik nicht mehr als Geräuschkulisse zu schänden, und ich würde mich dran halten. Ich fand ein Spiel, das ordentlich Geräusche verursachte, und spielte es, bis Junes Name wieder blinkte.

June: Daß man jemanden verächtlich hübsch nennen kann, wußte ich noch nicht.

Barry: Das war nicht für deine Augen bestimmt. Ich hab mich damals gegen dich gewehrt.

June: Jemand, der die Love Parade vielleicht für eine tolle Sache hält, Junge, Junge.

Barry: Tut mir leid.

June: Hat sich dieser Matthias wieder gemeldet?

Barry: Nein. Nie mehr. Ich hab ihn erlöst und mich dann dafür geschämt.

June: Ja. Der furchtbare Traum. Deine Träume sind wohl meistens eher grauenhaft.

Barry: Zur Zeit, ja.

June: Auch der, in dem wir beide es gemacht haben?

Barry: Ja. Ich hab dich von mir runtergestoßen, und du lagst da wie tot.

June: Hab ich dir weh getan?

Barry: Ja.

June: Träume sagen einem manchmal das, was man sich nicht eingestehen will. Vielleicht mußt du mich loswerden?

Barry: Nein. Träume sind Elektronenblitze im Gehirn. Sie sagen gar nichts. Das Gehirn spielt einfach mit den gespeicherten Resten, weiter nichts.

June: Ja, ja. Hab vergessen, daß du ein Rationalist bist.

Übrigens hab ich wirklich darüber nachgedacht, ob ich Bilder hier aufhängen soll. Und Klimt, den ich sehr liebe, wär nicht dabeigewesen.

Barry: Ich liebe ihn auch. Es hätte nur nicht gepaßt.

June: Es muß nicht immer alles passen.

Barry: Stimmt.

June: Findest du mich schön?

Barry: Ja. Hab ich das nicht schon mal gesagt?

June: Vielleicht. So was vergißt man, wie man Essen verdaut.

Barry: Guter Vergleich.

June: Hast du überstanden, was du erlebt hast?

Barry: Nein. Ich warte darauf, daß es irgendwann nicht mehr weh tut.

June: Dieselbe Frage hast du mir gestellt.

Barry: Ich weiß. War es dumm, das zu fragen?

June: Ich glaube, für einen Menschen wie dich war es dumm. Ein Mensch, der nicht daran glaubt, daß die Dinge ihren Sinn haben, kann nur warten, bis sie nicht mehr weh tun. Du hättest mich fragen müssen, ob es schon aufgehört hat, weh zu tun.

Barry: Aber wenn du nicht so ein Mensch bist wie ich, dann muß ich dir doch nicht meine Fragen stellen. Ich muß doch versuchen, deine Fragen zu finden.

June: Es tut mir jedenfalls noch weh. Das wollte ich eigentlich nur sagen. Und deine Geschichte tut mir auch weh. Ich will für dich dasein, so wie du für mich.

Barry: Weiß keine Antwort.

June: Brauchst du nicht. Ist gut so. Wie geht's dir jetzt gerade?

Barry: Ich bin schlapp vor Selbstmitleid.

June: John Wayne! Trauer ist was anderes als Selbstmitleid.

Barry: Wenn du das Wort »Trauerarbeit« verwendest, schick ich dir einen Virus, und dein Computer schmilzt.

June: Tu ich nicht. Sei nicht arrogant und lenk nicht ab. Sei kein Idiot, der es für männlich hält, seine Gefühle runterzuspielen.

Barry: Amen.

June: Pause.

Barry: Bist du sauer?

June: Pause.

@

Es war wieder schiefgelaufen. Wir gingen aneinander hoch wie leicht entzündliche Chemikalien. Wieso? Waren wir uns zu nahe gekommen? Oder lag es am Inhalt unserer Geschichten. Wußten wir jetzt beide etwas voneinander, das uns ängstlich machte und reizbar? Aber was sollte ich falsch gemacht haben. Ich wußte es nicht.

Ich versuchte, meine Unruhe mit Musik zu betäuben, aber ich brauchte lange, bis ich mich für eine CD entschieden hatte. Und dann schweifte ich schon beim ersten Stück ab und fand mich in Gedanken an June, an Sharii, an ihre Mutter, an die Zimmerdecke in der Charité, die ich wochenlang angestarrt hatte – es war unmöglich, Musik zu hören. Also schaltete ich aus und legte eine neue Patience.

Schwester Corinna hatte mir das beigebracht. Sie war jung, etwa zwanzig, und sächselte. Sie mochte mich, empfahl mir Bücher, als ich danach fragte, und kaufte sie für mich. Vielleicht verdanke ich ihr, daß ich wieder lese nach den vielen Jahren Studioarbeit und Trott. Ihre Empfehlungen hatten Klasse, und ich mochte fast jedes Buch. Zur Entlassung schenkte sie mir die Karten. In der Klinik hatte sie mir ihre eigenen geliehen.

Ich hatte erst drei Reihen gelegt, als das Telefon klingelte und eine Männerstimme fragte, ob ich der Bernhard Schoder sei, der den Unfall gehabt hatte. Bevor ich noch hätte darüber nachdenken können, ob das jetzt ein Polizist oder Telefonverkäufer sein konnte, sagte ich ja. Aber dann erstarrte ich.

Dem Wortschwall, den er schwäbelnd von sich gab, entnahm ich: Er war der Fahrer des Hondas und hatte sich mit Frau Lasser-Bandini darüber geeinigt, daß er mit mir reden müsse, um die Sache, wie er es nannte, zu verarbeiten.

Er mußte wohl seinen Namen gesagt haben, aber ich hatte nicht rechtzeitig reagiert. Ich befand mich, während er quasselte und quasselte, in einem Zustand der Erstarrung und wollte gleichzeitig wegrennen, irgendwohin, egal wohin, einfach nur weg von diesem Geblubber, und ich sah den schwarzen Honda wieder aus dem Maisfeld schießen und hörte das Gefistel von Geronimos Cadillac, ich spürte Schweiß auf meiner Stirn und hatte die linke Hand so fest um den Hörer gekrampft, daß nicht viel fehlte und ich hätte ihn zerbrochen.

»Ist das okay für Sie?« fragte der Mann.

»Was?« Meine Stimme war leise, das Wort klang flach und leer, wie gestempelt statt gesprochen.

»Daß wir miteinander reden?«

»Auf gar keinen Fall«, sagte ich, jetzt etwas lauter, aber immer noch so, als sei ich kein Mensch, sondern irgendwas. Ein Tonband vielleicht. Die Zeitansage. »Bleiben Sie, wo Sie sind, und rufen Sie mich nie mehr an.«

Ich legte auf.

Bin weg, melde mich wieder, schrieb ich an June und zog so panisch mein Jackett vom Haken, daß der Aufhänger abriß.

Sie standen auf dem Treppenabsatz. Der Junge hatte noch sein Handy am Ohr, wahrscheinlich rief er mich schon wieder an. Ja. Es klingelte in meiner Wohnung. Die Frau war gut gekleidet, hatte langes dunkles Haar und einen höflich-besorgten Ausdruck auf dem Gesicht. Sie wäre mir unter anderen Umständen nicht unsympathisch gewesen. Eine schöne Frau mit klugen Augen. Die beiden versperrten mir den Weg.

»Herr Schoder?« Das war sie. Der Junge in seiner nagelneuen Lederjacke mit lächerlich kleinem Krägelchen nahm eine Art Demutshaltung ein, senkte den Kopf zwischen die Schultern und steckte sein Handy in die Tasche. Er machte sich klein neben ihr.

»Ich bin Frau Lasser-Bandini, und das ist Herr Spranger. Es tut uns leid, daß wir Sie so überfallen, aber wir sehen keine andere Möglichkeit, zu Ihnen durchzudringen. Es ist einfach zu wichtig. Sie dürfen uns das Gespräch nicht abschlagen. Bitte.«

Ich hatte die Hand in der Tasche um den Schlüssel gekrampft, aber mir war klar, daß der Weg zurück in die Wohnung falsch wäre. Eine Flucht in die Falle. Die würden vor meiner Tür kampieren. »Lassen Sie mich durch«, sagte ich und machte einen leider viel zu unsicheren Schritt auf sie zu.

»Nein. Das tun wir auf keinen Fall.« Sie verschränkte ihre Arme vor der Brust, und der Junge stellte sich, soweit es seine Ängstlichkeit zuließ, etwas breiter hin. Ich hätte die beiden zur Seite stoßen und vielleicht schlagen müssen, um vorbeizukommen. Und auf einmal wollte ich auch nicht mehr weg. Eine kalte Wut stieg in mir auf, und ich spürte, daß ich sie beide hinrichten wollte. Von der Treppe fegen. Mit Worten. Ohne Fäuste.

»Sie wollen Psychologin sein?« Ich setzte mich auf die Stufen und nahm meine Zigaretten aus der Tasche. »Für sein Seelenheil scheißen Sie auf meins.«

»Wir wissen, daß unser Vorgehen sehr extrem ist, und ich will mich noch einmal dafür entschuldigen, aber Sie lassen uns keine andere Wahl. Wir müssen mit Ihnen reden.«

»Das einzige, was Sie müssen, ist diesen Fatzke hier die Treppe runterzuführen, bevor ich ihn runtertrete, und sich selber außer Sicht zu begeben. Und das müssen Sie sogar relativ zügig tun, weil ich nämlich die Polizei rufe.«

Ich nahm mein Handy aus der Tasche und legte es aufs Knie. »Einfach abhauen«, sagte ich. »Verschwinden Sie. Machen Sie die Luft leer. Wiedersehen.«

Sie blieben stur stehen. Die Psychologin gab ihrem Schützling einen ermutigenden Blick, und er wollte offenbar eine auswendig gelernte Rede zum besten geben. Ich wählte den Notruf. Er fing an zu reden:

»Herr Schoder, ich fühle mich schuldig an dem, was Ihnen passiert ist, und ich bitte Sie, mir zu verzeihen ...«

»Notruf«, sagte die Stimme im Handy.

»Schoder hier, Konstanzer Straße zehn. Ich werde von zwei Hausierern belästigt. Die stehen hier und lassen mich nicht aus der Wohnung.«

»... daß Ihre Begleiterin tot ist, kann ich nicht wiedergutmachen, das weiß ich. Ich habe einen Rosenbusch auf ihr Grab gepflanzt und sie gebeten, mir zu verzeihen ...«

»Okay, wir schicken jemand. Es kann zehn Minuten dauern«, sagte die Stimme des Notrufs.

»Danke«, sagte ich ins Telefon, »drei Minuten, okay.« Und legte auf.

»... aber Sie leben, und ich bin für das Leid, das ich Ihnen zugefügt habe, verantwortlich ...«

»Da hast du recht, und das ist dein Problem, und jetzt verzieh dich. In drei Minuten sind die Bullen hier, dann kannst du denen dein Gedicht aufsagen.«

Die Psychologin wurde nervös. Sie zupfte ihn am Arm und wollte gehen. Aber der Junge war gerade so gut in Fahrt, daß er nicht aufhören konnte. Er mußte diesen, für seine Verhältnisse viel zu hochdeutschen Text einfach zu Ende schwäbeln.

»… deshalb bitte ich Sie, daß Sie mir verzeihen. Ich würde auch irgendeine Arbeit für Sie tun oder als Wiedergutmachung etwas spenden oder eine gemeinnützige Aufgabe annehmen. Sie dürften das bestimmen, und ich würde mit Freuden …«

»Wir müssen weg«, sagte die Psychologin jetzt richtig nervös und zog ihn mit sich die Treppe hinab.

»… alles tun, was Sie mir auftragen.«

»Hören Sie täglich vierzehn Stunden Modern Talking!« schrie ich. Jetzt waren sie um die Ecke verschwunden und stolperten hastig die Treppe hinunter. Ich blieb sitzen.

Als ich unten die Haustür gehen hörte, rief ich die Notrufnummer wieder an, es habe sich erledigt. Die Stimme am anderen Ende war nicht ungehalten, also hatte sie mit so was gerechnet und den Auftrag gar nicht erst weitergegeben. Und dann wurde mir schlecht.

@

Ich mußte wohl noch einige Zeit auf der Treppe sitzengeblieben sein, denn als ich mit weichen Knien in die Wohnung zurückkam, hielt ich zwei Zigarettenstummel in der Hand. Mir war nicht mehr schlecht, aber ich hätte aus dem Fenster springen können. Damit das endlich aufhörte.

Ich sah June am Küchentisch sitzen und lesen und stellte mir vor, dieses Bübchen hätte hier gestanden, hinübergesehen und anerkennend die Aussicht erwähnt. Ich hätte ihn aus dem Fenster getreten.

Barry: June, ich bin außer mir. Hilf mir. Sag irgendwas, das mich wieder auf den Boden bringt.

Ich schaute nicht hinüber. Ich wartete.

June: Was ist los?

Barry: Der Typ, der Sharii umgebracht hat, war eben hier.

Er stand mit seiner Therapeutin auf meiner Treppe und lallte mir einen Sermon vor, daß ich ihm verzeihen soll. Es zerreißt mich.

June: Weinst du?

Barry: Nein. Ich kann nicht. Ich will mit dem Kopf an die Wand rennen.

June: Willst du rüberkommen, und ich nehm dich in den Arm?

Barry: Ich glaube nicht. Nein. Das ist falsch.

June: Vielleicht. Ich würde alles tun, was dir hilft. Wenn du es nur sagen könntest.

Barry: Tut schon gut, daß du mich anhörst.

June: Was muß das für ein selbstgerechter Mensch sein, diese Therapeutin, daß sie dir so was antut. Wie kann man so herzlos sein.

Barry: Sie ist blind vor Eifer, ihm zu helfen.

June: Was hat er denn alles erzählt?

Barry: Er hat einen Rosenbusch auf ihr Grab gepflanzt. Damit sie ihm verzeiht.

June: Reiß ihn raus.

Ich war einen Moment sprachlos, und dann wie ausgewechselt. Das war das Beste, was sie für mich tun konnte! Dieser Vorschlag war die Rettung! Ich barst mit einem Schlag vor Energie, und meine Fassungslosigkeit verwandelte sich in einen Zorn, der sich fast wie Glück anfühlte.

Barry: Du bist genial! Das mach ich.

June: Er hat nicht das Recht, ihr das anzutun. Beschütze sie vor seiner Geschmacklosigkeit.

Barry: Danke. Du bist eine phantastische Frau.

June: Meldest du dich von unterwegs?

Barry: Wo immer ich ein Internetcafé finde. Ich pack jetzt und fahr los.

June: Ich denk an dich.

@

Obwohl ich es eilig hatte, bestand ich auf einem weißen Auto und mußte drei Mietwagenfirmen anrufen, bis ich endlich einen BMW, den einzigen weißen Wagen weit und breit, bekam.

Es war früher Abend, als ich den Berliner Ring hinter mir hatte und Gas gab. Ich raste in einen flammendroten Himmel und dachte an nichts. Nur manchmal hörte ich mich im Kopf die Worte wiederholen: ein weißes Pferd, ein weißes Pferd, ein weißes Pferd ...

@

In Michendorf trank ich einen Espresso, und als ich zum Wagen zurückging, sprach mich eine junge Frau an. Ob ich sie mitnehmen könnte. »Nur wenn Sie akzeptieren, daß ich schweigsam bin«, sagte ich und hielt ihr die Tür auf. Sie stieg ein.

Ich fuhr zweihundert und schneller in die letzten tiefroten Reste des Sonnenuntergangs, benutzte die Lichthupe, wann immer sich jemand auf der linken Spur vor mir sehen ließ, und bemerkte erst nach einer Weile, daß die Anhalterin ihre Hand um den Türgriff gekrallt hatte. Die Knöchel traten weiß hervor.

»Entschuldigung«, sagte ich und ging vom Gas. »Soll ich auch ruhig sein?«

»Ja.«

Nach kurzer Zeit war ich wieder auf zweihundertzehn und hörte: ein weißes Pferd, ein weißes Pferd, ein weißes Pferd. Als der Rasthof Pegnitz in Sicht kam, bat sie mich rauszufahren.

»Tut mir leid«, sagte ich zu ihrem aussteigenden Hintern

und hörte sie murmeln: »Trotzdem danke.« Dann gab ich wieder Gas.

@

Ich kam bis Osterburken, bevor ich müde war und Hunger hatte und einen unbändigen Durst auf Wein. Im Hotel gab es nichts mehr zu essen, also ging ich los und setzte mich in die erstbeste Pizzeria. Dort leerte ich eine ganze Flasche Rotwein, was ich sonst nie tue, aber ich wußte, daß ich andernfalls nicht schlafen würde. Auf dem Rückweg verlief ich mich. Es machte mir nichts aus. Zwar torkelte ich leicht, der Weg schien hin und wieder weich zu werden, aber es war eine warme Nacht – Sommer, fast wie damals –, und als ich das Hotel gefunden hatte, war ich wieder nüchtern.

@

Trotzdem mußte ich geschlafen haben, denn als ich das Klopfen des Zimmermädchens an meiner Tür hörte und brüllte, man solle mich in Ruhe lassen, war es heller Tag und meine Uhr zeigte halb neun.

Nach einem Blick in den leeren, mit Stühlen aus hellem Holz und lila-orange gemusterten Bezügen eingerichteten Frühstücksraum zahlte ich und ging in die Stadt. Ich ließ einen Tchibo links liegen und auch zwei normale Cafés, die mir zu sehr auf den Geschmack kuchenfressender Omas eingestellt waren, und fand endlich eines in der Nähe der Schulen, das mich, trotz der lauten Hip-Hop-Musik und des Lärms der Teenager, anzog. Vor fünfzehn Jahren mußte Sharii hier gestanden haben. Man hatte sie Sandi gerufen und ihre Nähe gesucht, denn ganz sicher war sie schon damals ein bemerkenswerter Mensch gewesen. Begabt und strahlend, mit einem

Bruder, der Gitarre spielte. Ich wäre gern durch ihre Schule gegangen, wenn ich gewußt hätte, welche von den dreien es war.

@

Ich nahm die Abfahrt Möckmühl und suchte auch dort nach der Schule. Aber dann blieb ich nur ein paar Minuten beim Wagen stehen und stieg wieder ein, als ich ein paar Kinder bemerkte, die immer wieder zu mir hersahen. Die sollten mich nicht für einen Perversen auf der Suche nach Opfern halten.

Noch sechs Kilometer bis Widdern. Es gab nur einen Friedhof. Er war klein. Ich würde das Grab finden, auch wenn es niemanden gab, keinen Küster, Pfarrer oder Friedhofswärter, den ich danach fragen konnte.

Zwei alte Frauen waren mit Unkrautjäten beschäftigt und eine dritte saß still auf einem Bänkchen. Nach ein paar Schritten sah ich noch einen jungen Mann ganz hinten zwischen den Grabsteinen stehen. Er starrte zu Boden und sah mich nicht. Ich drehte um. Wenn das Matthias war, dann wollte ich nicht neben ihm stehen. Wir hätten die lebendige Sharii nicht geteilt, wir würden es auch mit der toten nicht tun. Als ich in den Wagen stieg, nahm ich mir vor, dort, wo der junge Mann stand, nach einem Rosenbusch zu suchen.

@

In Heilbronn fand ich ein Hotel, das mir komfortabel schien und in dem ich es vielleicht aushielte, trotz dieser Stadt, die wohl kriegswichtig gewesen sein mußte und deshalb, bis auf wenige stehengebliebene Kirchen und alte Häuser, aus Bausünden bestand. Ich ließ mir einen Computer aufs Zimmer stellen und richtete das Chatprogramm ein. Der Bildschirm flackerte fürchterlich, aber ich hatte keine Lust, an der Einstellung herumzufummeln. Ich wollte mit June reden.

Barry: Bist du da?

June: Wo soll ich denn hin? Ja. Hallo. Wo bist du?

Barry: In Heilbronn. Deprimierte Stadt. Bleich und muffig, obwohl die Sonne scheint.

June: Warst du schon dort?

Barry: Ja, aber da stand ein junger Mann, und ich hatte auf einmal Angst, es könnte dieser Matthias sein.

June: Geht's dir gut?

Barry: Ich glaub schon. Ich weiß es nicht so recht. Ich hab weiche Knie, wenn ich an das Grab denke. Ich glaube, der junge Mann kam mir gerade recht. Ich war erleichtert, als der Friedhof im Rückspiegel war.

June: Ja.

Barry: Tut es dir weh, wenn ich über Sharii rede?

June: Für dich. Ja. Weil's dir weh tut. Aber nicht für mich. Ich bin nicht eifersüchtig oder so was. Keine Angst.

Barry: Es ist komisch, daß ich dich nicht sehen kann. Schade.

June: Mir fehlen deine Augen.

Barry: Was machst du?

June: Ich schreibe. Über uns.

Barry: Weißt du eigentlich, daß du manchmal an deiner Brust herumfummelst, wenn du schreibst?

June: Das bildest du dir ein. Hättest du wohl gern.

Barry: Hab ich doch gesehen. Du zupfst. An deiner Brustwarze. Ganz gedankenverloren. Vielleicht spürst du es gar nicht. So wie manche Leute sich die Haare um den Finger wikkeln. Meine Schwester hat das gemacht.

June: Wenn du das nicht erfunden hast, dann weiß ich jedenfalls absolut nichts davon.

Barry: Komisch, jetzt, da ich nicht einfach aufstehen und nach dir schauen kann, ist es fast so, als hätte ich dich erfunden. Würde doch passen zu einem, der nicht aus der Wohnung will.

June: Dann hab ich dich auch erfunden.

Barry: Und dann?

June: Das hätten wir beide gut hingekriegt.

Barry: Das ist nett. Ich lache.

June: Ich grinse.

Ich wollte das Gespräch nicht unterbrechen, aber mir fiel nichts ein. Daß ich sie nicht sehen konnte, daß ich wußte, ich konnte sie nicht sehen, machte mich auf einmal schüchtern. Sie unterbrach die Pause.

June: Wann fährst du hin?

Barry: Jetzt dann, in der nächsten Stunde oder so. Ich muß mir noch selbst ein bißchen Mut machen.

June: Ich denk an dich. Die ganze Zeit.

Barry: Spür ich das?

June: Spürst du das? Das mußt du wissen.

Barry: Ich glaub, ich spür's.

June: Wann kommst du zurück?

Barry: Übermorgen.

June: Der Masseur klingelt. Ich schnurre schon vor lauter Vorfreude.

Barry: Bis dann. Vielleicht heut abend.

June: Bis dann.

Ich verbrachte eine Weile damit, mir im Netz die Stadtseiten von Widdern, Heilbronn und Möckmühl anzusehen, aber Volkshochschule, Gewerbe und Tourismusinformation waren noch das erregendste, und ich probierte aus, ob ich übers Netz an meine E-Mail kam.

Eine Nachricht von Karel war da. Ich solle morgen abend gutgelaunt und im besten Anzug in der Lobby erscheinen und ihn unterstützen. Der Laden würde voll, wenn alle kämen, die sich angekündigt hätten, aber er habe auch für alle Fälle ein paar Plakate und eine Anzeige in der BZ rausgetan. Keine Ausrede, ich brauch dich, Karel, war der letzte Satz.

Der kannte mich. Ich hatte die Ausrede schon parat. Ich wollte nach Tübingen und dem Arzt, der mich so schnell und gut operiert hatte, danken. Wenigstens eine Flasche Wein auf seinen Schreibtisch stellen. Das hatte ich mir vor Monaten schon vorgenommen, und jetzt war die Gelegenheit dazu. In Karels Club konnte ich noch tausendmal gehen.

Das mußte Matthias gewesen sein. Ihr Grab war da, wo ich ihn hatte stehen sehen. Eine Bronzeplatte zwischen Stiefmütterchen in allen Farben, darauf eingraviert: Sandra Stehle, 19. April 1971–17. September 1999. Und ganz vorn am Rand ein kleiner Rosenbusch. Ich riß ihn raus.

Jetzt war da ein häßlicher Fleck nackter Erde. Den mußte ich bedecken. Ich sah mich um nach einer Friedhofsgärtnerei. Aber es gab nur eine Kapelle mit anschließendem Geräteraum.

Zuerst saß ich in der Hocke vor dem Grab und versuchte, den Gedanken zu verdrängen, daß die körperlichen Reste von Sharii hier, direkt vor mir, in nicht mal zwei Metern Tiefe lagen. Daß das, was ich berührt und ersehnt hatte, hier, jetzt und noch jahrelang zerfiel. Organische Masse in ekelerregendem Zustand. Nein, ich verdrängte den Gedanken nicht, ich beschwor ihn. Ich hielt mich daran fest, als beschütze er mich vor irgendwas, als müsse er etwas übertönen, das ich nicht hören wollte. Nicht ertragen würde. Ich wollte weinen, aber es kam nichts. Keine einzige Träne.

Dann kniete ich auf dem Kies des schmalen Weges und ertrug den Anblick der nackten Erde, diesen dreckigen Kreis zwischen den grimmig-melancholischen Gesichtern der Stiefmütterchen nicht. Ich würde in die Stadt fahren, eine Gärtnerei suchen und das Loch stopfen. Das war das Allerwichtigste. Dann konnte ich mit Sharii reden, ihr sagen, daß ich mit einem weißen Pferd hier war, um ihr Grab von der Heuchelei ihres Mörders zu säubern, ihr versprechen, daß ich nach Florenz fahren würde für uns beide, ohne sie, erklären, daß ich hier war, um von ihr Abschied zu nehmen oder ihr ewige Treue zu schwören.

Ich nahm den herausgerissenen Rosenbusch mit zum nächsten Abfalleimer und warf ihn mit Wucht auf das faulende Grünzeug und die welken Blumensträuße.

Mit einer kleinen Kiste gelber Stiefmütterchen kam ich wieder. Sie hatten kein buntes Durcheinander gehabt. Ich grub die Erde mit den Händen auf, denn daran, eine kleine Schaufel zu kaufen, hatte ich nicht gedacht. Hoffentlich mach ich's richtig, dachte ich, denn ich habe keine Ahnung, in welchem Abstand voneinander, welcher Tiefe und mit wieviel Erde über den Wurzeln man Stiefmütterchen pflanzt. Das Loch war schon fast zu und hatte sich in einen gelben Fleck verwandelt, als ich eine Frauenstimme rufen hörte: »Was machen Sie da?«

Ich bezog das auf mich, denn das letzte Mal, als ich mich umgesehen hatte, war ich allein auf dem Friedhof gewesen. Es war Shariis Mutter.

Die Hand über den Augen, um sich gegen die Sonne zu schützen, stand sie etwa zwanzig Meter weiter auf dem breiten mittleren Weg und starrte zu mir her. »Sind Sie das? Barry aus Berlin?«

»Ja!« rief ich und stand auf.

Ich hatte Angst. Sie wird mich ohrfeigen, dachte ich, und mich anschreien, wären Sie doch geblieben, wo Sie waren. Sie hatte alles Recht dazu. Ich stand da mit meinen dreckigen Händen und Knien und sah, wie sie sich zögernd in Bewegung setzte. Sie ging weg! Richtung Ausgang. Aber dann, nach einigen Schritten, drehte sie um und kam her. Sie ging schnell, und ich hatte keine Zeit, mir auszudenken, was ich sagen wollte.

Sie stand vor mir und sah mir in die Augen, und ich redete wie ein Wasserfall, erklärte ihr, dieser Spranger habe einen Rosenbusch aufs Grab gepflanzt, den ich rausgerissen hätte und statt dessen wieder Stiefmütterchen gesetzt, zwar wüßte ich nicht, ob es so richtig sei, weil ich mich mit Gärtnerei nicht auskennen würde, aber ich hätte mein Bestes getan und hoffte, die Blümchen gediehen; ich redete und redete, und sie sah mich schweigend an.

»Ich will Sie hier nicht haben«, sagte sie, als ich endlich verstummt war, und sah mir dabei immer noch in die Augen.

Ich sagte nichts. Ich wußte nichts. Doch: Ich wußte, daß ich das Recht hatte, hierzusein, und sie nicht das Recht, mich zu verjagen. Aber ich wollte auch nicht zwischen ihr und ihrer toten Tochter herumstehen.

»Was wollen Sie? Geht's Ihnen jetzt besser, wo Sie hier sind? Ändert das irgendwas?« Ihre Stimme klang spröde, brüchig, so als spräche sie zum erstenmal nach stundenlangem Schweigen.

»Ich weiß nicht«, sagte ich und spürte endlich einen Kloß im Hals, dann Druck hinter den Lidern und ein Zittern, das über mein Zwerchfell lief. Trotzdem schaffte ich es, ihr weiter in die Augen zu sehen.

Sie senkte den Blick als erste. Dann wandte sie sich um, wollte gehen, aber noch in der Drehung hielt sie inne und hob den Kopf. Sie sah mich nicht an, ihr Blick ging über die Gräber, aber ihre Worte galten mir: »Sie wird sich freuen, daß Sie endlich da sind.«

Ich gab ein fürchterliches Geräusch von mir, ein Jaulen, es klang nach Wolf oder Hund, ich hatte mich nicht mehr unter Kontrolle, und die Tränen spülten mir die Welt aus den Augen. Ich war blind. Ich schlug die Hände vors Gesicht und spürte, wie mich Annegret umarmte. Ich stand eingeklemmt, meine Ellbogen vor ihrer Brust, und hörte ihre Stimme: »Ich darf Sie nicht verjagen.«

@

Wir saßen im Hexenhäuschen. Als ich mich wieder gefangen hatte und die letzten beiden Pflänzchen in der Erde waren, hatte Annegret mich zu sich gebracht, auf ihr Sofa gesetzt, Kaffee gemacht und sich erzählen lassen, was seither mit meinem Leben geschehen war. Alles wollte sie wissen. Vom Aufwachen in der Klinik bis zur letzten kleinen Diagnose und Reha-Maßnahme.

»Ich hab ein paarmal daran gedacht, nach Tübingen zu kommen, aber ich wußte nicht, weshalb. Entweder, um Sie windelweich zu schlagen, oder zu trösten. Ich wußte es nicht. Ich hätte es nur rausgefunden, wenn ich wirklich gekommen wäre«, sagte sie irgendwann, und ich glaubte, ich würde wieder losheulen, aber es ging vorbei. Ich erzählte weiter, bis zum Besuch von Herrn Spranger und Frau Lasser-Bandini. »Die waren auch bei mir«, sagte sie. »Ich hab sie rausgeschmissen. Das kann nicht mal Gott verlangen, daß ich dem verzeihe.«

»Glauben Sie an Gott?«

»Jetzt ja. Ich muß.«

Und dann erzählte sie: »Ich hab immer gewußt, daß man seine Kinder gehen lassen muß, ich hab das auch gelernt, aber so hab ich's mir nicht vorgestellt. Sie aus dem Leben freizugeben ist schwer. Ich kann es aber jetzt. Ich muß ja. Ich geh jeden Tag an ihre Gräber, das von Bertram ist auch dort. Ich rede mit ihnen. Den Rosenbusch hab ich für ein Geschenk von Matthias gehalten. Hätte ich gewußt, daß er von diesem Spranger stammt, dann hätte ich ihn selber rausgerissen.«

Sie verstummte und sah ihre Knie an. »Bleiben Sie über Nacht hier«, sagte sie dann. »In Sandis Zimmer. Bitte.«

@

»Ihre letzten beiden Tage waren vielleicht die glücklichsten in ihrem ganzen Leben«, sagte Annegret. Sie hatte sich bei mir untergehakt. Wir gingen auf einem schmalen Weg durch Wiesen und Felder auf eine riesige Autobahnbrücke zu.

»Sie hat so laut geschrien, daß ich zuerst dachte, es wär ihr was passiert, aber dann, nach dem Schrei, kam gleich noch hinterher: Er hat angerufen! Mama, ich glaub's nicht, er hat angerufen! Sie ist fast die Treppe runtergefallen vor lauter Jubel und Verliebtheit, und dann hat sie gestottert. Ich mußte sie erst mal beruhigen, so hat sie gesprudelt und geplappert. Ich glaube, sie war zum ersten Mal richtig verliebt.«

Ich antwortete nicht. Ich drückte Annegrets Hand mit meinem Ellbogen und sah stur geradeaus. Erst nach einigen Metern bekam ich den Satz heraus: »Bei mir war's genauso.«

Wir waren schon fast bei der Brücke angekommen, als sie sagte: »Man hat nur Platitüden. Fürs Schlimmste und fürs Schönste nur Platitüden.«

»Ja«, sagte ich, »wir müßten Dichter sein.«

»Denen geht's auch nicht besser. Wenn ihre einzige Liebe stirbt oder ihre Tochter, dann geht's denen genau wie uns.« Wir drehten unter der Brücke um und gingen zurück. Einen

Teil des Weges erkannte ich wieder. Hier war ich auf der Vespa mit Sharii dahingeflogen.

»Sie ist eine halbe Italienerin«, sagte Annegret irgendwann. Inzwischen gingen wir wieder jeder für sich und hatten unsere Hände in den Jackentaschen vergraben. »Ich hab's ihr nie gesagt. Sie hat immer geglaubt, ihr Vater sei ein gewisser Heinrich Stehle aus Würzburg, aber der war nur Bertrams Vater. Er hat es übrigens auch nicht gewußt, denn ich hab ihm Sandi untergeschoben. Zur Strafe. Er hatte in Würzburg schon eine Familie, als er mit mir anfing. Ich wollte kein Geld für mich, als ich es herausbekam, nicht von diesem Schwein. Aber für Bertram und Sandi mußte er Alimente zahlen. Der schöne Heinrich. Ihren wirklichen Vater hab ich nur vier Tage lang gekannt. Vielleicht war er meine große Liebe. Valerio. Seinen Nachnamen hab ich nie erfahren.«

»Warum haben Sie's ihr nie gesagt?«

»Das weiß ich nicht. Seit sie tot ist, frage ich mich das immer wieder, jetzt kommt es mir wie Verrat vor, aber solange sie lebte, hielt ich's für richtig. Vielleicht war ich feige. Oder ich hab gedacht, sie kommt noch auf die Idee und holt sich einen Kredit bei der Bank, um dem Herrn Stehle seine Alimente zurückzuzahlen. So was konnte sie tun. Sie war ein ganz besonderes Kind. So ehrlich, daß man manchmal erschrecken konnte.«

Das Zimmer roch nach ihr. Vielleicht wollte ich das auch nur und ließ mein Gehirn herstellen, was die Luft im Zimmer nicht mehr enthielt, aber ich roch sie ganz deutlich. Hautcreme, Seife, Parfüm.

Nachdem Annegret die Tür geschlossen hatte, stand ich einfach nur da und wagte es nicht, mich aufs Bett oder in den kleinen, verschossenen dunkelroten Sessel zu setzen. Ich sah mich um.

Hier war ein Teil ihrer Geschichte in Gegenständen angesammelt. Stumme Gegenstände. Alles, wofür sie standen, hätte Sharii mir nach und nach erzählt. Woher die kleine Stoffgiraffe kam, der schielende Teddy und die herzförmige Dose mit der Aufschrift Konditorei Bäumer. Die blaue Stratocaster mußte, wie der abgeschabte VOX-Verstärker, von ihrem Bruder stammen. Es gab zwei getrocknete Blumensträuße, eine Schale mit Münzen und Knöpfen, vielleicht zweihundert Schallplatten und CDs, die ich mir nicht näher ansah, weil ich Angst hatte, entweder zuviel oder zuwenig Übereinstimmung mit meinen eigenen Vorlieben zu finden, sehr viele Bücher – eine ganze Wand voll –, ein Telefon aus Plexiglas, eine Schreibmappe mit Briefpapier und Umschlägen, einen alten Atari-Computer und nirgends eine Puppe. Ich zog keine der Schubladen auf und ließ die Hände von der Schranktür. Hätte ich Wäsche oder Kleider von ihr angefaßt, dann würde ich mich schämen oder heulen. Ich zog mich aus, löschte das Licht und legte mich ins Bett.

In diesem Zimmer, in diesem Bett unter den Postern von Chrissie Hynde, Laurie Anderson und Enya hätte sie mit mir geschlafen. Auf dem Sessel hätten unsere Kleider übereinander gelegen, und den Blick aus der kleinen Gaube in die Fichten hätten wir geteilt.

Alles, was ich am Grab hatte sagen wollen, konnte ich jetzt in Shariis Kissen flüstern. Ich fing damit an – das erste, was ich dachte, war, ich fahr für uns beide nach Florenz, aber meine Gedanken schweiften ab – ich fand mich bei Annegret, ihrer Stärke und ihrem klaren Ton, bei June, der meine Augen fehlten, bei dem gelben Fleck im Stiefmütterchenbeet, den Schülerinnen im Café und Frau Lasser-Bandini, in deren Augen ich, kurz bevor sie die Treppe hinuntergerannt war, nicht nur Panik gesehen hatte, sondern auch so etwas wie Enttäuschung über meine Unzugänglichkeit. Ich hätte sie ohrfeigen sollen.

@

Nichts von all dem, was ich hatte sagen wollen, war herausgekommen, es war alles in mir geblieben und mit mir in den Schlaf getrudelt, das begriff ich, als mich Annegrets Stimme am anderen Morgen weckte.

Beim Frühstück lud ich sie ein, mit mir nach Florenz zu kommen, aber sie sagte nein. Ich solle allein fahren, dann sei ich allein mit Sandi. »Ich komm ein andermal mit«, sagte sie, »falls wir Freunde bleiben.«

Ich bat sie um ein Foto, als ich mich verabschiedete, und sie ging ins Haus zurück und brachte mir eine Schwarzweißaufnahme. Sharii lachte und winkte von einem Balkon irgendwo im Süden. Es konnte Frankreich sein, Italien oder Spanien. »Ich war dort mit ihr«, sagte Annegret. Sie erriet meine Gedanken, ich hatte mich gefragt, wer das Foto wohl gemacht hatte.

»Capri. Sie ist mir zuliebe mitgekommen. Ich wollte wieder hin, weil ich dort mit ihrem Vater zusammen war.«

»Danke«, sagte ich und nahm das Bild an mich.

»Schreiben Sie mir mal oder kommen mich besuchen«, sagte sie, ohne mich dabei anzusehen, »mir wär's recht, wir würden Freunde.«

»Ja.«

Ich umarmte sie und stieg in den Wagen. Sie winkte nicht, ging sofort ins Haus, ohne auch nur einmal herzusehen, als ich wendete und losfuhr.

@

Im Hotel hatte man geglaubt, ich sei abgehauen. Mein Gepäck stand an der Rezeption, und mein Zimmer war schon hergerichtet. Ich hatte eigentlich noch mit June reden wollen, aber ich machte keinen Aufstand, weil die Dame an der Theke so erleichtert war, mich doch noch zu sehen, und ein bißchen geniert, daß sie mir mißtraut hatte. Ich zahlte die Rechnung und fuhr aus der Stadt. In Tübingen mußte es ein Internetcafé geben. Von dort konnte ich mich auch noch melden.

Aber an der Autobahn nach Süden, Richtung Stuttgart, ließ ich die Abfahrt rechts liegen und fuhr nach Würzburg. Meine Entscheidung war automatisch gefallen, ich hatte nicht überlegt. Karel brauchte mich. Jetzt konnte ich mal was für ihn tun. Ich fuhr lässig und raste nicht, ließ die anderen an mir vorbei und griff kein einziges Mal zum Hebel für die Lichthupe.

Ich hatte eigentlich zu Hause duschen und mich bei June melden wollen, aber nach zwei zermürbenden Staus erreichte ich Berlin erst kurz vor neun, also stoppte ich in Dreilinden, zog dort im Waschraum meinen schwarzen Anzug an und fuhr direkt zur Lobby.

Karel stand am Eingang, um seine Gäste zu begrüßen. Er hatte Schweißperlen auf der Stirn, aber er strahlte. Hoffentlich war ihm dieses Strahlen nicht auf chemischem Wege ins Gesicht gekommen. Ich versuchte, seine Pupillen zu sehen, aber das Licht reichte nicht aus dafür. Er umarmte mich.

»Drück mir die Daumen und fühl dich wohl«, sagte er, als er mich losließ, und widmete sich gleich einem Paar in Kaschmir, das sich mit der Selbstverständlichkeit reicher Leute an ihn wandte, obwohl er mit mir sprach.

Fast schade, daß der schöne Raum jetzt von so vielen Menschen zergliedert wurde, aber es war noch immer ein Genuß, ihn zu betreten. Der Architekt hatte auch mit dem Licht gezaubert, die Stimmung war intim und trotzdem ausgelassen, weil das Licht gleichzeitig hell und weich war. Man konnte in jede Ecke des Raumes sehen, aber niemand wirkte nackt und ausgeliefert. Niemand mußte sich häßlich finden, wenn er sein Gesicht in einem der Spiegel entdeckte.

Ich schätzte die Zahl der Besucher auf etwa hundert, aber vom Eingang her strömten immer neue, meist schwarzgekleidete Figuren herbei – wenn das so weiterging, war der Club in Kürze überfüllt.

Eine Band spielte eleganten Klimperjazz. Ich kannte die Musiker, nickte ihnen zu und wurde lächelnd mit angedeuteten Verbeugungen zurückgegrüßt. Ich fühlte mich seltsamerweise wohl. Nachdem ich einen Sitzplatz an der Wand erobert hatte und von einer jungen Frau mit Rotwein und Kanapees versorgt worden war, lehnte ich mich zurück, um mir das Treiben in Ruhe anzusehen.

Natürlich war es das typische Eventpublikum, das auch auf Premieren, Vernissagen und ähnlichen Empfängen herumsteht, ich erkannte ein paar Politiker, Plattenfirmaleute, Anwalt und Geschäftsführer der Filmfirma, die uns gekauft hatte, Schauspieler und Musiker – eben die selbsternannte, aber von allen, die nicht abgestimmt hatten, gleichermaßen angebetete Crème de la crème der neuen Metropole. Aber das Eigentümliche war: Ich fand sie nicht unsympathisch. Das mußte am Club liegen, an diesem Raum, an der lässigen Bedienung, dem feinen Licht und der guten Musik – sie waren eine entspannte, freundliche und gutgelaunte Menge, jeder fand jeden schön, und jeder fand vor allem sich selber schön. Das hatte Charme.

Karel setzte sich zu mir, eine Frau im Schlepptau, die er mir als Schauspieleragentin vorstellte. Ich staunte über mich selbst, wie ich auf einmal wieder plaudern konnte, über diese Schlagzeile und jenen Film, die Stadt, ein Restaurant, den belgischen Konsul, der sich gerade Rotwein aufs Hemd geschüttet hatte, es plätscherte einfach so dahin, und weder schämte ich mich dafür, noch wurde ich ungeduldig oder langweilte mich.

Als Karel aufstehen wollte, sagte ich: »Das hat Stil. Ich fühl mich wohl, wie schon lang nicht mehr unter Menschen. Gratuliere.« Er lächelte und patschte mir beide Hände auf die Schultern: »Gleichfalls. Nur wer selber Stil hat, erkennt ihn auch bei anderen.« Die Agentin war begeistert von seiner Schlagfertigkeit und trank in einem Zug ihr Glas leer.

Ich war bald wieder allein, denn auf solchen Festen bewegt man sich. Alle paar Sekunden zieht einen der nächste Augenkontakt in die nächste Gruppe. Ich blieb sitzen, genoß den Wirbel und Wandel um mich herum und winkte nur hier und da jemandem zu, den ich erkannte.

Ich versuchte, nicht hinzusehen, als die Band ihr Repertoire wechselte und die ersten Gäste zu tanzen begannen. Mittlerweile war der Raum dicht gedrängt voll, man mußte sich in unangenehmer Tuchfühlung durch die Leute zwängen, wenn man seinen Platz verließ. Der Anblick tanzender Menschen ist mir ein Greuel, weil die meisten, zumindest hierzulande, es tun, ohne es zu können. Daran ist nichts Schlimmes – ich bin niemandem böse –, aber ich brauch's nicht. Dummerweise ist aber meine Abneigung gegen den Anblick schlechter Tänzer mit Faszination gemischt. Das ist idiotisch, ich weiß, aber ich habe noch keinen Trick gefunden, diesem Dilemma zu entkommen. Ich will nicht hinsehen, weil sie mich dauern, obwohl sie doch selber schuld sind, wenn sie in aller Öffentlichkeit mit blöden Gesichtern und angelernten Gesten auf dem Raum, den man einer Käfighenne zugesteht, herumhampeln, aber ich kann nicht wegsehen, wenn mein Auge einmal jemanden erfaßt hat, der sich so beeindruckend dämlich dem Sarkasmus von Ästheten ausliefert.

Durch eine Lücke zwischen den Tanzenden fiel mir eine Frau auf, die sich weich und schön bewegte. Ich versuchte, sie im Auge zu behalten, um nicht an einem der schlechten Beispiele hängenzubleiben, aber immer wieder schoben sich andere Körper zwischen sie und meinen Blick, also stellte ich sie mir die meiste Zeit nur vor. Sie hatte Ausdruck. Obwohl oder gerade weil sie ganz bei sich war. Wie in den Siebzigerjahren, das Gesicht unter dem Vorhang ihrer blonden Haare verborgen, die Arme locker hängend, die Handflächen nach vorn, kreiste sie mit den Hüften, und ein Echo dieses Kreisens erreichte die Schultern. Das war alles. Ich stand auf. Vielleicht konnte ich sie von einem anderen Platz aus besser sehen.

Ich drängte mich an Hintern, Brüsten, Armen, Bäuchen und Rücken vorbei, inhalierte Alkoholfahnen, Parfüms, Zigarrenrauch und Zwiebelatem, bis ich endlich, kurz vor der Panik, einen Platz an der Theke ergattert hatte. Von hier aus gab es mehr Chancen, die Tanzende zu sehen, denn sie stand diesseits der Mitte, und zwischen ihr und mir waren weniger Leute. Ich bestellte einen Wein, denn ich hatte mein halbvolles Glas stehenlassen, um es nicht irgendwem übers Kleid zu schütten, da sah ich ihr Gesicht: Es war June.

Ein Buddhist sucht ein Leben lang nach diesem Gefühl, dachte ich, als ich mich durch die Leute drängelte, hastig, aber jetzt ohne jeden Anflug von Panik, und feststellte, daß ich vollkommen leer war. Kein Gefühl. Nur Leere. Ich ging ganz normal zum Auto, stieg ein, fuhr los, zur Mietwagenfirma, parkte, nahm das Gepäck aus dem Kofferraum, bezahlte, stieg ins Taxi, redete sogar irgendwas mit dem Fahrer, zahlte, stieg aus, schloß die Tür auf, ging die Treppen hoch, schloß die Tür auf, machte Licht, machte es wieder aus, roch den Zitronenduft, den Frau Pletskys Wirken hinterlassen hatte, sah nicht nach gegenüber, ich wußte, dort war es dunkel und leer, warf mein Gepäck auf den Tisch in der Küche, ging in mein Schlafzimmer und legte mich im Anzug und mit Schuhen aufs frisch bezogene Bett.

Dort lag ich und starrte an die Decke. Ich wartete. Irgendwann mußte ein Gefühl kommen. Wut, das heulende Elend, Hohn und Spott, Sarkasmus, eine Ohnmacht – irgendwas mußte kommen.

Aber das erste, was ich in mir bemerkte, war ein schlechtes Gewissen gegenüber Frau Pletsky, deren Arbeit ich mißachtete, wenn ich mit den Schuhen auf dem Bett lag. Ich zog sie aus. Und wartete weiter. Als hätte ich ein klinisches Interesse an mir selber, beobachtete ich mich und wartete auf das, was ich fühlen würde.

Es war Verachtung.

Nicht Wut, mit der ich gerechnet hatte, und nicht Enttäuschung oder ein Bewußtsein ungeheuerlicher Kränkung stellte sich ein, sondern Verachtung für mich selbst. Das hast du verdient, dachte ich, das geschieht dir recht, wer sich so zum Affen machen läßt, gehört mit einer Banane in den Zoo oder mit Drähten am Kopf ins Labor.

Ich mußte irgendwas tun. Ich stand auf, ging zum Rechner, startete ihn und schrieb Karel eine E-Mail: Tut mir leid, daß ich abgehauen bin. Private Katastrophe. Wenn ich's dir erzählen soll, dann brauchst du zwei Tage Zeit. Ich schickte sie ab, und vom Server kamen drei Mails von June.

Die erste: Barry, wo bist du? Ich hab das Chatprogramm laufen, aber hör nichts von dir. Ich will dich nicht unter Druck setzen, aber mir wird ein bißchen bang. Du sagtest, du wolltest dich heut abend wieder melden, und jetzt ist es nach zwölf. Bist du nicht ins Hotel zurückgekommen?

Die zweite: Nächster Tag, morgens halb elf. Ich hab einfach Angst, es könnte dir was passiert sein. Wenn ich dich verliere, weiß ich nicht, was ich tu.

Die dritte: Oder bist du böse mit mir aus irgendeinem Grund? Hab ich was falsch gemacht? Ich mach mir Sorgen.

Nein, da hast du wohl noch nichts falsch gemacht, zu dem Zeitpunkt noch nicht, auf jeden Fall nichts, von dem ich hätte wissen können. Vielleicht hast du dich ja schon totgelacht über meine treuherzige Dämlichkeit, hast dir ein paar Liebhaber bestellt, kann man ja alles für Geld kriegen, oder bist gemütlich durch die Galeries Lafayette geschlendert, um die Armani-Abteilung nach Neuigkeiten zu durchsuchen. Der Zeuge war ja weg, die Katze aus dem Haus.

Zuerst wollte ich ihr eine Antwort schreiben, aber mir fiel nichts in angemessener Kälte ein. Ich würde mich einfach nicht mehr melden. Als ich den Rechner ausschaltete, kam endlich so was wie Verzweiflung über mich. Mein Magen rebellierte, und ich fand mich vor der Kloschüssel kniend, um alles von mir zu geben, was von Widdern über Dreilinden bis zur Lobby in mich hineingeraten war. Endlich.

Danach wollte ich eigentlich aus dem Haus rennen, mir ein Hotelzimmer nehmen, nur um nicht in ihrer Nähe zu sein, nicht mit ansehen zu müssen, wie sie nach Hause kam und ihre Rollstuhlnummer wiederaufnahm, aber ich blieb, denn der Gedanke, ihr vielleicht unten auf der Straße zu begegnen, machte mich ebenso krank.

Das lern ich jetzt sofort, dachte ich, ab heute muß ich das können: Hiersein und nichts von ihr wissen wollen. Hiersein und wie tot. Das war das richtige Bild. Ich war wie tot. Für sie und für mich.

Zwei hätten wohl genügt, aber ich nahm drei Schlaftabletten, um sicher zu sein, daß ich weder träumen noch aufwachen und nach ihr sehen konnte. Es funktionierte. Ich schlief bis elf Uhr.

@

Daß ich sie dann nur vage erkennen konnte, mochte an beidem liegen: der Nachwirkung der Schlaftabletten, die mich halb blind und schwindlig machte, und dem nur hin und wieder von Sonnenlicht durchbrochenen Nebel draußen. Sie war ganz in Schwarz und hatte die Haare zum Pferdeschwanz gebunden. Sie saß an ihrem Laptop, und ihre Haltung wirkte erschöpft und deprimiert. Ihr Gesicht konnte ich nicht genau genug sehen, aber die Art, wie sie ihre Stirn in die Handfläche bettete, dabei auf den Bildschirm sah und mit der anderen Hand die Maus hin und her schob, zeigte deutlich: Sie war unglücklich.

@

Barry, dir ist was passiert. Ich weiß, du wolltest erst heute abend wieder hiersein, aber daß du dich so lange nicht meldest, hat einen Grund. Einen schlimmen Grund. Es ist idiotisch, dir zu schreiben, wenn du irgendwo im Straßengraben liegst, aber ich halte es nicht aus. So kann ich mir wenigstens, solange meine Finger über die Tasten gehen, einbilden, mit dir zu reden. Dabei rede ich in den leeren Raum, und du bist irgendwo, vielleicht tot, vielleicht verletzt, vielleicht in Gefahr. Es zerreißt mir das Herz.

Ich ging zum Bäcker und kaufte mir Croissants, eine Tageszeitung und Milch. Auf dem Rückweg nahm ich die Post aus dem Kasten, fünf Briefe, einer von der Bank, einer von Karel, sicher die Einladung, zwei von Internetbrokern und einer von Frau Lasser-Bandini.

Ich frühstückte und las Zeitung, sah die Briefe durch, ordnete den Kontoauszug ein, warf die Briefe der Broker nach einem flüchtigen Blick in den Papierkorb, den von Karel ebenfalls – es war wirklich die Einladung –, wollte den Brief von Lasser-Bandini schon ungeöffnet hinterherwerfen, entschloß mich aber dann, ihn aufzuschlitzen und anzusehen.

Der Brief war von Hand geschrieben und noch in Berlin aufgegeben worden: Lieber Herr Schoder, Sie werden nach diesem Brief nichts mehr von mir hören, und auch diese Zeilen schreibe ich mit Scham, weil mir beim Blick in Ihre Augen auf einmal, viel zu spät, ich weiß, zu Bewußtsein kam, wie sehr ich Sie verletze. Mir war nicht klar, daß ich kein Recht dazu habe, obwohl Sie genau das mit verzweifelter Deutlichkeit mehr als einmal zum Ausdruck brachten. Ich habe einfach nicht zugehört. Ich war verbohrt und selbstgerecht, blind vor Eifer, meinem Klienten zu helfen, und dabei nicht in der Lage, zu begreifen, was ich Ihnen antue. Ich möchte mich entschuldigen, obwohl ich weiß, das ändert nichts für Sie. Ich schäme mich für den Schmerz, den ich Ihnen, ohne die Warnsignale zu beachten, zugefügt habe. Als hätten Sie nicht schon genug zu leiden und als könne eine Psychotante wie ich sich anmaßen, besser als Sie zu wissen, was Ihnen hilft. Ich habe in Ihren Augen gesehen, daß ich zu weit gegangen bin. Sie sollen mir nicht verzeihen, das tu ich selber nicht, Sie sollen nur wissen, daß Sie ab jetzt, ein für allemal, vor mir Ruhe haben werden. Ich werde mein Bestes tun, auch Herrn Spranger davon zu überzeugen, daß unsere Zudringlichkeit falsch war, eine Gemeinheit, um es ganz ungeschminkt zu sagen. Es tut mir leid. Gabriele Lasser-Bandini.

@

Barry, ich bin dumm. Bitte vergiß meine Mails. Es können dich tausend Dinge daran hindern, von unterwegs zu schreiben. Du bist einfach unterwegs, nichts weiter, und heute abend wirst du wieder dasein. Das ist alles. Ich hab sogar seit heute morgen das Gefühl, deine Augen wieder zu spüren. Das muß die Vorfreude sein. Ja, ich freu mich auf dich. Du bist das Beste, was mir je passiert ist. Ist das nicht seltsam? Ich kenne nur deine Worte und habe zweimal deine Stimme durch die Gegensprechanlage gehört. Du könntest aussehen wie Dean Martin oder Harry Rowohlt. Es ist egal. In deinen Worten ist deine Seele, und die kenne ich jetzt. Ein bißchen wenigstens. Und die ist schön. Ich glaube, ich habe mein Leben lang nach dir gesucht. Hab keine Angst, du mußt mich nicht heiraten. Ich will dir nur sagen, was du mir bedeutest. Du bist frei, und ich werde jede Art von Verbindung, die du mit mir eingehen willst, akzeptieren. Es muß nur irgendeine Art von Verbindung sein. Daß ich dich verliere, akzeptier ich nicht.

@

Ich las die Zeitung von vorn bis hinten durch. Jede kleine Meldung. Aber als ich sie zuschlug und wegwerfen wollte, entdeckte ich, daß ich beim Lesen die Seiten eingerissen hatte. Manche waren richtig ausgefranst, so nervös hatte ich Riß um Riß, ohne es zu bemerken, mal seitlich, mal oben, nie unten, in jedes Blatt gezogen.

Ach, Barry, es passiert was ganz Komisches: Ich werde einfach das Gefühl nicht los, du seist schon da. Ich spür dich auf der Haut, in den Haarspitzen, ich spür deine Augen auf mir und weiß doch, daß du noch über die Autobahn fegst. Bin ich übergeschnappt? Ich schreib dir das nur, weil ich dich auf dem laufenden halten will und vielleicht, damit du, wenn du heimkommst, siehst, daß ich an dich denke. Ich freu mich auf dich. So sehr, daß ich dich jetzt schon spüre, obwohl du erst auf dem Weg hierher bist. Ist das nicht süß?

@

Zwei Tage und eineinhalb Nächte hielt ich durch. Mit Schlaftabletten, Kino und dem Kauf eines neuen Rechners, dessen Neuinstallation mich länger als einen Tag in Anspruch nahm.

Ihre Mails wurden immer kläglicher, und ich begann, mich für meine Kälte zu schämen, aber ich blieb stumm. Und immer wieder schaltete sie um auf Autosuggestion, schrieb kleine hoffnungsvolle Nachrichten, versuchte, sich selber zu erklären, warum ich noch nicht da sei, was dazwischengekommen sein konnte, aber nur um in der nächsten Mail um so tiefer in Mutlosigkeit und Verzweiflung zu fallen. Am Ende bettelte sie.

Und dann hörte sie auf zu schreiben. Sie begann, ihrer eigenen Wahrnehmung zu vertrauen, und war sich auf einmal sicher, daß ich da war und nicht reagierte. Sie saß direkt am Fenster und starrte herüber. Stundenlang.

Ich schlich inzwischen an der Wand entlang durch die Räume, und jeder Gang, in die Küche oder ins Bad, fiel mir zunehmend schwer. Zwar war meine Wut nicht abgeklungen – meine Nackenmuskulatur war hart wie ein Ziegelstein –, aber die innere Stimme, mit der ich mich vor mir selbst rechtfertigte, das hat sie verdient, so hat dich noch niemals jemand verhöhnt, sie lügt, sie ist falsch, sie lügt auch jetzt, sie wird immer lügen, ihre Angst, dich zu verlieren, ist so gespielt und verlogen wie der ganze Rest, den sie dir aufgetischt hat, diese innere Stimme wurde leiser und leiser, und irgendwann war sie verstummt und auch mit größter Mühe nicht mehr zum Klingen zu bringen. Ich schämte mich nur noch für mein feiges und ekelhaftes Schweigen. Ich folterte sie.

Nachdem sie den ganzen Abend, vier, vielleicht fünf Stunden so dagesessen hatte, die linke Hand auf dem rechten Unterarm, wo sie unkontrolliert kratzte und kratzte – sie mußte schon blutig sein –, immer den Blick auf meine Fenster gerichtet und immer, wenn ich hinübersah, die Augen weit geöffnet, knickte ich ein. Ich konnte nicht mehr. Es war kurz vor Mitternacht.

Ich wollte schon das Licht einschalten und einfach so dastehen, da kam mir eine bessere Idee. Ich nahm einen roten Filzschreiber aus der Schublade und schrieb an die Wand:

SECHSTER STOCK LINKS

Dann schaltete ich das Licht ein und ging zum Rechner. Und wartete. Dann schnellte ich vom Stuhl hoch und rannte ins Schlafzimmer. Ich riß wahllos einen Anzug aus dem Schrank und zog mich um.

Dann wartete ich weiter. Es klingelte.

Ich drückte auf den Knopf für die Haustür, ohne die Sprechanlage zu benutzen, öffnete meine Wohnungstür und wartete.

Dann stand sie vor mir.

Sie war außer Atem und rieb sich die Oberschenkel, dann bückte sie sich, um auch die Waden zu massieren. Sechs Stockwerke runter und sechs wieder rauf mit Beinen, die sich den ganzen Tag nicht bewegt hatten – es war kein Wunder, daß sie schmerzten.

Sie richtete sich auf und sah mich an.

»Du warst auf dieser Party«, sagte sie leise und eher zu sich selbst als zu mir. Ich nickte, ging um sie herum und schloß die Tür.

»Setz dich«, sagte ich, »trink was. Tu, was du willst.« Sie sah mich immer noch an.

Ich schaffte es nicht, ihr länger als einen Sekundenbruchteil in die Augen zu sehen, überließ sie sich selbst, ging in die Küche und kam mit zwei Gläsern und einer Flasche Wein zurück. Sie ging durch die Räume.

Ich setzte mich auf mein Sofa und öffnete den Wein, schenkte ein und wartete, bis sie wieder auftauchte.

»Ich hab dich benutzt«, sagte sie, als sie sich in den Sessel setzte und nach einem der Gläser griff.

»Erzähl mir was Neues.«

»Wenn du versuchst, mit Sarkasmus zu sparen, dann versuch ich, nicht allzu weinerlich zu sein, okay?«

»Versuchen kann ich's, aber garantieren kann ich für nichts.«

»Das ist noch sarkastisch.«

Mir schoß der Ärger in die Kehle: »June, du mußt mich nicht mehr besiegen. Ich bin schon besiegt. Weniger als das, was du hier vor dir siehst, kann aus mir nicht mehr werden. Also sei so gut und respektiere, was ich fühle, und falls ich sarkastisch werde, hab ich das Recht dazu.«

Sie lächelte ganz leicht, aber ihre Augen waren groß und ernst auf mich gerichtet. Das Lächeln kräuselte allein die Mundwinkel: »Versuchen kann ich's, aber garantieren kann ich's nicht.«

Ich lächelte nicht zurück. Aber jetzt gelang es mir immerhin, ihr direkt in die Augen zu sehen. Das brachte mich aber eher durcheinander, als daß ich mich stark dabei gefühlt hätte, und es kostete mich mehr und mehr Überwindung, je länger ich hinsah. Ich wäre am liebsten geflohen.

»Nur zwei Sachen sind gelogen«, sagte sie jetzt und ließ meine Augen los, um den Blick auf die Tischplatte zu heften. »Daß ich gelähmt bin und daß Kalim tot ist. Alles andere ist wahr.«

Ich schwieg. Und sah sie nicht an.

»Ich hab dich benutzt, weil ich sonst nicht durchgehalten hätte. Als ich bemerkt habe, daß du herschaust, konnte ich nicht mehr mogeln. Ich bin vielleicht extrem in dem, was ich tue, aber ich war fest entschlossen, so lange im Rollstuhl zu leben und aufzuschreiben, wie das ist, damit ich es nie vergessen kann, bis Kalim aus der Klinik entlassen wird und ich für ihn sorgen kann. In Wirklichkeit ist er gelähmt und wird sein Leben im Rollstuhl verbringen.«

Ich hatte geglaubt, ich hätte schon alles verloren, hätte mich schon von aller Hoffnung auf was auch immer June mir bedeuten konnte verabschiedet, aber als ich begriff, daß Kalim lebte, war es wie ein Tritt in den Magen. Ich weiß nicht, wie mein Gesicht aussah, aber sie mußte erkannt haben, was in mir vorging, denn sie sagte sehr leise: »Ich will dich aber nicht verlieren.«

Ich schwieg und starrte auf den Boden, bis mir die Stille im Raum unerträglich wurde. »Wie soll das gehen?« hörte ich mich selber sagen. Es klang jämmerlich.

»Das weiß ich nicht. Ich muß für ihn sorgen. Ich bin schuld an seinem Zustand. Ich hab einen Tänzer zum Krüppel gemacht. Er ist auf mich angewiesen. Ich kann ihn nicht sitzen lassen.«

Ich schüttelte nur den Kopf, ohne sie anzusehen. Ich konnte nicht sprechen. Das Bild von ihrer Zukunft, das sie da entwarf, war so grauenhaft, selbst wenn ich nicht an mich dachte, wenn ich nur an sie dachte, dann hatte sie vor, ihr Leben mit einem Monster im Rollstuhl zu verbringen, weil sie schuld an seinem Zustand war und dabei vergaß, daß er sie dazu gebracht hatte. Wenn irgend jemand schuld war, dann er selber. Nicht sie.

»Niemand wird dich heiligsprechen«, sagte ich.

»Schlaf mit mir«, sagte sie.

Ich schwieg und sah sie immer noch nicht an. Ich konnte nicht. Meine Augen würden alles verraten, was ich fühlte. Angst um sie, Mitleid, Trauer um das verkorkste Leben, das sie sich auferlegen wollte, und eine sinnlose Wut auf irgendwas. Ich wußte nicht worauf.

»Wir haben nur diese Nacht«, sagte sie.

Sie war im Badezimmer, lag in der Wanne und rief alle paar Minuten mit leiser Stimme: »Barry, bist du da?«

»Ja«, gab ich jedesmal zur Antwort. Ich saß noch immer auf dem Sofa, aber jetzt waren die Lichter gelöscht, nur zwei Kerzen brannten hier bei mir und zwei auf dem Wannenrand im Badezimmer.

Wir hatten vielleicht eine halbe Stunde geschwiegen nach ihrem letzten Satz, sie war irgendwann aufgestanden und hatte das Licht ausgemacht, und dann, in der Dunkelheit, nur vom bleichen Licht der Straßenlaternen als Silhouetten einander erkennbar, hatte unser Schweigen sich verwandelt von einer angstvollen, gedankendurchrasten und notgetränkten Stille in die Ruhe, die jeder leergeweinte Trauernde kennt. Und schweigend waren wir zu einer Übereinkunft gekommen: Wir haben nur diese Nacht.

»Darf ich bei dir baden?« hatte sie irgendwann gefragt, und ich war aufgestanden, hatte ihr Wasser eingelassen, Handtücher herausgelegt und zwei Kerzen gebracht. Da war sie schon in der Unterwäsche und zog sich gerade das Hemdchen über den Kopf.

Jetzt saß ich hier und bestätigte alle paar Minuten, daß ich noch da war, versuchte nicht, meine Gedanken zu sortieren, die von einem zum andern sprangen, kreuz und quer, in Fetzen und Splittern, wie die absurd gewordenen Teile eines Hauses nach einer Explosion. Hier der Arm einer Puppe, dort eine Türklinke, quer durchs Bild der Kopf eines Menschen und senkrecht ein ganzer Kamin. Ich wußte nicht, ob ich mit ihr schlafen würde. Ich glaube, ich wollte es nicht.

Vielleicht würde ich ihr nicht mal ihren Körper glauben. Ich fühlte mich wie ausgeweidet von den Schocks, den Lügen, dem Entsetzen darüber, daß dieser Kerl lebte und sie bei ihm bleiben wollte, und meiner eigenen Ohnmacht. Wieso sollten wir miteinander schlafen? Um zu wissen, was hinterher fehlt? Und wie stellte sie sich das vor, mich nicht zu verlieren, wenn sie doch mit diesem Arschloch leben würde? Briefchenschmuggeln? Sie benutzte mich weiterhin.

Ich fühlte mich machtlos, schlapp und leer, keine Wut mehr, kein Gift, keine Seele mehr in mir. Ausgenommen. Ein toter Fisch. Sie hatte mich an Land gezogen, auf einen Stein geschlagen und ausgenommen. Der Zeuge war ihr gerade recht gekommen. Hätte ich nicht hinübergestarrt, dann wäre ich nicht am Haken geendet.

Ihre Stimme gefiel mir. Auch wenn alles, was sie gesagt hatte, so mutlos, klein und elend klang, die Stimme war klar mit einem leichten Film von Rauheit, der mich anrührte. Und ihr Geruch war stolz. Der Geruch einer ruhigen, souveränen Frau. Wir hatten uns nicht berührt bisher.

»Barry?«

»Ja, ich bin da.«

»Ich glaub, deine Stimme klingt so, wie ich sie mir vorgestellt hab.«

»Das glaubst du?«

»Ich hab nur meine Erinnerung, kein Tonband.«

»Willst du noch Wein?«

»Ja.«

Ihr Schamhaar war dunkelblond. Viel dunkler als das Haar auf ihrem Kopf. Ich hatte sie eigentlich nicht ansehen wollen, aber das war unmöglich. Und es wäre lächerlich gewesen. Sie lag nackt und offen im klaren Wasser, sie wollte mit mir schlafen, sie hatte sich mir wochenlang gezeigt, sie wollte, daß ich hinsah. Ihre Brüste waren rund und voll, zu groß für den schlanken Körper, und ihr Nabel war tief und lang. Mein Daumen hätte reingepaßt.

»Ich will schön sein für dich«, sagte sie, als sie meine Blickrichtung registrierte.

»Das bist du.«

Ich ging wieder raus.

@

Ich mußte erschöpft gewesen sein, denn als sie aus dem Badezimmer kam, hatte ich geschlafen. Ich schrak hoch, als sie vor mir stand. Sie war nackt.

»Darf ich dich ausziehen?«

Ich stand auf, und sie fing an. Im Dämmer der Wohnung, die Kerzen standen hinter ihr, schimmerte ihre Haut, und ich verfolgte die Bewegung ihrer Brüste, als sie sich sachlich an mir zu schaffen machte. Zum ersten Mal berührte sie mich. Ich fühlte ihre Brustspitzen an den Rippen, als sie mir das Jackett von den Schultern zog, dann knöpfte sie mein Hemd auf von oben bis unten, Knopf für Knopf, zog es aus der Hose, um auch den untersten zu erreichen, und streifte es über meine Arme mit streichelnd aufgelegten Handflächen. Ich hatte Gänsehaut. Und längst eine Erektion. »Das ist gut«, sagte sie, nachdem sie mir das T-Shirt über den Kopf gezogen, meinen Gürtel geöffnet und die Hose aufgeknöpft hatte. Sie zog vorsichtig, um mir nicht weh zu tun, den Reißverschluß auf, hakte ihre Daumen unter den Rand meiner Unterhose und streifte sie zusammen mit der Hose nach unten. Ich stieg heraus wie ein kleiner Junge, der sich von seiner Mama fürs Bett herrichten läßt. Dann hob ich meine Füße an, damit sie auch noch die Socken abziehen konnte. Mit einer schnellen Bewegung brachte sie ihren Mund an mich und leckte einmal, ein einziges eidechsenflinkes Mal von unten über meine Eichel. Dann setzte sie sich in den Sessel.

»Hast du noch mehr Kerzen?«

Ich holte zehn Kerzen aus der Küche, zündete sie an, klebte sie mit Wachs auf Untertassen, denn ich hatte nur die vier schon benutzten Kerzenständer, und sie nahm sie eine nach der anderen, um sie im Kreis um ihren Sessel zu stellen.

Etwas Ähnliches hatte ich noch nie erlebt. Wir beide waren nackt, von mir ragte eine Erektion, auch sie schien mir schon flach und nervös zu atmen, und wir bereiteten mit Umsicht und Ruhe, mit sachlichen Handgriffen und zeremoniellem Ernst, die Umgebung für Ekstasen vor.

»Ich will es allein machen«, sagte sie, »das hab ich mir so lang gewünscht. Du im Schatten, ich im Licht.«

Jetzt waren alle Kerzen aufgestellt. »Hast du Musik?«

»Aber nur mit Kopfhörer.«

»Ja.«

Ich holte die Kopfhörer, setzte sie ihr auf und legte das Wohltemperierte Klavier ein. Dann startete ich und setzte mich wieder aufs Sofa. Ich würde mich nicht anfassen, das hatte ich mir fest vorgenommen, denn wenn sie mit mir schlafen wollte, dann würde dies nur das Vorspiel sein, und ich wollte sparen für das Eigentliche. Ich hatte längst vergessen, daß ich nicht gewollt hatte. Jetzt wollte ich. Wir hatten nur diese

Nacht. Ich fragte mich nicht, wieso. Sie hatte es gesagt, und ich hatte es hingenommen.

Sie versank in die Musik und begann, sich zu streicheln. Sie sah mich an dabei. Ich glaube, sie konnte mich nicht genau erkennen, denn das Licht um sie war hell, und ich saß im Dunkeln, aber sie hielt ihre Augen auf mein Gesicht gerichtet und fuhr sich mit beiden Händen von unten über die Brüste zum Schlüsselbein. Dann ließ sie eine Hand abwechselnd über mal die linke, mal die rechte Brust kreisen, es sah grob aus, fand ich, manchmal kniff sie ihre Brustwarzen, und die andere fuhr schnell und ebenso fest mit abgespreiztem Mittelfinger zwischen ihre Beine.

Pornographie, dachte ich, genauso sieht Pornographie aus. Die Frau schaut in die Kamera, in diesem Fall mein Gesicht, und tut alles direkt in diese Richtung, direkt für Linse oder Auge. Der Unterschied war, daß Junes Gesicht einen Ausdruck fast ehrfürchtig entrückten Ernstes hatte, den man bei Pornographie nicht findet. Da ziehen die Frauen das dümmlich laszive Gesicht, das man ihnen aufträgt, und sind obendrein mit Schminke maskiert bis zur Fratzenhaftigkeit. Wieso dachte ich an so was?

Ich hatte meine Hände neben mir liegen, aber jetzt nahm ich sie unter mich. Ich setzte mich drauf. Ich würde mich nicht anfassen. Ich hielt durch.

Inzwischen verschwand nicht mehr nur der Mittelfinger in ihr, sondern mal zwei, mal drei, nur den Daumen und den kleinen Finger sah ich immer außerhalb von ihr. Sie nahm die Beine hoch und breitete sie weit zu den Seiten aus, legte den Kopf zurück, bis er an die Sessellehne stieß, und sah dabei mit immer schmaleren Augen in meine Richtung. Ihre Bewegungen waren schneller, die Hand, die stetig über ihre Brüste gekreist war, fuhr jetzt auch hin und wieder hinunter zu den Oberschenkeln, griff fest in die Innenseite oder krallte sich kurz in den Bauch, um dann wieder hastig zu den Brüsten zurückzukehren.

Es war, wie sie es geschildert hatte. Nur daß endlich jemand hinsah. Sie warf die Beine zitternd in die Luft, ihr Körper spannte sich, und sie schrie, zuerst leise, dann immer lauter, es waren Jauchzer, bis sie mit rasender Hand, am ganzen Körper unkontrolliert zitternd und zuckend, sich hin und her warf und mit einem lauten langen Schrei kam.

Ich hatte die Hände in den Hintern gekrallt, aber meine Disziplin war vergeblich gewesen, denn bei ihrem vorletzten Schrei, der noch ein Jauchzer war, kam ich und spritzte wild in die Gegend.

Es hätte mir peinlich sein können oder ich hätte mich über den vermutlich ruinierten Sessel ärgern oder die Verrücktheit, mich beherrschen zu wollen, lachen können, aber mir lief Salzwasser aus den Augen auf die Zunge, ich hörte die Musik aus ihren Kopfhörern, saß noch immer auf meinen verkrampften Händen und widerstand dem Impuls, meine Lider zu schließen. Ich wollte das letzte Zucken in Junes Körper sehen.

Auch sie hatte die Augen weit offen und starrte in meine Richtung. Als ihr Körper und ihre Hände zur Ruhe gekommen waren, lag sie da, die Beine lang von sich gestreckt und entließ einen langen, leisen Seufzer. Sie nahm die Kopfhörer ab und legte sie neben sich. Als ich aufstand, um die Musik auszumachen, fragte sie: »Weinst du?«

Ich nickte.

@

Nachdem ich die Spuren beseitigt hatte und wir beide im Bad gewesen waren, blieben wir nackt, und sie schlenderte, Weinglas und Aschenbecher in der einen, eine Zigarette in der anderen Hand, durch die Wohnung. »Es ist so schön, wie ich's mir vorgestellt habe«, rief sie aus dem Schlafzimmer, und ich hörte das Glas an den Aschenbecher stoßen. »Du bist ein Künstler.«

»Nein«, murmelte ich so leise, daß sie es nicht hören würde.

»Was?« Sie erschien in der Tür.

»Wieso kannst du überhaupt gehen, nachdem du seit Wochen im Rollstuhl sitzt? Deine Beine müßten schon verkümmert sein.«

»Ich hab jeden Morgen trainiert. Kniebeugen und Dehnübungen. Immer im Bad.«

Sie ging zu meinem Schreibtisch, stellte Aschenbecher und Glas dort ab und setzte sich auf meinen Stuhl: »Barry, alles, was ich über meine Gefühle geschrieben habe, ist wahr. Ich werde schier verrückt an dem Gedanken, daß wir nicht zusammensein können.«

»Du müßtest es nur wollen, dann könnten wir.«

»Er braucht mich. Und ich schulde es ihm.«

»Gar nichts schuldest du ihm. Überhaupt nichts. Vielleicht ein paar Tritte in die Eier, falls er welche hat. Oder sechzehn Stunden lang eine Ohrfeige nach der anderen.«

»Wir sollten nicht darüber reden. Du verstehst es nicht.«

»Ich versteh's. Ich billige es nicht.«

»Laß.«

Sie hatte das Foto von Sharii in der Hand. »Ist sie das?«

»Ja.«

Sie sah es lange an.

»Jetzt bin ich doch eifersüchtig.«

Ich sagte nichts. Sie wußte, daß Sharii tot war. Und sie hatte kein Recht, eifersüchtig zu sein, wenn sie mit ihrem halbtoten Tänzer leben wollte anstatt mit mir.

»Ich weiß«, sagte sie. »Kein Grund, kein Recht, keine Hoffnung. Und ich bin selber schuld. Weiß ich alles.«

Ich saß auf der Sofalehne und sah ihr zu, wie sie auf meine

Schreibtischplatte starrte. Ich trank einen Schluck. Sie legte das Foto, mit dem Gesicht nach unten auf den Schreibtisch zurück.

»Du hast mich nicht verachtet«, sagte sie leise, »vorher, als ich's mir gemacht habe. Da hast du mich nicht verachtet, oder? Du hast mich begehrt.«

»Ja.«

»Und es war gut. Ich brauch das nicht. Ich brauch keinen, der mich verhöhnt dazu. Daß ich das weiß, verdank ich dir.«

@

Später legten wir uns ins Bett und hielten uns in den Armen. Ich wurde müde. »Schlaf«, sagte sie irgendwann, »schlaf ruhig. Mal sehn, was die Nacht noch bringt.«

Ich schmiegte mich an ihren Rücken. »Hoffentlich schnarch ich nicht«, sagte ich, »ich weiß nicht, ob ich's tu.«

»Du darfst schnarchen. Du darfst alles. Schlaf.«

@

Ich hörte vor dem Fenster eine Taube gurren und aus dem Badezimmer das Rauschen der Dusche. Die Nacht hatte nichts mehr gebracht.

Sie kam angezogen aus dem Bad, da hatte ich schon Cappuccino gemacht und Brot geschnitten. Sie trank gierig, verbrannte sich den Mund dabei, biß dreimal von einer trockenen Brotscheibe ab und fingerte dann eine Zigarette aus ihrer Schachtel. Wir waren verlegen.

Ich versuchte, sie nicht anzusehen, obwohl ich es wollte. Sie war so lebendig. Die Frau, die ich nun wochenlang gelähmt gesehen und gedacht hatte, stand vor mir beweglich und stark. Sie war fähig zu leben, wie sie wollte, sie könnte glücklich sein, sie war frei, sie liebte mich – so hatte sie das zwar nicht gesagt, nicht in diesen Worten, aber auf Umwegen klar und deutlich – und trotzdem wollte sie zurück in den Alptraum.

Sie drückte ihre Zigarette aus und sagte: »Trägst du mich rüber?«

Ich glaube, ich starrte sie an, als wäre ich debil. Als könne sich der Inhalt ihrer Worte nicht in meinem Gehirn abbilden. Einen Augenblick dauerte es, bis sie den Blick hob, mir in die Augen sah und sagte: »Ich halt's durch, bis er rauskommt.«

Ich war fassungslos.

»Von hier oder von der Schwelle?« fragte ich, als ob es darauf ankäme. Als ob es wichtig sei, von wo aus ich diesem absurden Ansinnen nachkäme. Als ob es um ein paar Meter mehr oder weniger ginge.

»Von der Schwelle ist okay.«

Es ging fast über meine Kräfte. Ich mußte unten an der Haustür Pause machen, und als ich sie über die Straße getragen hatte, wieder, dann im ersten Stock, im dritten und oben vor ihrer Tür. Meine Operation war zehn Monate her. War das lang genug? Wenn nun etwas riß? Sie hielt eisern durch. Sie half mir nicht. Bei jeder Pause mußte ich sie auf den Boden setzen und, wenn ich wieder zu Atem gekommen war, von dort aufheben. Daß ich diese Prüfung bestand, war ein Wunder.

Es war eine Prüfung. Was sonst. Was auch immer sie daran erkennen wollte, meine Ergebenheit, meine Bereitschaft, ihr in diese absurde Welt zu folgen, oder schlicht meine Körperkraft, sie prüfte mich. Ich trug sie, nachdem sie aufgeschlossen und die Tür aufgestoßen hatte, in die Wohnung bis zu ihrem Rollstuhl. Ich war schon wieder außer Atem.

»Ich weiß nicht, was wird«, sagte sie.

»Bring ihn um. Das ist das Vernünftigste. Vergifte ihn. Oder schlag so lang mit irgendwas auf seinen Kopf, bis der Brei kein Geräusch mehr von sich gibt.«

Ich erschrak über mich selber. Ich meinte das ernst.

Eine Weile stand ich da, und sie starrte mutlos vor sich hin, dann beugte ich mich zu ihr hinunter und küßte sie auf die Haare.

»Ich geh dann wieder rüber.«

Sie sah sich nicht um, sagte nichts, tat nichts, saß einfach nur so da und ließ mich gehen.

@

Als ich oben bei mir ankam, war sie noch immer in derselben Haltung. Ich kickte mit dem Fuß die Kerzen, eine nach der anderen, von ihrem Platz und freute mich, wenn sie gegen irgend etwas knallten. Sämtliche Untertassen gingen dabei zu Bruch. Nur viermal mußte ich nachtreten.

Danke für die Nacht, schrieb ich ins Chatprogramm, aber ich schickte es nicht ab. Sie saß noch immer so da und hatte den Laptop nicht eingeschaltet.

@

Ich weiß nicht mehr, wie ich den Tag verbrachte. Ich war zu Hause, das weiß ich noch, ich sah immer wieder zu ihr hinüber, aber was ich dachte, was ich tat, womit ich mir das Untergehen der Sonne schließlich verdient hatte, das weiß ich nicht mehr. Blinder Fleck.

Ich war den ganzen Tag am Netz gewesen, aber erst als es dunkel war, blinkte ihr Name auf meinem Bildschirm auf. Ich spür dich noch, schrieb sie, obwohl wir uns doch kaum berührt haben. Ich spür dich überall, und das wird nie mehr verschwinden.

Barry: Du weißt, daß du mit mir leben kannst, du willst es sogar, schieß den Kerl in den Wind und komm. Ich bin da.

June: Nein.

Barry: Wie stellst du dir das vor, mich nicht zu verlieren und trotzdem mit ihm zu leben? Sollen wir uns heimlich treffen?

June: Nein, auf keinen Fall. Wenn ich dich sehe, dann halt ich nicht durch. Ich will weiter mit dir reden. Ich will zurück zu dem, was wir bis gestern hatten.

Barry: Und er? Zieht er bei dir ein? Soll ich zusehen, wie du ihn verwöhnst? Wirst du dann auch mit ihm schlafen? Falls er genügend Verach...

Ich brach ab und löschte den angefangenen Satz. Das war gemein. Das hatte sie nicht verdient. Ich haßte ihn, nicht sie.

June: Ich werde nie mit ihm schlafen. Nie. Du wirst auf meiner Haut sein und niemand sonst. Wir ziehen woanders hin. Du wirst ihn nicht sehen.

Barry: Dann seh ich dich nicht. Meine Augen fehlen.

June: Ich weiß. Ich kann nicht denken. Laß uns aufhören.

Barry: Okay. Ich geh raus. Falls du schon schläfst, wenn ich zurückkomme, gut Nacht. Ich bin sehr verwirrt und sehr beschädigt. Was du vorhast, ist Irrsinn, und du weißt es. Aber ich werde auch noch lange zehren von unserer Nacht. Danke.

June: Ich auch. Bis dann.

@

Ich durfte das nicht zulassen, das wurde mir langsam klar, als ich am Stuttgarter Platz landete und mich in ein Restaurant setzte, dessen Vorspeisentheke mir aufgefallen war. Es nutzte zwar nichts, daß ich redete, sie hatte kein Ohr für mich, aber irgendwas würde mir einfallen müssen, damit ich das verhinderte. Sie durfte sich nicht an das Schwein verschwenden, ihr sinnloses Opfer war kitschig, kindisch und fanatisch. Vielleicht sollte ich den Kerl umbringen. Das durfte nicht so schwierig sein, er saß ja im Rollstuhl.

Ich grinste vor Entsetzen über mich selber, denn ich meinte das ernst. Zwar dachte ich das alles nur, aber ich fand es notwendig, richtig und in Ordnung. Den Kerl umbringen. Genau das mußte getan werden. Und wenn es niemand anders tat, dann eben ich. Ich betrank mich.

Als ich nach Stunden aufstand, sackte ich zu Boden, noch bevor ich meine Knie ganz durchgedrückt hatte. Durch Nebel bekam ich irgendeine Aufregung mit, irgendeinen Taxifahrer und fand mich vor irgendeiner Haustür wieder. Meiner eigenen.

Ich mußte es auch irgendwie die Treppen hoch geschafft haben, denn das nächste, was ich sah, war meine eigene Wohnung, dann Junes dunkle Fenster, dann mein Bett. Und dann nichts mehr.

@

Der Geschmack in meinem Mund war widerlich. Als hätte ich einen Mülleimer leer gegessen. Aber ich kam nicht bis zum Bad, um mir die Zähne zu putzen, denn an ihrer Wand stand in großen roten Lettern:

ALL MEN KILL THE THING THEY LOVE

Ihre Wohnung sah aus wie immer, sie hatte nichts mitgenommen, alle Kleider lagen noch in den Regalen. Das einzige, was fehlte, war der Laptop, und daran sah ich, daß sie weg war.

@

Ich verfaulte. Nach drei Tagen sah mir aus dem Spiegel ein Gesicht entgegen, mit dem ich jedes Casting für einen Horrorfilm gemeistert hätte: Eingefallene Wangen, Bartstoppeln, Augenringe, wirres Haar – und ich roch so, wie ich aussah. Ich trank Kaffee und rauchte, trank Wein und rauchte, aß hin und wieder eine Scheibe trockenes Brot und rauchte und saß in der Unterwäsche vor dem Bildschirm, um ihre Nachricht zu erwarten. Es kam keine. Ich schlief mit dem Kopf auf dem Schreibtisch ein, und wenn ich mitten in der Nacht aufwachte, dann stellte ich den Ton am Rechner lauter, um das Arpeggio der E-Mail oder das Klingeln des Chatprogramms nicht zu verpassen, und taumelte von Alkohol, Nikotin und Müdigkeit schwindlig ins Bett.

@

Am vierten Tag rasierte ich mich, duschte und zog mich an, frühstückte im Café und ließ mir die Haare schneiden. Und fing an nachzudenken.

Ich mußte Kalim ausfindig machen. Das war der einzige Weg zu ihr. Wenn ich es schaffte, auf seine Spur zu kommen, bevor er entlassen wurde, dann würde sie ihn abholen und ich konnte ihr folgen bis zu der Wohnung, die sie inzwischen vielleicht schon gefunden hatte. Vielleicht gab es diese Wohnung auch schon seit Wochen. Sie konnte ihren Abgang in Ruhe vorbereitet haben.

Sie hatte gesagt, sie wolle weiter mit mir reden. Ich nahm an, daß sie sich melden würde, wenn sie nicht mehr im Hotel lebte. Wenn sie in der eigenen Wohnung wäre, konnte sie ans Netz gehen und sich gefahrlos bei mir melden.

Aber was, wenn sie nach New York zog? Ich mußte diesen Typen finden. Und wenn sie mit ihm zum Flughafen führe, wüßte ich Bescheid.

Wie findet man einen Patienten? Ich rief Sibylle an, ohne

nachzudenken. Erst als ich ihre Stimme hörte, wurde mir bewußt, daß ich ihr Kontaktverbot ignorierte: »Wie findet man einen Patienten, der irgendwo in Berlin in einer Klinik liegen muß?«

»Barry? Bist du das?«

»Ja.«

»Das ist nicht mein Problem.«

»Gibt es vielleicht eine zentrale Datenbank oder so was? Kannst du mir nicht helfen?«

»Du bist Vergangenheit. Du gehörst nicht mehr in mein Leben. Ich will nicht von dir heimgesucht werden. Ich will deine Stimme nicht hören und deine Probleme nicht lösen. Bitte respektiere das.«

Sie legte auf.

Ich hätte gern den Hörer weggeworfen, aber er hing an der Schnur, und ich legte ihn achselzuckend in die Gabel.

@

Der Detektiv war dick, der typische Beinah-Philologe, der einem in dieser Stadt auf Schritt und Tritt begegnet. Mit ehemals sensiblem, intelligentem Gesicht, das aber mittlerweile vor lauter Sarkasmus und Müdigkeit stumpf geworden ist, Dreitagebart und langen Haaren sitzen diese Männer in ihren weißen T-Shirts und Lederjacken oder Kaufhofjacketts mit Fischgrätmuster in Taxis, stehen hinter Tresen, in den Zeitungsbuden am Ku'damm oder lauern durch ihre auf die Nasenspitze heruntergerutschten Brillen auf die dritte Sieben an irgendeinem Spielautomaten.

»Vierhundert am Tag und die Spesen auf Beleg extra«, sagte er. Und später, als ich ihm meine Wünsche genau erklärt hatte, murmelte er noch was von Datenschutz und daß er das eigentlich nicht dürfe.

Das war Gerede, und ich ging nicht darauf ein. Ich sagte ihm, was ich von Kalim wußte, seinen Namen, daß er einen Vertrag bei der Deutschen Oper haben mußte, daß er aus Algerien stammte, vor einiger Zeit einen Unfall auf dem Kaiserdamm gehabt hatte und gelähmt war.

»Wir kümmern uns drum«, sagte er und schob mir ein Formblatt zum Unterschreiben hin.

Wir? Von seinem Büro ging nur eine Tür ab, und die führte höchstens zu einer kleinen Teeküche und Toilette. Nicht zu den Räumen anderer Mitarbeiter. Ich gab ihm meine E-Mail-Adresse und Telefonnummer und ging. Ich beschloß, den gleichen Auftrag noch einem zweiten Detektiv zu geben.

@

Meine Wohnung roch muffig. Ich riß alle Fenster auf. Der Geruch mußte von mir stammen. Ich hatte die letzten Tage vegetiert. In der Wohnung der alten Frau war Betrieb. Jemand zog ein. Eine hagere, schwarzgekleidete junge Frau mit grellrot gefärbtem Haar dirigierte zwei Möbelpacker. Das interessierte mich nicht. Wie mich das ganze Haus gegenüber nicht mehr interessierte. Das war in einem früheren Leben gewesen. Das war vorbei.

Zum ersten Mal seit Monaten lehnte ich aus dem Fenster und sah auf die Straße hinunter. Ich könnte mal wieder jemandem auf den Kopf spucken. Das hatte ich das letzte Mal in Osnabrück versucht, zusammen mit Meike, aber keinem von uns war je ein Treffer gelungen.

Seit ich mich rasiert hatte, war ich wieder ein Mensch. Und seit ich die beiden Detektive angeheuert hatte und die Illusion pflegen konnte, es sei möglich, June zu finden, roch ich die Luft des windigen Junitags, hörte die Tauben gurren und sah, daß auf der Straße ein Leben existierte, dem ich mich anschließen könnte, wenn ich wollte. Ich war tot gewesen.

Die Italienerin stritt mit ihrer Tochter. Sie hatten beide, wie in einem Fellini-Film oder auf einer Theaterbühne die Arme in die Seiten gestemmt und schrien sich an. Ich hörte das Takkern ihrer Stimmen durchs offene Fenster, deshalb war mein Blick auf sie gefallen.

Und deshalb sah ich aus alter Gewohnheit auch wieder zum Aquarium hoch. Ein junger Mann mit Pferdeschwanz räumte Junes Kleider in Kartons!

@

Ich hatte Seitenstechen, als ich bei meinem Smart ankam, aber ich gönnte mir keine Sekunde zum Verschnaufen, sondern fuhr sofort los. Wenn der Typ in Junes Auftrag handelte, dann brachte er mich vielleicht zu ihr. Sie würde ja wohl kaum ihre Kleider in irgendein Lagerhaus bringen lassen. Die Möbel hatte er nicht angerührt. Als ich vor ihrem Haus parkte, sah ich ihn, wie er einen der Kartons in den Kofferraum eines alten gelben Mercedes legte. Er schloß den Kofferraumdeckel, aber stieg nicht ein, sondern ging noch mal ins Haus zurück. Ich drehte den Zündschlüssel und wartete.

Ein weißer Smart ist nicht grad das unauffälligste Gefährt für eine Verfolgung, kam mir in den Sinn, aber jetzt war keine Zeit mehr, nach oben zu rennen und ein Taxi zu rufen. Ich konnte nicht riskieren, daß er in der Zwischenzeit verschwand. Mein Handy lag oben.

@

Am Ku'damm hielt er vor einer Boutique, und ich hatte Mühe, einen Parkplatz zu finden. Schließlich fuhr ich auf den Gehsteig und verrenkte mir fast den Hals, weil ich nicht aussteigen wollte, aber die Ladentür im Blick behalten mußte. Zum Glück trat er nach kurzer Zeit mit einem weiteren Karton auf die Straße.

Ich fegte zweimal über Gelb, dann schnitt ich einen Bus, als der Mercedes überraschend die Spur wechselte und in die Joachimsthaler einbog. Der Bus bremste kreischend, der Fahrer hupte und wünschte mir alles an den Hals, was er mir fast sowieso angetan hätte. Ich schaffte es, hinter dem Mercedes zu bleiben, und hatte den Eindruck, der Mann fühle sich nicht verfolgt – soweit ich das erkennen konnte, sah er nicht in den Rückspiegel –, und der schnelle Spurwechsel eben sah mir auch weniger nach einem Abschüttelmanöver als nach italienischer Fahrweise aus. Er hatte den Doppeldeckerbus unbedingt überholen wollen, bevor er abbog. In der Lietzenburger blinkte er rechts und bog in eine Hofeinfahrt. Ich stellte mich in zweiter Reihe hin und wartete.

Aber dann stieg ich aus, denn wenn er wegfuhr, würde ich nicht wissen, ob er die Kartons noch im Wagen hatte und ob ich ihm weiter folgen oder den Hinterhof nach Klingelschildern absuchen sollte.

Der Mercedes stand im Hof, und der Mann trug die Kartons ins Haus. Ich ging zurück zum Smart.

Ich mußte nicht lange warten. Nach höchstens zehn Minuten fuhr der Mercedes aus der Einfahrt, und ich konnte mich umsehen.

Junes Name stand nirgends. Statt dessen gab es an der Tür im Erdgeschoß ein großes Schild mit der Aufschrift Caritas – Sachspendenannahme, und ein Blick durch eins der geöffneten Fenster zeigte mir zwei Frauen, die an langen Tischen Kleider sortierten. Die eine war gerade dabei, eins der dunkelblauen Sweatshirts zu begutachten. Dann faltete sie es und legte es auf einen Stapel. Es wäre auch zu einfach gewesen.

In diesem Moment parkte der Mann vielleicht vor ihrem Haus. Er mußte ihr ja den Schlüssel bringen. Ich hätte mir einen Finger abbeißen können vor Wut.

@

Karel sah müde aus. Ich stotterte herum, daß ich ihm meine Flucht von der Party nicht erklären könne, jedenfalls nicht jetzt, aber er winkte ab, als sei er Eskapaden dieser Art ohnehin von mir gewohnt und nehme sie nicht mehr persönlich.

»Iris Berben war noch da«, sagte er stolz, »und der Außenminister. Mit vier Bodyguards.«

»Du bringst es weit damit. Das versprech ich dir. Der Laden ist genau das, was diese Stadt braucht.«

Ich verabredete mich für den Abend mit ihm und zog wieder los. Ich wollte nicht im Studio sein. Es war der falsche Ort.

@

Aber in der Wohnung war alles wie vorher – keine Nachricht von June –, nur die Regale im Aquarium waren jetzt leer. Und im dritten Stock war die Wohnung der alten Frau schon fast fertig eingerichtet.

Ich konnte nicht lesen und nicht Musik hören, also fummelte ich an meinem neuen Rechner herum, denn irgendwas mußte ich tun.

Ich japste, als ich das E-Mail-Arpeggio hörte, aber es war nur eine Nachricht vom dicken Detektiv. Ein Patient namens Kalim Djerame sei vor knapp sieben Wochen aus dem Krankenhaus Neukölln entlassen worden, er sei jetzt dran, die Reha-Einrichtung ausfindig zu machen, in die der Mann überwiesen worden sei.

Ich staunte. War der Mann doch sein Geld wert. Ich überlegte, ob ich dem zweiten Detektiv, einem gelackten jungen Kerl mit Krawatte und Einstecktuch, der alles in einen kleinen Organizer getippt hatte, wieder kündigen sollte, aber ich tat es nicht. Vier Augen sehen mehr als zwei, und aufs Geld kam es nicht an. Vielleicht fand der Gelackte etwas, das der Dicke nicht fand.

@

Ich war nicht entspannt in der Lobby, ich war fahrig und hatte Mühe, Karels Worte zu sortieren, aber ich schwor mir, daß ich wenigstens zwei Stunden bleiben würde. Ich aß Oliven, trank von dem schweren tiefroten Barbera, den er mir gebracht hatte, und sah mich in dem nur luftig besetzten Club um. Es war kurz vor neun, die tote Zeit, erklärte Karel, nach der Arbeit, ab vier, und nach dem Essen oder Theater, ab zehn, elf war der Laden jetzt von Anfang an gut voll gewesen. Ich kannte nicht mal Junes Augenfarbe.

Irgendwie hell, vielleicht grün oder grau, vielleicht blau, soviel wußte ich. Mehr nicht. Dabei hatte ich sie minutenlang angesehen. Immer wieder fiel mein Blick auf die Stelle, an der sie getanzt hatte, und am liebsten hätte ich die Augen geschlossen, um das Bild zu bewahren. Ich tat es nicht, und so wischte mir ab und zu der Anblick einer Kellnerin oder eines Gastes durch meine Imagination.

Als Karel sich wieder zu mir gesetzt hatte, fing ich an, ihm von June zu erzählen, aber nach ein paar Sätzen brach ich ab. Was sollte er mit dieser Geschichte anfangen. Er wußte, wie ich unter Shariis Tod gelitten hatte, was sollte ich ihm jetzt von einer verschwundenen Frau namens June faseln. »Ich erklär dir das ein andermal«, sagte ich, und er schien es nicht eilig damit zu haben. »Ist okay«, sagte er. »Wie gefällt dir der Wein?«

Er charmierte eine elegante dunkelhaarige Frau, und wir plauderten eine Zeitlang zu dritt. Die beiden entwickelten, je länger wir redeten, immer mehr Interesse aneinander, und so fiel es nicht weiter ins Gewicht, daß ich mich nach einer halben Stunde verabschiedete und nach Hause fuhr.

@

Der Detektiv mußte ein genialer Hacker sein oder wenigstens einen kennen oder er hatte blendende Verbindungen, denn ich fand, als ich heimkam, eine Adresse von Kalim Djerame, eine Notiz über seine Versicherung und die Adresse des Rehabilitationszentrums. Die Versicherungssumme betrug eine Million. Das Arschloch war dabei, sein Glück zu machen. Das alles kam vom dicken Detektiv. Vom Gelackten keine Zeile.

Die Adresse lag in Prenzlauer Berg, und ich fuhr sofort los. Ich brauchte den Stadtplan, denn im Osten kenne ich mich nicht aus, und es dauerte fast eine Stunde, bis ich endlich das Haus gefunden hatte.

Ein junger Mann in schwarzem Ledermantel schloß gerade die Wohnungstür ab, als ich die Treppe hochkam. Die Haustür war – für Berlin sehr ungewöhnlich – offen gewesen, und ich war einfach herein- und durch den Hof ins Hinterhaus spaziert. Er gab mir bereitwillig Auskunft, während seine Augen über meine Figur wanderten. Von oben bis unten musterte er mich, wie ich es bisher nur von Frauen kannte, die andere Frauen mit diesem schnellen vertikalen Scan prüfen. Sibylle hatte mich darauf aufmerksam gemacht, weil sie das haßte. Sie kam sich immer unzulänglich vor.

Kalim Djerame habe hier einziehen wollen, aber bis jetzt noch keinen Fuß über die Schwelle gesetzt. In der Oper sei er krank gemeldet, er habe bei allen Proben gefehlt. Was auch immer mit ihm los sei, irgendein Unfall, habe es geheißen, diese Spielzeit würde er wohl keinen Fuß mehr auf die Bühne setzen.

»Würden Sie mich denn anrufen, falls er sich meldet?« fragte ich und fingerte nach einer Visitenkarte.

»Nein, natürlich nicht, was glauben Sie denn?« Seine Stimme klang nicht so empört, wie es zum Inhalt seiner Worte gepaßt hätte. »Sind Sie von der Polizei oder so was?«

»Nein«, sagte ich, »ich suche eigentlich nach seiner Freundin. Ich schulde ihr Geld, und sie wohnt nicht mehr an der Adresse, die sie mir gegeben hat.«

»Dann will sie auch das Geld nicht zurück.«

Das war schlau. Ich versuchte, mein anerkennendes Grinsen schnell vom Gesicht zu kriegen und steckte die Visitenkarte wieder ein. »Danke«, sagte ich und ging die Treppe runter. Er folgte mir, und ich spürte seinen Blick in meinem Rücken.

@

Auf der Rückfahrt wurde mir klar, daß ich mich dumm benommen hatte. Einfach zu dieser Adresse stürmen und vor der Tür stehen war saublöd. Was hätte ich denn getan, wenn June dagewesen wäre? Sie angefleht, zu mir zurückzukommen? Daß sie das nicht vorhatte, war doch wohl klar genug. Sollte ich sie finden, dann durfte sie das nicht wissen. Ich mußte gründlicher nachdenken, bevor ich handelte. Und ich mußte Geduld lernen. Auf meine Chance warten. Nicht einfach vor sie hintreten und peinliche Dinge stammeln. Sie wußte, wo sie mich fand – wollte sie mich sehen, dann stünde sie da.

@

Ach, Barry, meine Flucht muß dir vorkommen wie die nächste Gemeinheit, die ich dir antue, aber ich weiß nicht, was ich hätte anders machen können. Wenn du mich siehst, wenn ich dich sehe, wenn du vor meiner Tür stehst und gut riechst und mit deiner schönen Stimme sagst, bleib hier, dann schaff ich das nicht. Ich mußte abhauen. Wir dürfen uns nicht sehen.

Ich denke die ganze Zeit an dich. Wie du als nackte Silhouette in diesem Sessel gesessen hast, deine Augen wie Hände auf mir, ich hab sie gespürt, deine Augen, deutlicher als die Wärme der Kerzen auf meiner Haut. So deutlich wie meine eigene Hand. Es war so wahnsinnig schön. Schöner als die Szenen aus New York. Weil du mich nicht verachtest.

Das alles war ein Mißverständnis, diese ganze Geschichte mit Kalim: Es geht nicht um die Verachtung, das weiß ich jetzt, es geht um die Augen. Aus Versehen, zufällig, hat er mir die Augen vorenthalten, und das war es, was mich so verrückt gemacht hat. Nicht die Gemeinheit, die Macht, die Unterwerfung. Daß ich das weiß, verdanke ich dir. Du hast mir gezeigt, wonach ich suche.

Ich richte die Wohnung ein und bin unglücklich dabei. Jeder Stuhl, den ich kaufe, jedes Möbelstück, jeder Teppich wird Teil meines Käfigs sein. Nicht, daß ich nicht entkommen könnte, den Schlüssel hab ich ja, aber ich darf es nicht wollen. Es wird ein Käfig sein, weil es nicht der Ort ist, an dem ich leben möchte. Es ist nur der Ort, an dem ich leben muß.

Ich hab nicht mal ein Foto von dir. Ich stell mir deine Augen vor und werde ganz kitzlig davon. Überall auf der Haut. Hoffentlich hält das lange. Hoffentlich wirkt dieser Zauber und tröstet mich wenigstens manchmal für Minuten.

Ich will nicht jammern, ich verantworte das alles selbst, ich will nur, daß du weißt: Eigentlich bin ich bei dir. Alles, was an mir lebendig ist und Gefühle hat, ist bei dir, phantasiert sich zu dir, in deinen Blick, aber der Rest, Arme, Beine, Arsch und Titten, muß hier sein und für Kalim sorgen. Ich habe sein Leben zerstört. Ich trage die Verantwortung für ihn.

Schreib mir noch nicht, ich bin noch nicht am Netz, der Mensch, der mir alles einrichtet, kommt erst morgen. Jetzt gerade sitz ich im Internetcafé, um dir zu schreiben. Es ist elf Uhr nachts, und ich bin nicht müde, obwohl ich den ganzen Tag auf den Beinen war, um Handtücher, Bettwäsche, Geschirr, Besteck und wasweißichnichtalles zu kaufen. Keine Kerzen. Ich melde mich wieder. June.

Ich rief sofort den dicken Detektiv an, aber da war nur sein Anrufbeantworter. Ich bat ihn, sobald er im Büro sei, zurückzurufen, denn ich hatte ein paar Ideen. Ich trank schnell und viel Wein und mußte trotzdem eine Schlaftablette nehmen, sonst wäre ich die ganze Nacht in der Wohnung auf und ab getigert.

@

Er rief an, kurz vor neun, als ich gerade dabei war, mir den Schlaftablettennebel aus dem Gesicht zu waschen. Noch bevor ich anfangen konnte zu reden, sprudelte er los. Die Versicherung habe noch keine aktuelle Adresse des Anspruchsberechtigten, aber irgendwann müsse er sich melden, wenn er an sein Geld kommen wolle. Und ein Entlassungstermin sei noch nicht in den Akten. So was finde sich immer erst hinterher in der EDV.

»Sie sind wirklich klasse«, sagte ich, als er Atem holen mußte, »kann ich Ihr Honorar erhöhen?«

»Klar. Sicher. Ahm. Das hab ich auch noch nicht erlebt.«

»Ich komm bei Ihnen vorbei, okay?«

»Sicher. Gut. Klar.«

Ich beeilte mich mit dem Duschen, frühstückte im Auto, stoppte bei der Bank, um Geld abzuheben, und saß eine halbe Stunde später vor ihm.

Als erstes legte ich ein Päckchen Tausender auf seinen Tisch:

»Vorschuß. Den Tagessatz erhöhen wir auf Siebenhundert, okay?«

»Okay.«

Er hob die Hände ein paar Zentimeter von der Tischplatte und grinste breit und glücklich.

Ich beschrieb ihm den jungen Mann, der June damals den Computer eingerichtet hatte. Sie würde ihn wieder bitten. Ich hatte auch in meinem Text nachgesehen und wußte den Namen EDV-Service-Gromer. Vielleicht war er ja sogar von dieser Firma.

»Computerfreaks gibt's natürlich Hunderte hier«, sagte der Detektiv, »aber wenn er was taugt, dann kennen wir ihn. Ich hab schon drei Kandidaten im Kopf, die in etwa so aussehen, wie Sie's beschreiben.«

Ich erklärte ihm, daß ich eigentlich June suchte, nicht Kalim, er hätte mir nur den Weg zu ihr zeigen sollen, und die Möglichkeit über diesen Computermann zu ihr zu kommen, war besser, als vor der Reha-Klinik zu warten, bis Kalim entlassen würde.

»Ich krieg heut abend die vollständige Krankenakte«, sagte er und steckte das gefaltete Geldbündel in die Hosentasche. »Die kann ich dann ja wegschmeißen.«

»Nein, sammeln Sie alles über ihn. Alles, was Sie kriegen können.«

»In den Krankenhauscomputer zu kommen war simpel, aber die Versicherung war hart. Das werden Sie auch an den Spesen sehen. Da war ein Superkönner dran.«

»Wie machen Sie so was? Heut hat doch jeder einen Firewall und was weiß ich nicht alles für Schutzmaßnahmen.«

»Das ist natürlich Berufsgeheimnis. Aber es kommt eben drauf an, wer den Firewall gebaut hat. Ob man den kennt zum Beispiel. Und ob der mal was für einen tun würde.«

»Und wie kommen Sie überhaupt auf die Versicherung, es gibt doch Hunderte?«

»Es ist dieselbe, bei der er auch krankenversichert ist. Ein Gruppenvertrag mit der Oper für alle ihre Tänzer. Routine. Man guckt einfach immer im Kleingedruckten nach.«

»Sie müßten reich sein, so gut sind Sie.«

»Ich werd ja jetzt reich«, sagte er grinsend und reichte mir die Hand, weil ich aufgestanden war. »Und gut bin nicht ich, gut sind die Leute, die mir helfen. Ich bin bloß der Schlaumeier, der weiß, wen er um was angehen muß. Das ist alles, was ich kann.«

»So machen's die Besten«, sagte ich. »Umgeben sich mit den Besten.«

Er grinste noch in der Tür. Ich glaube, er hätte mir fast noch hinterhergewinkt, bevor er sie schloß.

@

Das Reha-Zentrum lag im Norden, in Wandlitz, dem früheren Bonzenghetto, und ich fuhr erst einmal dran vorbei, um zwei Ecken weiter in einer Wohnstraße zu parken. Falls June käme und einen weißen Smart entdeckte, wüßte sie Bescheid.

Es gab Bäume, Büsche, Wiesen zwischen den Häusern, und ich sicherte immer wieder die Straße rauf und runter, falls ich ein Taxi gesehen hätte, wäre ich abgetaucht. Ich starrte eine Weile in den Park, sah einige Männer im Rollstuhl, aber keiner unter ihnen hätte Kalim sein können. Zwei waren zu jung, sicher Motorradfahrer, und die anderen zu alt. Und keiner dunkelhäutig. Allerdings wußte ich sein Alter nicht. June hatte nie davon geschrieben. Ich nahm nur an, daß er wie sie um die Dreißig sein mußte, und auch seine Hautfarbe war nicht sicher. Milchkaffeebraun hatte sie geschrieben. Das konnte in monatelangem Klinikaufenthalt bleich geworden sein. Falls seine Eltern hellhäutig waren. Auch das wußte ich nicht. Ich fuhr nach Hause. Der dicke Detektiv war besser als ich, was sollte ich hier Fernsehkrimis nachspielen, wenn ich einen Profi auf meiner Seite hatte. Zu Hause am Rechner war ich besser aufgehoben.

@

Es war ein seltsames, befreites, fast heiteres Gefühl, in der Junisonne durch Pankow und über die Prenzlauer Allee zu fahren. Ich genoß es. Ich würde June finden. Der Dicke würde sie finden. Und irgendwann würde sie kapieren, daß sie zu mir gehörte. Und dann wäre ich da.

Ich dachte nicht ganz logisch. June konnte jederzeit zu mir kommen, wenn sie das wollte, wozu sollte ich sie dann heimlich im Auge behalten. In Wirklichkeit wollte ich ihr nahe sein. Körperlich nahe. Nicht nur schriftlich. Es ging nicht mehr anders. Wir hatten länger als zwei Monate in dieser Art Symbiose verbracht, ich konnte nicht einfach aufhören. Außerdem war dieser Kalim ein Schwein, er würde auch eins auf Rädern sein, vielleicht mußte ich sie ja vor ihm beschützen. Ich sah mich schon in eine fremde Wohnung stürmen und einen Krüppel zusammenschlagen.

@

Barry, es ist schon komisch, daß ich jetzt bei jedem Laden, den ich betrete, zuerst durch die Glastür spitze, ob du nicht vielleicht drinnen bist. Und wenn ich rausgehe, dasselbe. Und auf der Straße. Ich weiß, ich bin dumm, damit verrate ich dir, daß ich in der Stadt geblieben bin, aber ich glaube, das denkst du dir sowieso schon. Schließlich warte ich ja auf Kalim, um ihn abzuholen. Ich bitte dich, such nicht nach mir. Ich habe Angst, dir ins Gesicht zu sehen. Ich will es nicht. Ich will nicht vor dir stehen.

Ich muß jetzt wieder los, aber gegen fünf bin ich zu Hause. Wir können reden. Ich bin jetzt wieder am Netz. Meldest du dich? Bitte tu's.

@

Es war erst halb eins. Ich rief den gelackten Detektiv an. »Ich wollte mich grad auch bei Ihnen melden«, sagte er beflissen, »wir haben inzwischen fast alle Krankenhäuser durch, aber bis jetzt noch keinen Djerame gefunden. Wir bleiben aber dran.«

»Das brauchen Sie nicht«, sagte ich, als ich zu Wort kam, »schicken Sie mir die Rechnung. Ich hab den Mann.« Der Gelackte schwieg. Ich legte auf.

Die Schlaftablette wirkte immer noch, das merkte ich jetzt, da mein Jagdfieber nachgelassen hatte. Obwohl ich hungrig war, legte ich mich hin, um eine Weile zu schlafen. Das Merkwürdige war, ich fühlte mich glücklich. Alles würde gut werden. Ich würde meine Augen irgendwie, und wenn es durch eine Hecke wäre, auf June ruhen lassen, und der Moment, in dem sie mich brauchte, käme irgendwann. Ganz sicher. Ich schlief ein.

Aber ich schreckte wieder hoch, weil mir im Schlaf eingefallen war, daß der Detektiv die Suche eingrenzen konnte. Der Computermann mußte heute bei June gewesen sein. Ich rief ihn an und sagte es ihm.

»Hat die Frau früher in der Konstanzer Straße gewohnt und saß im Rollstuhl?«

»Sie sind der Größte.«

»Bald glaub ich's auch.«

»Ich höre.«

Nachdem ich die Adresse notiert hatte, war an Schlaf nicht

mehr zu denken. Ich beherrschte mich aber und fuhr nicht sofort los, denn es war kurz vor vier, und bis fünf, wenn June sich melden wollte, würde ich vielleicht nicht zurück sein.

@

Ich war noch einkaufen, hatte den Kühlschrank gefüllt und den Müll runtergetragen. Wie immer waren die Zeitungen im Glascontainer und die Flaschen in dem für Papier gelandet. Das ist seit Jahren meine kleine, feige Rebellion gegen den bravgrünen Mief im Haus, und diesmal machte es mir sogar wieder ein bißchen Spaß.

Als es endlich fünf Uhr war, saß ich vor dem Rechner, aber ich mußte noch zwanzig Minuten warten, bis es klingelte.

June: Barry, bist du da?

Barry: Ja. Ich warte schon auf dich.

June: Hab kein Taxi gekriegt, deshalb so spät.

Barry: Schon gut. Ich hab ein bißchen aufgeräumt. Wie geht's dir?

June: Ich versuche, die Wohnung zu genießen. Sie ist schön. Noch bin ich allein. Ich will mich dran freuen, solang es so ist.

Barry: Wie lang noch?

June: Einige Tage. Wieso fragst du das?

Barry: Wieso fragst du, wieso ich frage?

June: Ich bin mißtrauisch. Du könntest mich suchen. Ich müßte jedes Wort überlegen.

Barry: Ich such dich nicht. Wozu. Du willst mich nicht sehen. Was bleibt mir übrig, als das zu akzeptieren?

June: Hoffentlich stimmt das.

Da war ein unguter Ton aufgekommen, und unser Gespräch erholte sich nicht mehr davon. Nachdem wir beide länger und länger für unsere kleinen Sätze brauchten, brachen wir ab.

Ich hatte gelogen. Und ich brannte darauf, zu ihrer Wohnung zu fahren. Eigentlich hatte ich nicht mit ihr reden wollen, und sie mußte das gespürt haben. Deshalb waren wir so schnell bei diesem verknoteten Dialog gelandet.

@

Ich nahm ein Taxi, damit sie den Smart nicht zufällig aus dem Fenster sah oder, wenn ich ihn irgendwo um die Ecke parkte, daran vorbeikam. Ich mußte mir ein anderes Auto mieten. Ein ganz und gar unauffälliges.

Das Haus war ein renovierter Altbau. Im vierten Stock war Licht, also ging ich schnell und nah an der Hauswand vorbei, zog den Kopf ein und bog um die nächste Ecke. Von dort linste ich wie ein Kind beim Versteckspiel in die Straße. Direkt gegenüber stand ein unfertiger Neubau mit beklebten Fenstern und einem riesigen Schild BÜROFLÄCHE TEL. 2043481. Ich speicherte die Nummer im Handy und ging um den Block zurück zur Friedrichstraße, stieg dort in die U-Bahn und fuhr zufrieden nach Hause.

@

Abends hörte ich endlich mal wieder Musik. Lauter alte Sachen. John Prine, Kolbe-Illenberger, die McGarrigle-Schwestern und Revolver von den Beatles. Ich legte Patiencen dazu und schweifte nur selten ab. Meine Pläne waren so klar, daß ich nicht mehr darüber nachgrübeln mußte. Ich betrank mich nicht an diesem Abend, nach zwei Gläsern war die angebrochene Flasche leer, und ich machte keine neue auf.

Und ich schlief wunderbar. Tief und fest und ohne irgendeinen Traum.

@

Als ich Frau Pletsky mit dem Staubsauger hörte, stand ich auf und beeilte mich, aus dem Haus zu kommen. Die gespeicherte Telefonnummer rief ich im Gehen an.

Ein Mann erklärte mir, die Fertigstellung der Büroflächen verzögere sich leider, es gebe Schwierigkeiten mit dem Subunternehmer, aber ich würgte ihn ab, fragte nach seiner Adresse und sagte, ich käme vorbei. Ich nahm die U-Bahn.

Es fiel mir nicht schwer, den Mann zu bewegen, daß er mir das Büro im fünften Stock so unfertig, wie es war, ohne Böden, Tapeten und Heizung für ein Drittel des Preises sofort vermietete. Ich mußte ihn nur mehrmals unterbrechen, denn er maklerte immer wieder los wie ein Automat, erzählte mir von dem Rechtsstreit mit dem Subunternehmer, der die Fertigstellung verzögere, erklärte mir die Vorzüge, die das Büro, wenn es denn fertig sei, haben werde, und jammerte über die Kosten, die seiner Firma davonliefen mit jedem Tag, an dem der Bau nicht weitergehe. Das war mir alles egal. Ich wollte rein und brauchte Strom und Telefon. Mehr nicht.

Er schlug vor, mit mir hinzufahren und alles zu zeigen, aber ich sagte: »Geben Sie mir nur die Schlüssel und den Mietvertrag. Und setzen Sie bei der Telekom durch, daß ich heute oder morgen die Leitung freigeschaltet kriege.« Die sei schon einen Monat in Betrieb, weil der Architekt unbedingt seinen Laptop am Netz haben mußte, sagte er und schrieb mir die drei Nummern auf. Ich sollte den Anschluß nur ummelden.

Als ich von der Bank zurückkam, die Anzahlung in der Tasche, hatte er den Vertrag fertig, und ich fügte nur noch handschriftlich ein, daß ich monatlich kündigen konnte und rechtzeitig von jeder Baumaßnahme in meinen Räumen unterrichtet würde.

»Was fangen Sie nur mit einer Baustelle an?« Er war mißtrauisch und kumpelhaft in einem.

»Ich brauch die Adresse«, sagte ich. »In meiner Branche

kommt es drauf an, wo der Computer steht und wo der Briefkasten ist.« Das schluckte er. So was Ähnliches hatte er sich wohl schon gedacht. Mafia, Geldwäsche, Pilotenspiel, irgendeinen Betrug oder ein windiges Geschäft mußte ich betreiben, wenn ich bereit war, viertausend Mark im Monat für eine Baustelle zu zahlen. Hoffentlich kam er nicht auf die Idee, zur Polizei zu gehen. Grüne Männer, die dumm fragten, kamen in meinen Plänen nicht vor.

Ich mietete mir einen kleinen Opel Corsa und kaufte mir einen blauen Overall und eine Baseballkappe. Das war meine ganze Ausrüstung. Ich bezog mein Büro.

@

Sie hatte keine Vorhänge. Wozu auch, wenn gegenüber nur eine Hausleiche stand. Bei mir herrschte Halbdunkel – wenn ich, wie zu Hause, ein Stück vom Fenster entfernt stand, konnte sie mich auf keinen Fall sehen.

Ich war aufgeregt und kurzatmig, als ich ihre Wohnungseinrichtung studierte. Sehr geschmackvoll, sparsam und teuer. Eßtisch und Stühle rötlich wie bei mir, zwei Sofas und ein Sessel weiß, Fernseher und Stereoanlage schwarz und edel, und an der hinteren Wand, rechts und links der Tür, zwei geschlossene Bücherregale.

Ich hatte Glück – die beiden mir zugewandten Zimmer bekamen Licht von hinten. Über den Türen waren glasverkleidete Durchblicke, die zu einem Innenhof oder hellen hinteren Zimmern gingen. Sonst hätte ich bei Tag wohl nichts gesehen.

Es gab ein großes Wohnzimmer und ein kleines, durch eine Schiebetür damit verbundenes Eßzimmer, das aber offensichtlich ihr Arbeitszimmer werden sollte. Am Fenster stand ein großer Schreibtisch, ein einziger Stuhl dahinter, und darauf der Laptop. Das Schlafzimmer und der Rest der Wohnung waren unsichtbar für mich. Und June war entweder dort oder nicht da.

Ich blieb eine Stunde und genoß den Triumph. Das war die Lüge wert.

Dann fuhr ich zum nächsten Möbelmarkt, kaufte eine Matratze mit Bettwäsche und einen kleinen, robusten Klapptisch mit Stuhl. Die Frau an der Kasse streifte mich mit einem merkwürdigen Blick. Es konnte irgendein mir unerklärliches stilles Einverständnis darin liegen, aber auch Mißtrauen. Wieso denn? War der Kauf eines Tischs und einer Matratze irgendwie verdächtig? Hielt sie mich für einen Entführer, der sein Geiselgefängnis einrichtet? Oder war ich schon paranoid, weil ich dabei war, einen Agentenfilm nachzuspielen?

Erst im Wagen fiel mir ein, was sie irritiert haben konnte. Ich mußte in meinem gebügelten Blaumann aussehen wie jemand, der in seinem ganzen Leben nie ein Werkzeug angefaßt hat und jetzt in den Hobbykeller gehen wird, um sich zügig mit der nagelneuen Kreissäge seine beiden linken Hände abzutrennen. In dem Blick hatte Spott gelegen.

@

Sie stand unschlüssig in der Mitte des Wohnzimmers und schaute um sich, als überlege sie, was noch an der Einrichtung zu verbessern sei. Nein, das war es nicht. Sie ging in den Flur und kam mit einer Papprolle wieder. Sie hängte Plakate auf. Einen riesigen Kandinsky, sehr blau und sehr verspielt, einen ebenso großen Miro, ebenso blau, und drei kleinere, fast identische Rothkos in milden Rottönen.

Es tat mir gut, ihr zuzusehen. Kein Triumph mehr, sondern Frieden. Ich war erleichtert und melancholisch, wie nach einer langen Reise. Froh, endlich zu Hause zu sein, aber fremd inmitten der noch nicht wieder vertrauten Umgebung.

Ich riß mich los, nachdem ich ihr eine Zeitlang zugesehen hatte, ging runter und zum Wagen, die Mütze tief ins Gesicht gezogen, um den elektronischen Teil meines Plans anzugehen.

@

Wolfgang fuhr das Beste auf, was er im Laden hatte, und erklärte sich auch bereit, alles zu installieren. Kurz vor zehn Uhr abends, als der Himmel sein letztes Rot verlor, hatte ich zwei Webcams auf Junes Wohnung gerichtet. Sie war nicht dagewesen, als Wolfgang die Kameras aufgebaut und ausgerichtet hatte, innerhalb des Raumes, auf der Fensterbank, einfach durch die Scheibe, obwohl das die Bildqualität erheblich verschlechterte.

»Ich erklär dir überhaupt nichts«, sagte ich zu ihm, nachdem er den dritten skeptischen Blick auf mich abgeschossen hatte. »Aber das, was du glaubst, ist es nicht.«

»Ich sag doch gar nichts.« Er grinste anzüglich. »Aber wenn du Wanzen oder Richtmikrofone brauchst, gib frühzeitig Bescheid. Dafür bräuchte ich eine Weile.«

»Brauch ich nicht«, sagte ich, »alles nur fürs Auge.«

Sein Grinsen wurde breiter. Es war mir peinlich, daß er mich für einen Spanner hielt, aber auf meinen Stolz oder seine Meinung über mich kam es jetzt nicht an.

Den Rechner baute ich in einem der hinteren Zimmer auf, und als Wolfgang mich endlich allein ließ, war ich abwechselnd hinten und sah mir das Videobild von June an und dann am Fenster, um die Realität mit dem Video zu vergleichen. Sie war vor zehn Minuten zurückgekommen und saß jetzt an ihrem Laptop. Sie schrieb. Wie früher. Alles war wieder in Ordnung.

@

Ich konnte mich kaum noch aufrecht halten, als ich zu Hause ankam, aber ich machte mich sofort daran, auch hier die Software für den Videostream zu installieren. Und ich schaffte es. Nach zwei Stunden und mit Schlitzaugen vor Müdigkeit sah ich endlich, links oben auf dem Bildschirm, meinen Vierundzwanzig-Stunden-Film. June schlief. Ihre Wohnung war dunkel.

Ich mußte vorsichtig sein, mit dem was ich sagte. Ich durfte nichts von ihr wissen, was sie nicht selbst geschrieben hatte. Nichts, was ich nur gesehen haben konnte, durfte mir rausrutschen. Ich mußte das Lügen lernen.

@

Sie hatte sich den ganzen gestrigen Tag nicht gemeldet. Ich fand, sie sah unglücklich aus, zusammengesunken vor ihrem Laptop, in den sie starrte, ohne die Hände zu bewegen. Aber dann straffte sie sich und tippte auf die Return-Taste. Das sah ich nicht, das wußte ich. Die Art, wie sie entschlossen einmal kurz mit einer ausholenderen Geste, als man für einen Buchstaben oder ein Wort braucht, tippte, sagte mir, daß sie irgendwas mit Return abschloß.

Und es dauerte nur knapp eine Minute, bis mein Arpeggio ertönte. Sie lehnte sich müde, die Arme hinter dem Kopf verschränkt, zurück.

Ach, Barry, ich habe den ganzen Tag mit schlechtem Gewissen und Selbstmitleid vertan. Ich weiß nicht, was vorgestern los war. Auf einmal klangst du kalt und fremd und so, als wäre dir egal, was mit mir ist. War das, weil ich mein Mißtrauen zugegeben habe? Ich weiß schon, das ist eine verdrehte Situation – ich will mit dir reden, aber ich darf bestimmte Dinge nicht sagen, damit du mir nicht auf die Spur kommst. Eigentlich kann man nicht reden, wenn man nicht ehrlich sein will.

Wäre es denn drin, daß du mir versprichst, nicht nach mir zu suchen? Hoch und heilig? Bei allem, was dir lieb ist? Wenigstens bei mir?

Ich glaube, ich halte das nicht durch, mir vor jedem Wort zu überlegen, ob ich es schreiben darf oder nicht. Es ist schon schlimm genug, daß ich gegen unsere Überzeugung leben will, oder wie ich das auch immer nennen soll, gegen unser Gefühl oder gegen unseren Wunsch. Wir werden noch oft genug streiten, und ich werde noch oft genug uneinsichtig und harthörig sein, wenn du mich daran erinnerst, was ich eigentlich will und daß ich das Gegenteil tue, aber laß uns dann eben streiten. Heiß und giftig von mir aus, aber nicht so kalt und resigniert und ohne Interesse wie vorgestern.

Barry, versteh mich nicht falsch, ich werfe dir das nicht vor, ich weiß, daß ich an deinem Ton mit schuld sein muß, es kann gar nicht anders sein, ich bitte dich nur, so wie ich mich selber anflehe, das, was wir haben, nicht zu zerstören. Es ist schon fragil genug, und es wird uns schwerfallen, einander zu vertrauen, wenn ich immer nein sage zu dem, was wir wollen, aber wenn wir uns nicht vertrauen, dann geb ich uns keine Woche mehr.

Falls du da bist, melde dich. Ich geh in der Wohnung auf und ab und hoffe auf Antwort. Bin unsicher und wehleidig. Falls du das schaffst, bitte tröste mich. June.

Es stimmte nicht. Sie ging nicht in der Wohnung auf und ab. Sie hatte einen Becher Kaffee oder Tee in der Hand und saß wartend vor dem Computer. Hin und wieder sah sie direkt in meine Augen. Sah sie die Kameras? Ich hatte die Scheiben extra nicht geputzt, das Bild war schlierig und fad deswegen, und an einer Stelle hatte es einen nahezu blinden Fleck, denn ich wollte auf keinen Fall eine auffällige Veränderung am Fenster. Seit einer Minute blinkte ihr Name im Chatprogramm.

Barry: Ich versprech es dir. Ich such dich nicht.

Das war genaugenommen keine Lüge mehr, aber ich schämte mich dafür. Es genau zu nehmen war die Lüge. Ich mußte aufpassen, daß mir die Scham nicht den Tonfall verdarb.

June: Danke. Ich weiß, daß ich Absurdes von dir verlange, aber ich weiß nicht, wie ich's anders machen sollte.

Barry: Ich wüßte schon wie.

June: Nicht jetzt schon streiten. Das reicht noch später.

Ich sah sie lächeln und merkte, daß ich aufgeregt war. Dies war eine neue Dimension. Bisher hatte ich sie entweder gesehen oder mit ihr gesprochen, jetzt konnte ich beides. Und sie wußte es nicht.

Barry: Wann später? Wenn du das Monster geholt hast? Achtung! Woher weiß ich, daß er nicht da ist? Schnell schrieb ich noch dazu: Oder ist er etwa schon da?

June: Nein, noch nicht. Ich weiß noch nicht, wann er rauskommt. Aber das ist eine gute Idee: Bis dahin bist du mir gut, und wir streiten nicht.

Barry: Ich bin dir sowieso gut.

June: Es ist was ganz Komisches passiert. Ich weiß nicht genau, wie ich es dir erzählen soll, das heißt, ich weiß nicht, wie ich anfangen soll.

Barry: Fang einfach mit Ich an.

June: Ich hab seit gestern das Gefühl, deine Augen sind bei mir. Vielleicht werd ich verrückt. Es ist wie zu Hause. Wie in der Konstanzer, als ich wußte, daß du da bist, und dich nicht sehen konnte.

Barry: Dann hast du schon den nächsten Spanner auf dem Hals. Hast du Vorhänge?

June: Gegenüber ist niemand. Da ist ein Rohbau, in dem mal Eigentumswohnungen entstehen sollen. Das ist es ja. Es sind auch nicht irgendwelche Augen. Es sind deine. So fühlen sich nur deine Augen an. Ich war gestern nahe dran, es mir zu machen bei offenem Fenster auf dem Tisch, so sicher war ich mir, daß du das bist, oder besser, so stark hat meine Phantasie mir dich auf die Haut suggeriert. Ich hab es nicht aus Angst bleiben lassen, sondern weil ich so deprimiert war wegen unserer seltsamen Post.

Sie log mich an. Eigentumswohnungen, soso.

Barry: Vielleicht gibt dir deine Phantasie mehr, als du von ihr erwartest. Vielleicht weiß deine Phantasie, daß du das brauchst, und spendiert dir eine Extraration. Wie ist es denn jetzt?

June: Du meinst, jetzt gerade in diesem Augenblick?

Barry: Ja.

June: Es ist stark, aber das liegt daran, daß ich mit dir rede.

Barry: Also schick ich meine Augen irgendwie durchs Netz, und sie kommen mit den Worten bei dir an.

June: So ähnlich. Vielleicht. Ja.

Barry: Mach es doch. Willst du noch? Wenn da niemand ist, dann mach das Fenster auf und tu's. Auf dem Tisch.

June: Ich weiß nicht.

Barry: Was weißt du nicht?

June: Na ja, wenn du mich nicht sehen kannst, was hast du dann davon?

Barry: Ich kann's mir immerhin vorstellen. Es ist dann noch eine Stufe unwirklicher als Telefonsex, aber wer weiß?

June: Tust du's dann auch?

Barry: Ich weiß nicht. Kann ich nicht sagen.

June: Wenn du mir versprichst, daß du es auch tust, mach ich's.

Barry: Mach's. Ich versuch's. Ich weiß nicht, wie weit mich die Phantasie trägt.

June: Okay. Tun wir's. Wer zuerst fertig ist, meldet sich und sagt, wie's war, ja?

Barry: Ja.

Diesmal log sie mich nicht an. Und ich würde es auch nicht tun. Ich zerrte schon an meinem Gürtel, als sie den Stuhl zur Seite schob und sich hastig auszog. Alles. Sie ließ nicht einmal die Söckchen an. Als sie nackt war, öffnete sie das Fenster, beide Flügel, schob dann den Laptop ganz zur Seite und fuhr sich mit der Hand zwischen die Beine. Ich kämpfte noch mit meinem Hemd, denn ich hatte einen Knopf zu wenig geöffnet und zerrte und zog daran herum, gleichzeitig auf den Bildschirm linsend, bis ich einsah, daß ich den Knopf entweder öffnen oder abreißen konnte. Nichts dazwischen. Ich riß ihn ab.

Sie hatte sich auf den Tisch gesetzt, die Beine weit auseinander und stützte sich mit einer Hand nach hinten ab. Die andere hatte es eilig. Ich auch.

Ich kam zu früh. Meinen Samen in der hohlen Hand sah ich zu, wie sie die Füße auf die Tischplatte stellte, den Hintern hob und gegen die Bewegung ihrer Hand kreisen ließ. Dann kam sie auch, ich sah es am Zucken und der sich auflösenden Koordination ihrer Bewegungen. Sie legte sich nach hinten über den Tisch, so daß ich nur noch ihre jetzt wieder herabhängenden Beine und dazwischen die sich immer weniger und ruhiger bewegende Hand sah. Ich ging ins Bad.

Barry: Ich hab's getan. Es hat geklappt.

Sie saß nackt am Laptop, den sie wieder an seinen Platz geschoben hatte und rieb sich gedankenverloren beide Brüste. Das Fenster war immer noch offen. Dann tippte sie.

June: Jetzt könnte ich, glaub ich, heulen. Aber nicht vor Kummer. Ich bin noch ganz weich.

Barry: Ich hab mir vorgestellt, daß du auf dem Tisch kniest und den Hintern zum Fenster streckst. Deine Hand kam von unten, und von der Seite hab ich eine Brust gesehen.

June: Ich hab mir nichts vorgestellt. Ich hatte deine Augen.

Sie waren alles, was ich brauchte, um rasend schnell zu kommen. Das war ein Quickie. Bei dir auch?

Barry: Ist es bei Männern immer, wenn sie selber dafür sorgen.

June: Du hast übrigens einen schönen Körper. Das wollte ich dir schon sagen, als ich bei dir war. Hab's dann aber irgendwie nicht rausgebracht. Du bist zart und männlich gleichzeitig. Und überhaupt nicht alt.

Barry: Danke.

June: Hast du wieder ein Möbelstück versaut wie letztes Mal?

Barry: Nein, aber ich erklär dir nicht, wie ich das vermieden habe.

June: Warum nicht?

Barry: Weil mir das peinlich ist.

June: Du machst perversen Sex mit mir und bist schamhaft. Ich weiß nicht, ob ich das süß finde oder doof.

Barry: Süß.

June: Okay.

Barry: Bist du nackt?

June: Ja. Du auch?

Barry: Ja.

June: Ich hab sogar noch das Fenster auf. Wenn da drüben jemand rumgeistert, hat er was vom Leben.

Barry: Ich gönn's ihm nicht.

June: Keine Sorge. Da ist niemand. Das Haus ist eine Baustelle ohne Bauarbeiter. Seit ich hier bin, passiert da nichts. Beim ersten Anzeichen von Leben kauf ich mir Vorhänge. Hoffentlich spür ich dann immer noch deine Augen.

Barry: Bestimmt. Ich bin jetzt immer da.

June: Ist das sehr pervers oder nur leicht pervers, was wir da tun, was meinst du?

Barry: Sehr pervers.

June: Jetzt streicheln mich auch deine Worte. Ich hätte Lust, ewig so weiterzureden.

Barry: Aber?

June: Ich muß noch mal raus.

Barry: Bis irgendwann. Danke für den Orgasmus.

June: Gleichfalls. Gern geschehen.

@

Als ich vom Bäcker zurückkam, lag ein Brief in meinem Kasten. Annegret Stehle stand in kursiver Druckschrift auf der Rückseite des Umschlags. Ich steckte ihn in die Jackentasche. Ich wollte ihn beim Frühstück lesen. Ich freute mich darauf.

Lieber Barry, sicher hatten Sie von mir den Eindruck, ich sei stark und füge mich in meine Lage. Das war auch so, als Sie hier waren. Ihr Besuch bei Sandi gab mir Auftrieb, vielleicht, weil ich mich verantwortlich fühlte für die große Liebe meiner Tochter, weil ich Sie trösten wollte, ich glaube, ich hatte vor, Ihnen ein Beispiel zu geben. Zu zeigen, daß man nur weitermachen kann. Ich wollte für Sie und Sandi stark sein und denke, das ist mir auch gelungen. Aber jetzt merke ich, daß ich böse auf Sie bin. Sie können nichts dafür. Was ich Ihnen übelnehme ist, daß ich Sie mag und mich beim Gedanken ertappe, ich hätte von irgendwoher einen neuen Sohn geschickt bekommen. Das werde ich nicht zulassen, es kommt nicht in Frage. Ich bin eben nicht stark. Ich bin schwach. Ich würde mich an Sie klammern, weil ich weiß, daß ein Leben nur noch mit zwei Gräbern nichts für mich ist. Falls es ein Jenseits gibt, bin ich dort, bei meinen Kindern, besser aufgehoben. Seien Sie bitte nicht traurig, mir geht es gut, und es wird mir in weniger als einer Stunde noch bessergehen.

Ich bin Ihnen diese Nachricht schuldig, auch wenn ich weiß, daß ich Sie damit schockiere, aber ich zähle auf Ihr Verständnis, weil ich glaube, Sie sind ein besonderer Mensch. Ich hatte so ein Gefühl, als Sie hier waren. Und Sandi hätte sich nicht in Sie verliebt, wenn da nicht etwas wäre, nach dem man ein Leben lang sucht. Leben Sie wohl und seien Sie mir nicht gram. Ich danke Ihnen für Ihre Freundschaft und für die Liebe zu meiner Tochter. Ihre Annegret.

PS. Sollte ich die Chance auf einen Job als Schutzengel haben, dann bewerbe ich mich um die Stelle bei Ihnen. Sie haben genug gelitten. Sie sollten glücklich sein. Grüßen Sie Florenz von mir, das war in meinen Sehnsüchten immer die schönste Stadt der Welt.

@

Der Brief war mit Füller geschrieben, und ich ließ ihn so liegen, wie er war – er schlug Wellen und bog sich von der Nässe, die die Schrift an mehreren Stellen unleserlich machte.

@

Die Polizei hatte den Leichnam am Abend gefunden. Annegret hatte auch ihnen geschrieben. Die Beerdigung sei morgen früh um zehn.

Meine Nachricht an June war kurz: Ich muß für ein paar Tage weg, ich melde mich von unterwegs. Meine Augen werden dasein, Barry. Und keine Stunde später gab ich wieder Gas auf dem Berliner Ring. Wieder in dem weißen BMW.

@

»Wollen Sie auch den Computer aufs Zimmer?« Die junge Frau an der Rezeption kannte mich noch. Ich sagte ja, obwohl ich jetzt gerade nicht mit June reden wollte.

Ich hielt es nicht im Zimmer aus. Ich holte den Wagen aus der Tiefgarage und fuhr nach Stuttgart. Es war erst gegen drei, und ich mußte noch den ganzen Nachmittag und Abend totschlagen.

Weil ich beim Packen überhaupt nicht nachgedacht hatte, war mein schwarzer Anzug in Berlin geblieben. Ich kaufte mir einen neuen, dazu ein weißes Hemd und eine schwarze Krawatte. Annegret würde nichts darauf geben, aber ich gab was drauf.

Ich zwang mich, ins Kino zu gehen, und zwang mich, hinterher zu essen, trotzdem war es erst Viertel nach neun, als ich wieder in Heilbronn in meinem Zimmer saß.

Barry: Shariis Mutter hat sich umgebracht. Ihr Name blinkte, aber sie antwortete nicht.

Barry: Hörst du mich?

June: Muß erst fertig heulen. Warte.

Barry: Ich weiß es seit heut morgen. Sie hat mir geschrieben.

June: Was sollst du denn noch alles ertragen? Reicht es nicht bald mal? Ich könnte die Stuhlbeine zusammentreten.

Barry: Ich wollt's dir nur sagen.

June: Ja.

Barry: Ich bleib eine Weile unterwegs. Muß noch woanders hin. Das ist jetzt wichtig.

June: Sagst du mir, wohin?

Barry: Nein. Ist zu seltsam, wenn ich's erkläre.

June: Meldest du dich von dort?

Barry: Immer, wenn ich ein Internetcafé finde.

June: Kannst du jetzt schlafen?

Barry: Nach einer Flasche Wein vielleicht.

June: Ich bleib am Netz. Wenn du reden willst, bin ich da.

Barry: Danke.

@

Einer der Träger sprach das Vaterunser. Das war alles. Auf dem schlichten Sarg lagen drei Blumensträuße. Ich hatte nicht daran gedacht, einen mitzubringen. Sie ließen den Sarg in die Grube, einer von ihnen nickte mir zu und warf einen Blick auf das kleine Schaufelchen, das am Erdhügel neben dem Grab lehnte. Ich nahm es und warf eine Handvoll Erde auf den Sarg. Ein Stein war dabei, der mit lautem Geräusch auf das Holz traf.

Außer drei Frauen, Arbeitskolleginnen oder Nachbarinnen, und mir war nur noch Frau Lasser-Bandini hier. Ich gab ihr die Schaufel, und sie ließ ebenfalls ein wenig Erde ins Grab fallen. Sie war tränenüberströmt. Ich nahm ihr die Schaufel aus der Hand und lehnte sie wieder an den Hügel. Sie schlug die Hände vors Gesicht.

Die vier Sargträger machten kleine angedeutete Verbeugungen vor uns beiden, wußten nicht, ob sie uns die Hand schütteln sollten, aber da wir beide keine entsprechenden Gesten machten, verließen sie uns und gingen in Richtung Kapelle.

»*Ich* müßte *Sie* trösten«, sagte Frau Lasser-Bandini.

Ich wollte einen Arm um ihre Schulter legen, aber die Geste verunglückte mir. Sie reagierte nicht darauf. Trotzdem ließ ich den Arm liegen, und wir standen einen Augenblick so da, dann begann sie, in ihrer Tasche nach Kleenex zu suchen. Zwei der Frauen, die bis jetzt am Grab gestanden hatten, wandten sich ab und gingen zum Ausgang. Die dritte bekreuzigte sich verstohlen und warf einen letzten neugierigen Blick auf uns, bevor sie den anderen folgte.

»Danke, daß Sie ihn nicht mitgebracht haben«, sagte ich.

»Er ist seit gestern in der Psychiatrie. Als er das hier erfahren hat, ist er zusammengebrochen.«

Ich schluckte den Satz, den ich hätte sagen wollen: Er tut mir nicht leid. Sie wußte, was ich dachte. Sie sah mich an mit einem schnellen Blick und knüllte das feuchte Kleenex in der Hand, als wolle sie es auswringen und wieder verwenden.

»Ich hab keinen Text mehr«, sagte ich.

Sie sah mich wieder an und fuhr sich mit beiden Händen übers Gesicht und seitlich nach hinten durch die Haare. »Gehn wir unsrer Wege«, sagte sie.

Ich gab ihr die Hand, und sie drückte fest und kurz, dann wandte sie sich um und ging zum Ausgang.

Ich ließ mich in die Hocke sinken, nahm die Schaufel und begann, das Grab zuzuschütten. Ich tat das so lange, bis nichts mehr vom Sarg zu sehen war. Niemand störte mich dabei.

@

In Ulm bog ich nach Süden ab und hielt erst nach dem Brenner wieder an, um zu tanken und einen Kaffee zu trinken. Ich konnte nicht so rasen, wie ich wollte, weil die Geschwindigkeitsbegrenzung nur hundertdreißig erlaubte und ich keine Lust hatte, mir von der Polizei die Zeit stehlen zu lassen. Ich schaffte es bis Parma.

Falls ich es hinkriegen sollte, Kalim umzubringen, dann hätte ich doch vielleicht schon Übung und konnte gleich noch die Welt von diesem Spranger befreien. Ich sagte mir das nur so vor, als ich durch die Stadt ging, ich dachte es nicht wirklich. Aber einzelne Bilder von einem schwarzhaarigen Mann im Rollstuhl, der unter meinen Schlägen zusammensackte, und einem blonden Jüngelchen, das ich ohne Umstände von irgendeinem Parkhaus stieß, kamen mir vor Augen, und ich fand nichts Verwerfliches dabei. Irgendwas aß ich, und eine ganze Flasche Wein mußte es auch an diesem Abend wieder sein.

@

Ich würde in den nächsten zehn Jahren für nichts mehr eine Träne übrig haben. Das Reservoir war leer. Vielleicht war auch in diesen letzten Monaten nur das aus mir herausgelaufen, was ich bis dahin zurückgehalten hatte. Es war jedenfalls genug. Ich grinste, als ich kurz vor Florenz eine Vollbremsung hinlegen mußte, weil ein rasender Laster mit Anhänger aus der Kurve drängte und mich um ein Haar an die Leitplanke geschmiert hätte. Wenn schon.

Immer wenn ich versuchte, an Sharii zu denken, entdeckte ich eine Mischung aus ihr, June und Annegret in meinem Kopf. Als wären die drei dabei, miteinander zu verschmelzen. Ich wäre mit Sharii zu Armani gegangen, und sie hätte jauchzend alles gekauft, was schön war – June hatte von Armani-Sachen geschrieben, die sie in New York getragen hatte – Sharii hätte ihrer Mutter geschrieben – Annegret wäre ein andermal mit mir nach Florenz gefahren – Sharii hätte mit mir geschlafen – ich konnte mir aber nur noch June vor Augen führen, wie sie, die fiebrige Hand zwischen den Beinen, für mich am offenen Fenster saß – Annegret hatte mich für einen besonderen Menschen gehalten – wir wären Freunde geworden – ich hätte Sharii niemals belogen – June belog ich – sie wechselten sich ab in meinem Kopf und überlagerten einander. Wie in einem Film mit ständigen Überblendungen.

Unser Zimmer hatte einen Balkon. Im Bad blätterte altes Gold von den Wasserhähnen, und der Blick aus dem Fenster war grandios. Nach links über den Ponte Vecchio hinweg auf die Piazzale Michelangelo und nach rechts den Arno entlang bis zum Horizont. Was hätte Sharii jetzt tun wollen?

Ich versuchte, ihr die Plätze zu zeigen, die ich liebte, und mir vorzustellen, wie sie darauf reagierte. Aber nach dem Giardino dei Boboli, dem Dom und einem Laden mit handgeschöpften Papieren, begriff ich, es war Krampf. Symbolischer, magischer, kindischer Quark. Sharii war tot und nicht in Florenz. Ich konnte mich nicht mal auf sie konzentrieren, konnte ihr Bild nicht trennen von den anderen, ich dachte an sie, an ihre Mutter und an June. Und ich dachte an Kalim und Spranger, an Matthias und den dicken Detektiv. Ich dachte unsortiert und wirr, in meinem Hirn waren Fetzen unterwegs von Bildern, Klängen, Gedanken und Gefühlen. Ich mußte es hinkriegen, alleine hierzusein, sonst konnte ich gleich wieder nach Hause fahren.

Also stand ich allein vor dem David, lag allein in der Badewanne, ging allein durch die Uffizien, nachdem ich allein eine Stunde in der Schlange verbracht hatte, stöberte allein einen Plattenladen nach allem durch, was mir von Fabrizio De André noch fehlte, aß allein, spazierte allein, schlief allein und träumte nichts.

Ich brauchte den ganzen nächsten Tag und wiederholte mein Mantra – allein, allein, allein – vielleicht hundertmal, bis ich endlich aufhörte, an den Zauber zu glauben, daß ich hier mit Sharii sei, für Sharii oder daß ich es wenigstens versuchen müsse. Erst am Abend, nachdem ich gegessen hatte, entdeckte ich zufällig ein Internetcafé und schrieb an June: Ich bin in Florenz und habe zuerst versucht, so was wie eine Schuld abzutragen, dann begriffen, daß das Unsinn ist, und jetzt bin ich eben in Florenz. Nichts weiter. Und morgen ist dann auch gut, und ich fahre zurück. Falls du kein Wort von dem verstehst, was ich schreibe, liegt das nicht an dir. Es liegt daran, daß in meinem Kopf große Unordnung herrscht. Ich hoffe, es geht dir gut und du hast noch Zeit bis der Kretin kommt.

Und kannst sie genießen, weil du dir keine Sorgen um mich machst. Das brauchst du nicht. Ich bin okay, wie es der kleinste von den Waltons ausdrücken würde. Oder das ebenso gräßliche Bürschchen in Lassie. Ich denk an dich.

Ich schaute nicht mal in meinen E-Mail-Briefkasten. Ich hatte keine Lust.

@

In Verona war ich so dumm und sentimental, den Balkon von Romeo und Julia anzusehen. Ich war einfach einem Strom von Japanern in die Toreinfahrt gefolgt und fand mich in dem engen, von Graffiti verliebter Pärchen übersäten Hof und glaubte auf einmal, ich müsse nur lang genug suchen, um den kleinen weißen Schriftzug – Barry und Sharii – an irgendeiner Wand zu finden. Als mir klar wurde, was ich da tat, floh ich, schubste ein paar Leute aus dem Weg und ging mit schnellen Schritten zurück zur Piazza delle Erbe, wo ich mich wieder halbwegs beruhigte.

@

Ich fuhr am linken Ufer des Gardasees entlang und hielt spontan an einem riesigen Jugendstilhotel. Dort nahm ich mir ein Zimmer und vertrödelte den Nachmittag und Abend an einem Tischchen direkt am Ufer, so weit wie möglich von dem Barpianisten entfernt, der sein Metier zwar beherrschte, aber dessen Repertoire von I just call to say I love you, über Girl from Ipanema zu Killing me softly einfach alles abklapperte, was freudiges Kopfwackeln bei jung und alt, Münchner und Düsseldorfer, Amerikaner und Japaner erzeugen würde. Ich hörte es an meinem Platz nur noch ganz vage und winzig, leiser als das Glucksen der Wellen und Kreischen der Möwen.

Nach einiger Zeit kam so etwas wie Ruhe oder Frieden oder Gelassenheit über mich. Auf einmal konnte ich mir Sharii vorstellen. Sie lehnte an der Brüstung, den grauen See hinter sich und kicherte mit Annegret über den trübsinnigen Barry, der sich wie der kitschigste aller empfindsamen Jahrhundertwendejünglinge nach Italien begab, um seinen Seelenfrieden zu finden. Sie waren meine Schutzengel, teilten sich den Job und amüsierten sich köstlich über meine teutonische Schwermut. Ich betrank mich ganz langsam an diesem Abend, so langsam, daß ich die Zeit verstreichen spürte.

Das Aquarium war leergeräumt. Nichts mehr von ihr war da, nicht einmal die Rampen für den Rollstuhl an den Türschwellen. Jemand hatte vergessen, die Lichter auszuschalten, und der Bungalow strahlte wie ein verlassenes Raumschiff in die Nacht.

Ich war durchgefahren, hatte die Müdigkeit der letzten Stunden mit offenem Fenster und zwei kurzen Stopps vertrieben und war um drei Uhr morgens angekommen.

Ich startete den Rechner, fand zwei E-Mails von June und startete den Videostream, aber das Bild blieb schwarz. Irgendwas war nicht in Ordnung.

Lieber Barry, vielleicht freust du dich ja, wenn du irgendwo in deine Mail schaust und gleich eine Nachricht von mir findest. Vielleicht ist das dann ein bißchen heimatlich für dich. Mir will, nach all den Wochen im Rollstuhl und in deiner Nähe, noch immer nicht recht leicht ums Herz werden. Zu wissen, daß du nicht mehr da bist, daß du nicht weißt, wo ich bin, daß deine Augen nur noch in meiner Einbildung auf mir ruhen, das macht mich alles ziemlich leer und fade. Ich stelle fest, daß ich nichts mit mir anzufangen weiß, wenn die Pflichten abgehakt sind und du nicht da bist. Dich allein in meiner Phantasie herbeizuzaubern, gelingt mir immer nur für Sekunden. Und in Sekunden schaff nicht mal ich einen Quickie.

Geht's dir denn gut? Ich habe so ein flatteriges Gefühl, wenn ich an dich denke. Ich weiß nicht, wo du bist, weiß nicht, bist du glücklich, unglücklich, müde, wütend oder einsam, und kriege keine telepathische Verbindung zu dir aufgebaut. Vielleicht versuchen das andere gleichzeitig, und der Einwahlknoten ist überlastet oder ich habe die Fähigkeit verloren oder du hast abgeschaltet. Ist alles möglich. Und nichts davon gut.

Aber ich werde jetzt nicht wie beim letzten Mal Angst kriegen, dir könnte was passieren. Du bist einfach unterwegs und findest kein Internetcafé. Das ist alles. Ich hoffe, du bist bald wieder in meiner Nähe, wenigstens auf dem Bildschirm. Ich schick dir gute Gedanken, falls du Trost brauchst, und geile, falls es dich juckt. June.

Ich hatte in Florenz nicht nach dem Internetcafé gefragt oder gesucht. Erst als ich zufällig darauf gestoßen war, am letzten Tag, hatte ich mich gemeldet. Bis dahin hatte ich kein Bedürfnis verspürt. Vielleicht, weil das Mantra so laut gewesen war: allein, allein, allein.

Barry, es ist soweit. Er wird morgen hierher gebracht, und mein Leben wird sich ändern. Ich weiß noch nicht, wann und wie wir miteinander reden können, aber soweit ich ihn kenne, ist er kein Computerfreak, also wird die Gefahr, daß er uns entdeckt, nicht allzugroß sein. Ich nehme an, wenn er schläft, sind wir ungestört, und E-Mails schreiben ist sowieso okay. Wenn ich nur deine Augen nicht verliere. Sie sind mein Schutz und vielleicht mein richtiges Leben. Ich bin ängstlich und fühl mich klein. Hoffentlich kommst du bald zurück aus Florenz und hast ein bißchen Trost für mich. Ich melde mich, sobald ich kann. June.

Ich war zu müde, um jetzt noch zu antworten, und die Software der Videoübertragung würde ich morgen neu installieren. Bevor ich ins Bett ging, warf ich noch einen Blick auf das gleißende Aquarium gegenüber. Es war alles so einfach und so gut gewesen, als sie noch da drüben im Rollstuhl gesessen hatte.

@

Es lag nicht an der Software. Nach der Neuinstallation blieb das Bild noch immer schwarz, also zog ich mein Kostüm an, Blaumann und Mütze, und versuchte, mich zu erinnern, wo ich den Corsa geparkt hatte.

Das Bürohaus hatte leider keinen Hintereingang. Ich sah nicht nach oben, als ich mich beeilte, die Tür aufzuschließen, und möglichst flink im Gebäude verschwand. Hoffentlich schaute sie nicht gerade aus dem Fenster.

Auf der Tastatur lag ein Brief. Der Computer war tot, kein Wunder, daß ich kein Bild empfing. Ich riß den Brief auf, eine Notiz vom Vermieter, in der er mich davon in Kenntnis setzte, daß der Strom für einige Stunden ausgeschaltet werden müsse. Das Datum war gestern gewesen. Was hatte der Kerl in meinem Büro verloren?

Ich startete den Computer – der Strom war wieder da – und ging nach vorn.

Er saß in ihrem Rollstuhl und las. Von ihr war nichts zu sehen. Er hatte schwarze, lange Haare, ein scharfgeschnittenes Gesicht und, wie ich es mir vorgestellt hatte, war seine Haut hellbraun. Ein schöner Mann. Was ich von seinem Körper sehen konnte, war ebenmäßig und eher zart, er hatte garantiert kein Gramm Fett zuviel am Leib, und ich schätzte sein Alter auf Mitte Dreißig.

Jetzt kam June herein mit einem Glas Wasser und einem

Teller mit Obst, einem Apfel, einer geschälten Orange und Trauben. Sie stellte beides auf den Couchtisch und schob dann den Rollstuhl dorthin, so daß er danach greifen konnte, wenn er wollte. Er sah nicht auf, las weiter und schien keinen Kontakt mit ihr aufzunehmen. Sie stand einen Moment lang da, dann ging sie zu ihrem Schreibtisch.

Diese winzige Szene hatte schon alles gesagt: Sie war die Dienerin, bewegliches Inventar, eine Art organischer Maschine. Mit einem Gewehr könnte ich ihn ganz in Ruhe abknallen. Ich dürfte dreimal danebenschießen und müßte nicht fürchten, daß er wegläuft.

Die Kameras funktionierten, und als ich das Chatprogramm aufrief, blinkte Junes Name. Auf dem Bild sah ich sie am Computer sitzen und tippen.

Barry: Ich bin wieder da.

June: Das hab ich gespürt. Ich hab seit ein paar Minuten wieder das gute Gefühl. Deine Augen, deine Nähe, ich bin froh. Geht's dir gut?

Barry: Ja. Geht gut. Entschuldige, daß ich mich so lang nicht gemeldet habe. Ich hatte zu viel mit mir selber und mit Gespenstern zu tun. Ich habe nicht gleich ein Internetcafé gefunden, aber auch nicht wirklich gesucht.

June: Ist schon gut. Hauptsache lebendig und hier und immer noch mein Freund.

Barry: Mehr. So viel mehr, wie du willst.

June: Ja.

Barry: Ist er da?

June: Ja.

Barry: Und wie ist es?

June: Scheiße.

Barry: Ich meine, deine Gefühle für ihn.

June: Mühsam unterdrückte Verachtung. Aber ich kümmere mich um ihn. Ich bin so was wie die Krankenschwester. Setz ihn aufs Klo, zieh ihm die Hose aus, bring ihm dieses, hol ihm das. Er nimmt mich im Gegenzug nicht wahr, wofür ich ihm dankbar bin.

Barry: Du verachtest ihn?

June: Witzig, nicht? Ich kannte das Gefühl vorher gar nicht so richtig, nur als etwas, das von ihm auf mich fällt, jetzt ist es andersrum, und es ist nicht gut.

Barry: Du weißt, daß du nur drei Schritte machen mußt, und bist ihn los. Er hat weder ein Recht auf dich, noch du eine Pflicht, ihn zu versorgen.

June: Das siehst du falsch.

Barry: Nein. Du siehst es falsch.

June: Bleibt das, was wir jetzt hier reden, eigentlich im Computer gespeichert?

Barry: Nein. Aber die E-Mails, die sind alle noch da. Die müßtest du löschen, wenn keiner sie lesen soll.

June: Die will ich aber behalten. Die tun mir gut. Die brauch ich, damit ich nicht vergesse, wer du bist.

Barry: Meinst du, er schnüffelt?

June: Ich hab keine Ahnung. Ich glaube nicht. Er scheint sich nicht dafür zu interessieren.

Auf dem Video sah ich, daß er seinen Rollstuhl in Richtung Eßzimmer in Bewegung setzte. Ich konnte sie nicht warnen, mußte einfach mit ansehen, was passieren würde, und aufpassen, mich nicht zu verraten. Doch. Ich konnte. Ich hatte eine Idee.

Barry: Es klingelt bei mir, machen wir Schluß.

June: Okay, bis hoffentlich bald.

Jetzt stand er hinter ihr. Sie drehte den Kopf und sah, daß er auf ihren Bildschirm starrte. Er redete nichts oder, falls doch, nur mit äußerst schmalen Lippen. Jetzt wäre ein Richtmikrofon doch gut gewesen.

Sie stand auf und klappte den Laptop zu. Dann ging sie aus

dem Raum. Er saß da und sah aus dem Fenster. Er sah direkt in meine Augen. Ich wandte den Blick ab.

Ich war erleichtert. Ich hätte, wie man es beim Gesangsunterricht lernt, tief und theatralisch ausatmen wollen, tat es aber nicht, weil mir die Nähe zu meinen beiden Zielobjekten so intensiv bewußt war. Erst an dieser Erleichterung sah ich, worauf ich eigentlich gefaßt gewesen war: June nimmt ihn in den Arm, küßt ihn, streichelt und tröstet ihn, er ist schwach, zart, mutlos, liebenswert, er braucht ihre Fürsorge und dankt sie ihr wie ein Mensch. Ich hatte damit gerechnet, Nähe oder Zuneigung mit anzusehen – die gerechte Strafe für meine Indiskretion –, ich hatte damit gerechnet, daß ich eifersüchtig und hilflos das Wiedererwachen einer obsessiven Liebe oder Leidenschaft beobachten müßte. Statt dessen sah ich den Film, auf den ich gehofft hatte: Distanz, Kühle, ein arroganter Krüppel, ein ignorierter Engel, ein leergelebtes Paar, wie auch Sibylle und ich es für einen fremden Beobachter abgegeben haben mußten.

Hoffentlich täuschte ich mich nicht, nahm den Augenblick für alles und beschwor mich selbst, nicht an den Schmerz zu denken, der mich erwartete, wenn sich June erneut zu ihm hingezogen fühlte.

Was täte ich, wenn er Sex von ihr bekäme? Mich umbringen? Sie? Ihn? Aufgeben?

Von zu Hause aus rief ich den Vermieter an, um ihn in scharfen Worten darauf hinzuweisen, daß ich es nicht mochte, wenn er ohne mein Beisein die Räume betrat. Das wundere ihn nicht, nach dem, was er gesehen habe, schnappte er zurück, und ich wurde kalt und klar und gefährlich: »Wenn Sie glauben, sich einen saloppen Tonfall mir gegenüber leisten zu können, weil Sie denken, ich tu was Illegales, dann liegen Sie falsch.«

Ich solle meinen eigenen Ton überprüfen, meinte er, und überdies sei meine Kündigung schon raus. Ich könne das Büro gern für den regulären Preis weiterhin mieten, was er mir sogar empfehle, denn die Option, zur Polizei oder einfach ins Haus gegenüber zu spazieren und den Leuten dort zu sagen, was vor sich gehe, behalte er sich ausdrücklich vor.

»Dann behalten Sie mal schön«, keuchte ich und knallte den Hörer auf.

Ich war so wütend, daß ich eine Weile brauchte, um wieder einen klaren Gedanken zu fassen. Der kleine Yuppiearsch wollte mich erpressen! Wenn mir jetzt nicht was Gutes einfiele, dann hinge mein Schicksal von diesem Bürschchen ab. Das kam nicht in Frage.

Zuerst überlegte ich, ob ich ihn mit einer Geheimdienst- oder Drogenfahndungs-Räuberpistole mundtot machen könnte, aber wie hätte ich das anstellen sollen. Einfach nur reden ging nicht. Ich hätte eine Art Ausweis vorzeigen oder den Besuch eines falschen Polizisten bei ihm organisieren müssen, der ihm nahelegt, sich kooperativ zu verhalten. Das war Quark. Theater. Schmiere. Irgendwann fiel mir der dicke Detektiv ein, und ich rief ihn an, schilderte ihm die Lage ohne Einzelheiten, nur daß der Mann mich erpreßte und in Schwierigkeiten bringen konnte, und bat ihn, sich in dieser Firma ein bißchen umzusehen.

»Wenigstens illegale Arbeiter finden wir«, sagte er tröstend, »es gibt hier so gut wie keinen privat finanzierten Bau, der ohne hochgezogen wurde.«

»Klasse«, sagte ich, »viel Glück.«

Er versprach, mich anzurufen, wenn er was gefunden hätte.

Kalim trainierte. Es war unangenehm, Junes Rollstuhl und ihre Hanteln jetzt plötzlich an ihm zu sehen. Ich schaute weg. Das war nicht der Film, der mich interessierte.

@

Erst spät in der Nacht meldete sie sich wieder. Ich war den ganzen Tag um den Rechner herumgeschlichen, hatte Patiencen gelegt, zu lesen versucht, irgendwelche Websites angesehen und immer auf das Videofensterchen geschielt, aber nur wenn ich June sah, mit Interesse. Vermutlich schlief er jetzt, denn ich hatte ihn seit einer halben Stunde nicht mehr gesehen, und davor war auch sie für einige Zeit verschwunden gewesen. Sicher hatte sie ihn zu Bett gebracht. Jetzt brauchte sie die Kräfte, die sie sich in den letzten Wochen antrainiert hatte. Endlich setzte sie sich an den Laptop, und gleich darauf blinkte ihr Name.

June: Uff. Er saß plötzlich hinter mir, und ich hab in Panik das Programm zugemacht.

Barry: Hat er was gelesen?

June: Ich glaub nicht. Er hat jedenfalls nichts gesagt.

Barry: Wenn er dich fragt, was sagst du dann?

June: Daß ich mit einer Freundin rede oder in irgendeinem Chat unterwegs bin vielleicht.

Barry: Hat er schon gefragt?

June: Nein. Er schweigt mich tot. Er versucht es jedenfalls. Er ist ganz Vorwurf. Durch und durch. Hat ja recht.

Barry: Wenn's dir reicht mit dem Scheiß, dann bring ich ihn für dich um.

June: Hör auf damit.

Barry: Das Angebot steht.

June: Bitte.

Barry: Schläft er?

June: Ja.

Barry: Bist du eigentlich die ganze Zeit bei ihm oder hast du auch ein Stückchen eigenes Leben. Gehst mal ins Kino oder in ein Konzert. Das muß dir doch alles fehlen. Du bist doch ein Kunstmensch.

June: Bis jetzt bin ich immer da, außer wenn ich was einkaufe, aber irgendwann laß ich ihn schon mal allein.

Barry: Was heißt das, er schweigt dich tot. Sagt er überhaupt nichts?

June: Doch, er knurrt Anordnungen. Aber wir wechseln kein persönliches Wort. Am Anfang hab ich's versucht, aber er hat eisern geschwiegen und in irgendeine Richtung gestarrt, bis ich kapiert habe, daß er nichts reden will. Ich kauf mir morgen einen Discman. Mir fehlt die Musik, und das Schweigen macht mich krank.

Barry: Mein Angebot steht. Ich bring ihn um.

June: Hör endlich auf damit. Versau mir nicht die glückliche Stimmung, in die mich das Reden mit dir bringt.

Barry: Spürst du meine Augen?

June: Ja.

Sie starrte herüber. Es war gespenstisch. Ich mußte mich beherrschen, mich nicht zu ducken. Dabei war ich doch zu Hause, und sie konnte die Kameras nicht sehen.

Barry: Willst du es machen?

June: Nein, ich glaub nicht. Bin grad zu wehleidig und zu klein. Kein Feuer in mir. Deine Augen streicheln mich, aber nicht wie ein Mann seine Frau, sondern wie eine Mutter ihr Kind.

Barry: Ich bin froh, daß sie das tun.

Sie zupfte an ihrer Brustwarze. Ich riß mich zusammen, um sie nicht danach zu fragen. Ich durfte kein Spiel draus machen, sonst würde ich mich verraten. Mein Seiltanz war so schon riskant genug.

June: Ich geh jetzt auch schlafen. Gut, daß ich noch mit dir reden konnte.

Barry: Schlaf gut.

@

Am nächsten Morgen lag die Kündigung in der Post. Ich warf den Brief nicht weg, aber ich beschäftigte mich auch nicht damit. Dafür hatte ich noch über zwei Wochen Zeit, und der Detektiv würde schon was finden.

Sie frühstückten nicht gemeinsam. June brachte ihm das Essen an den Tisch und setzte sich selber mit ihrer Tasse an den Laptop. Aber sie loggte sich nicht ins Chatprogramm ein. Ihr Name blinkte nicht bei mir. Ich sah nur ab und zu flüchtig hin. Er las die meiste Zeit, June war die meiste Zeit verschwunden, in der Küche, im Haus, vielleicht schlief sie auch oder kaufte ein. Irgendwann schaltete er den Fernseher ein und saß wie ein arbeitsloser Spießer mit der Fernbedienung in der Hand davor und zappte durch die Kanäle.

Der Vermieter rief an und fragte nach meiner Entscheidung. Die hätte wohl noch zwei Wochen Zeit, fand ich. »Denken Sie nicht zu lang darüber nach, ich könnte inzwischen auf die Idee kommen, das Haus gegenüber zu informieren«, sagte er, so arrogant er konnte, aber ich konnte noch arroganter: »Dann ist Ihre Miete futsch. Wenn Sie schon versuchen, schlau zu sein, dann sollten Sie auch versuchen, mit der Schlauheit von anderen zu rechnen. Schönen Tag noch.«

Und Karel rief an. Er habe einen Job für mich, ob ich gegen drei in der Lobby vorbeikommen könnte.

June meldete sich nicht bei mir. Inzwischen saß sie wieder an ihrem Laptop und schrieb. Der Krach des Fernsehers mußte sie wahnsinnig machen. Ich rechnete nicht mehr mit Nachricht von ihr. Sie würde warten bis heute nacht. Wenn er schlief, konnte er sich nicht auf leisen Rädern anschleichen.

Ich legte Blaumann und Mütze in den Corsa und fuhr zur Lobby. Von dort war es nicht weit zum Büro. Ich würde danach noch mal hingehen.

Bevor ich losgefahren war, hatten June und Kalim miteinander geredet. Es sah nicht gerade freundlich aus, aber sie redeten abwechselnd, also hatte er sein Schweigegelübde gebrochen. Ich war mir gar nicht sicher, ob ich das gut fand, wer weiß, wieviel Macht der Kerl wieder über sie erlangen konnte, wenn er sein psychologisches Talent ausspielte. Aber für June mußte es gut sein, denn das Schweigen war eine Folter. Vielleicht wären die Stunden mit ihm so erträglicher für sie. Wollte ich das? Nein. Ich wollte, daß sie ihn so bald wie möglich satt hatte und ihren hirnrissigen Schwur vergaß.

Karel erzählte von einem Mann in der Schweiz, der ein Vermögen mit Lachs und Kaviar gemacht und sich ein Studio gebaut habe, das er jetzt erweitern wolle. Dort sei schon ein sehr guter Techniker, aber der sei mit den laufenden Produktionen ausgelastet, ob ich das Studio entwerfen und planen könne. Zusammen mit den besten Akustikern und Architekten, die man für Geld kriegen könne, natürlich. Ein paar Wochen in der Schweiz würden mir doch guttun. Und Reisen nach England, Schottland und Amerika, um die Technik einzukaufen.

Das Honorar war verlockend und die Aufgabe erst recht. In jedem anderen Moment hätte ich zugesagt, aber jetzt war meine Antwort nein. »Ich kann nicht weg.«

»Wieso denn? Du hast doch lang genug Ferien gemacht.«

»Es ist zu umständlich und zu bescheuert zum Erklären, aber es ist so, ich kann nicht weg.«

»Ich mach mir schon Sorgen um dich. Irgendwie steckst du in was Ungutem drin. Diese Frau im Fenster, das klang mir alles ein bißchen fies.«

»Karel, du bist nicht meine Mama, und aus dem Unguten komm ich raus. Deshalb muß ich ja hiersein.«

Als ihm klar wurde, daß er nichts ausrichten würde, gab er auf, und wir unterhielten uns ohne Anstrengung über alles mögliche. Eine Frau, die er kennengelernt hatte, den Club, der jeden Tag besser lief, den immer noch fehlenden Geschäftsführer und die Arbeit im Studio, die ihm nun auch langsam zum Hals heraushing. »Es ist doch was anderes, ob du für eine Firma schaffst oder für dich selber«, sagte er nachdenklich.

»Steig aus und mach den Club«, schlug ich vor und hatte das Gefühl, bei ihm auf offene Ohren zu stoßen.

@

Kalim hatte Besuch. Ein Mann in kurzer Lederjacke saß auf der Sofalehne und rauchte. June war nirgends zu sehen, vielleicht war sie weg. Den Gesten der beiden Männer und ihren Gesichtern nach zu urteilen, unterhielten sie sich angeregt und freundschaftlich. Der Besucher stand auf, faßte sich ins Kreuz, aber nicht, als täte ihm dort was weh – es sah eher aus, als zeige er etwas, nach einer Art von Gymnastik oder der Demonstration einer Turnübung. Vielleicht war er der Physiotherapeut und erklärte Kalim, was er tun mußte, um seine Muskeln zu trainieren.

Kalim, den ich bisher nur wie eine rollende Statue gesehen hatte, wirkte auf einmal beweglich und lebendig in seinem Rollstuhl, fast so, als säße er zum Vergnügen darin, nicht, weil er mußte. Einmal hatte ich sogar den Eindruck, er hebe den Hintern für einen Moment aus dem Stuhl, als er mit langem Arm nach seinem Glas auf dem Couchtisch griff. Das mußte daran liegen, daß er Tänzer war und sein Körper ein hochgezüchtetes Instrument.

Ich blieb eine Zeitlang am Fenster stehen und betrachtete die Szene. Der andere lief auf und ab, gestikulierte und redete, und Kalim saß lässig, als lege er nur eine Pause ein, im Rollstuhl.

Und dann ging der Mann zu Junes Laptop. Er klappte ihn auf und sah sich zu Kalim um, der hinter ihn gerollt war. Verdammt!

June hatte recht damit, daß Kalim sich nicht auskannte, aber auf die Idee, er könnte jemanden bitten, war sie nicht gekommen.

Tatsächlich schaute Kalim jetzt interessiert und hin und wieder mit dem Kopf nickend auf den Bildschirm und betrachtete, was auch immer der andere Mann ihm darauf herbeizauberte. Und ich konnte June nicht warnen.

Dann setzte sich Kalim selber an den Laptop und ließ sich offenbar erklären, wie man sich daran zurechtfand.

Sie unterbrachen die Session abrupt, Kalim klappte den Laptop zu, der Besucher klappte ihn schnell noch einmal auf und schaltete ihn aus – sie mußten June gehört haben, und es war deutlich, daß sie nichts von dem Ausflug in ihre Privatsphäre wissen sollte.

Und da stand sie schon. Sie zog die Jacke aus und stellte eine große Einkaufstüte ab. Kalim war noch rechtzeitig ins Wohnzimmer zurückgerollt, der Besucher ging auf June zu, um sie zu begrüßen. So wie sie ihm die Hand reichte, kannte sie ihn nicht und war erstaunt, einen fremden Menschen hier zu treffen. Ich verzog mich aus dem Büro und überlegte auf der Fahrt krampfhaft, wie ich sie warnen konnte, ohne mich zu verraten. Mir fiel nichts ein.

@

Aber unterwegs war mir noch aufgegangen, daß Kalim wieder steif und hilflos dagesessen hatte, als June da war. Er spielte Theater. Er spielte den Bedürftigen, der sie brauchte, um den sie sich kümmern mußte, weil er ja so behindert war. Dabei hätte er gut für sich selber sorgen können. So wie sie bei ihrem Experiment. Sie hatte alles allein geschafft. Allerdings war sie auch nicht wirklich gelähmt gewesen und hatte nachts trainiert.

Es wurde wieder halb zwei, bis sie sich endlich meldete. Er gibt jetzt immerhin Töne von sich, schrieb sie.

Barry: Soll mich das freuen?

June: Für mich, ja.

Barry: Was für Töne sind das denn?

June: Ich weiß nicht, ob du das wirklich wissen willst.

Barry: Will er Sex?

June: Nein. Ich glaube, das würde ich ihm auch nicht geben.

Barry: Was dann?

June: Er will nach Paris oder New York. Er will nur so lange hierbleiben, bis die Versicherung das Geld überweist, dann will er wegziehen.

Barry: Du gehst nicht mit.

June: Ich muß doch.

Barry: Er kriegt doch sicher eine Menge Geld. Er kann sich doch einen Sklaven leisten.

June: Das ist nicht der Punkt.

Barry: Was ist dann der Punkt?

June: Er will, daß ich bei ihm bleibe. Ich schulde ihm das. Er hat ja recht.

Barry: Erpreßt er dich?

June: Er kann jederzeit zur Polizei gehen und sagen, daß ich das Steuer herumgerissen habe. Das war ein Mordversuch.

Barry: Laß mich ihn abschießen. Ich erwürg ihn auch, wenn dir das lieber ist. Was du willst. Vielleicht kommt es auch gut, wenn ich den Rollstuhl an Starkstrom anschließe.

June: Fällt dir auch noch mal was anderes ein? Du wiederholst dich.

Barry: Ich könnte heulen um dich, wenn ich noch eine Träne übrig hätte. Aber ich hab wohl alle verbraucht.

June: Wenn ich wegziehen muß, dann hast du wieder welche.

Barry: Gefällt dir das etwa?

June: Nein. Es ist der schlimmste Gedanke, den ich denken kann.

Barry: Befrei dich von ihm.

June: Ich kann nicht.

Und wieder waren wir an einem Punkt angelangt, an dem der Ton so ungut geworden war, daß wir nicht weiterwußten. Sie schrieb nichts, ich schrieb nichts, wir saßen beide vor unseren Bildschirmen wie gelähmt. Alles, was in meinem Kopf herumspukte, konnte ich nicht schreiben, und ihr ging es wohl ähnlich. Oder sie war einfach nur deprimiert.

Barry: Tut mir leid. Ich müßte mich eigentlich beherrschen, müßte mich anstrengen, nicht mit dir zu streiten. Nichts zu verlangen, das du nicht geben willst.

June: Kannst. Ich kann es nicht.

Barry: Mir ist nicht wohl bei dem Gedanken, daß er in deinen Computer schauen könnte und den Text entdecken. Oder unsere Mails.

June: Er hat ja keine Ahnung davon. Er kann gar nicht mit dem Computer umgehen.

Barry: Trotzdem. Du könntest irgendein Erkennungszeichen machen. In alten Krimis hat man immer ein Haar an die Tür geklebt, und wenn es runtergefallen war, wußte man, daß jemand im Raum war.

June: Geht so was bei Computern?

Barry: Nein. Aber mir fällt gerade ein, es ist viel einfacher. Weißt du noch, wann du das letzte Mal was geschrieben hast?

June: Ja. Heut vormittag. Gegen elf.

Barry: Dann geh mal auf Suchen und gib das heutige Datum ein. Dann schaust du bei allen Dateien, die dir gezeigt werden, auf die Uhrzeit, zu der sie geöffnet wurden. Falls jemand später was angesehen hätte, würdest du es an der Uhrzeit sehen. Melde dich wieder, wenn's geklappt hat. Ich warte. Okay?

June: Okay.

Ich wartete eine Zeitlang, während sie mit gerunzelter Stirn arbeitete. Ich sah ihr Gesicht nicht sehr gut, aber ich war mir sicher, ihr Stirnrunzeln zu erkennen. Mein Trick funktionierte.

June: Verdammt, verdammt, verdammt.

Barry: War er dran?

June: Ja. Vier E-Mails, die wir uns geschrieben haben, sind zwischen siebzehn Uhr neunundzwanzig und siebzehn Uhr einundvierzig geöffnet worden. Da etwa bin ich vom Einkaufen gekommen.

Barry: Kennt er sich also doch aus.

June: Mann! Jetzt wird mir klar, was passiert ist. Sein Arzt kennt sich aus.

Barry: Arzt?

June: Ja, der war hier, als ich heimkam. Der Arzt, der ihn behandelt hat. Auch ein Franzose. Sie kennen sich von der Schule.

Barry: Welche E-Mails waren es? Hast du sie gelesen?

June: Ja. Drei von mir und eine von dir. Die aus Florenz und die beiden, die ich dir dorthin geschrieben habe. Und die von danach. Was mach ich jetzt?

Barry: Du trägst morgen deinen Laptop in einen Computerladen und läßt jemanden, der weiß, wie's geht, alle eigenen Dateien schützen. Dann hast du ein Paßwort und kommst nur selber dran. Ich weiß leider nicht, wie's geht, sonst könnten wir es gleich machen. Denk dran, auch den Papierkorb und alle E-Mails schützen zu lassen. Nicht nur die normalen Texte.

June: Das mach ich. Gibt mir schon zu denken, daß er mir hinterherschnüffelt.

Barry: Wie sind eigentlich deine Gefühle für ihn? Hat er noch einen Zauber?

June: Nein. Abscheu und Verachtung. Der Zauber ist weg. Er wird nie wieder Macht über mich bekommen. Das verdanke ich dir. Weil du da bist, hat er keine Chance.

Barry: Gut.

June: Ich will schlafen. Morgen sperr ich den Computer. Das mach ich als erstes.

Barry: Nimm kein Paßwort, das er erraten könnte. Keinen Geburtstag, nicht meinen Namen, nicht Geneviève, falls du ihm je von ihr erzählt hast. Nimm irgendwas Absurdes. Buchstaben und Zahlen gemischt.

June: Mach ich. Gut Nacht.

Barry: Schlaf trotzdem gut.

Kalim saß nackt bis auf ein schwarzes Unterhemdchen in seinem Rollstuhl. June hatte seinen Schwanz im Mund und bewegte den Kopf auf und ab. Ich hörte das schmatzende Geräusch ihrer Lippen. Sie kniete vor ihm auf dem Boden. Sie war angezogen. Was stehst du so blöd rum, sagte Kalim zu mir und legte seinen Kopf in den Nacken. Du kannst sie in den Arsch ficken, aber dafür komm ich nachher in deinem Mund. Ich zog June die Trainingshose herunter, nestelte meine eigene Hose auf, kniete mich hinter sie und drang ein. Es ging ganz leicht. Es war warm in ihr. Sie hielt still. Jetzt kam zu dem schmatzenden Geräusch, das sie mit ihrem Mund machte, noch das klatschende, wenn meine Lenden auf ihren Hintern trafen. Es war ein unglaubliches Gefühl der Erregung und Anspannung, aber ich kam nicht. Ich wurde nervös und beeilte mich. Ich wurde immer schneller. Aber ich blieb auf diesem Level, es wollte nicht weitergehen. Ich konnte nicht kommen. Jetzt, sagte Kalim, du bist dran, und ich zog mich enttäuscht aus ihr, wir wechselten die Position, sie schmiegte sich an meinen Hintern, und ich nahm Kalims Schwanz in den Mund. Es war nicht unangenehm. Er war ja eben in Junes Mund gewesen.

Es war noch tiefe Nacht, als ich aufwachte. Ich ging ins Bad und wusch mir den Mund aus. Ich ekelte mich nicht vor dem Traum. Ich schämte mich dafür.

In ihrer Wohnung war alles dunkel. Ich hatte gehofft, sie säße am Laptop und ich könnte mit ihr reden, ihr den Traum erzählen und irgendeine Art von Absolution von ihr bekommen.

Ich zog mich an und fuhr ins Büro. Wenigstens war ich dort näher bei ihr.

Er hatte in meinen Mund gespritzt. Ich hatte mich nicht geekelt. Warum gab mir mein Gehirn sein Sperma zu fressen? Ich war nahe daran, an die Bedeutung von Träumen zu glauben. Dieser hätte sagen können, du machst dich mit dem Mann gemein, wenn du sie dort nicht herausholst. Aber wie sollte ich, wenn sie nicht wollte?

Ich stand am Fenster, rechts und links von mir liefen die Kabel der Kameras über den Boden, und der Blick nach gegenüber und die Straße rauf und runter, diese düstere Steinwüste entlang, machte mich nur noch deprimierter.

Ich zog die Matratze aus dem hinteren Zimmer nach vorne und legte mich in den Kleidern ans Fenster. Ich wollte so nah wie möglich bei ihr einschlafen.

@

Am Morgen tat mir der Rücken weh, und ich hatte einen üblen Geschmack im Mund. Unten auf der Straße wurden die Mülleimer geleert, und es dröhnte und schepperte dreimal so laut wie bei mir zu Hause. Gegenüber kein Lebenszeichen. Es war erst sieben Uhr.

Ich hatte, weil es mitten in der Nacht und ich zu durcheinander von meinem Traum war, nicht daran gedacht, den Blaumann anzuziehen, also beeilte ich mich, aus dem Haus zu kommen und von hier zu verschwinden.

Ich hatte schon seit Jahren keinen frühen Morgen mehr gesehen. Wenn die Frauen mit frischer Schminke und viel zuviel Parfüm durch die Welt staksen, manche frisch und gutgelaunt, manche noch unbeholfen und traumverloren, und die Männer, eine Zeitung unterm Arm, den Blick zum Himmel auf das Wetter richten.

Man konnte inzwischen in dieser Stadt wieder nach oben sehen. Hier im ehemaligen Osten lag nicht ein Häufchen Hundescheiße auf dem Bürgersteig, die einzige Gefahr beim Gehen kam von dem immer noch hin und wieder aufgebrochenen Pflaster aus der guten alten Zeit des verkommenden Volkseigentums.

@

Jetzt trug er auch noch einen Jogginganzug in Dunkelblau. Wie June, als sie noch bei mir gewohnt hatte. Er glotzte schon wieder in den Fernseher, aber diesmal zappte er nicht. Die Sendung schien ihn zu interessieren.

Shariis Bild stand an die Wand gelehnt auf meinem Schreibtisch. Ich nahm es und legte es in die Schublade. Sie war mein Schutzengel. Sie nahm es nicht übel.

Oder hatte der Traum mir sagen wollen, daß Kalim schwul war? Ich sah auf das Videobild und versuchte, irgendeinen Hinweis, eine tuntige Bewegung vielleicht, an ihm zu entdeken. Aber er saß da, wieder ganz die Statue, und glotzte. Träume wollen sowieso nichts sagen. Das ist esoterischer Blödsinn.

June zog die Kabel, zuerst Strom, dann Telefon, dann Maus, aus ihrem Laptop und nahm ihn unter den Arm. Als sie an Kalim vorbei zur Tür ging, wandte er den Blick vom Fernsehschirm und sah ihr nach. Was er jetzt wohl dachte? Hat sie was gerochen? Er starrte in meine Augen! War der etwa so schlau, einen Zusammenhang zum Haus gegenüber herzustellen? Sich zu fragen, ob da jemand hersah und June gewarnt hatte? Er starrte. Mir wurde mulmig.

Aber ich starrte zurück.

Wenn er nicht den gleichen sechsten Sinn hatte wie June und fremde Augen spürte, dann sah er nichts. Basta. Die Scheiben spiegelten leicht, waren schmutzig, die Kameras winzig und das Büro dunkel. Keine Chance.

Ich wollte eben den Blick wieder abwenden, weil ich keine Lust hatte, in dieses Gesicht zu starren, da stockte mir der Atem. Er stand auf!

Aber sofort schien er über sich selber zu erschrecken, stand eine Sekunde lang fast aufrecht auf nachgebenden Beinen, wollte seinem Impuls folgen und zum Fenster gehen, aber dann ließ er sich wieder in den Rollstuhl fallen. Er schlug ein paarmal mit beiden flachen Händen auf die Stuhllehnen. Wenn da jemand war, dann durfte der ihn nicht in Bewegung sehen. Er ärgerte sich maßlos über seine eigene Impulsivität. Er sah nicht mehr zum Fenster, sondern fuhr, so schnell es der Elektromotor des Stuhls erlaubte, aus dem Zimmer.

Erst jetzt atmete ich wieder ein. Ich wußte zuerst nicht, ob mir schwindlig war oder schlecht, ob ich fror, schwitzte oder in die Hose gemacht hatte, aber dann stellte ich fest, daß ich ganz klar war. Meine Finger zitterten nicht, mein Atem ging schon wieder gleichmäßig, meine Augen starrten zwar immer noch auf das leere Zimmer, aber die Gedanken, die durch meinen Kopf rasten, sorgten dafür, daß ich nichts mehr wahrnahm.

Mein erster Impuls war: June warnen. Sofort zu EDV-Service-Gromer fahren, ihr Auge in Auge sagen, der Typ lügt, er ist nicht gelähmt, ich hab ihn selber stehen sehen, aber ich hielt mich an der Schreibtischplatte fest und versuchte, gründlich nachzudenken. Erst mal begreifen, was vor sich geht. Und dann versuchen zu raten, was er tun wird.

@

Ich hatte Frau Pletsky vergessen. Als sie kam, ging ich raus, und noch im Treppenhaus war mir klar, was ich als erstes tun mußte: die Kameras und den Computer wegschaffen. Ich drehte noch mal um und zog den Blaumann an.

Keine Ahnung, ob er das schaffte, aber er würde alles dran setzen, herauszubekommen, ob da jemand im Haus gegenüber war. Er mußte die Versicherungsleute fürchten, sollten die Verdacht schöpfen, könnten sie einen Detektiv auf ihn angesetzt haben. Ob er seinen Freund den Arzt bitten würde, einen Einbrecher zu engagieren, oder die Polizei anrufen und behaupten, da sei ein Spanner oder er habe einen Drogendeal gesehen, irgendwie konnte er es schaffen, Gewißheit zu erlangen. Vorher mußte das Büro wieder leer sein.

Nein. Noch viel einfacher: Er rief den Makler an! Und dieses Bürschchen würde seine Chance wittern und Geld für die Information verlangen. Ich mußte mich beeilen. Mein Vorsprung war gering.

Ich telefonierte im Fahren. So arrogant wie beim letzten Mal erklärte ich, meine Gesellschaft habe sich entschlossen, das Büro zur normalen Miete weiter zu nutzen, Voraussetzung sei, daß er gegenüber absolut jedem Anrufer oder Frager Stillschweigen bewahre. Er solle den Vertrag an die Agrippina Versicherung, Rankestraße fünf, zu Händen von Herrn Brandstetter schicken. Eine Vertragsverletzung ziehe unweigerlich den Einbehalt der Miete nach sich.

»Das ist okay, können wir so machen«, sagte er mürrisch, aber mit bemühter Sachlichkeit. Meine Idee, die Versicherung ins Spiel zu bringen, hatte ihn zivilisiert. Und mir das Geld gespart. Ich war eben an der Agrippina vorbeigefahren und hatte die Hausnummer gelesen. Gute Improvisation. Hoffentlich war mir Kalim nicht zuvorgekommen.

@

Vor dem Büro sah ich mich nach allen Seiten um und beeilte mich, die Tür aufzuschließen und im Haus zu verschwinden. Ich hatte nicht nach oben geschaut, er würde nicht am Fenster stehen, solang er nicht wußte, ob man ihn beobachtete, und June hatte ich nirgends in der Straße entdeckt.

Trotzdem kroch ich auf allen vieren zum Fenster, um die Kameras abzubauen. Ich griff von unten danach und hob den Kopf nicht über die Fensterbank.

Ich trug alles in den Fahrstuhl. Den Tisch brachte ich zwei Stockwerke tiefer und stellte ihn in den Flur, den Stuhl spendierte ich dem vierten Stock, und die Matratze warf ich in einen Container im ersten.

Als ich Computer, Monitor, Kabel und Kameras endlich im Wagen hatte, war mir wohler. Ich fuhr direkt zum Büro des Detektivs. Der Mann konnte denken. Er sollte mir helfen.

@

Er redete sofort los, er sei leider mit der Firma noch zu nichts Gescheitem gekommen, die hätten ihre Daten besser abgeschirmt als jeder Geheimdienst, aber ich stoppte ihn und sagte: »Es geht um was anderes. Viel wichtiger und viel eiliger.«

Nach einer halben Stunde war ich schon wesentlich klüger. Durch seine geduldigen Fragen, nachdem ich ihm die Geschichte in sehr groben Umrissen erzählt hatte, schälte sich immer klarer heraus: Kalim spielte sein Theater nicht für June allein, denn sonst müßte er es durchhalten, solange er sie ausnahm – er tat es für die Versicherung. Er wollte kassieren und dann im Ausland, weit weg von jedem zufälligen Bekannten, das Wunder seiner Heilung geschehen lassen. Bis dahin war das reiche Mädchen sein Garant für einen gewissen Komfort. Und er würde sie nach Kräften melken, bevor sich die Spontanheilung ergab.

»Er kann das nicht allein gemacht haben«, sagte der Detektiv. Wenn er das halbe Krankenhaus und die ganze Reha-Klinik bescheißt, braucht er einen souveränen Komplizen.

»Er kennt den Arzt aus der Schule.«

»Okay. Die machen halbe-halbe. Aber wie?«

»Vielleicht hat er ihn in Gips gelegt, damit die Muskeln nachher so runtergekommen und verlottert sind, als wär er gelähmt. Dann fällt es dem Physiotherapeuten nicht weiter auf. Wenn er nicht grad kitzlig ist.«

»Das könnte klappen, ja. Und er hat ihn komplett gebrieft, damit jedes Symptom stimmt.«

Der Detektiv holte ein schmales Bündel Papiere vom Regal, legte es vor mich auf den Schreibtisch, wollte sich dann setzen, streckte mir aber dann impulsiv seine Hand über den Tisch entgegen und sagte: »Der Name ist Erik.«

»Barry.«

Ich schüttelte die Hand, und er setzte sich.

Das Bündel Papiere war die Krankenakte. Ich blätterte durch und las Worte wie Restharn und Nervenleitgeschwindigkeit, ohne sie zu verstehen. Ich hatte mich nie für Medizin interessiert, auch Sibylles Geschichten waren an mir vorbeigeplätschert, ohne eine Spur in meinem Gedächtnis zu hinterlassen. Das vierte Blatt war Teil eines Röntgenbildes. Das fünfte, sechste und siebte ebenfalls. Alle vier zusammengelegt, zeigten ein menschliches Skelett von den Knien bis zur Halswirbelsäule. Am Rand war Kalims Name, ein Datum und noch eine Art Code einkopiert. Die Schrift war Bestandteil des Bildes, mußte also auf dem Film sein. Erik war hinter mich getreten und hatte sich über mich gebeugt, als ich die vier Blätter nebeneinandergelegt hatte. Er roch nach Knoblauch.

»Läßt sich so was überhaupt fälschen?« fragte ich.

Er kaute auf seinem Daumennagel. »Im Prinzip läßt sich alles Elektronische fälschen. Die Frage ist, ob der Doc die Mittel dazu hat. Die Datei aus dem Rechner zu holen ist einfach. Er packt sie auf eine Zip-Diskette und trägt sie nach Hause. Aber dort muß er sich dann noch mit Bildbearbeitung auskennen wie ein Grafiker oder Spion, um was dran zu manipulieren, die entsprechende Software muß er haben und beherrschen, aber wart mal ...«

Er nagte noch hektischer an seinem Daumen, schmatzte dabei und klopfte sich mit drei Fingerspitzen der anderen Hand wie ein Specht auf die Brust: »Warte, warte, warte.«

Ich saß still.

»Was man relativ leicht machen kann, ist das hier ...« Er zeigte auf die Schrift am Bildrand. »... das läßt sich verändern. Das kannst du von hier nach da kopieren. Auch der ambitionierte Laie.«

»Aber die Aufnahme ist ja dann ...« Ich begriff auf einmal, worauf er hinauswollte: »Er nimmt eine andere, echte Aufnahme von einem Gelähmten und doppelt sie einfach. Dann fügt er die Daten von Kalims Aufnahme ein, und fertig ist der Querschnitt.«

»Herr Barry, du kannst denken. Bravo. Es ist mir eine Ehre, mit dir Geschäfte zu machen.«

@

Ich fuhr zurück ins Büro, aber nur, um festzustellen, daß June noch nicht wieder zu Hause war. Ihr Laptop fehlte. Auch von Kalim war nichts zu sehen, also ging ich wieder los und kaufte ein paar Dinge: rote Sprühfarbe, eine Schachtel Mozartkugeln, eine starke Baustellenlampe, vier belegte Brote und eine Flasche Wasser. Ich richtete mich auf eine längere Beobachtung ein.

@

Sie saß auf der Sofalehne, Kalim vor ihr. Sie stritten. Der Laptop lag unangeschlossen auf dem Tisch. Sie mußte vor kurzem erst gekommen sein. Sie schrie ihn an.

Gut so, dachte ich, gib's ihm, zeig ihm, was er für ein Würstchen ist, aber ich hatte Angst um sie. Ich wußte, daß er sich bewegen konnte, sie wußte es nicht. Er gestikulierte, zeigte einmal auf das Bürohaus, direkt auf mich, sie warf einen desinteressierten Blick herüber, aber dann machte sie weiter mit ihren wütenden Gebärden. Er sagte was, sie sagte was, er hob die Hand und wollte sie ohrfeigen, sie duckte sich und lachte. Sie sah wunderschön aus in ihrer Feindseligkeit.

Sie stand auf und ging ein paar Schritte von ihm weg, dann sah sie wieder zu mir her, fixierte etwas an der Fassade, nicht mich, ging durch den Raum, nahm das schnurlose Telefon aus einem Regal, wählte eine Nummer und brachte ihm den Apparat. Er lauschte, dann sprach er, nickte, drückte den Knopf und gab ihr den Apparat zurück.

Ich rief den Vermieter an: »Hat jemand gefragt?«

»Ja. Eben gerade. Ein Ausländer.«

»Und?«

»Ich halte mich an die Abmachung. Das Gebäude ist leer. Alle Schlüssel bei mir. Keine Sorge.«

»Danke«, sagte ich und legte auf.

Kalim hatte den Fernseher eingeschaltet. Seiner ganzen Körperhaltung sah man an, daß er am liebsten aus der Haut gefahren wäre. Aber das konnte er nicht. Wie ich ihm das gönnte. Daß er durch seine eigene Lüge daran gehindert wurde, June zu verprügeln oder was auch immer er jetzt gerade für Impulse niederzukämpfen hatte.

@

Es geschah stundenlang nichts. Sie saß am Laptop, er glotzte in den Kasten. Bestimmt hatte er die Lautstärke so hochgestellt, daß June ausreichend darunter leiden würde, aber sie ließ sich nichts anmerken, tippte ruhig vor sich hin, und er warf keinen Blick nach ihr.

Ich rief Erik an und bat ihn, herauszukriegen, ob das Haus gegenüber einen Hauswart hatte, wo der wohnte, falls nicht im Haus, und seine Telefonnummer zu besorgen. »Fünf Minuten«, sagte er.

Es dauerte zwar eine Viertelstunde, aber dann hatte er die Information: Der Mann hieß Gehring und wohnte im Erdgeschoß, seine Nummer war 2072710.

@

Es war dunkel inzwischen. Ich legte den Stecker der Lampe vor die Dose, steckte ihn aber nicht ein, denn die Lampe hatte keinen Schalter. Ich aß eins meiner belegten Brote und hätte gern Wein dazu getrunken. Ich überlegte, ob ich irgendwo in einer Bar eine Flasche kaufen sollte, aber riß mich zusammen. Jetzt würde ich hier nicht weggehen, und ich mußte einen klaren Kopf behalten.

War Kalim, als er in dem behandelnden Arzt seinen Schulfreund erkannt hatte, einer Eingebung gefolgt und hatte die Gelegenheit beim Schopf ergriffen, dem Arzt seinen Plan zugeflüstert und gleich drauflos simuliert, oder hatte er das alles schon in New York vorgehabt und June systematisch dafür rekrutiert?

Das erste war wahrscheinlicher, das zweite hätte besser zu ihm gepaßt. Von langer Hand eine Frau an sich zu binden, von der er wußte, daß sie in absehbarer Zeit erben würde, sie dazu zu bringen, daß sie einen Unfall baute, der ihm ermöglichte zu kassieren. Aber wie hätte er sichergestellt, daß er nicht irgendwo eingeliefert wurde, sondern zu genau dem Arzt kam, den er als Komplizen brauchte? Und das Risiko, bei dem Unfall wirklich verletzt zu werden? Was interessierte mich das überhaupt? Es konnte mir egal sein. Es war mir egal.

June brachte irgendwas und legte es vor Kalim auf den Tisch. Er saß mit dem Rücken zu mir, und ich konnte nicht sehen, was er tat – er war mit den Händen beschäftigt, das sah ich –, aber nach einer Weile beugte er den Kopf so tief über den Tisch, daß mir klar wurde, er zog eine Linie Kokain. Also hatte er ihr geglaubt oder dem Vermieter und fühlte sich nicht mehr beobachtet.

Jetzt winkte er June zu sich, die in einiger Entfernung am Regal lehnte, aber sie schüttelte den Kopf. Wie großzügig. Er wollte ihr was abgeben.

Mein Handy klingelte. Es war Erik. »Volltreffer«, sagte er

euphorisch. »Ein Freund hat die schlaueste Software, um Bilder zu vergleichen. Interpol setzt das inzwischen ein auf der Suche nach Vermißten. Es gibt ein identisches Röntgenbild von einem Patienten namens Fenniger, der, wie wir schon ahnten, nicht bei derselben Versicherung ist. Klasse, hä?«

»Meisterstück«, sagte ich hastig, »ich kann nicht weiterreden, bis bald«, und legte auf, denn gegenüber hatte Kalim Junes Haar in der Hand und zog sie hinter sich her zum Tisch. Sie wehrte sich, aber er hatte sie fest im Griff. Es mußte weh tun. Sie hatte keine Chance.

Ich war einen Moment nicht aufmerksam gewesen und hatte nicht mitbekommen, wie ihm das gelungen war. Er schien ihr das Zeug in die Nase zwingen zu wollen. Ich war kalt und präzise, nahm die Sprühdose und schrieb damit an die Wand:

ER LÜGT

Dann steckte ich die Lampe ein und öffnete das Fenster.

June wehrte sich noch immer. Sie war vollauf mit dem Versuch beschäftigt, sich seinem Griff zu entreißen, aber es gelang ihr nicht. Der Mann konnte zupacken. Keiner von beiden sah her.

Ich nahm die Mozartkugeln aus der Schachtel und versuchte, eine nach der anderen an das gegenüberliegende Fenster zu werfen, um June auf mich aufmerksam zu machen. Ich traf nicht – alle landeten tiefer und fielen auf die Straße. Mein Fenster ließ sich nur ein Stückchen weit nach oben kippen, deshalb mußte ich mit verdrehtem Arm aufwärts werfen. Erst die siebte Kugel knallte trocken an die Scheibe.

Aber ich brauchte noch zwei Treffer, bis June sich losgerissen hatte – ihr Kopf war schon ganz nah an der Tischplatte gewesen – und endlich zu mir herübersah. Ihr Mund stand offen, und sie vergaß, sich vor Kalim in Sicherheit zu bringen. Er folgte ihrem Blick und erstarrte ebenfalls.

Anstatt jetzt zur Tür zu rennen, weg von ihm und herunter zu mir, stürzte sich June zum Fenster, riß es auf und schrie: »Hau ab!«

»Er ist nicht gelähmt!« brüllte ich zurück, den Kopf in einer lächerlichen Haltung unter das Fenster gebeugt. »Komm raus. Er lügt! Hau ab!«

Sie glaubte mir nicht.

»Ich will dich nie wieder sehen!« schrie sie. Ihre Stimme kippte um, als hätte sie Stimmbruch, und ich sah, daß ihr Tränen übers Gesicht liefen. Sie knallte das Fenster zu und drehte sich ostentativ weg. Kalim saß da und tat nichts.

Irre vor Wut über meine Ohnmacht, war ich minutenlang auf und ab gegangen, bis ich es endlich geschafft hatte, mich zusammenzureißen und nach unten zu laufen. Jetzt stand ich vor der Tür und klingelte Sturm bei Gehring. Nichts.

Ich drückte auf alle Klingelknöpfe, außer dem von June, und endlich fragte eine Stimme in der Sprechanlage ärgerlich: »Was ist denn da?«

»Feuer«, sagte ich atemlos, »im vierten Stock. Rufen Sie die Feuerwehr an.«

Jetzt ging ein Fenster im Erdgeschoß auf, und ein verschlafenes Gesicht sah mich an. Das mußte Herr Gehring sein. Ich deutete nach oben und erzählte ihm dieselbe Geschichte: »Da ist niemand zu Hause, haben Sie einen Schlüssel? Beeilen Sie sich. Ich komm mit hoch.«

Es klappte. Er drückte auf den Türöffner und stand im Bademantel vor mir. »Schnell«, sagte ich, er sollte keine Zeit zum Nachdenken haben, und rannte vor ihm her die Treppe rauf.

Als wir oben ankamen, waren wir zu viert, zwei Männer aus den anderen Stockwerken hatten sich zu uns gesellt, und der Hauswart hatte Mühe, den Passepartout ins Schloß zu bekommen, so aufgeregt war er.

Man riecht gar nichts, sagte einer der Männer, aber da war die Tür schon auf, und ich stürmte in die Wohnung.

June stand in der Mitte des Wohnzimmers, im Gesicht immer noch Tränen, aber ihre Wut auf mich, den offensichtlich Eifersüchtigen, verlieh ihr den Ausdruck einer kampfbereiten Heroine. Sie strahlte vor Zorn. Am Tisch war Kalim dabei, hektisch das Kokain von der Platte zu wischen und den Beutel in seine Hosentasche zu stopfen.

»June, wieso glaubst du mir nicht?«

»Du hintergehst mich und lügst mich an«, zischte sie. Hinter mir waren jetzt alle ins Zimmer getreten und sahen sich um, die einen noch verdutzt, die anderen schon empört über meinen Trick und ihre unfreiwillige Teilhabe an einer banalen Eifersuchtsgeschichte.

»Er ist nicht gelähmt«, sagte ich und hörte selber, wie hilflos und kläglich das klang.

Jetzt faßte mich der Hauswart am Arm und sagte: »Kommen Sie, Mann, raus hier, das ist ja unglaublich, was Sie sich erlauben.«

Kalim sekundierte ihm: »Get this man out of here.« Er glaubte, schon wieder Oberwasser zu haben, aber so leicht würde ich es ihm nicht machen. Ich riß mich los und ging zu June, die ich jetzt meinerseits am Arm nahm und mit mir zu ziehen versuchte. »Rufen Sie die Polizei«, sagte ich, »der Mann handelt mit Drogen. Sehen Sie in seiner Tasche nach, da hat er pfundweise Koks.«

Die Männer wußten überhaupt nicht mehr, was los war. Sollten sie mir glauben? War ich ein Drogenfahnder oder ein Irrer? Der Mann war immerhin Ausländer. Und dunkelhäutig.

Das waren doch fast schon Indizien. Man konnte das Knirschen der Gedanken in ihren Köpfen hören.

Jetzt riß June sich von mir los und sprang Kalim bei: »Er ist eifersüchtig. Bringen Sie ihn bitte weg.«

Sie hatte hellbraune Augen. Bernsteinfarben.

Zwei der Männer wollten sich ein Herz fassen und mich nach draußen zerren, aber ich war schneller. In einer Sekunde war ich bei Kalim, stellte mich neben ihn, holte aus und gab seinem Rollstuhl einen so kräftigen Tritt, daß er zur Seite fiel. Ich hatte richtig spekuliert: Der Mann war so impulsiv, daß er sich nicht beherrschen konnte. Noch im Fallen schnellte er hoch, so gut es seine untrainierten Beine erlaubten, und ging auf mich los. Ich spürte seine Faust auf meinem Mund, schmeckte das Blut, fühlte dann erst den Schmerz und war glücklich, wie vielleicht noch nie zuvor.

June stand da, wieder mit offenem Mund – alle anderen standen ebenfalls in ihren Bewegungen erstarrt und glotzten fassungslos auf dieses Schauspiel.

»Rufen Sie die Polizei«, sagte ich, nahm Junes Arm und mußte nicht ziehen. Sie folgte mir ohne Widerstand.

»Und sehen Sie in seine Taschen.«

Wir nahmen die Treppe. Von oben hörten wir die Stimmen der Männer und Kalims jetzt hysterisch kreischenden Diskant. Wir schwiegen.

Als wir unten aus dem Haus traten, legte ich meinen Arm um June. Sie schmiegte sich nicht an mich, aber sie schüttelte mich auch nicht ab.

@

Ich winkte einem Taxi und stieg mit ihr zusammen hinten ein. Den Corsa konnte ich morgen holen. Als ich dem Fahrer das Ziel nannte, schluchzte June laut auf – es klang, als ringe sie nach Luft – und sagte kaum verständlich: »Ich war bei dir, aber du warst nicht da. Ich hab eine Stunde auf dich gewartet.«

Sie fiel in einen Weinkrampf, dessen Spasmen sie schüttelten, bis wir ausgestiegen waren. Ich hatte die ganze Zeit meinen Arm um sie gelegt und ihren Kopf an meine Brust gebettet. Als ich das Taxi bezahlte, war ein großer nasser Fleck auf meinem Hemd. Die Nässe drang durch auf die Haut.

Als ich die Haustür aufschloß, hörte ich sie leise fragen: »Warum tut man so was?«

»Für Geld«, sagte ich und hielt die Tür weit und einladend geöffnet.

Vor der Treppe hielt sie mich zurück. Sie faßte meinen Arm und fragte, als hinge von meiner Antwort ab, ob sie mit mir die Treppe hochsteigen würde: »Haben wir Pläne?«

»Richtige Liebe mit richtigem Sex«, sagte ich.

»Mit mir? Das ist nicht sehr realistisch.«

Ich zog an ihrer Hand, und sie kam mit.

Auf dem ersten Treppenabsatz stoppte sie wieder: »Und sonst noch?«

»Du zeigst mir New York.«

»Gut.«

Im zweiten Stock: »Und danach?«

»Finden wir deine Freundin Geneviève.«

Den dritten, vierten und fünften Stock passierten wir, ohne zu reden, aber als ich meine Wohnungstür aufschloß, sagte ich: »Du sollst meinen Freund Karel kennenlernen.«

»Ich will alle deine Freunde kennenlernen.«

»Es gibt nur den einen.«

@

Nachdem sie in der Küche eine ganze Tüte Milch leer getrunken hatte, kam sie nach vorne, stellte sich ans Fenster und sah lange auf das Aquarium gegenüber. Sie studierte den Blick, den ich auf sie gehabt hatte. Dann, irgendwann, sagte sie: »Hoffentlich schaff ich's, dir zu verzeihen, daß du mir nachgeschnüffelt hast. Das war unendlich gemein.«

»Nein, war es nicht.«

Sie schwieg und sah mich an.

»Du brauchst meine Augen«, sagte ich.

Unendlich traurig.
Unendlich spannend.
Unendlich schön.

Jan Costin Wagner
Eismond
Roman
308 Seiten · geb. mit SU
€ 19,90 (D) · sFr 38,–
ISBN 3-8218-0699-0

Sanna, die junge Frau von Kimmo Joentaa, ist gestorben – eingeschlafen und nicht mehr aufgewacht. Wie in Trance versucht der finnische Kommissar ins Leben zurückzufinden. Als er an den Tatort einer im Schlaf ermordeten Frau gerufen wird, ahnt Kimmo sofort, dass ihn mit dem Mörder etwas Seltsames verbindet: der Wunsch, den Tod zu verstehen …

Jan Costin Wagner ist ein Roman von unheimlicher literarischer Kraft gelungen, ein Buch voller überraschender Wendungen und psychologischer Tiefe.

Wolfram Fleischhauer

Drei Minuten mit der Wirklichkeit

Roman

Erregende Rhythmen, verstörender Klang – welches Geheimnis verbirgt sich in den skandalösen Choreografien des jungen Tangostars Damián Alsina? Giulietta, angehende Ballett-Tänzerin aus Berlin, folgt dem rätselhaften Geliebten Hals über Kopf nach Buenos Aires. Schritt für Schritt kommt sie auf die Spur einer Tragödie, die mit der Vergangenheit jener Stadt aufs Engste verbunden ist. Und die Suche nach der verlorenen Leidenschaft mündet in einen Strudel hoch gefährlicher Ereignisse.

»Wolfram Fleischhauer ist ein grandioses Buch gelungen, sprachlich auf der Höhe der Zeit, voller bewegender Bilder. Solche Autoren, die literarisch niveauvoll und zugleich spannend unterhalten können, sind selten.«
Neues Deutschland

»Eine ungewöhnliche Mischung aus brisantem Polit-Thriller und dramatischer Liebesgeschichte. Und ganz nebenbei der Beweis, dass auch deutsche Autoren hoch spannend erzählen können!«
Brigitte

Knaur